Kontaktadresse nach EU-Produktsicherheitsverordnung:
produktsicherheit@droemer-knaur.de

Über die Autorin:
Regine Kölpin, geb. 1964 in Oberhausen (NRW), lebt in Friesland. Sie liebt die Nordseeküste, weil sie das rauhe Klima, die Weite des Meeres und der Landschaft für ihre Inspiration braucht. Regine Kölpin hat viele Preise und Auszeichnungen erhalten. Zuletzt war sie nominiert für den Kärntner Krimipreis 2008 und erhielt im Jahr 2010 das Krimistipendium Tatort Töwerland. 2011 wurde sie zu einer der »Starken Frauen Frieslands« ernannt.

Regine Kölpin

Oma zeigt Flagge

Roman

Besuchen Sie uns im Internet:
www.knaur.de

Wenn Ihnen dieser Roman gefallen hat und Sie auf der Suche sind
nach ähnlichen Büchern, schreiben Sie uns unter Angabe des Titels
»Oma zeigt Flagge« an: frauen@droemer-knaur.de

Originalausgabe August 2015
Knaur Taschenbuch
© 2015 für die Originalausgabe bei Knaur Taschenbuch.
Ein Imprint der Verlagsgruppe
Droemer Knaur GmbH & Co. KG, München
Alle Rechte vorbehalten. Das Werk darf – auch teilweise –
nur mit Genehmigung des Verlags wiedergegeben werden.
Die Nutzung unserer Werke für Text- und Data-Mining
im Sinne von § 44b UrhG behalten wir uns explizit vor.
Redaktion: Daniela Röll
Umschlaggestaltung: semper smile, München
Umschlagabbildung: Shutterstock
Satz: Adobe InDesign im Verlag
Printed in Germany
ISBN 978-3-426-51682-9

6 8 9 7 5

Blersum im Sommer

Die Sonne scheint über der ostfriesischen Landschaft, Mähdrescher klopfen ihren Rhythmus, die Luft duftet nach frisch geschnittenem Gras. Möwen ziehen kreischend ihre Kreise, über der Wiese rüttelt ein Falke.

Die meisten Rentner beschäftigen sich während dieser Jahreszeit mit ihrem Garten, fahren mit dem Rad oder frönen ihrer Angelleidenschaft. Im ostfriesischen Blersum aber lebt ein Pensionär, der liebt nicht nur das, er liebt auch Enten. Lebendige Enten, mit Schnäbeln, Watschelfüßen und Federn. Nur mag er nicht die gemeinen Vögel, die landläufig vor allem zur Weihnachtszeit im Ofen gebraten, mit Thymian gewürzt und krosser Haut, serviert werden, sondern die mit den langen Hälsen. Indische Laufenten oder auch Flaschenenten genannt. Die Exemplare dieses Pensionärs würden mitnichten auf dem Teller landen, behandelt er sie doch wie wahre Persönlichkeiten. Sie haben Namen, jede ein eigenes Stallzimmer, einen kleinen ovalen Teich und natürlich auch einen beheizten Entenswimmingpool für besondere Anlässe.

Der Pensionär füttert wie jeden Morgen seine Laufenten, reinigt den Stall und stellt ihnen heute als besonderes Highlight einen neuen Futternapf (verchromt, dreißig Zentimeter Durchmesser, rostfrei) hin. Dazu streut er eine besondere Sorte Stroh (Marschboden, Seelage, schnell getrocknet, guter Jahrgang) ein. Vor lauter Dankbarkeit verspeist der Erpel zwei besonders dicke Nacktschnecken und rettet auf diese Weise mindestens einem Salatkopf das Leben. Eine honore Leistung. Seine Weibchen sind trotz der Bonusgaben nicht willig, zusätzliche Schnecken zu vertilgen, und besonders die weiße mit dem gelben Schnabel treibt sich neugierig an den Büschen herum. Plötzlich taucht die Ente den Kopf unters Gebüsch und verschwindet in Richtung Straße.

Der Pensionär hört das Unheil mehr, als dass er es sieht. Normalerweise durchqueren diese Straße mit Sackgassenlage am Tag etwa vier Fahrzeuge und das Ganze mal zwei. Einmal auf dem Hin- und einmal auf dem Rückweg. Manchmal gesellen sich während der Saison ein paar verirrte Touristen hinzu, die gleich wieder wenden, nachdem sie ihren Irrtum eingesehen haben. Hier geht es nicht weiter, hier ist nichts los. Hier kann man nur umdrehen oder sterben, wenn man Ersteres nicht tut und deswegen verhungert.

Es sei denn, man hat hier ein Häuschen wie der Pensionär und seine Nachbarn. Was es aber nie gibt, sind Motorräder. Das Auftauchen dieser Spezies ist in der Sackgasse in dem kleinen ostfriesischen Dorf so wahrscheinlich wie das Auftauchen einer fliegenden Untertasse. Und doch hört sich das Jaulen, das der Pensionär vernimmt, genau so an wie diese Höllenmaschinen auf zwei Rädern.

Er hechtet seiner Entendame durch die Hecke hinterher, zerreißt sein linkes Hosenbein, aber er spürt den Kratzer am Oberschenkel nicht, sieht er doch nur den roten Helm, hört die durchdrehenden Räder und ein kurzes lautstarkes Schnattern, was seiner Ente spontan die füllige Form nimmt.

Nun hätte sie problemlos durch den Schlitz unterhalb der Haustür gepasst. Der Pensionär trägt das Tier zurück in den behüteten Garten und schaufelt dort ein kleines Grab. Mit seiner Trauer ist er allein, der Erpel schert sich nicht um das Ableben seines einen Eheweibes und begattet derweil die übrig gebliebene Entendame.

In dem Augenblick, als die letzte Schaufel Erde die weiße Ente bedeckt, weiß der Pensionär, dass er etwas in seinem Leben ändern muss. Das tragische Ableben seiner weißen Lieblingslaufente ist ein Zeichen, ein Wendepunkt in seinem Leben. Er würde es tun. Er würde endlich das zurechtrücken, was er vor dreißig Jahren verbockt hat.

1

Noch vierzehn Tage

Wenn dein Haus in Flammen steht,
dann wärme dich daran.
(Aus Spanien)

Das Telefon schrillte. Jette griff nach dem Hörer und blickte aus dem Küchenfenster auf die Straße. »Blümerant«, meldete sie sich und beobachtete Pablo, der mit seinem weiß gestrichenen Hollandrad gemächlich über die Hauptstraße in Richtung Kaapdüne radelte. Er sah allen jungen Frauen nach und rammte dabei fast eine Kutsche. Pablo bemerkte es rechtzeitig, stoppte und fiel beinahe einer blonden Strandschönheit mit langen Beinen und überdimensionaler Oberweite vor die Füße, die sein Missgeschick mit einem Lächeln quittierte und ihn, ohne zu zögern, ins nächste Café abschleppte. Jette ignorierte das leichte Magengrummeln. Pablo war eben Pablo, sie wollte sich über ihn jetzt nicht den Kopf zerbrechen.

»Also ist es abgemacht?«, schnappte Jette die letzten Worte aus dem Telefonhörer auf.

»Was? Hallo?«, hakte sie nach. Pablo hatte sie so stark abgelenkt, dass sie gar nicht realisiert hatte, mit wem sie eigentlich sprach.

»Ich bin es, Kea, deine Tochter. Falls du auf deiner Nordseeinsel vergessen haben solltest, dass es mich und die Kinder noch gibt!«

»Ach, Kea, du bist es! Entschuldige bitte, ich war gerade unkonzentriert.«

»Wir kommen dann morgen mit der zweiten Fähre nach Langeoog! Schön, oder?«, flötete Kea.

Dieser Ton machte Jette hellhörig. Schon von Kindesbeinen an bedeutete das stets: Ich will etwas von dir. Weil Jette nicht sofort antwortete, ging das Flöten abrupt in eine Art Fauchen über. »Mama! Hörst du mir überhaupt zu? Ich habe dir eben unseren Besuch angekündigt!«

»Ja, ihr wollt kommen«, wiederholte Jette stupide und strich sich mit der Hand durchs wirre Haar. Zum Kämmen war sie heute noch nicht gekommen, so, wie sie zu so manchen Dingen noch nicht gekommen war, die sie für einen respektablen Start in den Tag brauchte.

»Mama, ich glaube, du wirst alt. Na ja, immerhin steht dein Sechzigster an! Also jetzt ganz langsam, damit du wirklich jedes Wort mitbekommst: Ich bin morgen um kurz nach zehn mit den drei Kids auf Langeoog. Wir müssen über deinen Geburtstag sprechen! Man nullt ja nicht ständig, und wer weiß, wie oft du das noch feiern kannst! Bis morgen dann.« Klack, aufgelegt.

Das war typisch Kea, feinfühlig wie ein Schaufelbagger. Jette fühlte sich überrollt. Es war ja nicht so, dass sie sich nicht freute, wenn Kea mit ihren Kindern kam. Nur war es Jette entschieden lieber, wenn sie zumindest gefragt wurde, ob es ihr überhaupt passte. Kea meldete sich verdammt selten. Jette schmerzte das, nur war sie dennoch der Ansicht, man könne Termine auch absprechen und müsse sie nicht gleich so überfallen. Sie hatte schon lange ein Leben jenseits ihrer Familie. Nun aber war Keas Erscheinen nicht mehr zu verschieben. Sie wollte also über Jettes sechzigsten Geburtstag sprechen.

»Ich muss mir bis dahin überlegen, wie ich sie stoppen kann! Ich will diesen Tag auf keinen Fall feiern! Nicht dass sie plant, sämtliche Nachbarn, ja alle Insulaner mit Rang und Namen einzuladen. Womöglich den Bürgermeister! Den Shantychor *de*

Flinthörners und *de Likedeeler*. Den Gospelchor, den Judoverein...« Kea war es zuzutrauen, den jährlichen *Bunten Inselabend* mit allen Akteuren in Jettes Haus zu verlegen. Vielleicht aber reichte ihr die musikalische Inselprominenz nicht und sie plante noch Größeres. Jettes Terrasse zu einer Weltbühne umzufunktionieren zum Beispiel. Helene Fischer einzuladen, Abba wieder zusammenzubringen und bei ihrem Geburtstag »The Winner Takes It All« singen zu lassen. Oder gar Robbie Williams' Hüftschwung nach Langeoog zu katapultieren. Kea war nie etwas gut genug, und solche Events zu organisieren vermittelte ihrer Tochter ein Gefühl von *Kümmern*. Egal, ob ihre Mutter, die sie offenbar für senil hielt, bekümmert werden wollte oder nicht. »Halbe Sachen mache ich nicht, Mutter. Das habe ich von dir gelernt. Wie sonst hättest du uns drei Kinder gegen den Rest der Welt aufziehen können?« Keas ewiger Spruch. Zu schlecht konnten ihre Kinder es in der Tat nicht gehabt haben, denn auch Kea war mit Anfang zwanzig bereits begeisterte Mutter geworden, genau wie Jette.

In Gedanken spürte sie bereits den Geburtstagsschampus auf sich niederregnen. Sie hörte wichtige Worte von ihr fremden Menschen und sah ein unendliches Blumenmeer, in der Fülle nur mit dem einer Beerdigung vergleichbar. Da konnten alle schon mal üben. Gut einstudiert und erprobt würde auch ihre Beisetzung *das* Event der Insel werden, bei dem Kea als vorbildliche Tochter glänzen konnte.

Schwarze Kutsche, schwarzes Pferd, betretene Gesichter, die sich mit gesenktem Kopf als Trauerzug in Richtung Dünenfriedhof bewegten. Ganz sicher plante Kea ein Grab neben dem von Lale Andersen für sie. Etwas anderes wäre nicht stimmig für solch ein Inselevent! Notfalls würde sie den Gruftnachbarn exhumieren und dessen Grabstelle mit Jettes Leichnam füllen. Die Kaffeetafel hätte immense Ausmaße, stilecht erklängen die getragenen *Likedeeler* Gesänge, in Abwechslung mit dem Gospelchor. Ähnlich wie auf Jettes geplantem sechzigsten Geburtstag. Es war ja nicht so, dass Jette die Musik der Gruppen ablehnte, im Gegenteil. Nur wollte sie keine Menschenansammlungen um sich. Weder tot noch lebendig.

»Sie ist deine Tochter!«, maßregelte sie sich selbst. »Sie meint es gut. Und sie ist das einzige Kind, das es nicht in die große weite Welt verschlagen, sondern sich tapfer in der norddeutschen Provinz gehalten hat.« Aber ihre Tochter Kea war wie sie und an Organisationstalent nebst Kontrollwahn unübertroffen. Nun, vor der Beerdigung galt es zunächst, den Sechzigsten mit Anstand zu meistern. »Ich glaube, ich brauche eine Dusche!«

Jette huschte ins Bad und prustete laut, als die Tropfen auf ihrer Haut abperlten. Dann drehte sie den Regler auf kalt. Das regte Geist und Sinne an. Genau wie ihre tägliche Tasse Grüntee. Stoffwechsel angekurbelt, Verdauung gefördert, sämtliche sich anbahnenden Krankheiten im Keim erstickt. Und so wollte sie die nächsten Jahre weiter gut und in Ruhe überstehen. Ohne Weltbühne, Robbie Williams, Abba-Revival und die gute Helene.

Jette hatte die Weichen mit der Flucht nach Langeoog rechtzeitig gestellt. Weg vom Festlandmief in die Freiheit der ostfriesischen Insel. Sie genoss jeden Tag, jede Stunde ihrer Unabhängigkeit, die sie sich hart erkämpft hatte. Denn obwohl ihre Kinder lange ein eigenes selbstbestimmtes Dasein führten, fanden sie es reichlich schräg, ausgerechnet auf Langeoog abzutauchen. »Kauf dir doch eine Finca auf Malle, dann hast du es immer warm«, war Knuts Vorschlag gewesen. Ihr Sohn weilte im Augenblick zwischen den Papuas auf Neuguinea. Kathrin hingegen badete mit den Leguanen auf den Galapagosinseln oder streichelte Schildkrötenpanzer oder die Nase von Seelöwen. Darüber hatten sie in Biologie mal einen Film gesehen, und seitdem war sie besessen von der Idee, dort zu leben. Der eine Sohn weilte also inmitten eines lendenbeschurzten Naturvolks, die andere Tochter zwischen schuppigen Leguanen und Riesenschildkröten und die dritte in Oldenburg.

Na immerhin war diese Stadt so bekannt, dass Jette sie Fremden, die nachfragten, nicht ständig buchstabieren musste. So wie damals, als Kea eine Zeitlang in der ostfriesischen Pampa in Rechtsupweg gelebt hatte. Das Dörfchen kannte wirklich niemand. »Hauptsache, die vier kommen nur kurz«, murmelte Jette, während sie sich trockenrubbelte und zugleich in Gedanken ihr heutiges Outfit durchging. Das war ihr immens wichtig. Niemals würde man Jette in Jogginghosen oder farblich nicht zusammenpassender Kleidung vorfinden. Jette war bunt. Und das nicht nur äußerlich. »Es ist ja nett, Kea und die Kinder wiederzusehen, aber ich muss auch meinen Laden den ganzen Tag geöffnet haben, es ist Saison.« Sie beschloss, gleich die Tarotkarten zu legen. Damit war sie gewappnet und wusste, wie sie mit der Situation umgehen sollte, falls es doch anstrengend wurde. Weil Kea Robbie Williams bereits gebucht hatte. Oder Helene Fischers neuer Song, extra und eigens für Jette Blümerant verfasst, bereits in der Pipeline ausharrte und sie ihr nun den neusten Megahit versaute. Die Karten würden Jette den richtigen Weg weisen. So, wie sie es immer taten.

»Ich sag ihnen morgen schlichtweg, wie es ist. Keine große Feier. Wenn es sein muss, kann ich eine Kaffeetafel organisieren. Das reicht.« Jette hängte das Handtuch an den Haken.

Haken.

Jette zuckte zusammen. Warum sie ausgerechnet beim Aufhängen ihres Handtuchs diese Assoziation hatte, war ihr ein Rätsel, aber im Schlafzimmer hing dieses vermaledeite Gemälde! Am Haken eben. Es war so schwer gewesen, es im maroden Putz zu befestigen. Dieses Bild musste bis morgen verschwunden sein. Niemals durften Kea und die Kinder es sehen. Das ging gar nicht! Sie stürzte in ihr Schlafzimmer.

Das Kunstwerk hing an der sorgsam gestrichenen hellblauen Wand. Dabei handelte es sich allerdings nicht um irgendein Gemälde, sondern um einen Akt, den Pablo im Frühsommer von ihr angefertigt hatte. Jette Blümerant mit gefühlten fünfzig, aber realistisch neunundfünfzigeinhalb Jahren auf Leinwand in Öl.

Nackt.

Und in der Größe eines DIN-A0-Umschlags.

Das konnte unmöglich im Schlafzimmer hängen, wenn Kea mit den drei Teenagern hier einfiel!

Pablo war ein Schmeichler, hatte er doch die Falten an den meisten Stellen geflissentlich ignoriert und nicht auf Leinwand gebannt. Jette trug nicht einmal ein züchtiges Tuch um die Hüften, sondern zeigte sich in ihrer vollen Blöße. Wie peinlich war das, wenn ihre Familie ein solches Bild von ihr sah! Sie war Großmutter von drei Enkeln. Mutter von drei erwachsenen Kindern. Auch wenn sie diese Tatsachen hin und wieder verdrängte.

Entstanden war der Akt nach einer gemeinsamen Nacht. Beim Malen hatten die überschießenden Hormone Pablos Künstlerhände gelenkt. So schmeichelhaft, wie das Gemälde war. Er kannte ihr wahres Alter nicht, und ihr war seines unbekannt. Aber er war fünfzehn Jahre jünger als sie. Mindestens.

Jette setzte sich auf die Bettkante, um einen klaren Gedanken zu fassen. »Entspann dich!«, machte sie sich selbst Mut. »Du nimmst es einfach ab, versteckst es für den einen Tag. Sie sind schließlich nur kurz zu Besuch.« Kea muss sicher arbeiten, und sie hasst das Inselleben. Fenna hat bestimmt irgendein Ökoprojekt am Laufen, Maries Bedürfnis nach Laufstegen, Kosmetiksalons und Nagelstudios mit für sie ausreichender Kompetenz wird auf dem Eiland genauso wenig erfüllt wie Kilians Interesse an der Nordpolarwelt oder anderen wissenschaftlichen Aktivitäten. Höchstens einen Tag. Sie bleiben höchstens einen Tag! Wenn überhaupt. Und den können wir gemeinsam genießen.

Länger als die Zeitspanne von ihrer Ankunft bis zur letzten Fähre würde ihre Tochter für die Geburtstagsplanungen nicht brauchen. Schon deshalb, weil sie alles ohnehin längst schriftlich fixiert hätte. Als Organisationstalent war sie so gestrickt. Und da Jette alle Vorausüberlegungen zunichtemachen würde, war ein ausgedehnter Besuch mit weiterer und eventueller Detailplanung völlig überflüssig.

»Ich bin das Familienleben einfach nicht mehr gewohnt«, flüsterte Jette. »Es überfordert mich, auch wenn ich es mir nicht eingestehe.«

Zumindest hatte sie mittlerweile ihr heutiges Styling im Kopf, es würde ein dem Sommertag angepasster, farbenfroher Look werden. Mit gezieltem Blick fuhr sie über die sorgfältig, stets Kniff auf Kniff zusammengefalteten Teile und fischte das heraus, was sie sich vor ihrem geistigen Auge zurechtgelegt hatte. Sie schlüpfte in die grüne Leinenhose und den knallroten Kasack, kämmte das dunkelbraune Haar, das sie neuerdings kinnlang trug, weil es so einfach zu pflegen war und trotzdem weiblich wirkte, und legte Lidschatten auf. Ein Hauch von Rouge und etwas Lippenstift: So fühlte sie sich wohl. Anschließend nahm sie den Akt von der Wand und versteckte ihn, in ein Badetuch eingewickelt, unter dem Bett.

»Na bitte, Jette Blümerant. Es geht doch! Du wirst dich doch nicht von so einem bisschen Besuch aus der Fassung bringen lassen!«

Zurück in der Küche, sah Jette erneut aus dem Fenster. Die Sonne knallte vom Himmel und strahlte den Bahnhof an, den sie von hier aus gut erkennen konnte. Der Vorplatz des roten Backsteingebäudes mit den weißen Sprossenfenstern glich an einem Tag wie diesem der *Piazza S. Pietro* in Rom, zumindest was die Menschenmassen anging, die aus der bunten Inselbahn strömten. »Es wird ein toller Tag, Jette. Ein ganz toller Tag! Und morgen ebenfalls. Sogar wenn Kea und ihre Brut kommen.« Um sich das selbst zu bestätigen, beschloss Jette, ihren Frühstückstee und das Müsli auf der Terrasse einzunehmen, auch die Karten ließen sich an der frischen Luft besonders gut legen. Dabei hätte sie den herben Duft der Nordsee in der Nase, nirgendwo war die Luft so klar wie auf den Inseln.

Jette nahm die Müslipackung und die Milch aus dem Schrank, stellte Honig und eine Tasse aufs Tablett und wartete, bis das Wasser kochte. Den Tee ließ sie auf die Minute ziehen und setzte sich anschließend auf die Terrasse. Sie rührte den Honig ein, nahm einen Schluck, genoss die vertrauten Geräusche, die von der belebten Hauptstraße zu ihr herüberdrangen. Die Touristenströme schoben sich über Langeoog in Richtung Strand. Der Ort war geprägt vom Rattern der Trolleys, Stimmengewirr, dem Klappern der Pferdehufe und Kindergeschrei. Fahrräder reihten sich Schutzblech an Schutzblech. Man könnte meinen, diese vielen Menschen würden die Insel übervölkern, aber sie verloren sich in der Weite der Landschaft. Allein Langeoogs vierzehn Kilometer langer Strand bot jedem genügend Platz. Eng wurde es schon mal auf den Fahrrad- und Wanderrouten in Richtung der Meierei, aber jenseits der Hauptrouten, auf den kleineren Dünenpfaden, glaubte man sich oft allein auf der Welt mit den Seevögeln und den zirpenden Grillen. Jette übergoss das Müsli, das sie sich aus ausgesuchten Körnern selbst zusammenmischte, mit der Milch. Aus den Augenwinkeln erkannte sie Pablo.

Er war, wie immer einem Judoka gleich, in Naturweiß gekleidet und flanierte mittlerweile mit der grellblonden Strandschönheit die Hauptstraße entlang. Ihren Kaffee hatten sie offenbar schon eingenommen und waren danach nicht willens, sich zu trennen. Die junge Frau wirkte so grazil, dass sie dem Nordseewind ohne Pablos stützende Hand sicher nicht lange standhalten konnte. Jette schloss die Augen und wandte den Blick bewusst ab. »Interessiert mich alles nicht! Er soll tun und lassen, was er will. Wir haben uns nichts versprochen. Gar nichts. Wir sind frei wie der Nordseewind. Deshalb leben wir hier und nicht auf Malle. Nichts ist für die Ewigkeit«, murmelte sie vor sich hin.

Dennoch konnte Jette ein gewisses Grummeln im Bauch nicht völlig beiseiteschieben. Aber sie wollte keine Verpflichtungen, keine Verantwortung mehr. Beides hatte sie jahrelang gehabt. Mit einstündiger Verspätung öffnete Jette ihr Lädchen mit der Galerie und einer Bernsteinschleiferei. Dazu verkaufte sie ausgesuchte Kleidung, die ihrem eigenen Styling ähnelte. Es wirkte ein bisschen alternativ und zugleich sehr edel. Nichts von der Stange. Alles klein, fein und ein bisschen bunt. Der Laden befand sich im vorderen Teil ihres weißen Inselhäuschens, von wo sie das aktuelle Langeooger Geschehen hautnah miterleben konnte.

»Ist ja nicht so, dass ich neugierig bin, aber es schadet auch nichts, alles zu wissen«, sagte sie zu sich. In letzter Zeit führte sie verdammt häufig Selbstgespräche. Wurde sie doch alt?

Mumpitz. Was ist schon alt, dachte sie im Stillen bei sich.

Sie öffnete die Tür, die klassisch mit grünen Fenstersprossen versehen war. Auf den Gehweg stellte sie einen Ständer mit kleinen, erschwinglichen Strandmotiven und drapierte eine Grünpflanze in einer angerosteten Milchkanne dazu. »Muss Rost dran sein«, hatte Pablo gesagt. »Antiquitäten kommen immer gut bei Urlaubern an. Ist in Spanien so und hier auch.« Er hatte recht, denn diese Kanne zog oft die bewundernden Blicke der Gäste auf sich, so dass Jette Pablo erlaubte, mit dem Hammer ein paar Beulen hineinzuschlagen, um das Alte deutlicher zu machen. Das hatte sie in einem Otto-Waalkes-Film gesehen.

Ein Urlauberpaar erstand sogleich ein Bild des weißen Wasserturms auf der Kaapdüne, ein anderes kaufte eines von Wellen und Meer mit den bunt gestreiften Strandkörben. Niedliche Motive, die das Urlaubsgefühl zu Hause noch eine Weile nachhallen ließen. Wirklichen Kunstkennern konnte Jette nicht allzu viel bieten, dafür gab es kein Publikum auf Langeoog. Also malte sie in ihrem Atelier, das sich ganz oben in ihrem Wohnhaus befand und durch die geschickt eingearbeiteten Dachfenster ein optimales Licht bescherten, meist Strand- und Inselmotive.

Hin und wieder steuerte auch Pablo ein Motiv bei. Er hatte sich allerdings auf Vorhängeschlösser und Dünengrashalme spezialisiert. Beides bot ein unerschöpfliches Reservoir an Möglichkeiten. Inspirieren ließ sich Pablos Künstlerseele von den zahlreichen Schlössern am Aufgang zum Wasserturm mit seiner eigentümlichen Kuppel, der sich auf der Kaapdüne befand. Dort hatten sich genügend Pärchen damit verewigt. Tag für Tag kamen neue Schlösser hinzu. Mit Initialen, mit kleinen Motiven, mit Sprüchen von Liebenden, die sich die Ewigkeit versprachen. Warum Pablo, für den ein solches Gedankengut nicht existierte, sich gerade für dieses Motiv entschieden hatte, verstand Jette zwar nicht, aber alles musste man auch nicht verstehen. Das machte das Zusammensein mit ihm so geheimnisvoll. Jette wusste nie, woran sie bei ihm war. Pablo, der Freigeist.

Seine Spezialität war ohnehin die Aktmalerei. Hier gab es ständig Frischfleisch, sowohl in blond als auch in brünett. Er ließ sich immer wieder etwas Neues einfallen. Pablo war ein Thema für sich.

»Themenwechsel, Jette! Du hast wahrlich genug andere Sorgen!«

Auf jeden Fall hatte sie in ihrem Laden eine Menge zu bieten. Alles, was das Urlauberherz begehrte. Bis auf aufblasbare Plastiktiere, Muscheln in Netzen und kitschige Leuchttürme, die des Nachts sogar blinkten. Das wäre zu viel des Guten für sie. Solche Dinge gab es woanders.

Pablo schaute gegen Mittag vorbei, kurz bevor sie das Geschäft schloss. Keine Spur mehr von seiner Strandschönheit.

Das wäre ja auch noch schöner gewesen, wenn er die mitgebracht hätte.

Pablo sah wie immer fantastisch aus, war schokoladig gebrannt, hatte die Sonne der letzten Wochen für sich genutzt. Gegen ihn wirkte Jette wie ein beigefarbiges Bettlaken, sie wurde einfach nicht braun, egal, was sie anstellte. Also mied sie ausgedehnte Sonnenbäder, denn die Auswirkungen bescherten ihr allerhöchstens das Aussehen einer Cocktailtomate.

Pablos Füße zierten auch heute nur Flip-Flops. Weiteres Schuhwerk lehnte er ab, selbst im Winter. Aber zumindest ließ er an den Füßen etwas anderes als Weiß zu, so dass die Badelatschen wie ein Farbtupfer an ihm wirkten, zumal er sie häufig mit Perlen oder Muscheln aufpeppte. »Wollen wir am Abend an den Strand?«, fragte er und strich Jette übers Handgelenk. »Mir ist ein wunderbares Motiv eingefallen. Muy bien! Ich will dich malen! Die Frau mit der fahlen Haut im fahlen Mondschein.«

Geht es noch charmanter?

Pablo umfasste Jettes Hüfte und drückte ihr einen Kuss auf die Wange.

»Du warst doch eben unterwegs mit diesem Mädchen!«, hakte Jette nach.

Ich will wissen, ob da was war.

»Sie ist dünn«, erklärte Pablo sogleich und tauchte seine dunkelbraunen Augen in ihre. »Wie ein tapezierter Knochen, so dürr!« Er krauste die Stirn. »Lass uns an den Strand gehen heute Abend. Keine Frau kann dir das Wasser reichen!« Er tätschelte Jette wohlwollend über den Po.

Dick bin ich auch nicht. Nur da rund, wo es hingehört!

Für einen Augenblick war Jette tatsächlich versucht, seinem Schmeicheln nachzugeben. Aber sie fürchtete, Pablos Charme völlig zu erliegen und deshalb morgen früh nicht rechtzeitig zu Hause zu sein. Kea und die Kinder würden sie suchen und Fragen stellen.

Vergiss es, das geht gar nicht!

Außerdem wusste Pablo nichts von Kea. Geschweige denn von Kathrin auf den Galapagosinseln oder von Knut mit dem Lendenschurz, wobei er das vielleicht noch recht cool finden würde. Sie könnten sich über alternative Schuhmode unterhalten oder über die Sommerkollektion der Naturvölker. Von ihren drei Enkeln wusste Pablo natürlich erst recht nichts, und Jette fand es auch vorteilhafter, wenn das so bliebe. Genauso wie es besser war, wenn er keine Ahnung von Jettes sechzigstem Geburtstag in zwei Wochen hatte. Diese Zahl musste auf ihn dinosauriermäßig wirken. Er, der Maler aus Spanien, alterslos und unabhängig. Eine freie Existenz im Hier und Jetzt ohne Verantwortung. Nie und nimmer würde er eine Frau ihres Alters haben wollen.

Morgen war sie also für einen Tag Oma Jette, ob es ihr gefiel oder nicht. Da war es unmöglich, kurz zuvor das Liebesleben einer Anaïs Nin zu führen. »Heute kann ich leider nicht, Pablo. Übermorgen vielleicht!«

Ein Funken von Enttäuschung huschte über sein Gesicht, doch die Trauer hielt nicht lange an, er lächelte schon bald wieder. »Du willst mir ärgern«, hauchte er in gebrochenem Deutsch, das er stets herauskramte, wenn er sie rumkriegen wollte. In Jette löste das einen Beschützerinstinkt aus, diese Masche funktionierte immer.

Heute bleibe ich standhaft. Es geht nicht!

»Habe so viel zu tun, wenn die zahlreichen Gäste auf der Insel sind«, wich Jette aus und fragte sich gleichzeitig, warum sie sich rechtfertigte. Er tat es schließlich auch nicht, wenn er als spanischer Ritter mal wieder unabkömmlich war und sämtliche Keuschheitsgürtel knackte. »Ich werde heute Abend sehr müde sein.«

Pablo sah sie erstaunt an, denn von einem Besucheransturm konnte man in der Galerie im Augenblick nicht reden. Doch er war kein Mann, der sich Gedanken über irgendetwas machte, und so trollte er sich mit einer Kusshand. Er würde für den Abend Ersatz finden.

Als die Tür sich hinter ihm schloss, war Jette ein wenig erleichtert. Je länger sie mit der Vorstellung schwanger ging, dass ihre Tochter tatsächlich mit den Kindern auf dem Weg hierher war, ertappte sie sich bei dem Gedanken, dass sie sich auf die vier freute. Das Haus würde kurz zum Leben erwachen … Lachen touchierte die Wände. Sie könnte für alle Unmengen kochen, so wie früher.

Um Gottes willen, das will ich doch gar nicht mehr!, schoss es ihr durch den Kopf. Ich bin eine unabhängige Frau!

Nicht zugedrehte Zahnpastatuben, herumliegende Einzelsocken, Tassen und Teller auf, statt in der Spülmaschine. Ein Apparat, der unmöglich von anderer Hand als der von Jette ausgeräumt werden konnte, weil den Griff der Maschine ein unerklärbares Geheimnis umrankte und das Öffnen vermutlich mit einer Gefahr für Leib und Leben einherging. Klebrige Überreste auf dem Küchentisch oder wahlweise am Kühlschrank, der eigentümlicherweise auch für ungeübte Hände zu öffnen war … Nein, das wollte sie nicht mehr. Sie war frei!

Ja, es war gut, wenn Kea und ihre Brut rasch wieder verschwanden. Man konnte sich nichts schönreden. Viele Menschen in einem Haushalt bedeuteten Chaos, erst recht, wenn diese Menschen sich altersmäßig unterhalb der Dreißigergrenze befanden. Nein, es gab absolut nichts schönzureden.

»Langeoog? Wie ätzend ist das denn?« Fenna sprach das laut aus, was ihre beiden Geschwister dachten.

Kea sah ihre Kinder mit festem Blick an. »Ich regle das mit Oma! Und ihr tut ausnahmsweise mal das, was ich euch sage. Oma Jette ist eine alte Frau, sie wird schon sechzig! Wer weiß, wie lange wir sie noch haben.«

»Jopi Heesters ist über hundert geworden. Schafft Oma das auch, hat sie noch mindestens so lange zu leben, wie du jetzt alt bist«, korrigierte Kilian seine Mutter und rückte die runde Brille mit den flexiblen grünen Bügeln wissend auf seiner sommersprossigen Stupsnase zurecht.

Kea überging den Kommentar und betrachtete Marie, die ihre Ohren zugestöpselt hatte und sich mit irgendeiner Musik beschallte. Definierbar waren einzig die wummernden Bässe. Sie zog Marie den Stöpsel aus dem Ohr. »Was sagst du dazu?«

»Wozu?«

»Langeoog. Die Insel, auf der Oma ihr Einsiedlerleben lebt«, erklärte Fenna. »Und wo echt kein normaler Mensch auf dieser Welt leben möchte. Außer Oma.«

»Gibt es da Nagellack? Einen brauchbaren Drogeriemarkt für meine Tönungen? Eben was man zum Überleben braucht?« Maries Haar glänzte seit gestern pechschwarz und hatte das zuvor rostig wirkende Rot abgelöst. Von ihrem einstigen Honigblond war schon seit längerer Zeit nichts mehr zu erkennen.

»Wir fahren schließlich nicht in den Dschungel«, antwortete Fenna. »Auf Langeoog gibt es alles. Aber zu welch ökologischen Bedingungen schaffen sie da alles hin! Es ist eine Katastrophe für die Umwelt!«

Marie zuckte mit den Schultern und stöpselte die Kopfhörer gleich wieder ein. »Wenn mein Styling garantiert ist, fahre ich mit.«

Kea hatte keine leichte Mission vor sich, aber dieses eine Mal mussten sich ihre Kinder fügen. »Es ist nur für kurze Zeit, meine

Süßen. Papa kann nicht kommen, um auf euch achtzugeben, er hat gerade ein interessantes Eisbärprojekt!«

»Vielleicht sollten wir uns ein weißes Kuschelfell und eine schwarze Nase zulegen, damit er sich ab und zu an uns erinnert«, konterte Fenna. »Wir können doch auch allein zu Hause bleiben. Das schaffen wir schon. Sogar mit dem da!« Sie wies mit einem Kopfnicken auf Kilian, der ihr die schwarze Zunge rausstreckte. Er hatte zuvor einen Lakritzlolli geschleckt. »Es ist völlig ausgeschlossen, auf diese Insel zu fahren. Auf Langeoog dominiert der Massentourismus! Überlege mal, wie viele Leute täglich dorthin transportiert werden, und wir gehören nun auch noch dazu! Das hält kein Ökosystem aus! Selbst wenn alle so tun, als ob.«

»Ach, es gibt da so wunderbare einsame und idyllische Ecken!«, wandte Kea ein. »Da haben sowohl Tourismus als auch die Tierwelt ihren Platz. Ihr dürft dort eine Weile leben, wo andere Urlaub machen. Ihr solltet dankbar sein.«

»Deshalb behauptest du auch ständig, sobald das Gespräch auf Oma kommt, dass sie so jwd wohnt, dass es kein normaler Sterblicher länger als vier Stunden auf diesem ostfriesischen Eiland aushält! Janz weit draußen eben. Was für ein beknacktes Wortspiel!«

Kea startete einen letzten Versuch: »Oma wird sich bestimmt freuen, wenn sie mal was von euch hat. So oft sieht sie euch ja nicht.«

»Ich habe aber keine Lust, den Seniorenbespaßer zu geben! Ich bin doch keine Altenpflegerin!« Fenna sprang auf und verließ die Küche. Dabei verfing sich ihr Oberteil, das sie sich aus groben Leinenstoffresten selbst zusammengenäht hatte, im Türrahmen. Fenna ruckelte einmal kräftig daran, dann löste es sich, und sie stolperte lautstark von dannen.

Kilian folgte ihr mit den Worten: »Ich wäre lieber an den Nordpol gefahren! Da hätte ich wenigstens was für die Menschheit tun und forschen können! Aber nein, das klappt natürlich wieder nicht! Papa und du, ihr seid so spießig!« Die Tür schepperte zu.

Marie hämmerte eine WhatsApp in ihr Handy. Sie hatte offenbar nicht vor, sich weiter an der Diskussion zu beteiligen, war sie doch startklar für alle Eventualitäten, die in den nächsten Tagen auf sie zukamen. Ihr Haar war frisch gefärbt, der Schminkkoffer und ihr sonstiges Outfit konnten mit. Internet gab es auf der Insel ebenfalls. Papa hatte Zeugnisgeld springen lassen, so dass der Langeooger Shoppingtrip gesichert war. Für ihr persönliches Überleben war gesorgt. »Niemals!«, schimpfte Fenna lautstark aus dem Flur. Sie riss die Tür zur Küche noch einmal auf. »Ich bin alt genug, um allein hierzubleiben! Ich brauche keine Kindergärtnerin, und erst recht keine, die wahrscheinlich dement ist und bei der ich mich allmorgendlich neu vorstellen muss, weil sie schon wieder vergessen hat, dass ich ihre älteste Enkelin bin!«

»Da lernt man ja jeden Tag neue Leute kennen, wenn man alt und vergesslich ist!«, überlegte Kilian, der ihr auf Schritt und Tritt gefolgt war und ständig an ihrem Oberteil zerrte. »Zumindest scheint das so.«

»Ich fahre auf keinen Fall mit!«, bockte Fenna. Sie riss sich von Kilian los und stapfte die Treppe nach oben. Das ganze Haus erzitterte, als sie ihre Tür zuknallte.

2

Noch dreizehn Tage

Lass dich überraschen!

»Da sind wir!« Keas schrille Stimme war unüberhörbar. Genau wie das Gezanke ihrer Kinder.

»Kilian, du nervst mit deinem Gelaber!«

»Und du hättest dir was Anständiges anziehen können. Oma findet Jutesäcke an Mädchenkörpern bestimmt blöd.«

»Besser als Maries künstlicher Look! Wie kann man sich so eine Gruftifrisur machen?«

»Was hast du gegen ein gepflegtes Äußeres?«

»Ruhe, wir sind da«, beendete Kea das Ganze. Sie strahlte ihre Mutter an, als Jette vor die Haustür trat. Hinter Kea tauchten drei sommersprossige Gesichter auf, die allerdings nur entfernte Ähnlichkeit mit den lächelnden Sprösslingen auf den Fotos hatten, die Kea ihr regelmäßig zusandte. Als Ausdruck, weil sie glaubte, ihre Mutter könne nicht mit einem PC umgehen. »Ist ja einfacher in deinem Alter, wenn man Bilder so angucken und in der Hand halten kann, Mama.«

Das hatte sie vermutlich irgendwo in einem Seniorenratgeber gelesen. Haptische Wahrnehmung oder so.

Jette lächelte jetzt dennoch. Im unverbindlich Lächeln war sie schon von Berufs wegen gut. Sonst könnte sie nicht Tag für Tag dieselben »Kunstwerke« überzeugend verkaufen.

Die Kids an Keas Seite strahlten weder Zuversicht noch Lebensfreude aus, wie man es dem Foto nach hätte erwarten können. Diese Exemplare waren unübersehbar stinksauer und alles andere als niedlich. Blond waren ebenfalls nur zwei der Enkel, eines war zu Schneewittchen mutiert. Oder zu einem Goth oder wie man das heute nannte. Oder doch Grufti, Satanist? Jette kannte sich nicht so genau damit aus, aber Schneewittchen hatte ja auch in einem gläsernen Sarg gelegen, so weit lag das schließlich nicht auseinander. Jette würde bestimmt noch erfahren, warum Marie sich den Schneewittchenattributen, so rot wie Blut, so weiß wie Schnee und so schwarz wie Ebenholz, angeglichen hatte. Vielleicht war sie auch nur ein begeisterter Märchenfan.

Das andere Wesen hatte unübersehbare Pubertätserscheinungen in Form von Pickeln, wobei der erste Blick aber eher auf die individuell geprägte Kleidung fiel, die sicher selbst entworfen und aus gebrauchten Anziehsachen hergestellt und neu zusammengeschustert worden war. Der vorherrschende Ton war Grau, als Farbtupfer diente ein Braun, das allerdings schon recht verblichen war. Das Styling war für Jette, die sich Morgen für Morgen genau überlegte, was sie trug, fast eine Beleidigung. Fennas Kleidung betonte nichts, versteckte alles und hing einfach schlapp und farblos an dem viel zu dünnen Körper herunter.

Das kleine Männchen trug eine Brille, die jeden zerstreuten Professor hätte neidisch werden lassen. Seine Frisur stand zudem in alle Himmelsrichtungen ab, so als raufe er sich ständig das Haar.

Ein kleiner Albert Einstein, Gott bewahre!

Jette hatte ihre Enkel fast ein Jahr lang nicht mehr gesehen, doch hatten sie sich in diesen Monaten zu einer höchst eigentümlichen Spezies verwandelt. Kein Vergleich mehr zu den strahlenden Sonnenscheingesichtern, die als Makel allenfalls einen schokoladenverschmierten Mund vorzuweisen hatten und problemlos für jegliche Art der Süßigkeitenwerbung hätten herhalten können.

Jetzt strotzte Jette aber die personifizierte Lustlosigkeit entgegen. Der Widerwillen kroch den Jugendlichen aus jeder Pore.

Super! Da besuchen dich die Enkel und finden das so nervig, dass sie sich nicht einmal anstandshalber freuen können, dachte Jette.

Sie schob die Enttäuschung beiseite, immerhin hatte auch sie keinen Freudentanz aufgeführt, als sie von deren Kommen gehört hatte, also war es vermessen, Ansprüche zu stellen. »Dann erst mal rein in die gute Stube!«, forderte sie ihre Familie in gemütlichem Oma-Ton auf und merkte, wie sie sogleich in ihre alte Rolle zurückfiel. Ungeachtet des Unbehagens, das sich von Minute zu Minute heftiger einstellte.

Einmal Mama, immer Mama …

Konnte sie da nicht aus ihrer Haut?

Die drei Enkel betrachteten sie argwöhnisch. In ihren Gesichtern spiegelten sich die verschiedensten Gedanken. Offensichtlich waren alle drei bemüht, diese Großmutter irgendwo zwischen Altersstarrsinn und Begräbnis einzuordnen. Das buntgewandete Gesamtbild passte nicht zu dem, was Kea über sie erzählt hatte.

»Oma sieht nicht aus wie eine Oma. Sie ist ein bisschen bunt, weil sie immer vergisst, wie alt sie schon ist. Sie ist aber ganz normal. Ihr müsst euch nicht fürchten. Sie ist schon etwas senil, fast sechzig eben, und nicht mehr belastbar, weshalb sie sich auf die Insel zurückgezogen hat. Obwohl ich von Beginn an dagegen war! Aber sie freut sich auf euch, ganz sicher tut sie das. Sie sieht euch ja so selten.«

Jette kannte Keas nicht zu stoppenden Redeschwall, wenn sie andere überzeugen wollte. Jette war kurz versucht, einen ketzerischen Kommentar loszulassen, doch dann schluckte sie die Bemerkung herunter. Es handelte sich ja nur um ein paar Stunden ...

Vorhin hatte sie vorsichtshalber noch einmal überprüft, ob der Akt auch unversehrt und für keinen sichtbar unter ihrem Bett schlummerte.

Alles save, Jette! Alles gut!, beruhigte sie sich.

Nun galt es, das hier anstandslos zu überstehen. Sie machte einen Schritt beiseite und winkte die vier in die Stube durch.

Kea trat eher vorsichtig ein, zog ihre Pumps nicht aus und klackerte über die Fliesen. Sie trug trotz der enormen Hitze, das Thermometer hatte die Dreißig-Grad-Marke fast erreicht, eine hautfarbene Perlonstrumpfhose, was ihre Beine makellos erscheinen ließ. Kea, die Perfekte, die Planende. Sie würde sich nie ändern und nie etwas dem Zufall überlassen. Das war schon so, als sie ein Kind war: »Mama, ich habe schnell aufgeschrieben, was ich mit in den Urlaub nehmen will!« Kea hatte Jette einen Zettel gereicht, damals war sie acht Jahre alt gewesen und konnte gerade einigermaßen sicher schreiben. Sie hatte jede Socke, jede Unterhose und jeden Stift vermerkt, den sie mitzunehmen gedachte.

Jette sah ihre Tochter an, doch noch lugte kein Papier aus ihrer Hand oder Tasche.

Es gibt also Hoffnung auf ein friedliches Ende.

Ihr folgte Fenna, dann Marie, und schließlich stolperte Kilian hinterher. Noch während die Kinder ihre Rucksäcke in die Ecke pfefferten und sich aufs Sofa flegelten, warf Kea, die nur mit einer kleinen Handtasche bewaffnet war, ihrer Ältesten einen warnenden Blick zu. Die Kids musterten Jettes Stube mit kritischem Blick, fügten sich aber den stummen Anweisungen ihrer Mutter.

Klar hat sie auch das im Griff, schmunzelte Jette.

Sie hatte die Stube mit erlesenen Antiquitäten eingerichtet. Modern hätte nicht in das kleine Friesenhaus gepasst. Ein Ohrensessel mit rotem Samt stand vor dem Fenster, ein dunkelbrauner Sekretär war an der Stirnwand neben einem Spinnrad platziert. Die Sofaecke zierten schmale Streifen, das Polster hatte Jette auf dem Festland passend anfertigen lassen. Der Couchtisch stammte aus der Biedermeierzeit. Vor den Fenstern hingen feine weiße, seitlich geraffte Gardinen.

Jettes Enkel waren in den zwei Jahren, seit sie hier lebte, noch nie auf Langeoog gewesen, hatten sich stets geweigert, in diese »Pampa« zu fahren.

So war Jette zuletzt im vergangenen Jahr nach Oldenburg gereist. Nach zwei Tagen aber war ihr die Hektik auf dem Festland schon aufs Gemüt geschlagen. Ihre Enkel sahen sich in ihrem Vorurteil bestätigt, dass Oma zwar bunt wie ein Paradiesvogel durch die Lande schwebte, aber doch alt war, wenn sie »das bisschen Stadt« nicht aushielt. »Die Verpackung täuscht«, waren Maries Worte gewesen.

Jette sah den abschätzenden Blicken ihrer Enkel an, dass sie eine weniger spießige Einrichtung erhofft hatten. Apfelsinenkisten oder ein Sperrmüllsammelsurium wären in ihren Augen passender gewesen und hätten ihre starre Mimik bestimmt aufgeweicht.

»Wollen wir zuerst einen Tee trinken? Tee ist Balsam für die Seele!«, durchbrach Kea die Stille, die nur vom unterschwelligen Brummen aus Maries Player durchbrochen wurde.

»Ich koche welchen«, schlug Jette vor. »Kommt, wir gehen in die Küche!« Sie wollte sich beeilen, bevor die ersten Flecken das Sofa verunzierten. Oder die Federn des Biedermeiersofas kaputt waren, denn Kilian hüpfte mittlerweile doch bedenklich schwungvoll auf und nieder.

Jette war froh, als das Wasser kochte und der Tee schließlich auf dem Stövchen stand. Eine Stunde war schon geschafft, nur noch kurze Zeit, und alles war gut!

Jette bedeutete Fenna, Marie und Kilian, ihr zu folgen. »Wenn man schon nach Langeoog kommt, ist Ostfriesentee genau das Richtige! Kekse habe ich auch.« Sie bemühte sich um einen munteren Tonfall, der trotz aller aufgesetzten guten Laune aber nur wie in Moll gesungen anzukommen schien. Immer wieder taxierte sie ihre Tochter nach verdächtigen Anzeichen.

Wann kam Kea endlich auf den Punkt? Viel Zeit blieb ihr nicht, wenn sie eines der nächsten Schiffe zurücknehmen wollte.

Es hing etwas in der Luft.

Hoffentlich geht es wirklich nur um meinen Geburtstag. Dann sind wir schnell durch.

Jette wurde immer nervöser. Etwas stimmte hier nicht. Ganz und gar nicht.

Mechanisch füllte Jette die Kekse nach, die erste Packung war binnen einer halben Minute vertilgt. Die Krümelreste verteilten sich in drei Wegen über den Tisch, aber der zu Kilian war mit Abstand am breitesten. Jette goss Tee nach, erzählte vom grandiosen Sommerwetter, das seit Wochen auf der Insel herrschte, *Inselwetter eben,* dass der Laden wunderbar lief und wie anstrengend ein paar der Feriengäste waren. Sie redete und redete, Antworten bekam sie keine. Ihr Blick schweifte ständig zur Uhr. Doch Kea tat weiterhin, als lausche sie ihr intensiv, Marie tippte auf der Handytastatur herum, Kilian beeilte sich, auch die zweite Kekspackung leer zu bekommen.

Entweder er neidet unter Futterneid oder er hat den ganzen Morgen noch nichts zu essen bekommen.

Fenna hielt die Augen geschlossen, während sie den Keks zu Brei zermalmte.

Erst als es nichts, aber auch gar nichts mehr zu erzählen gab, wagte Jette es, Kea abwartend anzusehen. Bereit für die Botschaft, die sie gleich zweifelsohne treffen würde und die sie im Keim ersticken musste. Dazu brauchte sie drei Sätze:

»Nein, Kea, ich bestehe weder auf Robbie Williams noch auf die Abba-Zusammenführung. Ich möchte nicht feiern. Spart das Geld für meine Beerdigung.«

Jettes Stimme zitterte nur leicht, als sie es nicht mehr aushielt und fragte: »So, und ihr wollt meinen Geburtstag planen?«

Kea lächelte wissend. »Mutter, du wirst sechzig. Ein stolzes Alter, und du bist so fit! Dafür können wir dankbar sein. So dankbar!«

Stimmt, noch kann ich auf den Rollator und passierte Kost verzichten. Und Windeln brauche ich ebenfalls nicht.

Jette riss sich zusammen. Jetzt oder nie. »Ihr braucht trotzdem nichts zu planen und zu organisieren. Ich möchte keine Feier.« Nun war es heraus. Der Tee plätscherte beim nächsten Einschenken überlaut in die winzigen Tassen, das Zerspringen des Kandis knallte wie ein Schuss.

Jette lächelte noch immer gewinnend.

Zog die Brauen abwartend hoch.

Stellte die Kanne zurück aufs Stövchen.

Nahm einen Schluck.

Es herrschte jedoch Schweigen. Nichts als Schweigen, nur unterbrochen vom gelegentlichen Knacken, wenn Kilian einen weiteren Keks erlegte. Der Löffel klirrte, als er ihn zurück auf die Untertasse knallte. Die Uhr zerhackte mit ihrem Ticken die unangenehme Stille. Noch nie hatte Jette diesen Ton als so laut empfunden.

»Ist gut, dann feiern wir nicht«, lenkte Kea ein. »Wenn du nicht magst, ist es in Ordnung.«

Jette sah ihre Tochter erstaunt an. Kein Abba-Revival oder der Po von Robbie Williams, kein bahnbrechender Helene-Fischer-Song ihr zu Ehren? Nicht einmal *de Flinthörners*, keine *Likedeeler* und kein Bürgermeister? Sondern Ruhe? Einfach nur Ruhe?

Das geht zu einfach, das geht zu leicht! Verdammt, das geht zu leicht.

Wie die singende Tonfolge eines Jahrmarktschreiers glitten Jette diese Sätze warnend durchs Ohr. Dennoch lächelte sie ihre Älteste abwartend an.

»Ich muss beruflich in die Staaten«, sagte Kea schließlich gepresst. Ihre Stimme zitterte ein bisschen, als sie weitersprach. »Es handelt sich um einen wichtigen Auftrag. Morgen Mittag. Und das für zwei Wochen. Bis zu deinem Geburtstag bin ich zurück.«

»Das ist ja schön für dich!« Jette fiel ein Stein vom Herzen, denn wenn es das war, was ihre Tochter loswerden wollte, war alles halb so wild. Die Staaten, das war Zivilisation, das war bar jeden Lendenschurzes und frei von großen, drachenähnlichen Schuppentieren. Weg waren die anderen auch, nun war also Kea dran, sich abzusetzen. Der Lauf der Dinge und für die Enkel sicher eine tolle Erfahrung! In Amerika war ihnen mit allem gedient. Es gab Internet, es gab Nationalparks. Es gab Shoppingmeilen und Friseure, und es gab bestimmt auch irgendetwas, was den kleinen Professor a) satt werden ließ und ihm b) Raum für seine Forschungen gab. Die Forschergene steckten ihm väterlicherseits im Blut, wenngleich die präferierten Eisbären in Braunbären getauscht werden mussten. Jette hoffte, dass der Kleine da flexibel war.

Sie beschloss, es ihrer Tochter so leicht wie möglich zu machen. »Das ist ja ganz wunderbar, Kea! Es sind Ferien und Amerika ist ein tolles Erlebnis für deine Kinder. Welche Möglichkeiten bieten sich ihnen dort!« Jette schenkte sich eine zweite Tasse Tee ein und erfreute sich am befreienden Knacken des Kandis. Morgen war alles wieder, wie es war. Ach, morgen! Heute bereits. Wenn gegen Abend die letzte Fähre fuhr.

Die Gesichter der drei Enkel hatten sich bei Jettes Sätzen zusehends verfinstert. Ihre Bemerkung über die Möglichkeiten in

Amerika war definitiv die falsche gewesen, und sie bohrte ganz offensichtlich in einer offenen Wunde.

Fenna stand plötzlich auf, und wie von einem unsichtbaren Zeichen gesteuert, erhoben sich auch ihre Geschwister und folgten ihr. Zurück kamen sie mit drei Koffern. Sie stellten alles brav ab, drehten um und betraten das Haus ein weiteres Mal. Jetzt schleppte jedes der Kinder eine große Sporttasche.

Jette gefror das Lächeln. »Das sieht nach einem längeren Aufenthalt aus«, versuchte sie zu scherzen und damit die aufkommende Panik in Schach zu bekommen. Es durfte nicht heißen, was sie vermutete. Auf gar keinen Fall!

»So ist es«, knurrte Fenna schließlich. »Genau so ist es! Ein verdammt langer Aufenthalt.«

»Es handelt sich summa summarum um exakt dreizehn Tage, einschließlich des heutigen Datums«, sagte Kilian. »Unsere Mutter wird genau am zwölften Tag mit dem Flieger nach Europa zurückkehren.« Beim p von Europa hatte Kilian den Kekskrümel im rechten Mundwinkel nicht mehr ganz unter Kontrolle und spie ihn Jette in den Tee. »Das bedeutet, sie wird mit einem nicht unerheblichen Jetlag an deinem sechzigsten Geburtstag, folglich Tag dreizehn, auf dieser Insel ankommen.« Er zog ein blaues Notizbuch aus der Tasche. »Ich habe alles notiert!«

»Die Kinder sollen bei mir bleiben?« Jettes Frage war so überflüssig wie ein Kropf. Kilian hatte ihr die Antwort ja eben lang und breit gegeben. Außerdem stand die unumstößliche Tatsache in Form des Gepäcksammelsuriums in der Friesenstube. Und offensichtlich war alles in diesem blauen Notizbuch schriftlich fixiert.

Jette konnte nicht glauben, was sie da gehört hatte. Ihr blieb jedes weitere Wort im Hals stecken, als sie in Keas Augen sah und anschließend die Mienen ihrer Enkel musterte. Keiner brauchte es auszusprechen. Kea würde nach Amerika reisen. Fenna, Marie und Kilian nicht.

»Und wie stellst du dir das vor?«, fragte Jette nach einer Weile.

»Ich habe meine Galerie mit dem Laden, und es ist Hochsaison. Außerdem hättest du mich vorher fragen müssen!«

»Du hast viel Zeit, Mama. Die Kinder sind groß, machen wenig Mühe. Das bisschen Essen und Wäsche. Ist doch eine tolle Überraschung.« Kea stimmte dieses Rudi-Carrell-Lied an: »Lass dich überraschen!« Es klang leicht schief.

Weil Jette nicht antwortete, setzte Kea noch eins drauf: »Du wirst sie kaum bemerken.«

Wie zur Bestätigung kreischte Maries Handy los. »Get up, stand up ... for your rights!« Bob Marley.

Jette hätte diesen Ton auch grad gern als Klingelton. Sie würde Marie fragen, ob sie ihn ihr herunterlud. Die war im Augenblick vermutlich nicht willens, sprang auf und nuschelte so etwas wie: »Das ist Julia!«, und stürmte aus der Küche.

Fenna saß mit verstocktem Blick am Fenster und stierte hinaus. »Wir werden zu Umweltsündern in größtmöglichem Ausmaß!« Sie machte ein Gesicht, als sähe sie Harmagedon förmlich auf Langeoog zurasen.

Kilian schüttete sich indes den halben Topf Sahne in die Tasse, die der weißen Sahnewolke oder, wie man auf Friesisch sagte, der Wulkje nicht gewachsen war, die Untertasse überschwemmte und von dort einen Bachlauf bildete, der wie ein Wasserfall auf den Boden stürzte. Dessen ungeachtet grabschte er nach dem letzten verbliebenen Keks und versenkte ihn in seinem Forschermund, dessen Kauwerkzeuge augenblicklich zu mahlen begannen.

Jette sprang auf, zerrte ein paar Blatt Küchenkrepp von der Rolle und wischte die Fliesen trocken. »Hast recht«, keuchte sie. »Sie werden kaum Arbeit machen.«

Die Vergangenheit hatte sie eingeholt. Sie würde nach den zwei Wochen aussehen wie das Knochengestell gestern an Pablos Seite. Würde die dunkelsten Augenringe aller Zeiten haben, deshalb den Kajal einsparen. Wimperntusche sowieso. Wenn ihr die Tränen in die Augen schossen, würde sie ohnehin verlaufen. Jette Blümerant wäre nach diesen dreizehn Tagen, heute mitgerechnet, ein Wrack. Nach all den »würdes« sog Jette die Luft ein, legte den Kopf in den Nacken und hoffte, alles wäre nur ein böser Traum.

»Du wirst sie kaum bemerken, Mama!«, wiederholte Kea.

Willkommen im Leben, Jette!

3

Immer noch dreizehn Tage

Ich glaub, mein Schwein pfeift

Da sind wir nun!« Marie betrachtete das kleine Zimmer mit Argwohn und rümpfte die Nase. »Wie spießig!« Sie zupfte an der Scheibengardine, die seitlich mit einem Band gehalten wurde wie die Gardinen fast überall in Jettes Haus. »Ich dachte im ersten Moment, als ich Oma so interessant gekleidet gesehen habe: Mann, ist die cool drauf. Aber dieses Friesengetue ist doch echt der Hohn! Sie *ist* alt, auch wenn sie das nicht wahrhaben will.«

Fenna warf einen Blick nach draußen, wo gerade eine Kutsche mit einem braunen Pferd und gelber Plane vorbeipolterte. »Na wenigstens verpesten hier keine Abgase die Umwelt. Immerhin etwas!«

Marie antwortete ihr nicht mehr. Sie hatte mittlerweile ihren Laptop aufgeklappt und hämmerte wie wild auf der Tastatur. Als das keinen Erfolg zeigte, mühte sie sich mit dem Handy ab. »Wir haben hier null Netz!«, stieß sie verzweifelt aus. »Fenna! Kilian! Was für ein Desaster!«

Ihre Schwester runzelte die Stirn und blickte hochmütig auf die Jüngere hinab. »Das nennst du Desaster? Hast du vorhin nicht gesehen, dass extra Versorgungsschiffe eingesetzt werden müssen, damit die Menschen auf dieser Insel in Saus und Braus leben können? Das waren diese rot-blauen, die man dann auch noch nett und freundlich als *Onkel Otto* tituliert. Weißt du, was das an Benzin und Öl kostet und wie viel Energie vergeudet wird? *Das* ist ein Desaster!«

Marie hörte Fenna gar nicht zu. »Hoffentlich hat Oma Internet. Ich frag sie mal nach dem Key. Und hoffe, sie weiß, was das ist. Ich sterbe sonst!«

»Klar stirbst du, wenn du nicht auf deiner Datenautobahn herumkurven kannst!«, knurrte Fenna. »Aber wir werden allesamt früher oder später am Fortschritt krepieren.« Sie warf sich rücklings aufs Bett. »Mama fliegt morgen nach New York und setzt dem Klimaschaden noch eins drauf. Wir werden alle sterben! Und ich zuallererst, sollte ich diese zwei Wochen tatsächlich auf Langeoog bleiben müssen.«

»Es ist anzumerken, dass es sich a) um nur dreizehn Tage und nicht zwei volle Wochen handelt. Und b) ist zu klären, ob das der richtige Augenblick für dein Ableben ist«, dozierte Kilian. »Wenn du auf der Insel stirbst, muss ein Sarg vom Festland nach Langeoog gebracht werden. Haben die hier ein Bestattungsunternehmen, ändert das auch nichts, weil sie die Dinger bestimmt nicht selbst herstellen oder zumindest das erforderliche Material herschaffen müssten. Sprich: Es kostet unnötige Treibhausgase, auf einem Eiland dahinzuscheiden. Das kann nicht in deinem Sinne sein!« Er rückte die Brille mit dem Zeigefinger ein paar Millimeter nach oben und betrachtete seine Schwester. »Wenn du meine Meinung hören möchtest: Warte die Tage lieber ab, bis wir drüben sind. Dein Tod hier ist äußerst unökologisch.«

Fenna nickte düster. »Danke, kleiner Professor. Fürs Augenöffnen, du hast recht. Ich kann und darf noch nicht sterben.«

»Gern geschehen.« Er bückte sich und zerrte sein Notizbuch heraus, in das er sofort seine Nase steckte. Er fläzte sich aufs Bett und tat konzentriert, was man am ständigen Zucken seiner Zehen bemerkte. »Ich für meinen Teil habe vor, mich hier weiterzubilden. Ich gehe quasi wie ein Mönch im Kloster in Klausur.

Mehr kann man ohnehin nicht tun.« Er zückte seinen Stift und kritzelte etwas auf die leere Seite.

Marie überließ ihre Geschwister kurz sich selbst und hüpfte hinunter zu Oma Jette, die ihr den Internetschlüssel bereitwillig zusteckte.

»Kinder, ich habe Nehetz!!! Oma wusste tatsächlich sofort, was ich will«, jubelte Marie, als sie wieder oben war. »Netz! Auf dieser Insel. Es gibt hier wirklich *Internet!*« Sie würde folglich nicht sterben, sie war gerettet.

Jette entkorkte die Weinflasche, ließ sich auf den Gartensessel fallen und schloss die Augen. Eine orangefarbene Wollstola umhüllte ihre Schultern, denn auch wenn es ein lauer Abend war, kühlte es doch merklich ab. Neben ihr lag ein Stapel Tarotkarten. Sie hatte das *Kleine Kreuz* und *Das Hufeisen* für heute und für morgen gelegt und wünschte, es besser gelassen zu haben. Die Karten sagten nichts Gutes, absolut nichts Gutes. Chaos und Unbill.

»Jetzt bin ich sogar zu müde, mir den Wein einzuschenken«, murmelte sie und ärgerte sich augenblicklich über ihre Selbstgespräche. Diese Macke nahm immer mehr zu. »Bin ich vielleicht einsam?«

Blödsinn. Alles ist gut so, wie es ist. Ich liebe meine Freiheit.

Kea war, nach einem kurzen und schmerzlosen Abschied, mit dem letzten Schiff zurück nach Bensersiel gefahren. So ganz hatten ihr die Kinder das Parken auf der Insel bei Oma Jette nicht verziehen.

Die schrak zusammen, als sie merkte, dass sie schon wieder nicht allein war. Vor ein paar Minuten hatte Marie sich den Internetschlüssel geholt, war allerdings wie ein Orkan gleich nach oben ins Zimmer gewirbelt.

Nun war Fenna neben sie getreten und beäugte das Obst auf dem Tisch mit kritischem Blick.

Wäre gut, wenn dieses Kind auch mal was anderes als Äpfel in sich reinfutterte, dachte Jette. Sie ist viel zu dünn. Kea hatte auch immer zu wenig gegessen und glich bis heute der Statur nach einer dünnen Birke. Das hatte sie vom Vater geerbt, der ähnlich drahtig gewesen war.

Fenna nahm einen Apfel in die Hand und studierte den Aufkleber im Schein des Windlichtes. »Die stammen zwar aus biologischem Anbau, haben aber eine äußerst negative Klimabilanz.«

Jette zog fragend die Brauen hoch. »Warum? Sind doch einfach nur Äpfel. Am Baum gewachsen, geerntet und hierhergebracht.«

Fenna schüttelte energisch den Kopf. »Die kommen nicht nur vom Festland, sondern sind auch noch gleich aus Südamerika eingeflogen. Weißt du, wie viele Tonnen Kohlendioxid ein solcher Import kostet?«

»Auf Langeoog wachsen nun mal keine Äpfel«, wagte Jette einzuwenden. »Vielleicht vereinzelt.«

Die mit dem schädlichen Obst ausgelöste ökologische Katastrophe hielt Fenna allerdings nicht davon ab, sich ein Stück zu Gemüte zu führen. »Immer noch besser, als Leichenteile zu verspeisen«, nuschelte sie. »Fisch ist völlig ausgeschlossen. Wegen der Überfischung kann die Brut nicht mehr groß werden. Von der Massentierhaltung beim Geflügel oder der Schweinemast ganz zu schweigen.« Sie verschwand und schnappte sich im Fortgehen die letzte Birne, deren Herkunft sie ausnahmsweise nicht hinterfragte.

»Was wolltest du denn von mir?«, rief Jette ihr nach.

»Hatte Hunger. Muss schließlich überleben, auch wenn die Welt dabei draufgeht! Hier zu sterben würde der Umwelt erheblichen Schaden zufügen, das kann ich nicht verantworten, da sind klimaschädliche Äpfel das geringere Übel. Das Leben besteht nun mal aus Kompromissen!«

Dass Fenna in diesen zwei Wochen nicht sterben wollte, empfand Jette als extrem rücksichtsvoll. Die Tür knallte oben zu. Der Ton hallte in den merklich vibrierenden Scheiben nach.

Wenn die drei die Tage auf der Insel überlebten, konnte Jette allerdings die Fenster neu einbauen und vermutlich alles renovieren. Sie schenkte sich den Rotwein doch ein, ließ ihn im Glas kreisen, damit sich das Bukett voll entfaltete. Dabei legte sie den Kopf in den Nacken. Den Himmel zu betrachten beruhigte sie in der Regel. Wenn die Kinder weg waren, würde sie genau diesen Himmel malen und daran denken, wie wertvoll ihr die neu gewonnene Freiheit war. Möwen zogen ihre Bahnen, der Himmel färbte sich rot und machte Hoffnung auf einen neuen sonnigen Tag. Trotz der Windstille drang das Rauschen der Wellen an ihr Ohr, es roch leicht nach Tang. Jette schloss erneut die Augen. Eine Grille zirpte im Busch. Was für ein Frieden auf ihrer wunderschönen Insel.

Ihre Gedanken wanderten zu Pablo. Was er wohl tat? Malte er gerade den tapezierten Knochen in Öl oder zeichnete er allein die Dünenketten bei Mondschein?

Jette setzte sich aufrecht hin.

Jetzt bitte nicht über Pablo nachdenken. Er war ein weiteres Problem, das es zu lösen galt. Aber nicht heute Abend.

Zwei Wochen lang sollte sie nun Oma sein. Zwei Wochen drei Teenager beherbergen. Zwei Wochen Rücksicht nehmen. So lange, bis sie sechzig wurde. Sie musste es irgendwie schaffen, immerhin hatte sie schon schwierigere Situationen gemeistert, und Improvisation war eine ihrer großen Stärken. Die jahrelange Übung, ihre Kinder allein großgezogen zu haben, würde sich nun auszahlen.

Sie war immer gern Mutter gewesen, hatte sich aufopfernd um den Nachwuchs gekümmert, doch wie es eben war: Eines Tages verließen die Vogelkinder ihre Nester und flogen fort. Fragten nicht, ob sie vermisst wurden und wie Mama sich ohne sie fühlte. Der Lauf der Welt. Trotzdem war es schmerzhaft, zudem sie keinen Mann an ihrer Seite hatte, mit dem sie fortan in die Zukunft blicken konnte, nachdem der Vater ihrer Kinder bei einem Verkehrsunfall ums Leben gekommen war und dieser andere … Jette mochte nicht einmal mehr an seinen Namen denken. Er war keinen dieser sieben Buchstaben des Vornamens wert, von den elf Buchstaben des Nachnamens ganz zu schweigen. Achtzehn negative Assoziationen.

Nach seinem Abgang hatte es keinen Mann mehr in Jettes Leben gegeben. Keinen richtigen jedenfalls, nur solche wie Pablo. Jette grinste. Gut, dass Kea das nicht wusste!

Trotz aller Verletzungen und dem ständigen Gefühl, alles allein schaffen zu müssen, hatte Jette beschlossen, ihre drei Sprösslinge fliegen zu lassen, ihnen nicht nachzutrauern und selbst nicht in der Einsamkeit zu versinken. Deshalb hatte sie das Haus auf Langeoog gekauft. Sie war frei! »Würde ich es je anders machen?«, fragte sie leise. »Nein, alles ist gut so, wie es ist!«

Gerade als sie den ersten Schluck Wein nehmen wollte, hörte sie Schritte auf dem Pflaster. Dahinter ratterte das typische Trolleyrollen. Jette wandte den Kopf, denn normalerweise trat es nur auf, wenn die Inselbahn kam oder kurz bevor sie abfuhr, dann allerdings in großer Lautstärke, weil unzählig viele Trolleys über das Pflaster gezogen wurden. Hier handelte es sich aber um ein vereinzeltes Geräusch, dennoch war es um diese Zeit äußerst ungewöhnlich, weil die Gäste längst in ihre Behausungen abgetaucht waren. Fuhr kein Schiff, gab es von Langeoog kein Entkommen. Es sei denn, man charterte sich ein Flugzeug oder besaß ein eigenes Boot.

Die Dämmerung senkte sich bereits über die Insel, eine letzte Amsel huschte durch den Garten und gab einen keckernden Ruf von sich. Das Trolleyrollen war verstummt, bestimmt hatte sich nur ein Badegast verirrt.

Auf der Insel, klar, Jette. In diesem Labyrinth kann man sich super verirren.

»Egal, ich habe meine Ruhe!« Kaum hatte sie den Satz ausgesprochen, spürte sie eine Hand auf der Schulter. »Wer zum Henker …« Ihr blieb das Wort im Hals stecken, als sie ihre Augen öffnete und die in einem Strauß roter Rosen badeten.

Jette drückte die Blumen zur Seite, setzte sich in Zeitlupentempo aufrecht hin. Vor ihr befand sich genau das Gesicht, das sie so viele Jahre aus ihrer Erinnerung verbannt hatte und das sie auch nie wieder aus dieser Schublade hervorzuholen gedachte. Das, was nicht einmal die achtzehn Buchstaben wert war. Hatte sie ihn mit ihren negativen Gedanken womöglich hergezaubert? Oder aus der Versenkung geholt?

Die Nase, die Augen, das Kinn. Alles gehörte zu Günther Meilenstein. Der Kerl, von dem sie geglaubt, nein gehofft hatte, ihn niemals wiederzusehen. Günther trug dieselben Klamotten wie damals. Selbst von seiner Günter-Netzer-Scheitelfrisur hatte er sich nicht verabschiedet, genau wie noch immer diese Hornbrille seine Nase schmückte. Hier hatte er Glück gehabt, denn die überdimensionalen Brillengestelle erlebten gerade eine Renaissance. Dennoch wirkte er wie aus einer längst vergangenen Zeit entstiegen.

Entgeistert starrte Jette ihn an. Sie hatte mit allem gerechnet, aber nicht mit dem Auftauchen des Mannes, den sie schon mindestens hundert Mal auf den Mond gewünscht hatte. Hundert Mal? Einhunderttausend Mal. Was nur wollte er auf Langeoog, ihrer ureigensten Bastion? Uneinnehmbar für ihn! Der Mann, dem sie verdankte, dass sie ihr Haar drei Jahre früher hatte färben müssen, weil sie nicht als Silberlöckchen herumlaufen wollte.

Immerhin hatte der Inselfriseur ihre Ursprungsfarbe exakt getroffen.

Woher wusste Günther aber überhaupt, dass sie hier lebte?

Er streckte ihr die Rosen immer noch entgegen, ließ sie aber Stück für Stück sinken. In der Mitte des Straußes steckte eine kleine Meerjungfrau. Mein Gott, war das kitschig! Und als wäre das nicht genug, bewegten sich Jettes Hände fast mechanisch auf diesen pompösen Rosenstrauß zu und umfassten ihn. Eine der Dornen durchbohrte ihr Fleisch.

»Kann ich mich setzen?«, lächelte Günther. Sein Gebiss war neu, eine Veränderung, der er offenbar stattgegeben hatte. Blitzweiße Kronen reihten sich fehlerfrei aneinander. Das war aber die einzige Novität, beim Rest seiner Erscheinung zog er das Antiquariat vor. Jette glaubte, selbst das Hemd noch als eines von früher zu entlarven. Kein Hersteller würde es heutzutage wagen, auf einem Hemd farbenfrohe Moto Guzzis einzuarbeiten. Wer außer Günther Meilenstein trug so etwas?

Jette wies höflich auf den freien Stuhl und erkannte erst dann, was er neben dem Meerjungfrauen-Blumenstrauß noch so mitgebracht hatte. Entgeistert starrte sie auf den monströsen Koffer und den Metallkäfig, beides hatte er auf dem Gartenweg abgestellt. Das sah nicht nach einer Reise aus, sondern nach Umzug.

»Was wird das, wenn ich fragen darf?«

»Gibt kein Zimmer mehr«, entschuldigte sich Günther. »Da dachte ich ...«

Jette blieb die Luft weg. Sie griff nach dem Weinglas und trank es in einem Zug leer. Weil es sie befreite, goss sie sofort ein weiteres Glas nach. »Da dachtest du nach all den Jahren, dass du einfach so hier reinschneien und sogar bei mir wohnen kannst? Geht's noch?«

Ich glaub, mein Schwein pfeift. Der hat doch nicht alle Latten am Zaun. Seine Fichte ist komplett abgenadelt. Seine Uhr tickt falsch herum.

Mehr fiel Jette nicht ein.

Günther nickte. »Du hast doch bald Geburtstag. Du wirst sechzig, Jette! Deine Kinder sind in alle Winde verstreut, wie ich recherchiert habe. Ich möchte nicht, dass du ganz allein feierst! Ich habe mir überlegt, wir bereiten das Fest zusammen vor und begehen den Tag in Ehren. Es sind ja noch exakt dreizehn Tage bis dahin, aber gut Ding will Weile haben.«

Zieh Leine, Günther Meilenstein. Mach dir die Meilen deines Lebens zum Lebensziel, bevor ich mich vergesse!

Exakt dreizehn Tage, hatte Günther gesagt. Er war immer noch so kleinlich wie früher! Jette musste sich mühsam beherrschen, ihre Zunge im Zaum zu halten. »Ich bin aber gar nicht allein«, entgegnete sie schließlich. Wie zur Bestätigung knallte oben eine der Türen, ein spitzer Schrei fäkalen Ursprungs durchschnitt den friedlichen Abend.

»Sche… Bei Omilein sitzt ein Typ!«, kreischte Kilian und stieß die Tür zu Fennas und Maries Zimmer auf. Er selbst war in der Dachkammer neben dem Atelier untergekommen.

»Ein Typ?«, fragte Fenna und vergaß für einen Augenblick den Untergang der Erde und ihr eigenes vorzeitig befürchtetes Ableben.

Marie hatte sich mit ihren Ohrstöpseln abgekapselt und bekam von dem Gespräch nichts mit, weil sie irgendein PC-Spiel spielte.

»Und was will der?«

Kilian schloss die Tür. Er flüsterte mit verschwörerischer Miene: »Der Typ hat Omilein einen Strauß roter Rosen geschenkt.

Darin steckt Arielle, die Meerjungfrau. Und er hat einen ganz dicken Koffer dabei!«

Fenna spitzte die Lippen, und auch Marie entkorkte die Ohren. »Rosen? So ein richtiger Rosenkavalier? Krass. Das heißt in Omas Generation noch was! Wahre Liebe oder so. Nennen die Kukis das nicht Verehrer? Vielleicht wird das hier ja spannender, als wir dachten. Bestimmt ganz romantisch!«, frohlockte sie. »Wie in *Nur die Liebe zählt*. Oder in *Mit dir an meiner Seite*.«

Fenna winkte ab. »Tu nicht so gebildet. Das hast du doch beides nicht gelesen!«

»Wie auch? Das Erste ist nämlich eine Fernsehsendung, die du aus Energiespargründen natürlich noch nie gesehen hast! Die haben sie gerade neu aus der Taufe gehoben. Weißt du natürlich nicht, weil du ja quasi ein fernsehbefreites Individuum bist.«

Fenna ignorierte Maries Gekeife. Sie lehnte solch bewusstseinsschmälernde Freizeitaktivität bekanntlich ab. »Ein Kerl um diese Zeit mit einem Koffer und Rosen, der Oma auf der Terrasse stört und sich offenbar nicht angemeldet hat, ist nicht romantisch: Das klingt nach Verwicklungen! Und, was ich mich frage: Was bedeutet diese Nixe?«

»Ein altes Ritual«, sagte Kilian. »Irgendwas verbinden sie damit.«

»Wie dem auch sei ... Ich habe Internet!«, stellte Marie klar und empfahl sich retour in ihre eigene Welt.

Kilian war derweil die Treppe hinuntergeschlichen und kam mit hochroten Ohren wieder. Seine Brille war vor Aufregung verrutscht. »Es gibt weitere Neuigkeiten! Jetzt ist da noch ein Achtundsechziger. Und der schleppt eine Flasche Wein mit sich!«

»Ein Achtundsechziger?«, fragte Fenna. »Was soll denn das heißen?«

»Na so ein Polit-Öko von damals. So 'n Terrorist eben«, erklärte Kilian. »Ein Kinderladenfreak oder so.«

»Du liest echt zu viel Mist. Kinderläden waren die Befreiung aus den eingefahrenen und stockkonservativen Erziehungsmodellen der Sechziger ...« Fenna stockte in ihrem Vortrag und runzelte die Stirn. »Aber was wollen zwei Männer da unten?«

Marie entkabelte sich erneut: »Eine Orgie vielleicht? Hat Oma vergessen, denen von uns zu erzählen, und sie hatte einen Abend zu dritt vor? Igitt!« Dann schüttelte sie den Kopf. »So ein Quatsch! Oma ist eine Oma! Dahinter muss etwas anderes stecken.«

»Omilein ist ein Neutrum!«, bestätigte Kilian. »Und gehört zum Kukidentgeschwader erster Güte! Sie hat Gebissreinigungstabletten im Bad. Hab ich gesehen. Da macht man keinen Sex mehr.« Er hüpfte wie ein Flummi aufgeregt auf und nieder.

Fenna drückte ihre Hand auf seine Schulter. »Hör auf zu hüpfen, du Klugscheißer!«, fuhr sie ihn an. »Was weißt du schon davon?«

»Vielleicht ist einer von beiden auch ihre alte große Liebe, und sie sind einst durch ein tragisches Unglück voneinander getrennt worden. Nun muss Oma sich für einen von ihnen entscheiden, damit sie mit ihm auf ihre alten Tage glücklich sein kann bis an ihr Lebensende!«, schwärmte Marie. Sie strich sich ihr Schneewittchenhaar hinters Ohr. »Oma war ja mal eine schöne Frau. Ich glaube, ich sehe ihr ähnlich.«

»Hör auf mit deinem Bollywoodblödsinn!« Fenna schüttelte den Kopf.

»Aber wenn es so ist? Wer weiß, was damals geschehen ist, dass sie einander entsagen mussten.« Marie pfefferte ihre Ohrstöpsel auf den kleinen Beistelltisch.

»Nun entsag du besser deinem Internet! Lasst uns lieber überprüfen, was da unten wirklich los ist.« Fenna drückte auf die

Aus-Taste des PCs, was Marie mit einem Ellbogencheck kommentierte.

Anschließend schlichen die drei die Treppen hinunter und kauerten sich hinter die Küchentür. Fenna legte warnend den Finger an die Lippen, als sie sah, wie Marie nach Kilian trat, weil er versehentlich ihr Knie berührt hatte. »Keinen Mucks!«

Das Gemurmel in der Küche war nun gut zu verstehen.

»Corazón, du hast Besuch! Dachte, du bist gestresst von den Badegästen! Ich wollte dich malen! Ich bin Künstler mit einer sensiblen Seele!« Der in Naturweiß gewandete Rastalockenmann hatte einen vorwurfsvollen Ton angeschlagen. Seine Haarpracht war locker mit einem Lederband gebändigt, seine rechte muskulöse Schulter lag frei, weil das Oberteil heruntergerutscht war. Ein Schlangenkopftattoo wand sich lüstern um den Hals.

»Ein Latin Lover!«, keuchte Fenna begeistert. »Mit Flip-Flops, Tattoo und dem geilsten Styling der Welt! Einfach und ohne Schnickschnack! Ein echter Mensch, keine blutsaugende Zecke, die das Universum schädigt!«

»Woher willst du denn das wissen?«, fragte Marie. »Vielleicht isst er liebend gern Hummer, der lebendig ins kochende Wasser geworfen wurde, oder er besitzt auf dem Festland eine Hühnerfarm.«

»So ein Quatsch! Ein Hühnerbaron sieht anders aus. Der Typ ist ein Künstler vor dem Herrn!«

»Sicher malt er nur mit Ökofarben und baut seinen Hanf selbst an«, nickte Marie. »Aber aus dem Süden könnte er tatsächlich stammen. So sieht er aus. Übrigens trägt er Plastiklatschen. Von wegen Öko.«

»Die sind sicher secondhand, dann mussten sie nicht sinnlos entsorgt werden.« Fenna wirkte völlig entrückt.

»Bestimmt. Mann, wach mal wieder auf!«, stieß Marie sie an. »Der Typ könnte dein Opa sein!«

»Höchstens mein Vater«, berichtete Fenna sie. »Der Trend geht zum reifen Mann.«

»Jedenfalls klingt das, was er an Brocken einwirft, tatsächlich spanisch«, erklärte Kilian und unterbrach so den sich anbahnenden Streit seiner Schwestern.

»Du hast recht, Kili. Aber wo hat sie den her?«, raunte Marie. »Der Mann ist ja mindestens zehn Jahre jünger als Oma! Wenn er das ist, was ich vermute, dann irrst du, was Omas Sexleben angeht. Kukident hin oder her.«

»Halt die Klappe, davon hast du doch gar keine Ahnung. Oma ist eine alte Frau. Sie wird sechzig! Denke mal nach!«, flüsterte Fenna. Sie legte den Zeigefinger an die Lippen. »Und jetzt Ruhe, die quatschen weiter!«

»Ich bin ein alter Freund von Frau Blümerant!«, dröhnte eine sonore Stimme. »Gestatten: Günther Meilenstein! Wer sind Sie?«

Marie kicherte und ignorierte Fennas mahnenden Blick. »Und was ist das jetzt für einer? Der ist ja jenseits des Verfallsdatums, was sein Outfit angeht!« Sie schüttelte sich. »Dann echt besser so ein weißer Ökofuzzi mit Secondhand-Flip-Flops!«

»Der sieht aus wie Günter Netzer!«, flüsterte Kilian. »Hat dieselbe Frisur! Hab ich eben in Omileins WM-Buch aus dem Jahr 1974 gesehen.«

»Ein Steinzeittyp, sag ich doch«, bestätigte Marie. »Oder besser ein verkappter Achtziger. Die wurden kürzlich in einer Historiensendung beleuchtet und als Generation Golf bezeichnet. Die liefen jedenfalls alle so eigenartig rum.«

»Nun seid doch still!«, flüsterte Fenna. »Man bekommt ja gar nichts mit!«

»Was wollt ihr beide hier?«, fragte Jette gereizt. »Ich habe keine Zeit! Meine Enkel sind zu Besuch, also trollt euch!«

»Da geht niemand!«, berichtete Kilian, der den besten Platz hatte. »Die gucken sich an wie zwei Kampfhähne. Gleich duellieren sie sich! Dieser Günther macht einem echt Angst. Sein Gebiss sieht aus wie das vom Terminator. Auch so ein alter Kultfilm mit Special Effects!«

War klar, dass er den Film kannte. Heimlich aus dem Netz runtergeladen, dachte Marie.

»Wer sind Sie denn nun?«, wiederholte Günther Meilenstein und fixierte Pablo, der seinen Arm kurz anwinkelte und die Muskeln spielen ließ, was Fenna ein begeistertes »Wow« entlockte.

»Das ist Pablo!«, sagte Jette schnell. »Ein Freund.«

»Sie schämt sich für ihn!«, erklärte Marie. »Sonst würde sie diesem Günther genau sagen, wer er ist. Denn das ist nicht nur ein Freund. Ganz sicher nicht! Aber sie mauert, das sieht man an Omas Gesicht. Ich kombiniere: Sie hat ein Verhältnis mit dem Latino, und dieser Steinzeit-, nein, Achtzigerabkömmling ist irgendein Verflossener. Kinder, so langweilig wird das hier doch nicht!«

»Sieht ganz so aus«, grinste Fenna. »Aber jetzt haben wir seine Antwort gar nicht gehört.«

Kilian drehte sich um. »Ich schon! Er hat gesagt, er heißt Pablo Torres Plata und dass er Omilein ab und zu malt!« Er verzog wissend das Gesicht. »Mehr sag ich nicht!«

»Komm, was hat er noch abgelassen? Spuck's aus!«, forderte Fenna ihren kleinen Bruder auf.

Der wurde rot. »Er hat behauptet, dass Omilein keine Enkel hat.«

»Dann hat sie ihm wohl nichts von uns und ihrer Familie erzählt!« Marie war entrüstet, aber Kilian winkte ab. »Er hat aber noch was gesagt!«

»Hm?«, fragte Fenna mit erhobenen Augenbrauen.

»Er hat gesagt, dass er sie nackt gemalt hat und das Bild über ihrem Bett hängt.«

»Nackt?«, kam es wie aus einem Munde von Fenna und Marie. »Das wollen wir sehen!« Fenna ging voraus, und ihre Geschwister folgten ihr dieses Mal widerspruchslos.

»Der Steinzeitterminator hat ganz schön blöd geguckt«, gackerte Kilian, als sie in Oma Jettes Schlafzimmer schlichen. »So langsam finde ich das gut hier.«

»Da hängt gar nichts!«, stellte Marie enttäuscht fest, nachdem sie die Wand über Oma Jettes Bett eingehend betrachtet hatte. »Hast du dich vielleicht verhört, Kilian?«

Der kletterte aufs Kopfteil und begutachtete die Tapete ebenfalls. »Da hing bis vor kurzem etwas. Seht ihr den helleren Abdruck und den Haken?«

»Manchmal bist du gar nicht so blöd.« Marie nahm ihr Handy, löste die Taschenlampenfunktion aus und strahlte die Wand an. Kilian hüpfte von der Matratze.

Kaum spürte er Boden unter den Füßen, krabbelte er bereits unters Bett. Triumphierend zerrte er das mit dem Handtuch umwickelte Bild hervor. »Tatatata!!! Frauen verstecken immer alles an so unsinnigen Orten«, erklärte er altklug. »Das kennt man ja. Von Mama«, fügte er hinzu, als er Maries fragenden Blick sah.

Fenna zog das Tuch vorsichtig beiseite, und eine nackte Oma Jette lächelte sie an. Sofort bedeckte sie deren Blöße. »Das ist kein Anblick für elfjährige Jungs!«, stellte sie fest.

Kilian schmollte. »Immerhin habe ich rausgefunden, wo es liegt. Und so viel älter seid ihr ja nicht, und ihr guckt es ja auch an!«

»Es ist durchaus ein Unterschied, ob man noch wie du grün hinter den Ohren ist oder wie Marie und ich schon fast erwachsen!«, korrigierte Fenna ihn.

»Mit sechzehn und siebzehn!«

Marie schob das Handtuch beiseite und betrachtete den Akt mit großem Interesse. »Hört auf rumzuzanken! Eines steht definitiv fest: Oma Jette ist nicht die Oma, für die wir sie gehalten haben!«

»Sieht so aus«, bestätigte Fenna. »Aber sie kommt doch dem Exemplar nahe, das Mama von ihr gezeichnet hat und was wir nie glauben wollten. Nur dass sie offensichtlich nicht so senil ist, wie Mama es immer durchklingen ließ.« Sie machte eine Pause. »Pst, da schleicht jemand herum. Los, wir müssen abhauen!«

Sie stießen das Bild unters Bett zurück und verschwanden so rasch es ging nach oben.

4

Immer noch dreizehn Tage

Nicht jedes Tier frisst Heu

Jette betrachtete beide Rivalen und war ratlos, wie sie ihnen begegnen sollte. Pablo blitzte sie wütend an. »Du bekommst rote Rosen von einem fremden Mann, der aussieht wie …!« Er sprach den Satz nicht zu Ende.

»Wie sehe ich denn aus?« Günther blickte verständnislos an sich herunter. Er schien sich wirklich keiner Schuld bewusst zu sein. Jette folgte seinem Blick. Modetechnisch war er eine wahre Flatline. Er trug eine braune Breitcordhose in bequemer Größe, dazu eines dieser karierten bügelfreien Hemden, die bei längerem Tragen rochen, als habe der Besitzer sie markiert. Jette schlussfolgerte, dass Günther allein lebte. Sonst würde seine Frau die Bügelfee spielen, und sie hätte ihn niemals in reinem Polyester durch die Welt geschickt. Keine liebende Gattin tat das. Schon in eigenem Interesse nicht. Auf dem Kopf ihres Verflossenen thronte ein speckiger grauer Filzhut mit Banderole, seine Füße zierten helle Lederschuhe, an der Spitze gestanzt. Immerhin waren die sauber, kein Sandkorn verunzierte die Oberfläche. Pedantisch wie eh und je.

Pablo sprach glücklicherweise nicht aus, was Jette dachte. Er schnaubte nur wie ein wütender Stier und verschwand. Die Tür schloss er sehr nachdrücklich und unterschied sich im Geräusch nur unwesentlich von der rasanten Methode, die Marie und Fenna zu eigen war.

»Seit wann gibst du dich mit Ökofuzzis ab? Das war doch sonst nicht dein Stil!« Günther plusterte sich auf wie ein Pfau. »Wäscht der sich überhaupt? Nimmt er Drogen?« Er schnappte nach Luft. »Wer im Glashaus sitzt, sollte nicht mit Steinen werfen! Was hat der überhaupt gegen mein Auftreten einzuwenden? Solide, sauber...«

Pflegeleicht.

»Was hast du gesagt?«, unterbrach Günther seine Ausführungen.

Jette schrak zusammen. Sie hatte doch nicht etwa laut gesprochen? »Nichts, Günther. Ich habe nichts gesagt.«

Er zog die rechte Braue hoch, wie immer, wenn er ihr nicht glaubte. »Nun denn«, hob er erneut an, »man sollte einen Menschen keineswegs nach dem Äußeren beurteilen. Aber so sind sie, die Künstler. Völlig intolerant.«

Jette verschränkte die Arme vor der Brust und presste die Lippen zusammen. Es reichte. »Du kannst nicht bei mir wohnen«, sagte sie kühl. »Das geht einfach nicht. Bitte verschwinde!«

Günthers Braue sackte enttäuscht herab. »Konnte wohl nicht erwarten, dass du mir um den Hals fällst nach dem, was gewesen ist.«

»Das konntest du in der Tat nicht erwarten, Günther Meilenstein. Mir ist es gleichgültig, was du anhast, und wenn du in einem Sack über Langeoog stromerst. Mich interessiert nur, was du damals getan und dreißig lange Jahre nicht wiedergutgemacht hast.«

»Damals war ich dreiunddreißig Jahre, vier Monate und drei Tage alt!«

Pedant ...

»Ich war ein junger Mann. Menschen ändern sich.« Er legte den Kopf schief. »Weißt du noch, Jette? Du warst immer meine kleine Meerjungfrau. Und du bist es bis heute!«

Seine Meerjungfrau, ha! So jungfräulich waren wir damals nun wirklich nicht.

Das hätte er wohl gern gehabt. Die brave Jette mit dem Fischschwanz, die zeitlebens auf ihren Prinzen wartet! Sie war noch jung gewesen. Um genau zu sein: dreißig Jahre, zwei Monate und fünf Tage. Nur damit war es zu entschuldigen.

In Jette kroch die alte Wut gegen ihn hoch. »Du weißt, wo der Garten zu Ende ist, bitte die Pforte schließen, sie scheppert, wenn Wind aufkommt.«

»Das kannst du nicht machen. Ich habe kein Bett, weiß nicht, wo ich die Nacht verbringen soll!«

»Meine drei Enkel, Fenna, Marie und Kilian, sind heute gekommen und alle Zimmer besetzt.«

Und mein Herz ist zwar frei, aber verschlossen. Zumindest für dich.

Günther überlegte kurz, verlegte sich dann aufs Flehen. »Darf ich den Koffer denn so lange bei dir lassen, bis ich eine Bleibe gefunden habe? Es ist so mühsam, ihn über die Insel zu ziehen.« Er druckste herum. »Und ganz wichtig wäre auch Emma, die Arme.«

»Emma?« Günther blieb Günther. Wer zum Teufel war Emma? Brachte er seine Freundin etwa auch noch mit? Ihm war alles zuzutrauen.

»Das ist der Scheidungshamster von Andrea, meiner Nachbarin. Ich hüte ihn, weil sie verreist ist und ihr Gatte sie Knall auf Fall verlassen hat. Sonst steht als Hamstersitter niemand zur Verfügung. Da bin ich eingesprungen …«

Jette unterbrach ihn. Der Hamsterdame würde sie Asyl gewähren, für die Koffer war in der Abstellkammer Platz. »Schon gut. Emma und dein Gepäck dürfen bleiben.«

Günther Meilenstein aber war ein Schuft und sollte bleiben, wo der Pfeffer wächst! Ein Ziegenbock, ein Schw… Das letzte Wort wollte Jette nicht zu Ende denken, aber auf jeden Fall fraß nicht jedes Tier Heu, wie Scheidungs-Emma. Die biss gerade wütend in die Metallstangen und machte dabei ziemlichen Lärm. Vermutlich hielt sich ihre Reiselust in Grenzen.

Na super. So schnell konnte alles kippen! Jette betrachtete die Kofferansammlung, deren Zwischenlagerung sie eben zugestimmt hatte. Zu den Enkeln gesellten sich jetzt also ein überdimensionaler Schrankkoffer, zwei Trolleys und ein Scheidungshamster in schwarzem Metallkäfig. Wie auch immer Günther es geschafft hatte, das alles hierherzuschleppen. »Ich habe noch mehr Gepäck«, gab Günther zähneknirschend zu. »Das steht am Bahnhof.«

Wenn das weiter so ging, konnte Jette bald anbauen. »Das Zeugs da«, sie wies auf sein Hab und Gut, »kannst du in die Abstellkammer bringen, das Tier nehme ich vorerst mit in die Küche. Nun beeil dich mit der Zimmersuche, viel Zeit bleibt dir nicht.«

Es war spät geworden, durch den Ort schlenderten nur noch vereinzelte Gäste. Jette bezweifelte, dass Günther ein Nachtquartier finden würde. Die Insulaner vermieteten in der Hauptsaison wirklich jedes Zimmer und jede Hütte, jeden Dachboden. Doch im Augenblick platzten die Unterkünfte aus allen Nähten. Was aber war, wenn Günther tatsächlich nirgendwo unterkam?

Jette verdrängte den Gedanken. »Wie bist du denn nach Langeoog gekommen? Mit der letzten Fähre?«, versuchte sie das Thema zu wechseln. In dem Fall müsste er eigentlich eher angekommen sein.

Günther schüttelte den Kopf. »Nein, mit meinem Freund. Der musste noch arbeiten.«

»Deinem Freund«, wiederholte Jette langsam und unheilvoll erahnend, wen er damit meinen könnte. »Du redest nicht von Horsti!«

Günther schwieg betreten, und Jette wusste, dass sie ins Schwarze getroffen hatte. Günther war mit Horsti von Hinten gekommen. Diesem ... diesem ... eben diesem Typen, der alle von hinten mit der Faust durchs Auge plattmachte. Jette fehlten für den Mann die Worte, keines erschien ihr schlecht genug. Horsti besaß in Hamburg einen Club, was auch immer das sein sollte, und vergnügte sich in seiner Freizeit mit windigen Geschäften, vermutlich Diebstahl, Steuerbetrug oder Brandstiftung. Irgend so etwas. Warum Günther Meilenstein, der überkorrekte Günther Meilenstein, sich ausgerechnet an diesen Kleinkriminellen und sein zugegeben dickes Portemonnaie hängte, hatte Jette nie verstehen können. Dass Günther sich von ihm sogar hin und wieder von seiner Überkorrektheit abbringen ließ, war ebenfalls ein Rätsel, das unlösbar bleiben würde.

»Seid ihr mit seinem Schiff gefahren? Besitzt er eine Motorjacht, wie damals?« Natürlich hatte er die. Die brauchte Horsti zum Protzen. Damit er seine Lockenmähne im Nordseewind flattern lassen konnte, wenn er mit dem Boot über die Wellen flog. Mittlerweile dürfte die aber merklich gelichtet, zumindest aber ergraut sein. Obwohl Horsti sie bestimmt färbte, um seine Dynamik zu erhalten.

»Hm, ja«, druckste Günther herum. Er schabte mit der Schuhspitze über den Weg. Ein typisches Zeichen dafür, dass er verlegen war. Manche Dinge änderten sich nie. Günther war so ein Ding.

»Dann kannst du doch bei ihm nächtigen«, schlug Jette vor. »Er wird bestimmt eine Kajüte für dich frei haben.« Sie bugsierte Günther Meilenstein aus der Tür. »Bring bitte erst noch deinen Hausstand nach hinten! Ich möchte mich nicht damit abschleppen!«

Warum er auch immer seine gesamten Habseligkeiten mitgebracht hatte. Ein kleiner Koffer hätte für einen Kurztrip ja wohl genügt. Jette flog für einen Augenblick der Gedanke an, welche Konsequenzen sie aus dieser Tatsache schlussfolgern konnte, wollte es aber besser doch nicht wissen. Nein, das war nicht ihr Problem.

»Nun sind beide weg!«, kommentierte Kilian. »Die Luft ist wieder rein.«

»Schade, dachte, wir erleben noch so richtig was!«, schmollte Marie. »Oma kennt wirklich komische Typen. Aber keiner hat ein anständiges Sixpack. Nicht mal der Latin Lover! Das ist eher ein Tripack. Zumindest ist der Ansatz da. Also, wenn ich mir mal einen Typen aussuche, der muss schon etwas mehr vorzuweisen haben.«

»Du darfst nicht vergessen, dass diese Männer schon ein fortgeschrittenes Alter haben«, begann Kilian.

»Aber der Tripack-Typ ist auf jeden Fall etliche Jahre jünger als Oma.« Fenna hatte noch immer ein verdächtiges Leuchten in den Augen. Sie hatte sich umgezogen und trug nun braune Shorts mit einem Flicken-T-Shirt. »Mama hätte Oma vielleicht doch nicht allein nach Langeoog lassen sollen. Sie ist trotzdem Großmutter und hat offensichtlich gleich zwei Verehrer! Geht gar nicht, oder?«

»Und sie lässt sich nackt malen! Nackt!«, bestätigte Marie düster. »Wer tut das, wenn er klar im Kopf und nicht bereits scheintot ist? Hier trügt das äußere Bild gewaltig.«

Kilian rückte wieder wissend die Brille zurecht, seine Sommersprossen schienen vor Eifer förmlich zu leuchten. »Omilein ist eben aus einer anderen Zeit. Uralt halt, völlig egal, wie sehr das Äußere täuscht. Wobei man aber alles auch aus Künstlersicht sehen kann: Ich möchte an Leonardo da Vinci erinnern, der hat die Leda auch unverhüllt gemalt. Sogar gemeinsam mit Kindern. In den vorigen Generationen war das vermutlich Kult.«

»Du bist und bleibst ein echter Klugscheißer, Professor Kilian!« Fenna presste die Lippen zusammen und sah ihren Bruder strafend an.

»Hauptsache, sie verfällt nicht auf eine solche Idee, das kann sie nämlich vergessen! Ich lass mich nicht nackt mit ihr malen so wie diese Leda mit den Kindern«, erklärte Marie.

»Eben hast du noch behauptet, du bist kein Kind«, stellte Kilian richtig.

Marie zuckte ratlos mit den Schultern und überging seinen Einwand. »Aber ist Leonardo da Vinci nicht viel älter als Oma? Ich meine älter als sechzig?« Sie kannte zwar die neusten Mode- und Frisurentrends, da hatte zumindest der eine Gigolo an Omas Seite ein echtes Defizit. Und über den Geschmack bei Flip-Flops ließ sich ebenfalls streiten. Jedenfalls, wenn sie secondhand waren, aber mit den alten Malern hatte sie es nicht so.

»Leonardo da Vinci hat Ende des fünfzehnten Jahrhunderts ...«, begann Kilian, aber Fenna hielt ihm den Mund zu. »Hey, ich höre da was!« Sie griff mit der anderen Hand nach Maries Arm. »Klingt komisch!«

»Was ist denn das für ein Geräusch?«, argwöhnte die.

»Metall! Das hört sich an wie das Schlagen an Metall. Ob hier jemand einbricht?« Kilians Augen leuchteten.

»Wer geht runter?«, fragte Fenna. »Einer muss sich opfern. Alle sind zu auffällig.«

Kilian hob den Arm. »Das mach ich. Ehrensache! Ich bin der Mann.«

»Das Männlein«, berichtigte Marie, aber Kilian hatte das glücklicherweise nicht mehr gehört.

Nach einer Weile kam er zurück. »Das wird immer mysteriöser, Mädels! Jetzt hat Omilein auch noch einen Hamster! In einem schwarzen Käfig. Hoffentlich hat das nichts mit Satanismus zu tun. Allein wegen der Black Box, die in der Käfigecke steht!«

»Eine Black Box ist was ganz anderes, glaub ich. Egal, ich geh jetzt pennen.« Marie warf sich aufs Bett.

5

Immer noch dreizehn Tage

*Suche nicht nach Fehlern,
suche nach Lösungen.*
(Henry Ford)

Jette betrachtete den Mond und sehnte sich sofort nach Pablo. Was für eine dumme Konstellation, dass ausgerechnet heute Günther Meilenstein vor der Tür stehen musste. Dazu mit einem Strauß Rosen, gespickt mit dieser Fischflossenschönheit! Wie lächerlich!

Aber Pablo ist eifersüchtig, grinste sie. Dabei war er es doch, der gern frei sein wollte und ihr Angebot, dass ihre Liaison keine Verpflichtung in irgendeiner Form bedeutete, begrüßt hatte. Sie waren darin übereingekommen, niemals Gefühle wachsen zu lassen.

In ihrem Alter, mit allen Enttäuschungen und der durchlebten Trauer, glaubte Jette das im Griff zu haben, und sie war sich mit ihrem Angebot an ihn sehr progressiv vorgekommen. Bislang hatte das Arrangement hervorragend geklappt.

Wer konnte damit rechnen, dass Günther Meilenstein noch einmal auftauchen würde? Vergessen wollte sie ihn. Für immer und ewig. Auf diesen Mann musste Pablo ganz sicher nicht eifersüchtig sein.

Draußen wurde es zu feucht und kalt. Außerdem frischte der Wind auf und wehte den salzigen Duft der Nordsee über die Insel. Die letzten Möwen sangen ihren Gutenachtschrei, bald würde es still werden auf Langeoog. Jette schnappte ihr Weinglas und zog sich in die Stube zurück. Von diesem Tag hatte sie die Nase gestrichen voll!

Sie hätte auf ihre Tarotkarten hören sollen. Die logen niemals. Sie schmiss sich rücklings aufs Sofa und schlief augenblicklich ein.

Nach einer Weile unruhigen Schlafes schreckte Jette hoch. Sie musste erst realisieren, was für ein Geräusch das sein könnte. Es klopfte an ihrer Haustür. Jette rappelte sich schlaftrunken auf und öffnete.

Vor ihr hockte Günther auf der Treppe und hatte eine halb geleerte Weinflasche in der Hand. Er blickte kaum auf.

»Was willst du schon wieder?«, herrschte sie ihn an. »Ich hatte dich bereits rausgeworfen! Du wolltest bei Horsti schlafen, schon vergessen?«

»Das geht nicht. Horsti ist weg«, lallte er. »Außerdem dreht die Welt sich, und das ziemlich schnell.«

»Die Welt dreht sich immer.«

»Aber nicht in dieser Geschwindigkeit, versch...tehscht du? Es ist wie in einem Kettenkaruschel.« Günther hatte eindeutige Artikulationsschwierigkeiten. Jette überging sein Jahrmarktgeschwafel, der Grund für seine Karussell-Halluzinationen lag auf der Hand. »Und warum ist Horsti weg?«

»Eine Frauengeschichte.« Günther entfuhr ein Hicks, ihm folgte ein singender Rülpser. »Vertscheihung! Horsti kommt erst morgen tschurück. Ich habe wirklich alles versucht, aber es gibt auf dieser gottverdammten Insel keinen Platz in der Herberge mehr!«

»Das klingt wie bei Maria und Josef. Wäre prima, wenn du nicht auch noch gebären möchtest! Und deine Hamsterdame ebenfalls nicht. Dann komm rein.« Jette wies auf das Sofa und verfluchte sich schon in derselben Sekunde für diesen Samariterakt. »Diese eine Nacht! Nur diese eine Nacht.« Wie sie das ihren Enkeln erklären wollte, konnte sie sich die nächsten schlaflosen Stunden ausgiebig überlegen.

Günther Meilenstein betrachtete die abgewetzte Blumentapete, die sich in der Ecke bereits löste. Jette hatte ihn in die Abstellkammer verfrachtet, und genau so kam er sich auch vor. Abgestellt. Außerdem war ihm schlecht, er könnte die ganze Regentonne austrinken und ekelte sich gleichzeitig bei der Vorstellung eines jeden Tropfens, der ihm durch den Hals lief. Dazu drehte sich die Welt noch immer, es sah aus, als spielten die Blümchen auf der Tapete Fangen.

Jette hatte kurzfristig beschlossen, ihn doch nicht in der guten Stube unterzubringen, sondern, zusammen mit seinen Koffern, in der dunklen Abstellkammer, die rückwärtig ans Haus grenzte. Zu groß war ihre Sorge, er könne seinen Mageninhalt unkontrolliert auf dem Boden mit dem handgewebten Teppich mit Schachbrettmuster verteilen.

Es gab allerdings einen weiteren, nicht unerheblichen Grund, den sie aber niemals zugeben würde. Günther kannte Jette schon viel zu lange, als dass er das nicht durchschaute. Sie war eine Frau mit Prinzipien, da schickte sich ein fremder Mann im Haus nicht, wenn die Enkel zugegen waren. In der Abstellkammer, die ja nur entfernt zum Wohnbereich gehörte, war er nicht direkt bei ihr zu Gast. Abgeschoben eben.

Jetzt, wo ihm der Kopf dröhnte, der Wein in seinen Gedärmen spazieren floss, fühlte es sich an, als wären ihre harschen Worte ein Nudelholz gewesen, das sie über seinen Schädel gezogen hatte.

Morgen würde sie ihn rauswerfen. Er sollte zu Horsti gehen, den sie nicht leiden konnte. Den sie ablehnte und dem sie misstraute. Hass war es nicht, denn das war für Jette ein zu großes Wort. Hass gab es in ihrem Wortschatz, in ihrem ganzen Denken und Fühlen nicht.

Eigentlich hätte sich Günther nach dem ersten Rauswurf vorhin auch gar nicht zurück zu Jette getraut, vielleicht morgen einen zweiten Rosenversuch gestartet. Nun hatte sich Horsti gerade heute wieder in eine Touristenschönheit verguckt. Wobei das Wort Schönheit in einigen Fällen durchaus neu definierbar und eben Geschmackssache war. Seine aktuelle Favoritin war für Horsti schön, weil er Schönheit mit Willigkeit gleichsetzte. Das genügte ihm für den Anfang: Mehr als den würde es nicht geben. »Jedes Ende ist ein neuer Anfang«, zitierte er stets, weil Horsti immer etwas zitierte. Er war quasi ein wandelndes Sprüchelexikon und konnte dadurch in jeder Lebenslage intelligente Dinge sagen, was die Herzen der Damenwelt regelmäßig zum Schmelzen brachte.

Da er zusätzlich eine außergewöhnlich imposante Motorjacht besaß, gab es genügend Schönheiten, die sich gern auf der Nordsee im Einklang der Wellen von ihm durchschaukeln und von seinen Sprüchen berieseln ließen. Horsti verfügte, eigenen Auskünften nach, über eine ausreichende Potenz. »Abwechslung stärkt den Appetit, das sagte schon Euripides. Ein griechischer Tragödiendichter.« Horstis Verlangen war demnach unersättlich, und er hatte es sich selbst zum Ziel gesetzt, sich nie erneut bei derselben Frau in einer weiteren Nacht beweisen zu müssen.

Günthers Übelkeit wurde übermächtig. Er schaffte es eben noch bis zur Toilette, die sich auf dem Flur direkt neben der Haustür befand. Eine armselige, schmucklose Keramikschüssel mit Ketten-Zugband und Wasserreservoir unter der Decke. Er musste viermal ziehen, ehe er die Spülung in Gang brachte. Danach hielt er die Kette in der Hand.

Er legte sie sorgfältig auf der Fensterbank ab, hoffte, dass er kein zweites Mal in die Verlegenheit kam, sich hier erleichtern zu müssen. Wie sollte er in seinem Zustand auf der Klobrille balancieren, um an den Abzug am Spülkasten zu gelangen? Er schaufelte sich am Waschbecken (Marke Emailleschüssel mit blauem Rand, quadratische, tiefe Form mit abgerundeten Ecken, Wasserhahn hoch angebracht für eine optimierte Putzeimerfunktion und zweimal geknickter Siphon) ein paar Ladungen kaltes Wasser ins Gesicht. Günther achtete stets auf solche Details, auch in Extremsituationen wie Alkoholmissbrauch.

Das Drehen der Welt ließ daraufhin merklich nach. Nicht aber Günthers Gedankenspiel. Er schleppte sich zurück ins Bett, zerrte das Daunenbett bis zum Hals, weil er trotz der Hitze fror. Nie wieder Alkohol! Oder wenigstens nicht in diesen Mengen. Und auch besser keinen Liebeskummer mehr.

Günther bemitleidete sich selbst. Er stand ein zweites Mal auf, schleppte sich ins Bad und holte einen nassen Waschlappen. Immerhin hatte Jette ihn mit genügend Handtüchern und anderen Waschutensilien versorgt. »Eine Dusche habe ich in diesem Bad nicht, aber du kannst dich ja, wie in alten Zeiten, am Waschbecken waschen. Rasierzeug wirst du ja wohl mithaben.«

Günther war ihr kritischer Blick nicht entgangen. Dazu der prüfende Strich über seine Bartlandschaft, da konnte Jette nicht aus ihrer Haut, da war sie pingelig. Was hatte er diese Fürsorge vermisst!

Er zitterte vor Kälte, die Stirn glühte. Wie er den Rotwein hasste, den er haltlos getrunken hatte. Er wusste doch, dass ihm das nicht bekam.

Günther fiel auf die Matratze, fing den Stoß aber vorher ab, eine heftige Erschütterung wäre fatal für seinen lädierten Allgemeinzustand gewesen. Er war wirklich ein bemitleidenswerter Mann.

Der Waschlappen war warm geworden, aber das Frösteln ließ nach. Günther wagte sogar, ein Bein seitlich unter dem Federbett herauszustrecken und mit dem Fuß zu wackeln. Er schloss die Augen und schlief tatsächlich ein.

Als er erwachte, war der Schwindel verschwunden, die Tapetenblumen prangten nur noch an der für sie vorgesehenen Stelle. Wobei sie so geschmacklos hässlich waren, dass sie in rasender Form tatsächlich fast besser zu ertragen gewesen waren. Günthers Übelkeit ließ nach, und so langsam temperierte sich sein Körper in den Normalbereich zurück.

Das Licht der Straßenlaterne warf einen schmalen Streif auf die Bettdecke, und nun, wo sich nicht mehr alles drehte, hatte Günther Muße, den Raum genauer zu betrachten. In der Ecke dominierte ein alter Sekretär. Günther nahm mit den Augen Maß, befand ihn für ausreichend, ab morgen den mitgebrachten Laptop daraufzustellen. Er hatte wirklich an alles gedacht und auch mitgenommen. Er positionierte sein altes Handy schon mal darauf. Es war von ähnlich altertümlicher Form wie der Laptop. Ein Smartphone besaß er nicht. Er musste mit dem Gerät lediglich telefonieren und hin und wieder eine kurze Nachricht schreiben. »Du musst dich modernisieren, Günther«, war einer von Horstis Dauersprüchen. »Dann wird das auch was mit der Damenwelt.« Aber Günther glaubte nicht, dass ein Smartphone als Balzhilfe taugte. Horsti war selbstverständlich hochgerüstet mit allen technischen Neuerungen. Kaum hatten sie Kurs auf Langeoog genommen, hatte der ihm lang und breit seine Apps erklärt, die er sich regelmäßig aufs Handy zog. Günther interessierte das nur mäßig. Er hatte eigene Ziele, die mit einer App nicht zu lösen waren. Es gab sie nicht, diese »Ich-erobere-Jette-im-Flug-App«.

Auch wenn der Beginn seiner Rückeroberung bislang eher schleppend verlaufen war (Günther weigerte sich strikt, schon jetzt von einer Pleite zu sprechen, weil Jette auf die alte Meerjungfrau-Nummer nicht ansprach), wollte er dieses Mal kämpfen.

Er würde bleiben und Jette für diese Abstellkammer ein paar Euro Miete zahlen, ihr anbieten, zu renovieren und aufzuräumen. Eben ein Zimmer daraus zu machen, das sie später vermieten konnte. Oder als Gästezimmer nutzen. Dann war es keine Abstellkammer mehr, sondern eine Kemenate. Das klang gemütlicher, fast anheimelnd.

Günther befand sein Vorgehen plausibel und überzeugend; so konnte er Zeit gewinnen.

Plan A war gewesen, einfach so hereinzuschneien und Jette widerstandslos zu erobern. Denk nur an die Meerjungfrau, alte Erinnerungen ziehen immer. Das war, zugegebenermaßen, eher suboptimal verlaufen, aber immerhin hatte er einen Fuß, nein, ein ganzes Bett in ihrem Haus. Das war aber noch unbefriedigend, und Plan B musste her.

Langsam entstand ein Bild, wie der eventuell auszusehen hatte.

Die größte Hürde waren sicher die angekündigten drei Enkel, die ihm bislang noch nicht unter die Augen gekommen waren. Es würde schwierig sein, sie auf seine Seite zu ziehen. Enkel hatten nur mäßiges Interesse daran, ihre Großmutter zu verkuppeln, denn sie liefen Gefahr, sich selbst die Konkurrenz um die Gunst ihrer Oma ins Haus zu holen. Außerdem war er unerfahren im Umgang mit Menschen dieses Alters. Seine Kontaktquote zu Jugendlichen glich der zu Aliens, belief sich folglich gegen null. Meist hatten beide eher weniger mit dem Liegenschaftsamt zu tun.

Über was konnte man sich mit Früh- und Spätpubertierenden unterhalten? Welche Themen würden sie faszinieren? Die Verwaltung von bebauten und unbebauten Grundstücken war bestimmt nicht der Hit. Ihm würde schon was einfallen, Jette und auch die Kinder für sich zu gewinnen. »Suche nicht nach Fehlern, suche nach Lösungen, das sagte schon Henry Ford«, flüsterte er und kam sich schon vor wie Horsti.

Jette sah zum Mond, der hell in ihr Schlafzimmer schien. Es war still im Haus. Keiner schimpfte mehr über Äpfel mit negativer Klimabilanz, niemand suchte nach einem Internetzugang, und selbst die Hamsterdame hatte ihre Befreiungsversuche aufgegeben.

Die Ruhe vor dem Sturm. Wie sollte sie alldem Herr werden? »Als Erstes gehe ich morgen zu Pablo und erkläre ihm, wie es ist. Auch, dass ich Kinder habe. Eine Menge Kinder. Und Enkel«, flüsterte sie. »Dann mache ich den dreien deutlich, dass Günther nur ein guter Freund ist. Nicht mehr und nicht weniger. Obwohl Freund ja beinahe schon hoch gegriffen ist. Also ein Bekannter, der ein bisschen Ruhe braucht. Dass Pablo mein Lover ist, werden die Kinder nicht vermuten, das ist zu abwegig. Hauptsache, sie dichten mir nicht Günther als Liebhaber an. Immerhin hat er mir Rosen mit einer Meerjungfrau geschenkt.« Bei dem Gedanken lief es Jette eiskalt den Rücken herunter. Sie hechtete aus dem Bett in die Stube, ergriff mit einem gezielten Griff die Stengel der Blumen und stopfte sie in die Mülltonne vor dem Haus. »Rosen haben etwas Verbindliches«, murmelte sie. »Dass da nichts läuft, glauben mir meine Enkel nie, wenn ich meine Vasen mit den Dingern schmücke und dann noch das Ariellegesicht dort herausguckt.«

Mein Gott, ich bin doch alt, ich führe seit fast einer halben Stunde nur Selbstgespräche.

Jettes Gedanken kursierten weiter. Günther, das war einmal. Er, der modetechnisch die Achtziger nicht verlassen hatte. Er mit seinem Seitenscheitel, dieser Cordhose und dem breitkrempigen Hut. Jette suchte verzweifelt nach dem Attraktivitätsbonuspunkt, der sie einst dazu verleitet hatte, sich ein Leben mit ihm vorzustellen.

Sie drehte sich auf die Seite und hoffte auf einen tiefen Schlaf. Es war alles in Gedanken vorbereitet, nun musste sie morgen nur noch alles umsetzen. Nur klang das leichter, als es werden würde.

6

Noch zwölf Tage

Schlimmer geht's nimmer

»Omilein! Wo ist die Milch?« Das war Kilian. Zu nachtschlafender Zeit. »Omilein!«
Es dauerte eine Weile, ehe Jette begriff, dass sie gemeint war.
Omilein = alte Frau, und das bin ich.
Mit dieser Erkenntnis schlüpfte sie in ihren Bademantel, einer Kreation aus verschiedenen Gardinenstoffen, die sie in einem Anfall von nächtlichem Wahn zu einem kunterbunten Mix zusammengenäht hatte. Darauf reihten sich Teetassen dicht an derbe Blockstreifen in einem anmutigen Braunorange-Mix neben Äpfeln, Leuchttürmen und zarten Rosen. Sie mochte ihre »Gemütlichkeit«, wie sie das Teil liebevoll nannte. Diese Kreativität könnte Fenna von ihr haben, wenngleich ihre Enkelin die Ideen etwas weniger farbenfroh umsetzte.

Kilian fand ihren Look offenbar weniger kreativ, obwohl er von seinen Schwestern sicherlich viel gewohnt war, und das in sehr verschiedenen Richtungen. Entgeistert starrte er seine Oma an, als sie in die Küche trat. Er verkniff sich aber jeglichen Kommentar. Jette hatte ohnehin keinen Blick für ihn.

Sie sah andere Dinge. Einen großen Haufen Sägespäne seitlich des Hamsterkäfigs, während sich Emma kratzend auf dem leergefegten schwarzen Plastikuntergrund vergnügte. Ihre Augen wanderten in Richtung Küchenarbeitsplatte. »Was ist das?« Jette deutete auf den Milchsee, der sich leise tropfend in Richtung Küchenfußboden verjüngte. Darin waberten Schokoflakes, die den Schwimmtest nicht bestanden hatten und gnadenlos ersoffen waren.

»Mein Frühstück«, erklärte Kilian. »Ich esse immer Schokoflakes. Mama hat sie mir eingepackt. Cerealien sind sehr gesund.«

»Ich hätte Müsli gehabt«, sagte Jette mit einem Blick auf das angerichtete Chaos. Fragend sah sie ihren Enkel an. Immerhin hatte ein Teil der Flakes es bis in die Schale geschafft.

»Ich hatte mächtig Hunger«, erklärte Kilian schuldbewusst. »Muss die Inselluft sein.«

»Deswegen ertränkst du Cornflakes und schaffst neue Niagarafälle aus Milch?«

»Ich wisch das gleich weg.« Kilian griff zum Spültuch und verteilte den Milchsee zu einem flacheren Gewässer.

Jette entwand ihm den Lappen und entfernte das Chaos mit wenigen Handgriffen. »Es ist sechs Uhr morgens«, sagte sie mit einem Blick auf die Uhr. »Junge Menschen schlafen eigentlich länger, oder?«

»Ich nicht. Ich bin Forscher wie mein Papa, und als solcher muss man früh auf den Beinen sein, damit man nichts verpasst.« Er zückte das blau eingebundene Notizbuch mit goldener Aufschrift, das er ihr gestern bereits unter die Nase gehalten hatte. »Hier drin vermerke ich immer, was ich so erforsche.« Er klappte es auf und schob sich die Brille wieder ein Stück höher auf die Nase.

Jette seufzte und versuchte ihm die Aufmerksamkeit zu schenken, die er nun von ihr verlangte: »Nun zeig schon, was darin steht!«

Er zog die sommersprossige Nase kraus und presste kopfwackelnd die Lippen aufeinander, als müsse er abwägen, ob die Inhalte seiner Forschungsaktivitäten den Horizont einer Großmutter überschritten. »Alles kann ich dir nicht zeigen. Gibt ja so was wie Privatsphäre.«

Klar, du Wicht. Meine habt ihr mir mit eurem Überfall ja genommen.

»Ist gut. Musst du ja nicht.« Jettes Augen wanderten schon wieder über das Chaos in der Küche. So viel zum Thema Privatsphäre.

»Doch, einen Teil zeig ich dir. Nur nicht das von gestern Abend.«

Jette zuckte zurück. Nein, die Kinder konnten nichts von ihrem Herrenbesuch mitbekommen haben, das hätte sie bemerkt.

Kilian schlug sein Notizbuch auf und hielt es Jette unter die Nase. »Ich habe die bahnbrechende Veränderung in unserem Leben mit berücksichtigt, was die Anzahl der Tage angeht, Omilein.«

Jette sah ihn fragend an.

»Nun, meine Logbucheinträge beginnen an dem Tag, als unsere Mutter uns vor vollendete Tatsachen gestellt hat, dass wir von nun an hier bei dir sein sollen. Deshalb bin ich schon bei Tag drei angelangt, obwohl wir erst den zweiten Tag hier sind. Genau genommen begann aber die Veränderung unseres Daseins einen Tag früher.«

Ist der immer so kompliziert? Dann prost Mahlzeit!

»Das ist ja gut durchdacht, Kilian.« Jette griff nach dem Büchlein und begann zu lesen:

Logbuch Kilian
Langeoog, Tag 3, Eintrag IV
Wetterlage: heiß und sonnig
Geschehnisse: Beginn der Forschungen auf der Nordseeinsel Langeoog
Inhalt: streng geheim
Kilian

Jette lächelte. »Na, dann wünsche ich dir auf der Insel viel Spaß.« Sie wischte ein paar der Schokoflakes, die in der Kuhle der Sitzfläche des Stuhls auf die Milch warteten, beiseite und setzte sich. Es knirschte, als sie einen übrig gebliebenen mit dem Hintern zerquetschte. Sie würde für den Rest des Tages von einer Schokoflakearmada verfolgt werden, das war mal sicher.

»Du willst gar nicht wissen, was ich erforschen möchte«, sagte Kilian enttäuscht.

»Doch klar. Was möchtest du denn auf dieser Insel erkunden?«, gähnte Jette. Ihre Forschungsaufnahmequalität befand sich noch im unteren Level.

»Ich finde schon was. Wüsste ich das vorher, dann wäre ich ja kein Forscher. Ich forsche also erst immer, was ich erforschen will.«

Jette waren das zu viele »forschs« auf einmal. Sie fühlte sich überfordert und brauchte einen Kaffee.

Sie stellte die Maschine an und lauschte erwartungsvoll dem leisen Knacken, als das Gerät das Wasser zum Kochen brachte. In der Zwischenzeit kümmerte sich Jette ums Frühstück für die Mädchen und Günther.

Nachdem sie Käse, Marmelade in drei Variationen und einen Rest Kräuterquark auf dem Küchentisch aufgebaut hatte, war klar, dass heute noch ein ausgiebiger Einkauf fällig war. Schon gestern Abend waren ihre Enkel wie eine unkontrollierte Heuschreckenplage über die bescheidenen Vorräte hergefallen. So, wie sie es früher tagtäglich mit ihren drei Ks, Kea, Kathrin und Knut, erlebt hatte.

»Ich war wie eine Vogelmama, hab immer nur die Schnäbel gestopft, bin weitergeflogen, um neue Nahrung zu finden«, flüsterte sie.

Kilian nahm seine künftigen Forschungsaufgaben offenbar sehr ernst. Während Jette im Bad war, hatte er sich sechs Scheiben Brot geschmiert und in Pergamentpapier eingewickelt. Jetzt war er gerade dabei, sie zusammen mit seinem Forscherbuch im Rucksack zu verstauen.

»Wo willst du denn überhaupt hin?«, fragte Jette argwöhnisch.

»Allein über Langeoog zu streifen, das verbiete ich dir. Du kennst dich hier überhaupt nicht aus. Nachher verläufst du dich!«

Kilian begann zu lachen. »Ringsum Wasser, dazwischen die Insel und in der Mitte das Dorf. Wie soll man sich hier verirren?«

»In den Dünen … Du nimmst Marie oder Fenna mit!«, bestimmte Jette.

»Marie geht nicht«, erklärte Kilian. »Der Wind.«

»Was ist mit dem Wind?«

»Der zerstört ihre neuste Frisur. Sie macht heute nämlich Sockenlocken.« Es klang ganz selbstverständlich. Als ob es stinknormal war, wenn eine Sechzehnjährige Sockenlocken machte. Was auch immer das sein sollte. Jette tippte auf zusammengerollte Strümpfe, die nach dem Entwirren eine lockenähnliche Form hatten. Nur – wozu sollte das gut sein? »Sockenlocken«, wiederholte sie, wollte aber nicht weiter nachfragen. Es galt dramatischere Probleme zu lösen, als sich in die neumodische Sprache der Pubertierenden einzufinden. »Dann begleitet dich Fenna. Die hat kein Frisurproblem.« Ihre älteste Enkelin war gänzlich unfrisiert. Strähniges schulterlanges Haar, meist nachlässig mit einem Zopfgummi zusammengebunden oder mit einem Haarkrebs am Hinterkopf hochgesteckt. Selbst ein Orkan mit Regenguss hätte ihrem Putz in Naturhaarfarbe »Straßenköterblond« nichts anhaben können. Kilian nickte und zerschnitt einen Apfel in mundgerechte Viertel. Er scheute sich nicht, Jettes Schubladen nach einer geeigneten Dose zu durchforsten. Die ließ es geschehen und nahm sich eine Tasse Kaffee. Es schmeckte fürchterlich. Was für ein Abstieg zum Genuss des grünen Tees. Die aktuelle

Koffeinmenge barg akute Vergiftungsgefahr. Aber besondere Vorkommnisse erforderten besondere Maßnahmen. Im Augenblick empfand sie ihre Situation als besonders besonderes Vorkommnis. Mit einem Käsebrot dazu war es zu ertragen.

Die Tarotkarten konnte sie auch beim Kaffeetrinken legen, und mit dem Horoskop war es dasselbe. Beides war unverzichtbar, schließlich musste Jette wissen, was der Tag so brachte. Heute vor allem. Sie versuchte, sich zu konzentrieren, aber es gelang ihr einfach nicht, die Karten so zu legen, dass sie aus der Botschaft schlau wurde. Heute musste das Horoskop ausreichen. Das bekam sie täglich als App geschickt. So viel zum Thema: Mutter, ich drucke dir die Bilder aus, der PC ist zu kompliziert für dich.

Jette rief ihr Horoskop auf. »Der Tag verspricht lebhaft und interessant zu werden. Aber Vorsicht! Es könnte Sie überfordern!«, spuckte das Handy die Losung des heutigen Tages aus.

»Tolle Aussichten«, knurrte Jette. Aber genauso hatte dieser Tag tatsächlich begonnen. Horoskope hatten und behielten immer recht.

Ihr Leben begann normalerweise nicht mit ersoffenen Cornflakes und einem Hamsterdamen-Sägespanangriff, sondern ausgeruht und ohne Hektik. So, wie es sich mit fast sechzig ziemte.

Kaum aber waren ihre Enkel eingefallen, brach sie mit sämtlichen Regeln und trank sogar dieses Gesöff, bloß damit sie den Tag überstand. Trotz des ungewohnten Kaffeekonsums wurde sie nicht wacher. Draußen ratterten die ersten Kutschen und Elektroautos vorbei, darunter mischten sich das Poltern der Bollerwagen, Kindergeschrei und das Klingeln der Fahrradfahrer. Langeoog erwachte, und die Insulaner bereiteten sich auf den neuerlichen Besucherandrang vor.

Jette kaute lustlos auf ihrem Biokäsebrot herum. Kilian hatte derweil seinen Proviant komplett verstaut. Die Mengen ließen glauben machen, er plane eine Himalaja-Expedition. Genau diese Bemerkung ließ Jette fallen.

Kilian aber schüttelte vehement den Kopf. »Omilein! Wenn man dort aufsteigt, hat man Träger! Oder meinst du, da schleppt man sein Zeug allein rauf?«

Jette kam sich jetzt tatsächlich vor wie eine unwissende Oma, und das Gefühl verstärkte sich noch, als Kilian weiter dozierte. »Ich aber werde niemanden mit solch niederen Arbeiten belästigen. Nicht einmal Fenna. Obwohl sie meine große Schwester ist.«

»Diese Träger kennen aber immerhin den Weg.«

Gut gekontert, Jette.

Ihr Enkel zögerte mit seiner Antwort tatsächlich drei Sekunden lang. Ein Rekord!

»Ich will den Weg aber gar nicht kennen«, erwiderte Kilian ernsthaft. »Ich bin doch Forscher. Und Wege finden gehört zu meinem Metier!«

»Zu deinem Metier«, wiederholte Jette. Wieso warf ihr elfjähriger Enkel mit Begriffen um sich, die sie in seinem Alter noch nicht einmal gehört hatte? »Du wirst auf jeden Fall eine deiner Schwestern mitnehmen. Du weißt schließlich gar nicht, was man tun darf und was nicht. Die Dünen sind nur auf ausgewiesenen Wegen zu betreten, die Salzwiesen gänzlich verboten. Und untersteh dich, zu nah ans Wasser zu gehen! Die Strömung ist gefährlich, und wenn der Seenebel kommt, wirst du dich ins Meer verirren. Viele Gefahren für ein Kind wie dich.« Jette sah ihn scharf an.

»Nebel ist momentan nicht zu erwarten, Omilein. Und ich bin kein Kind mehr, ich bin Forscher, und ich kenne die Risiken der Welt!« Kilian schlug sich wie ein Römer mit der Faust gegen die Brust.

»Ich räume jetzt das Haus auf, weil ich den Laden um halb zehn öffnen muss. Kommst du allein zurecht, bis Fenna und Marie aufgestanden sind?« Jette warf einen Blick auf den Berg Brote, dessen Spitze aus dem Rucksack ragte. Ein Verhungern ihres Enkels war nicht zu erwarten, wohl aber das der Restfamilie. Kurz entschlossen legte sie ihm zehn Euro hin. »Bitte hole Brötchen und ein halbes Brot beim Bäcker drüben. Sonst haben Fenna, Marie und Günther nichts zum Frühstück.« Das alte Brot, auf dem sie eben herumgekaut hatte, wollte sie ihnen nicht zumuten.

Kilian nickte abwesend. »Wer ist Günther?«

Fehler Jette, grober Fauxpas.

»Ein Bekannter, der auf der Insel kein Zimmer mehr bekommen hat. Er wohnt vorübergehend in der Abstellkammer«, erklärte sie rasch.

Kilian nickte wissend, zog sein Forscherbuch noch einmal aus dem Rucksack und kritzelte etwas hinein. »Ich teile die veränderte Situation meinen Schwestern mit.«

Und jetzt rasch das Thema wechseln, so tun, als sei hier alles im Lot.

Jette packte Kilian an der Schulter und sah ihm fest in die Augen: »Noch einmal! Du stromerst mir nicht allein über die Insel! Es gibt viele Dinge hier, die dir nicht geläufig sind, und ich habe die Verantwortung für dich.« Sie ließ ihn los und schloss die Tür.

Der Tag, nein, die Tage würden überaus heiter werden. Ein Teenager mit irgendwelchen Locken, eine durchgeknallte Ökobraut, ein Forscher, der mit Fremdwörtern nur so um sich schmiss und ein Ex-Lover mit Breitcordhose und Scheidungshamster. »Schlimmer geht's nimmer«, flüsterte sie.

Es kam schlimmer. Als Jette das Bett gemacht, die Böden gesaugt und gewischt und die Küche wieder in eine lebensmitteltaugliche Zone rückverwandelt hatte, glaubte, alles im Griff zu haben, saß Horsti in der Küche. Er konnte nicht durch den vorderen Hauseingang hereinspaziert sein, sondern musste die Hintertür genommen haben. Von hinten, wie sein Name, sein Leben.

Er lümmelte auf einem Stuhl, vor sich die noch halb gefüllte Kaffeekanne und einen Becher. Die Zeitung, die Jette vorhin aus dem Briefkasten gezerrt hatte, lag auf dem Tisch ausgebreitet. »Dachte, ich mach es mir mal gemütlich«, gluckste er. »Morgenstund hat Gold im Mund!«

Kilian hatte inzwischen frisches Brot und ein Brötchensortiment erstanden. Horsti griff schamlos zu und tat sich an Käse und Marmelade gütlich. »Wurst hast du nicht? Oder Fisch, wie es sich für eine echte Meerjungfrau ziemt?«

Jette zog die Mundwinkel nach unten. »Im Kühlschrank ist weiterer Käse, daneben befindet sich echter Kaviar und ein Stück Graved Lachs, direkt aus Norwegen eingeflogen heute Morgen. Ich kann dir auch noch Hummerkrabben anbieten. Darunter diniere ich nicht. Drittes Fach von unten, rechts«, antwortete Jette mit einem süffisanten Lächeln. »Noch Fragen?«

»Käse, Lachs, Hummerkrabben und Kaviar? Ach nein, danke.« Horsti stand auf und öffnete den Kühlschrank. Enttäuscht erkannte er die Leere in Jettes Kühlschrank. Ihn lächelten lediglich ein Paket angebrochene Geflügelsalami und eine tiefrote Tomate an. Horsti schloss die Tür wieder. »Auf reifes Gemüse stehe ich nicht.«

Jette hatte seine Aktion mit in die Hüfte gestemmten Fäusten beobachtet. »Was willst du? Günther abholen? Nichts lieber als das.« Jette deutete mit der Hand in den Flur. »Den Flur entlang, die beiden Stufen in den Anbau und dann die erste Tür rechts. Er haust in der Abstellkammer. Bist du ja schon dran vorbeigekommen, warum du auch immer den Hintereingang einem anständigen Anmelden mit Klingeln oder Klopfen vorziehst.«

»Freut mich, dass mein alter Spezi bei dir gut untergekommen ist, junge Frau«, ignorierte Horsti Jettes Anmerkung. Der Becher

Kaffee war geleert. »Danke für den Kaffee und die anregende Konversation, Jette Blümerant.« Er stand auf und hieb ihr mit der flachen Hand leicht auf den Hintern. »Hast dich wacker gehalten. Für sechzig gehst du gar nicht durch!« Er lachte glucksend. »Den Günni lass ich dir aber mal hier. Weißt ja, alte Liebe rostet nicht, und er hat vor, alles noch mal auf Hochglanz zu polieren.«

Jette räumte das benutzte Geschirr kommentarlos beiseite. »Du möchtest jetzt doch bestimmt gehen. Und nimm bitte Günther mit! Ich vermute ihn noch im Bett. Er wird seinen Rausch ausschlafen müssen.« Sie wies mit dem Kopf in Richtung Flur.

»Bist ja richtig biestig geworden. Haare auf den Zähnen, dass man einen Rasenmäher braucht, um sie zu stutzen, weil die Schere nicht reicht.« Horsti setzte sich wieder, denn er hatte auf dem Küchentisch ein Marmeladenglas entdeckt, das es zu leeren galt. Er nahm einen Löffel, stach ihn hinein und schaufelte sich ungeniert den Inhalt in den Mund. »Mann, ist das lecker. Ich hätte mir vielleicht doch ein Weib zulegen sollen, was, Jette?«

»Eine Frau ist kein Hund, den man sich zulegt. Ich glaube, du verschwindest jetzt. Auf deinem Boot sonnt sich ganz sicher eine langbeinige Schönheit, die nur darauf wartet, mit dir zu frühstücken!«

Horsti lachte auf. Eine schwarze Johannisbeere hatte es nicht ganz bis in seinen Mund geschafft und klebte vorwitzig an seinem rechten Schneidezahn. Das, was bei jedem anderen Mann unästhetisch ausgesehen hätte, wirkte bei Horsti von Hinten tatsächlich charmant. Jette hasste sich für diesen Gedanken. Mit einem Mal fiel ihr auf, dass es ungewöhnlich still im Haus war. Von Horstis Schmatzen mal abgesehen. »Sag mal, hast du Kilian gesehen?«, fragte sie. Allein, um etwas zu sagen, denn Horsti machte keinerlei Anstalten zu gehen.

Da er sich, genau wie Günther, in den Jahren keineswegs geändert hatte, befürchtete sie, dass jeglicher Widerstand ihrerseits zwecklos war. Horsti hatte etwas von einer Zecke, und er ließ sein Opfer erst dann los, wenn er es für richtig erachtete. Seiner Ansicht nach war jetzt aber dieser Zeitpunkt noch nicht gekommen.

»Kilian?«, fragte er langgezogen. »Dieser kleine sommersprossige Klugscheißer mit grüngerandeter Nickelbrille und blondem Schopf?«

Jette nickte widerwillig. »Er ist aber kein Klugscheißer, sondern er erforscht gern Dinge«, berichtigte sie Horsti.

Und schreibt sie sorgfältig in ein Logbuch.

»Er ist mein Enkel, und du wirst ihn hier nicht schlechtmachen!«

»Sagte die Oma«, grinste Horsti. »Auf Zack ist der Kleine ja, kann ich nur sagen. Und was der so ausplaudert! Ich habe eben ja nur kurz mit ihm gesprochen, aber ...«

Jette zuckte zurück. »Mein Enkel ist erst seit gestern auf Langeoog, was soll er denn ausplaudern?«

Denk an das Logbuch mit der Privatsphäre, Jette. Der weiß mehr, als er sagt.

»Ich sage nur: Jette, andere Frauen in deinem Alter haben stärkere Blessuren davongetragen als du. Du gehst noch glatt für fünfzig durch. Oder sagen wir: Dein Maler sieht es so!«

Jette wurde blass. Kilian hatte Horsti den Akt gezeigt, woher der Junge auch immer wusste, dass er existierte. Er war also mit ihm, während sie duschte, ins Schlafzimmer geschlichen und hatte ... unvorstellbar! Das konnte nicht sein. Horsti hatte ihr allein hinterherspioniert und schob jetzt nur die Schuld auf Kilian. Horsti von Hinten war, wie er war. Falsch und korrupt. »Kein Wort zu Günther«, zischte sie. »Kein Wort!«

Horsti stand auf. »Sei froh, dass ich auf jüngere Kaliber stehe, sonst würde ich mir meinen Lohn für das Schweigen einfordern.« Er duckte sich, als Jette ihren Hausschuh nach ihm warf. Horstis Silbermähne wurde nur leicht gestreift und wallte im

Zugwind. Dabei legte sich der Ohrring frei und ein kleines Tattoo am Hals, das einst einen Schmetterling darstellen sollte. Mit ihm aber hatte mittlerweile eine Remutation zur Raupe stattgefunden, weil die Flügel in seiner Halsfalte zusammengeklappt waren und das ganze Tier nur noch als Strich mit Fühlern zu erkennen war. Jette nahm es mit Genugtuung zur Kenntnis. Aus dem prächtigen Schmetterling war ein Wurm geworden. Ein Horsti-von-Hinten-Wurm.

»Was bist du stürmisch, holde Maid«, grinste der. »Nun werde ich dich und deine Lieben verlassen. Die langbeinige Schönheit hat schon in der Nacht das Weite gesucht, und mein Spezi schlummert noch. Ich such den jetzt mal in seiner Kammer auf und kippe ihm einen Liter Bier über das müde Haupt. Das wird ihn erwachen lassen.«

»Untersteh dich!«, zischte Jette, die sich schon das Bettzeug waschen sah. »Aber weißt du, wohin Kilian verschwunden ist, nachdem er dir mein Geheimnis preisgegeben hat?«

Horsti wandte sich noch einmal um. »Ja, weiß ich. Er sah ziemlich unternehmungsfreudig aus. Schwer bepackt, als plane er einen längeren Ausflug. Mindestens bis zum Nordpol. Hauptsache, der verschwindet nicht heimlich von Langeoog. Dann hast du richtig Stress, Omilein! Wie sagen die Spanier immer so schön: Morgen ist meist der stressigste Tag der Woche.«

Jette ließ sich auf einen der Stühle fallen.

Gerade als Horsti verschwinden wollte, stolperte Pablo herein und musterte ihn mit argwöhnischem Blick von oben bis unten. Er sah ihm nach, bis er aus seinem Blickfeld verschwunden war. »Wer war denn das schon wieder?«, fragte er.

»Horsti.«

»Du kennst auf einmal viele Männer.«

Und du kennst tapezierte Knochen, Botoxmutationen und Silikonelfen!

»Horsti ist ein Freund von Günther. Sonst nichts.«

»Und Günther ist auch nur ein Freund von dir«, vollendete Pablo den Satz. Seine Miene hatte sich merklich verfinstert. Den freundlichen Spanier hatte er abgelegt. In diesem Augenblick wäre er für einen finstern, wenn auch in Naturweiß gekleideten Piraten durchgegangen. Vor allem, da Pablo sein Lederband quer über die Augen gerutscht war und ihm ein nahezu verwegenes Aussehen bescherte.

Jette bekam weiche Knie. So liebte sie Pablo, so wollte sie mit ihm über die Weltmeere schippern. Na ja, wenigstens bis nach Bensersiel, denn um Pablos Hochseetauglichkeit war es nicht gut bestellt. Er war bei der ersten und einzigen gemeinsamen Kutterfahrt nur bis zur Ausfahrt der Hafenmole mit einem Lächeln gelangt. Da hatte er die gelben Algen noch bemerkt, mit der die dunklen Steine nach oben hin bedeckt waren. Kaum aber hatte der Kutter Langeoog umrundet und die Wellen schlugen seitlich gegen den Schiffsrumpf, war sein mediterraner Teint rasch zu Milchsuppenfarbe mutiert. Hernach hatte Jette eher von ihm gehört als etwas gesehen, denn Pablo hatte sich verkrochen, um den Inhalt seines Magens der Nordseemeereswelt ganz uneigennützig zur Verfügung zu stellen.

Erst als sie in den schützenden Hafen zurückgekehrt waren, hatte er sich hinter den Tauen hervorgewagt. Also: nur bis Bensersiel, da war die See meist ruhig. Aber bis dahin immer.

»Ich versuche, mir nachher freizunehmen. Wenigstens eine halbe Stunde«, versprach sie. Obwohl sie bei näherer Betrachtung der Lage doch lieber den Fische fütternden Pablo in Kauf genommen und mit ihm die Insel Richtung Nordpol verlassen hätte, als sich weiter diesem Durcheinander zu stellen. Island oder die Azoren wären ebenfalls eine Option. Egal, irgendwohin. Hauptsache weit weg von allen Problemen, die von Stunde zu Stunde größer wurden.

»Eine halbe Stunde reicht nicht, um viel Liebe zu machen«, riss Pablo sie aus ihren Gedanken und zog Jette an sich. »Warum hast du so wenig Zeit?« Er streckte die Brust raus und legte den Kopf schief. Mit dieser Geste versicherte er Jette, dass er den tapezierten Knochen nicht in sein Bett gelassen hatte. Und auch nicht die chlorgebleichte Nixe mit ihrem grünen Glitterkleid von vorgestern oder das mit Silikon gepolsterte Dornröschen, dem sogar die Knöpfe von der Stachelbluse geplatzt waren. Als Minimum aber zeigte es, dass er Jette trotz der Liebschaften nicht vergessen hatte.

»Ich kann nicht!«, hauchte Jette. »Ich muss dir was gestehen!« Sie sah sich hektisch um. Die Küche sah dank ihrer Putzaktion wieder manierlich aus, nur unter dem Tisch lugte noch immer ein vorwitziger Schokoflake hervor. Die Sägespananhäufung Emmas hatte sich erneut zu einem Berg aufgetürmt, und Kilian war verschwunden. Das war jetzt keinesfalls die Zeit für Sex and Rock 'n' Roll. Absolut nicht. »Ich möchte nichts hören, nur fühlen«, hauchte Pablo. »Nix gestehen, Jette!«

Jette stieß ihn sacht weg. »Okay, aber jetzt muss ich Kilian suchen!«

»Noch eine weitere Mann?« Pablo entglitten die Gesichtszüge. »Jette, was mache ich falsch?«

»Nichts, Pablo. Ich erkläre es dir später!« Sie schob ihn aus der Küche ins Freie. Jetzt war wirklich keine gute Zeit, ihm alles zu erklären.

Sollte Horsti recht haben, dass Kilian sich tatsächlich allein auf den Weg gemacht hatte, galt es, ihn zu stoppen. Jette sah ihren Enkel schon verzweifelt durch die Dünenlandschaft tappen, die Brille verloren, durstig, weil alle Vorräte aufgebraucht waren. Mit letzter Kraft schaffte er es zum Ostende und fand Unterschlupf an der Seehund-Beobachtungsplattform, während ein Gewitterschauer niederging und jegliche Rettung unmöglich machte.

Es sind aber keine Wolken am Himmel, Jette. Nicht eine. Woher soll das Gewitter kommen?

Gewitter nähern sich immer plötzlich und überraschend.

Man hat keins angesagt.

Egal, dann kommt ein Tornado.

Sie musste ihren Enkel suchen! »Es geht nicht«, wiederholte Jette, weil Pablo sich widerspenstig zeigte. Noch nie hatte sie ihm widerstanden und nun schon das zweite Mal in Folge.

»Ich tötte sie! Alle!«

Jette strich ihm über den Arm. »Das musst du nicht, es ist nur …« Sie kam nicht weiter, weil sich eben Günther mit seinem rot karierten Holzfällerhemd und Knickerbockern, die eher für einen Alpenaufstieg als für einen Inselaufenthalt geeignet schienen, in die Küche schob.

»Da ist eines meiner Opferrr!«, stieß Pablo hervor. Er schnaubte wie ein wütender Stier.

Günther hingegen sah ihn freundlich an. »Sie sind auch schon wieder hier? Ich bin Jette sehr dankbar, dass sie mir ein Nachtquartier geboten hat.«

»So einerrr! Jette!«, fauchte Pablo. »Nicht so einer.« Er rauschte ab.

Spinnenbeinige Grazien mit Riesenbrüsten und Löwenmähne waren natürlich ästhetischer als ein Breitmaulfrosch mit überdimensionalen Kronen. Das sah Jette durchaus ein.

»Warte!«, rief sie Pablo nach. Sie wollte nicht, dass er so ging. Und das Falsche vermutete. Sie und Günther. Das war einmal. Lange war es her. »Es ist nicht so, wie du denkst!« Ihr Lover winkte ab und bestieg sein weißes Wolkenrad.

Jette war klar, dass das genau der verkehrte Satz gewesen war. »Es ist nicht so, wie du denkst«, äffte sie sich selbst nach. Kitschiger ging es wohl nicht.

7

Noch immer zwölf Tage

*Lerne von gestern,
lebe für heute
und hoffe für morgen*

Günther, wir müssen Kilian suchen! Meinen Enkel! Er ist erst elf und weg. Ich habe eben nach Fenna gesehen, sie schläft tief und fest. Was gut ist, im Schlaf schädigt sie die Umwelt nicht, das ist ihr wichtig.«

Was ist das wieder für ein blöder Spruch, Jette Blümerant?

Im Schlaf schädigt sie die Umwelt nicht! Hallo? »Bin ich über Nacht gealtert und rede wirr?«, flüsterte sie frustriert.

Günther hatte das alles glücklicherweise nicht gehört. Er hob und senkte die ganze Zeit seinen Arm und wackelte mit dem Kopf, weil ihm eine Haarsträhne ständig vor dem rechten Auge hing. Jette erkannte ein Handy von immenser Größe in seinen Handpranken. Fragend blickte sie ihn an.

»Ich suche nach Empfang«, verkündete er. »Ist nicht allzu üppig hier.«

»Warum? Wir wollen jetzt nicht telefonieren, whatsAppen oder simsen! Oder im Netz surfen. Wir müssen Kilian finden. Nicht dass er ins Watt läuft! Dann von der Flut mitgerissen wird, weil er die Gefahr unterschätzt! Er kann auch von einer Düne stürzen, im Sand begraben oder von einer Kuh angegriffen werden oder von einem freilaufenden Hund. Womöglich verirrt er sich im Dünengebiet!«

Günther senkte seinen Arm und sah Jette an. »Wir sind auf Langeoog! Wie soll man sich auf einer Insel verlaufen, wenn rechts und links Wasser ist und in der Mitte das Dorf?«

Das waren Kilians Worte. Hatten die sich abgesprochen?

»Keine Ahnung. Er ist doch noch ein kleiner Junge. Es kann so verdammt viel passieren!« Jette war völlig außer sich. Sie sah sich schon mit gesenktem Kopf vor ihre Tochter treten, um ihr zu beichten, dass Kilian unauffindbar war.

Günther hob den Arm erneut, als begreife er die Sinnlosigkeit, Jette in ihrem Worst-Case-Szenario-Denken zu unterbrechen. Die lamentierte ohnehin weiter lautstark vor sich hin.

»Ach herrje, warum hat Kea mir das angetan? Ein Unglück hätte wirklich gereicht.«

Günther sah sich nach wie vor nicht als eines dieser Unglücke an, sondern strahlte mittlerweile freudig, weil sich in seinem Display nunmehr drei Teilstriche abzeichneten. »Nun habe ich Netz«, frohlockte er.

Jette griff nach ihrer Jacke. »Ich hinterlasse den Mädchen eine Nachricht, mache mich auf den Weg und fahre in den Osten. Kannst du in Richtung Flinthörn suchen?«

Günther runzelte die Stirn. »Der Empfang hat sich auf einen Teilstrich reduziert«, kommentierte er. »Ich weiß ja nicht mal, wie der Knirps aussieht!«

Jette ignorierte den letzten Satz und eilte an ihm vorbei. »Männer und ihr blödes Handy. Es gibt wahrlich Wichtigeres.«

»Nun, du hättest es ja mal mit dem Telefon versuchen können«, murmelte er. »Jungs wie Kilian besitzen doch sicher eins.«

Jette stoppte abrupt. »Was hast du gesagt?«

»Ich sagte, du kannst ihn ja anrufen. Der Junge hat doch bestimmt ein Handy dabei.«

»Ich hatte bislang an Buschtrommeln gedacht!«, zischte Jette. Dann lenkte sie ein, verärgert, nicht selbst auf die eine naheliegende Lösung gekommen zu sein: »Hast ja recht. Aber du hättest ja auch schon lange versuchen können, ihn anzurufen. Anstatt mir Vorwürfe zu machen.«

»Nun, zum Telefonieren braucht man bekanntlich eine Nummer und Netz. Beides fehlt mir, genauso wie das Wissen über sein Aussehen.«

»Ein Telefon. Kilians Nummer«, flüsterte Jette. Sie musste augenblicklich wissen, wo der Kleine steckte. Wo zum Teufel hatte sie nur ihr Handy hingelegt? Es ging wirklich alles drunter und drüber, dabei vergaß sie alles.

Jette rannte in die Stube, fiel dabei über ein Paar Sneakers, einen großen Kosmetikkoffer und einen Karton. Ihre Bauchlandung konnte sie mit gezielt vorgestreckten Armen eben noch abfedern. Sie wartete nur auf das Knacken eines Knochens, der ihr anzeigte, dass er der Wucht des Aufpralls nicht mehr gewachsen war.

Doch der bedrohliche Ton blieb aus. Jette hob vorsichtig den rechten Arm. Er war beweglich, jedes Gelenk funktionierte einwandfrei. Mit dem linken verhielt es sich ähnlich. Nur das eine Knie war leicht abgeschürft. Erleichtert setzte sie sich auf und versuchte zu sondieren, was überhaupt geschehen war. »Marie?«, fragte sie entgeistert, als sie ihre Enkelin inmitten von Kämmen, Bürsten, mindestens drei Haarspraydosen und einem Berg von Socken sitzen sah. »Sind die gewaschen?«

»Wer? Die Socken oder die Haare?«

Das war Fennas Stimme. Jette entdeckte sie auf dem Sessel neben dem Sofa.

Marie saß unter einer leise brummenden, dick aufgepusteten Plastiktrockenhaube und feilte ihre Nägel. In ihren Ohrmuscheln steckten zwei kleine Kopfhörer, dessen Beschallung Marie dazu veranlasste, leicht mit dem Kopf zu nicken, so, wie es der Takt offenbar vorgab.

»Meine Enkelinnen, Fenna und Marie! Fenna, Marie, das ist Günther Meilenstein, ein Bekannter, der vorübergehend in der Abstellkammer wohnt«, stellte Jette alle noch aus ihrer Bodenhaltung vor.

Fenna warf Günther einen Blick zu und nickte unmerklich. »Tach. Hat Kilian schon erzählt. Und mich extra deswegen geweckt.«

Günther lächelte den beiden Mädchen freundlich zu und flüsterte bei Maries Trockenhaubenanblick: »Houston, wir haben ein Problem. So können wir nicht starten.«

Jette ignorierte diesen unsinnigen Einwand, rappelte sich auf und prüfte vorsichtig jeden ihrer Knochen. »Was wird das hier? Mit den Socken. Mit alldem?« Wo hatte Marie nur diese vielen Strümpfe her?

Fenna wirkte gelangweilt. Sie trug noch Boxershorts und ein schlampiges T-Shirt. Mit beidem hatte sie vermutlich geschlafen. Vermutlich sparte sie der Ökologie wegen auch an Wäsche. Jedenfalls sahen ihre über den Knöcheln zusammengerollten Socken nicht aus, als hätten sie vor kurzer Zeit mal das Innere einer Waschmaschine gesehen.

»Ach, Oma! Das sollten Sockenlocken werden, aber weil Marie die dicken Stoffklumpen letzte Nacht gestört haben, hat sie sich heute für eine modische Glatthaarfrisur entschieden. Das braucht seine Zeit. Und kostet unnötig Energie.« Fenna wies auf das Glätteisen, das sich mit dem Kabel wie eine Schlange um den Fuß des Couchtisches gewunden hatte und auf seinen Einsatz wartete. Das also waren Sockenlocken! Es hatte also mit Haaren und Unmengen Strümpfen zu tun. So ganz erfasste Jette den Sinn noch nicht, aber es war im Moment zweitrangig, denn es galt, ihren Enkel zu finden. »Ich dachte, ihr schlaft noch? Wollte gucken, ob du mit Kilian zum Forschen losgegangen bist. Ich habe ihn nicht aufbrechen gehört.«

»Wie auch«, sagte Fenna. »Du hattest ja dreifachen Herrenbesuch. Respekt, Oma.«

Verdammt, sie haben das doch mitbekommen. Logbucheintrag Kilian III.

»Weißt denn du, wo dein Bruder streckt?«, ignorierte Jette den Einwurf ihrer Enkelin.

Fenna nickte. »Klar, Omi. Der forscht. Wie immer. Dabei sollte man ihn nicht stören, denn so nervt er jedenfalls nicht.« Fenna griff in die vor ihr liegende Kekspackung und schob sich eine Handvoll in den Mund. »Der findet immer wieder nach Hause. Kili kennt alle Überlebenstricks. Zum Beispiel, dass Waldameisen immer in Südlage bauen. Er kennt sich mit dem Sonnenstand aus, hat herausgefunden, in welcher Himmelsrichtung das Moos an den Bäumen wächst. Und er weiß etwas total Geniales: Die Baumringe haben zu einer Seite hin größere Jahresringe. Frag mich nicht, ob nach Norden oder Süden. Hauptsache, unser Professor hat sich da schlaugemacht.« Fenna winkte ab. »Der geht nicht verloren, Oma. Der nicht.«

Auf Langeoog gab es nur kaum Bäume und schon gar keine, die gefällt waren, so dass Kilian die Jahresringe hätte erkennen können.

»Hat er denn eine Axt mit?«, rutschte es Jette raus. Sie winkte mit einem verlegenen Lächeln ab, als sie Fennas fragenden Blick sah. Es war zwecklos, das zu vertiefen.

Günther stand derweil mit zusammengepressten Lippen da und wirkte, als denke er intensiv nach. Dabei hielt er die Augen leicht geschlossen und bewegte seine Lippen in raschem Tempo.

Ich glaube, ich bin im Irrenhaus. Oder zumindest in einer Vorstufe davon, dachte Jette.

Sie kniff sich. Das tat weh, und alles um sie herum entsprach der Realität.

Was gäbe sie um eine Zeitmaschine, die sie jetzt gleich einfach zwölf Tage nach vorn katapultierte.

»Fenna, bitte, hat er nicht gesagt, wo genau er forschen wollte? Ich hatte ihm verboten, ohne dich oder Marie wegzugehen!«

Aber auf mich hört ja keiner.

Fenna zermalmte die ersten drei Kekse, war aber durchaus in der Lage, deutlich zu sprechen, wenngleich ihrem Mund dabei eine leichte Staubwolke entwich. »Kilian lässt sich nichts verbieten, wenn er was entdecken will. Der ist doch hochbegabt und ohne sein Tun hoffnungslos unterfordert! Du weißt nicht, auf welche Ideen er so kommt, wenn er nicht außer Haus forscht. Entspann dich, Oma. Der taucht schon wieder auf. Nun ist er eine Weile beschäftigt.« Sie wandte einen Blick zum Kronleuchter. »Dem Himmel sei Dank!«

»Mir wäre es aber lieber gewesen, wenn du oder Marie ihn ...«

»Marie kann nicht. Sie braucht morgens Zeit für ihr Styling und lässt es sich nicht gleich wieder von diesem Wind da draußen zerstören. Die Sockenlocken wären sofort hin gewesen.«

»Sie glättet doch!« Jette wies auf die herumliegenden Socken und das Glätteisen, das dem ausströmenden Geruch nach heiß war.

Jetzt kroch Marie unter der Haube hervor. »Der feucht-salzige Nordseewind in meiner frisch gestylten Frisur! Das ist Gift für die Haare!«

Jette wandte sich an Fenna. »Aber du, du hättest doch ...!«

»Oma, ich brauche meinen Schlaf. Sonst bin ich unausstehlich. Ich muss relaxed durch die Ferien gehen. Mach dich locker, der türmt zu Hause auch ständig. Mama kennt das schon.«

Jette machte sich also locker. Zumindest für zwei Minuten, aber dann schoss ihr eine andere Idee siedend heiß durch den Kopf. »Was ist denn, wenn er gar nicht forscht, sondern was gesehen hat, was seinen Kinderhorizont überfordert?«

Fenna lachte auf. »Du redest von diesem Nacktbild, oder? Das du unter deinem Bett versteckt hast, weil du es für verboten hältst? Kili ist noch zu klein für so etwas. Wir hingegen können ganz gut damit umgehen.«

Das Bild hatten also zumindest die Mädchen gesehen ... In ihrem Haus war nichts mehr sicher! Hauptsache, sie hatten den Jungen da rausgehalten!

Jette nickte unmerklich, Günther suchte schon wieder mit hoch erhobenem Arm nach Netz.

»Ja, das Bild ...«

»In deinem Alter ist es schon gewöhnungsbedürftig, weil du ja längst nicht mehr so frisch bist. Aber man kann es auch als ein Stück Kultur auffassen. So ein Gemälde hat doch schon«, Fenna kratzte sich am Kopf, »ein anderer Maler mit der Leda gemalt. Sogar mit Kindern.«

»Das war Leonardo da Vinci«, ergänzte Marie.

»Ach so«, antwortete Jette kleinlaut. Restlos überzeugt war sie aber dennoch nicht. Was war, wenn Kilian doch verstört aus dem Haus gelaufen war, weil er seine eigene Oma splitterfasernackt auf einem Gemälde gesehen hatte? Dass er es Horsti gezeigt hatte, war vielleicht ein Hilferuf gewesen. Er war doch noch so klein und mit einer solchen Konfrontation gnadenlos überfordert.

Und sie, Jette, war schuld an der Misere. Sie musste ihre Enkel schützen und behüten, und sie durfte sie nicht mit pornografischen Darstellungen erschrecken. Auch wenn Kilian keineswegs traumatisiert gewirkt hatte, als er die Schokoflakes badete, schlummerte die Erschütterung über ihr Handeln unter Umständen so tief in ihm, dass es erst draußen in der Natur, wenn er allein mit sich und seinen Gedanken war, aus ihm herausbrach. Bestimmt saß er mutterseelenallein in den Dünen oder am Strand und weinte bittere Tränen über die Moral, die seiner Großmutter abhandengekommen war. Wenn Horsti doch recht hatte und Kilian Bescheid wusste.

Sie sah in Gedanken seinen Eintrag im Logbuch:

Logbuch Kilian
Langeoog, Tag 3, Eintrag V
Wetterlage: sonnig und heiß
Geschehnis: Mein Omilein ist nackt auf einem Bild. Ich kann den Anblick nicht ertragen. Sie ist doch mein Omilein!
Kilian

»Ich gehe jetzt Kilian suchen, egal, was du sagst. Er steht unter meiner Obhut. Wenn da etwas passiert …!« Jette sprach den Satz nicht weiter. Schien zur Gewohnheit zu werden, dass sie sich seit gestern nur noch in Andeutungen und halben Sätzen verlor.

Günthers Netzsuche war noch immer nicht von Erfolg gekrönt. Er hoppelte wie ein Kaninchen durch die Stube, machte zwischendurch Männchen und kauerte sich wieder zusammen.

Jette erspähte plötzlich ihr Handy inmitten der Sockenberge, kämpfte sich hindurch und wählte Kilians Nummer. Sie hatte problemlosen Empfang. Vermutlich telefonierte Günther noch mit einem Bügeleisen aus der Handybeginnerzeit. Größe und antike Form ließen das vermuten. Natürlich ging Kilians Mailbox an. Er hatte sie eigens für Langeoog besprochen.

Hier ist die Nordseeforschungsstation von Kilian. Ich bin wegen einer Forschungsaufgabe zurzeit leider nicht erreichbar. Sollte das Anliegen dringend sein, bitte eine Message hinterlassen, ich rufe allerdings ganz sicher nicht zurück. Prepaid und keine Kohle.

Jette saß eine Stunde später auf ihrem E-Bike und radelte in Richtung Osten. Ihre Gedanken tanzten Polka.

So weit bin ich schon gesunken, dachte sie mit jedem Tritt in die Pedale. Ich nehme herrenlose Ex-Lover auf und stelle sie nicht einmal anständig meinen Enkeln vor. Dann radle ich meinem logbuchgeschädigten Enkel hinterher, anstatt mich mitten in der Hauptsaison um meinen Laden zu kümmern. Wohin soll das noch führen? Am Ende lande ich wieder in meinem alten Leben als Mama. Das will ich nicht! Ich bin frei!

Fenna hatte sich beharrlich geweigert, nach ihrem Bruder zu suchen, und noch einmal explizit wiederholt, wie sie die Sachlage sah. »Dem passiert nichts. Sei froh, dass er beschäftigt ist. Weißt du, was hier los ist, wenn der sich langweilt? Lass ihn bloß durch die Dünen stromern. Sonst sammelt der dir sämtliche Raupen von den Blättern und wartet so lange, bis sie sich verpuppen. Manchmal zieht er auch Kaulquappen groß. Oder er beobachtet Spinnen, wenn sie Fliegen verspeisen.« Fenna war bei diesen Worten aufgestanden und hatte sich eine Tomate mit negativer Klimabilanz (Ursprungsland Spanien, Malaga, Entfernung ca. 2600 Kilometer) in den Mund geschoben.

»Er hat anhand von Blattlausbeobachtung sogar herausgefunden, dass die lebend gebären und keine Eier legen.«

Jette wäre es am liebsten, die Viecher würden sich überhaupt nicht vermehren, weil sie regelmäßig ihre Blumen attackierten, aber ihre Meinung war an dieser Stelle irrelevant.

»Und was ist mit dir, Marie?«, hatte Jette ihre Enkelin gefragt.

»Er wird schon nicht zum Nordpol aufgebrochen sein«, war die gelangweilte Antwort gewesen. Sie hatte mit den Fingerspitzen, deren Nägel kleine Strasssteine schmückten, ihre Frisur geordnet oder das, was später dabei herauskommen sollte. »Ist ja ein bisschen weit. Das schafft selbst der nicht. Wann gibt es Frühstück? Ich bin gleich präsentabel.«

Günther war, nachdem er die Netzsuche aufgegeben hatte, der Ansicht gewesen, es sei sinnvoll, die Mädchen mit extravaganten Köstlichkeiten zu verwöhnen, und hatte ihnen Frühstück machen wollen. »Ich kann ihnen ein fantastisches Spiegelei kredenzen und mich ihnen gleich vernünftig vorstellen. Den Kleinen wirst du schon allein finden. Auf der Insel kann er ja nicht weg, was soll schon passieren? Aber ich möchte noch etwas richtigstellen, was mir sehr am Herzen liegt: Ich wohne nicht in der Abstellkammer, sondern in der Kemenate. Das klingt besser.«

»Wobei in der Abstellkammer kein Kamin zu finden ist und ich auch nicht feststellen kann, dass du auch nur die Spur von Adel hast. Ich hoffe, du kennst die wahre Bedeutung dieses Wortes?« Jettes Stimme war verdammt biestig gewesen, aber Günther hatte das nicht interessiert.

Jette trat wütend in die Pedale. In ihr brodelte es noch immer. In einer Kemenate wohnten auf Burgen vornehmlich Frauen. Günther Meilenstein brauchte sich gar nicht einzubilden, dass sie auch nur in Erwägung zog, sein Gemach zu betreten, solange er sich dort aufhielt. Vor lauter Wut fuhr Jette viel zu schnell. Bei der Höchstgeschwindigkeit wäre es sinnvoll gewesen, einen Helm zu tragen, aber damit wäre sie sich richtig dämlich vorgekommen. Helme trugen entweder Vierjährige oder alte Leute, wenn sie Fahrrad fuhren. Sie war weder das eine noch das andere. Das hatte sie zumindest bis gestern immer als gesetzt gesehen.

Es waren viele Radler und Spaziergänger unterwegs, und schon nach kurzer Zeit erkannte Jette die Sinnlosigkeit ihres Tuns. Kilian konnte überall sein. Im Ort, in den Dünen oder am Strand. Im Westen am Naturpfad Flinthörn oder im Osten an der Aussichtsplattform Osterhook. Sie würde ihn so nicht finden. »Ich gebe ihm zwei Stunden, dann alarmiere ich den Dorfpolizisten.«

Dennoch erklomm Jette die Melkhörndüne und schaute von der Anhöhe aus über die Dünentäler, ob sich Kilians rotes T-Shirt als Farbtupfer irgendwo zeigte. Das kleine Schild auf der Bank mit dem Zitat von Schopenhauer entlockte ihr ein Grinsen: »Das Alter hat die Heiterkeit dessen, der seine Fesseln los ist und sich nun frei bewegt.« Ja, so hatte sie bis vor zwei Tagen auch gedacht. Bis ihre Tochter samt Enkeln und Günther mit Horsti aufgetaucht waren. Sie warf einen Blick zum Schloppsee und dann Richtung Salzwiesen. Von Kilian keine Spur.

Anschließend radelte sie noch zum Strand, doch es war unmöglich, die gesamten vierzehn Kilometer einzusehen. Es war ein so friedlicher Anblick von der Dünenkette aus. Die Nordsee wirkte tiefblau und brach ihre Wellen mit nur leichten Schaumkronen. Am Spülsaum liefen hier, abseits des bewachten Strandgebietes, nur vereinzelte Urlauber, ein paar spielten mit ihren Hunden. Ein paar Kinder stromerten herum und suchten mit gesenkten Köpfen nach Muscheln, die von den Wellen an den Strand geworfen worden waren. Sie hatten einen Heidenspaß, wenn sie sich eben nach einer Muschel gebückt hatten und die nächste Woge sie mit ihrem Sog wieder in die Nordsee hinaustrug. Der eine kleine Kerl hatte blondes abstehendes Haar und trug eine Brille. Verdammt, was für ein T-Shirt hatte Kilian am Morgen angehabt? Doch sicher das rote, Jette war sich beinahe sicher, dass er ein ähnliches trug wie der kleine Junge dort unten. Gerade als Jette losprinten wollte, näherte sich ein Mann, schnappte sich den kleinen Kerl und wirbelte ihn durch die Luft. Kurz darauf standen auch die Mutter und die kleine Schwester daneben. Eine Familie, die den Sommertag am Strand genoss. Von Kilian keine Spur. Das gleichtönige Rauschen der See vermittelte einen Frieden, den Jette nicht empfand. »Er ist nicht hier, und du kannst ihn so nicht finden. Am besten, du fährst zurück und wartest, bis er wieder auftaucht.«

Jette warf einen Blick auf die Uhr und machte kehrt. Das erste Schiff war lange angekommen, das zweite, zusätzlich eingesetzte, würde ebenfalls bald einlaufen, und sie hatte ihren Laden nicht geöffnet. Es war Hochsaison, und so tummelten sich genug Gäste und damit Kunden auf der Insel. Fenna hatte recht. Kilian würde schon zurückkommen, sie machte sich zu viele Gedanken. Dreimal hatte sie ihm die Mailbox zugequatscht, aber er hatte schließlich angekündigt, dass er nicht gedachte, zurückzurufen. Sie musste sich wirklich locker machen, wie Fenna gesagt hatte. Sonst wäre sie nach den zwei Wochen entweder reif für die Klapse oder scheintot.

Jette hoffte, dass Günther und die Mädchen während ihrer Abwesenheit ein bisschen aufgeräumt hatten. Und sie betete, Kilian sei inzwischen heil und gesund zurückgekehrt.

Natürlich erfüllte sich keine ihrer Hoffnungen. Als sie auf ihr Häuschen zuradelte, erkannte sie Günther, der auf allen vieren durch den Vorgarten robbte, bis von ihm nur noch die karierten Strümpfe aus dem Gebüsch hervorragten. Die Schlappen lagen auf dem Rasen verstreut. »Du Mistvieh!«, hörte Jette.

Aus dem Küchenfenster drang das laute Stampfen von Bässen, dazu schien jemand auf und ab zu hüpfen. Dieser Verdacht bestätigte sich, als Maries Kopf wie ein hüpfender Flummi immer wieder im Fensterrahmen zu sehen war. Ihre ganze Körperhaltung wirkte dabei aber unnatürlich steif, fast, als hätte sie einen Stock verschluckt. Jetzt erkannte Jette, dass sich unter die Bässe auch Dudelsackmusik mischte. Klingt irisch, dachte sie, konnte sich aber nicht weiter darauf konzentrieren, weil Günthers Mistvieh-Ruf die Musik übertönte. Jette verharrte auf dem Gehweg.

Vor ihrem Laden stand derweil ein Ehepaar, das sich lautstark über die Faulheit der Ostfriesen ausließ, die ja schlimmer sei als die der Südländer mit ihrer nervigen Siesta. Und dass sie im nächsten Jahr wieder nach Malle reisen würden, weil dort die Geschäfte fast rund um die Uhr aufhätten. Überhaupt wollten sie jetzt und auf der Stelle ein Bild der Kaapdüne erwerben. Und zwar in Jettes Kunsthandlung. »Hör mal, Hildchen! Die Leute auf der Insel haben das Arbeiten einfach nicht erfunden, was meinst du?«

»Ja, die liegen nur auf der faulen Haut, diese Insulaner.«

Jette sah zu ihrem Wohnhaus, dann zum Eingang des Lädchens. Aus der Küchenterrassentür quollen die Sägespäne, als habe jemand ihre Küchenmöbel geschreddert. Marie hüpfte noch immer, vielleicht hatte sie irgendwoher ein Trampolin aufgetrieben. Von Fenna fehlte jede Spur, vermutlich durchforstete sie Jettes Vorräte auf ökologische Sünden. Günthers Mistvieh-Ruf hallte durch den Garten. Zumindest hatte er seinen Kopf mittlerweile aus dem Gebüsch befreit und ward nun mit einem Blätterkranz geschmückt. Er hielt etwas triumphierend in der Hand. Bei näherem Hinsehen erkannte Jette eine gewisse Ähnlichkeit mit Emma. Das bestätigte sich, als sie näher herantrat. Genau in dem Augenblick erleichterte sich die gerettete Scheidungshamsterdame mit einem winzigen Strahl auf Günthers Alpenknickerbocker. Mitten in seinen Schritt. Da seine Hosenpracht aus dünnem Leinen genäht war, breitete sich das kleine Urinal rasch zu einem Fleck der Größe einer Zweieuromünze aus.

»Sie hat dich markiert«, sagte Fenna, die eben aus der Küche nach draußen trat und geräuschvoll an einem Apfel (Bioanbau; Ursprungsland Südafrika, Entfernung ca. 92000 Kilometer) nagte. »Nun bist du für immer ihr Herr und wirst sie nie mehr los.«

»Ist Kilian wieder aufgetaucht?«, unterbrach Jette die Konversation.

»Nein.«

Günther sah kopfschüttelnd an sich herunter. »Ich geh mich mal umziehen. Nein, Kilian ist noch nicht wiedergekommen.« Er umklammerte Emma mit der Faust und eilte ins Haus.

Fenna hieb ihre Zähne ein weiteres Mal in den Apfel und trat neben Jette, die noch immer fassungslos am Gartentor stand. »Der Kleine forscht hoffentlich den ganzen Tag. Lass ihn! Wir haben dich mehrfach gewarnt. Womöglich züchtet er wildgewordene Keineahnungwas, wenn er seiner Kreativität keinen Lauf lassen kann. Du weißt, er ist hochbegabt ...«

Jette war froh, dass keines ihrer Kinder in irgendeiner Form eine besondere Begabung aufgewiesen hatte. Außer vielleicht im

Sockenkaputtmachen. Oder im Badzimmersaubermachen-Verweigerungswettkampf. Auch im Türenknallen waren sie gut gewesen. Aber als Hochbegabung wollte Jette das mitnichten bezeichnen. Von der Leda und von Aktbildern hatten sie mit elf Jahren definitiv keine Ahnung gehabt.

Jettes Blick wanderte zu Fennas Füßen. Sie hatte sich immerhin der getragenen Socken entledigt und lief barfuß in Leinen-Flip-Flops. Außerdem trug sie nun äußerst knappe blaue Shorts, was so gar nicht zu ihrem vorherigen Auftreten passte. Wenigstens beim grauen Shirt war sie sich treu geblieben. »Ein Pablo war eben kurz hier. Er hat dich gesucht.« Etwas an Fennas Tonfall und ihren leuchtenden Augen, wenn sie seinen Namen aussprach, machte Jette stutzig.

Verdammt, auch von ihm wussten sie. Nichts war mehr privat.

Jette sah wieder zur hüpfenden Marie.

»Irish Dance«, kommentierte Fenna im Telegrammstil. »Gut für die Figur. Sehr positive Eigenenergiebilanz. Schlecht allerdings für die Haare, sie muss die Frisur später erneuern. Stromverschwendung.«

Mach dich locker, Fenna!

»Warum frisiert sie sich denn, bevor sie Sport macht?«

Sie bekam keine Antwort, vermutlich gab es auch keine. Außerdem drohte die Laune ihrer potenziellen Kunden zu eskalieren, und das erforderte Jettes Aufmerksamkeit. Das Ehepaar hatte sich mittlerweile auch neben Jette positioniert und machte seinem Unmut weiter Luft. »Na, wird denn der Laden heute noch aufgemacht? Ich möchte mein Kaapdünenbild! Sofort!«

»Komme schon!« Jette rannte zum Lädchen und schloss die Tür auf. Das Pärchen folgte ihr. »Da ist sie ja endlich! Das wurde aber auch Zeit, Mädschen. Sind wir hier im Süden und verschlafen den Tag?«

Herein, werter Mann, und mit dir alle Vorurteile der Welt.

Jette lächelte den Kunden freundlich an. Solche Dinge unkommentiert zu lassen war immer die bessere Lösung.

»Mädschen, Mädschen!« Der Dicke schob sich durch die Galerie. Vorn befand sich Jettes Kunsthandlung, nach hinten und seitlich erstreckte sich ein erlesenes Schmuck- und Designermodenangebot. »Mädschen, Mädschen!«

Jette blickte sich um, ob noch jemand anders außer ihr und dem Ehepaar im Laden war. Fenna oder Marie? Doch sie war allein hier mit ihm und seiner Gemahlin, die er sicher nicht als »Mädschen« bezeichnen würde. Sie passte der Fülle wegen kaum neben ihn in den schmalen Gang. Jette quetschte sich hinter den Tresen.

»Na, Mädschen, oder Deern, wie ihr Ostfriesen so schön sagt, was hast du denn zu bieten an Kram, wie ihr Ossis ja auch sagt. So 'n heel Tüdelkram.«

Der beshorteste Mann, der Obelix mit seinem Bauch eine ernsthafte Konkurrenz machen würde und mit klapperdünnen Fellbeinen in weißen Tennissocken und Jesuslatschen steckte, meinte tatsächlich sie, Jette Blümerant. Mädschen. Mädschen. Nicht Omma. Nicht Omilein. Mädschen!

»Hilde«, wandte er sich an sein weibliches Pendant, »willst du ein Bild oder was anderes Schönes von dem Kitsch hier?«

Hilde konnte sich nicht entscheiden, schmolz bei seinen Worten aber förmlich dahin und tatschte ihm auf der freigelegten bewaldeten Brust herum, über der er ein geöffnetes Hemd trug, das den Bierbauch sanft wie ein Spannbetttuch umfasste. Aus der Brusttasche lugte eine monströse Sonnenbrille, deren Gläser golden glänzten und worin sich die Umgebung wunderbar spiegelte.

»Ich habe keinen Kitsch, sondern Gemälde mit Inselmotiven«, korrigierte Jette ihn. »Wenn Sie Interesse haben, dort hinten ist auch noch eine Bernsteinschleiferei, und nach rechts schließt sich meine Boutique an.«

»Was denn, Mädschen? Beleidigt, weil ich Kitsch gesagt habe?«, röhrte der Mann. »Hilde, hast du das gehört? Ich lach mich scheckig. Also, dann zeig mal deine Bernsteine. Dat wäre ja mal was Echtes von der Küste hier. Genau wie Sanddorn. Aber was mit Sanddorn, so wie Bonbons oder Tee, hast du nicht, oder?«

»Ich verkaufe Kunstwerke lokaler Künstler und Designermoden aus Dänemark, keine Kulinarik«, verbesserte Jette ihn. Lächelte, ballte die Faust. Sie hätte besser weiter nach Kilian suchen sollen. Das, was ihre vorrangige Aufgabe war. Aber von irgendwas musste sie schließlich auch leben.

Der Mann ignorierte Jettes Einwand und schob Hilde, die ihre schlecht ondulierten Platinlocken mit einem silbernen Haarkrebs am Hinterkopf festgetackert hatte und dazu aussah, als sei sie aus modischer Sicht die Großmutter der Barbiepuppe, in die Bernsteinecke.

An Hildes Barbiefigur gab es allerdings Nachmodellierbedarf, aber modetechnisch hatte sie das Styling gut kopiert, selbst wenn es an ihrem Body erst auf den zweiten Blick deutlich wurde. Hilde sah aus wie rosa überlackiert, und das nicht nur an den Nägeln. Das Hilde-Gebilde wirkte dazu nicht so, als blättere auch nur an einer Stelle der Lack ab.

Sie kramte nun in der Bernsteinecke mit ihren Wurstfingern in den ausgelegten Steinen herum. »Herbi, was sind die schön!«, lechzte sie. »Schau nur!« Sie behängte sich mit einer Kette, in die die dicksten Steine eingearbeitet waren. Sie verschwanden sofort in ihrem Dekolleté. »Herbi, die muss ich haben. Was stehen die mir gut. Was meinst du?« Ihre Stimme brach vor Begeisterung.

Jetzt galt es, die Klappe zu halten. Die Kette kostete schlappe vierhundert Euro. Jette lächelte ihr Verkäuferlächeln. Im Verkäuferlächeln war sie unschlagbar. Jeden Tag Touristen, das übte.

»Sind bestimmt sündhaft teuer, also genau das Richtige für mich.« Hilde-Barbie stand also auf sündhaft teure Sachen. Da hatte Jette durchaus noch mehr auf Lager. Vielleicht ließ dieses Ehepaar ja Unmengen von Geld hier, und es regnete Goldstücke auf sie wie bei der Goldmarie.

Sofort schämte sich Jette ihrer Gedanken. So dachte man nicht über Kunden. Man vielleicht nicht, aber Jette schon, wenn solche Käufer mit diesem Getue und Gewese vor ihr standen und planten, in den nächsten Minuten ein Vermögen in Jettes Ladenkasse zu schütten. Nach einem solch suboptimalen Tagesstart könnte es sie mit ihrem Schicksal zumindest am heutigen Tag aussöhnen.

Jette lächelte. Jetzt galt es, alle Register der Verkaufsstrategien zu ziehen. »Die Bernsteine sind selbst gesucht und geschliffen«, erklärte sie.

Nur leider nicht von mir. So dicke Steine gibt es in den Massen hier gar nicht.

»Hör mal! Echte Handarbeit, Herbi! Von Beginn an!«

Der griff nach den Steinen in Hildes Dekolleté und ließ dabei seine Hand tiefer als nötig in ihrem Ausschnitt verschwinden. »Da guckste, Mädschen, was? Dazu bist du nämlich schon zu alt. Das macht sicher kein Kerl mehr bei dir. Mein Mädschen mag meine sensiblen Fingerspitzen. Die Hilde, das ist eine ganz wilde.«

Barbies Oma verdrehte verzückt die Augen, wobei es schwer auszumachen war, ob das an Herbis Speckfingern oder der geschliffenen, selbst gesammelten und eigenhändig aufgefädelten Bernsteinkette lag. Nachdem Herbi von ihr abgelassen hatte, drehte und wendete sich Hilde vor dem Spiegel. Jette enthielt sich jeglichen Kommentars, auch wenn es offensichtlich war, dass das Gold der Bernsteine keine optimale Ergänzung zum dominierenden Barbierosa darstellte. Die wilde Hilde hätte ihr ohnehin nicht geglaubt, denn sie tanzte vor dem Spiegel hin und her, zog ihren Ausschnitt noch etwas tiefer und bewunderte ihr Dekolleté. Die goldenen Bernsteine hatten sich tief in ihren Ausschnitt eingesogen, fühlten sich offensichtlich zwischen dem vergleichbaren Mount Everest und dem K2 aus China äußerst wohl.

Herbis sensible Finger begrabschten derweil das Schleifgerät. Ein paar Sonnenstrahlen kämpften sich durchs Fenster des Lädchens und ließen den Schmuck erstrahlen. »Was für göttliche Sachen sehen meine Augen da noch! Herbi!«, jubilierte Hilde und behängte sich mit einem Bernsteinarmband und zwei Ohrringen.

Sieht toll aus zu ihrem Barbierosa! Doch wirklich!

Jettes Kieferknochen schmerzten vom ewig dümmlichen Grinsen, aber was Barbie-Omi da plante, war der Verdienst einer ganzen Woche. Doch, dafür stand ihr der Schmuck ausgezeichnet. »Man muss auch mal Kompromisse eingehen, wenn man reich werden will«, flüsterte Jette. »Sie ist ein freier Mensch und muss das nicht kaufen. Ich zwinge sie schließlich nicht. Ich zwinge sie auch nicht, Schweinchenrosa zu tragen. Und auch nicht, diesen Mann an ihrer Seite zu dulden, Barbie-Hilde ist ein freier Mensch mit freiem Willen.« Wie ein Mantra betete Jette es leise vor sich hin, bemüht, das schlechte Gewissen zu verdrängen. Normalerweise sagte sie ihren Kunden ehrlich, ob etwas zu ihnen passte oder nicht. Glücklicherweise ging ihr Gewissenskonflikt an der Wahrnehmung Hildes und Herbis vorbei.

»Haben Sie auch Hühnergötter? Die sollen ja so viel Glück bringen. Und Glück kann man immer brauchen!«

Jette wandte sich ab und holte eine Kiste mit den durchlöcherten Steinen. »Bitte, bedienen Sie sich. Ich habe sie in verschiedenen Größen.«

Hilde konnte sich nicht entscheiden, ob sie lieber den schwarzgrauen oder besser einen der grau-schwarzen Steine haben wollte. »Herbi? Welchen soll ich nehmen? Nun sag schon, wer uns Glück bringen soll!«

Herbi rief was von »Nimm den schwarzen Stein. Je dunkler, desto besser«, denn er hatte inzwischen in der Boutique die Gürtelkollektion entdeckt. Einen davon, der vorn mit Bernstein besetzt war, schlang er um Hildes nicht vorhandene Taille. »Grrr«, stieß er heiser aus, zupfte die Sonnenbrille aus der Hemdtasche und stülpte sie in zwei Anläufen über seine Augen. Nun glich er Puck der Stubenfliege. »Ich bin so geblendet«, scherzte Herbi. »Was für ein Mädschen, mein Mädschen«, gurrte er und schlug der wilden Hilde auf den Hintern.

Jette hoffte nur, er würde seine Triebe, die ihn unübersehbar lenkten, nicht in ihrem Laden ausleben wollen. »Wir nehmen das alles. Man muss ja eine Erinnerung an die Insel hier haben, was, Hildchen?« Seine Stimme klang völlig heiser. »Wie hieß die noch? Diese Insel, meine ich. Mann, Mädschen. Du machst mich ganz wuschig.«

»Langeooge«, säuselte Hildchen, die sich voll im Griff hatte, weil ihr Shoppingtrip noch nicht zu Ende sein sollte. Sie griff nach einem Gemälde mit der Kaapdüne, das Pablo gezeichnet hatte, und warf es auf den Tresen. »Das ist für meinen Dicken«, raunte sie Jette verschwörerisch zu. »Der soll ja nicht leer ausgehen.«

Herbi schmatzte ihr einen Schlidderer auf die Lippen, sie saugte sich daran fest wie ein Laubfrosch mit seinen Saugnäpfen. Anschließend reichte Herbi Jette eine Kreditkarte. »Damit kann ich hier doch zahlen, was, Mädschen? Ist ja nicht ganz so Hinterwald, wie wir gedacht haben, ihr habt ja sogar fließend Wasser auf dieser Insel! Wie hieß sie noch? Ach ja, Langeooge«, feierte er seinen Gedankenblitz. »Wie kann man eine Insel nur Langeooge nennen.«

»Langeoog«, verbesserte Jette ihn. »Die Insel heißt Langeoog. Ohne e am Ende.«

»Noch schlimmer«, winkte Herbi ab. »Ohne e noch schlimmer.« Er benetzte seine Lippen, als er einen Seitenblick auf Hilde warf, die seinen Gemütszustand offenbar nicht zur Kenntnis nahm oder nicht zur Kenntnis nehmen wollte.

Jette tippte mit zitternden Fingern die Unsummen für die erstandenen Artikel in die Kasse. »Das macht eintausenddreihundert Euro«, sagte sie.

»Was für ein Sümmchen, was, mein Mädschen?« Puck die Stubenfliege zahlte, ohne mit der Wimper zu zucken, wobei man die unter den reflektierenden Stubenfliegenfacettenaugen auch nicht hätte zucken sehen können. »Wir zahlen und stehlen nicht!«

»Wie darf ich das, bitte schön, verstehen?«, hakte Jette nach.

»Na, hier auf Langeoog treibt sich doch ein Dieb rum, der das Geschmeide der Damenwelt und Bares stiehlt. Eine äußerst unschöne Sache, Mädschen.« Mit diesen Worten verließen die beiden das Lädchen. Hilde wirkte behängt wie ein amerikanischer Tannenbaum, weil sie den gekauften Schmuck einfach dem bereits vorhandenen hinzugefügt hatte. Sie musste am Abend, wenn sie sich abgetakelt hatte, um etliche Kilos leichter sein.

Von den Diebstählen hatte Jette noch nichts gehört, aber es wurde so viel getratscht auf der Insel, dass man nicht jedem Gerücht Glauben schenken musste.

Nachdem die beiden sich getrollt hatten, überlegte Jette, sofort zu schließen. Umsatz hatte sie heute genug gemacht, und sie konnte sich ohne schlechtes Gewissen ihren Enkeln und der Wiederherstellung der Ordnung in ihrem Haus widmen. Aber da stolzierte Günther mit trockener Hose – dunkelbraune Breitcord mit aufgenähter Gesäßtasche – und Hemd – dezentes Mausgrau mit aufgestickter Rose – herein.

»Soll ich dir für Emma eine Bernsteinkette verkaufen? Dann kannst du sie festketten«, schlug Jette vor.

»Sie mag nicht in diesem Käfig sein, sie zerkaut mir glatt die Stäbe, die Kleine«, erklärte er.

»Das Mistvieh«, berichtigte Jette. »Du nanntest sie eben noch das Mistvieh.«

Günther winkte ab. »Ach, das war im Eifer des Gefechts. Emma ist schon süß!«

»Was treibt dich zu mir? Ist Kilian zurück?« Der Gedanke an ihren Enkel erdete Jette, die noch immer Eurozeichen vor ihren Augen tanzen zu sehen glaubte.

Günther verneinte. »Aber Horsti war eben da. Seine neue Flamme hat ihn versetzt.«

Jette sah ihn fragend an, denn seiner Stimme haftete großer Unglauben an. Einen Horsti versetzte man nicht. Es sei denn, man hatte Grips und kein Silikon im Hirn. Wobei Jette nicht wusste, ob es da auch schon korrigierende Operationen gab. Bei einigen Damen konnte man das nicht ausschließen.

»Er ist geknickt! Der arme Mann!« Günther war außer sich.

Jeder bekommt das, was er verdient. Von wem war das noch gleich?

Jette seufzte. Zitate wirkten nur dann gebildet, wenn man den Urheber benennen konnte. Was ging sie das alles an? Günther würde sie mit seinem Gefolge bald verlassen, da war es egal, wie oft Horsti versetzt wurde.

»Dann tröste ihn schnell. Kannst ja deine Koffer und den Scheidungshamster schon mal an Bord bringen.« Jette wandte sich ab und räumte die Bernsteinecke auf. Sie überlegte, die Sachen einmal mit einem feuchten Tuch abzuwischen, ließ es aber, weil ein weiterer Kunde den Laden betrat.

Günther verschwand durch die offene Tür.

8

Noch immer zwölf Tage

Wer schreit, hat (nicht) verloren

Jette schloss die Ladentür. Was für ein erfolgreicher Vormittag. Sieben Bilder hatte sie verkauft und, neben dem Arrangement an die Stubenfliege nebst Barbie-Gattin, drei Bernsteinketten. Bald musste sie sich um Nachschub kümmern. Aber vorrangig hatte sie andere Probleme.

Schon beim Betreten der Küche war klar, dass sich Kilian noch immer auf Forschungsreise befand, denn Marie schüttelte mitleidig den Kopf. Der würde was zu hören kriegen! Jette war allerdings etwas ruhiger geworden, denn wenn etwas auf Langeoog passiert wäre, hätte es sich schon bis zu ihrem Lädchen herumgesprochen. Sie lebte so zentral in der Nähe des Bahnhofs, da hörte sie jede Buschtrommel.

Auch wenn wir schon Mobiltelefone haben, Günther Meilenstein.

Die Mundpropaganda funktionierte stets allerbest und oft viel effektiver als jede Handyübermittlung. Vor allem, wenn man wie Günther seit Stunden auf Empfangsuche war.

»Gibt es gleich was zu essen?«, fragte Marie, die immerhin ein Ohr freigestöpselt hatte und lediglich auf der Handytastatur herumhämmerte. Ihr Sportprogramm war beendet, die Haare nach dem zweiten Styling-Anlauf nunmehr an den Spitzen gewellt.

»Ich koche jetzt was«, sagte Jette freundlich. »Weißt du denn inzwischen, wo Kilian abgeblieben ist?« So ruhig, wie sie eben noch gedacht hatte, war sie bei weitem nicht.

Marie blickte tatsächlich auf. Ihr Kaugummi wanderte bei der Bewegung auf die andere Seite. »Ja, der schwimmt.«

»Im Meer?«, entfuhr es Jette entsetzt. Hatte sie es nicht erwartet? Sie hätte den Laden schließen, auf die läppischen paar Euro verzichten und ihn suchen sollen. Kilian, ihr einziger Enkel, ihr eigen Fleisch und Blut, war zum Opfer ihrer egoistischen Kapitalsucht und der Ausbeutung von Touristen geworden! Was war sie doch für ein schändlicher Charakter. »Da sind Strömungen, hohe Wellen ... Ich muss sofort dorthin. Zu welchem Strandabschnitt wollte er denn?«

Marie zuckte mit den Schultern, war sofort wieder abgelenkt, weil ihr Handy den Bob-Marley-Gesang abspielte. Es dauerte einen Moment, ehe sie Jette im Telegrammstil antwortete. »Nicht Strand. Hallenbad. Kommt gleich zum Essen. War hungrig. Hat sich schon mit Nachschub versorgt. Hirn verbraucht Kalorien.« Sie senkte den Blick, stöpselte die Hörer ein. Funkstille.

Jette hatte am Morgen Hackfleisch aus der Truhe genommen. Spaghetti mochten alle jungen Leute. Es brutzelte, und ein würziger Duft zog durch die Küche, in der es immer noch aussah, als wäre eine Horde ausgehungerter Aliens hindurchgezogen. Töpfe stapelten sich neben Pfannen in der Spüle, benutzte Teller mit Ketchupstreifen bildeten einen interessanten Kontrast zum Schwarz des Beckens. Emmas Sägespänespuren auf den Fliesen hatte auch noch niemand beseitigt. Unterdessen war irgendwem ein Becher Tee umgekippt.

Cool bleiben. Nicht ausflippen, Jette.

Fenna steckte den Kopf zur Küche herein. »Mach dir keinen Stress, Oma. Ich esse nur Tofu! Ich lebe vegetarisch. Nicht vegan, nicht als Carnivore!«

»Dann musst du Nudeln mit Sauce essen. Tofu habe ich nicht da.«

Fenna nickte. »Aber bei Marie kannst du die Nudeln weglassen, sie hat grad ihre metabolische Phase. Metabolic Balance, verstehst du?«

Nein, Jette verstand nicht. »Was soll das sein?«

»Keine Kohlenhydrate zum Abendessen, in Extremphasen nicht mal zu Mittag«, verkündete Kilian, der eben seinen Kopf unter Fennas Arm hindurchschob.

»Mann, du Hirn! Du machst mich ganz nass mit deinem Haar! Außerdem stinkst du wie ein Güllefass!«, kreischte Fenna. »Schon mal was von einem Handtuch oder Föhn gehört?«

Kilian ignorierte ihre Bemerkung, putzte seine Brille und betrachtete das Chaos in Oma Jettes kleiner Küche. »Ist heftig unsauber hier«, sagte er.

Jette sog die Luft scharf ein, sie war kurz vorm Platzen.

Ich will wieder wohnen. Einfach nur wohnen und leben. Kein Wort mehr, kleiner Mann. Kein Wort!

Ein Blick in die Runde zwang Jette zur inneren Einkehr, um nicht doch auszuflippen. Als habe Kilian ihre stumme Warnung verstanden, schwieg er zum herrschenden Chaos. Er rückte die Brille umständlich auf der Nase zurecht. »Um noch einmal auf die Metabolic zurückzukommen: Nun denn, ich glaub aber nicht, dass es wirkt.«

»Was soll nicht wirken?« Das Nudelwasser kochte, und Jette warf die Spaghetti hinein. Nach dem Essen würde sie alle rauswerfen und ihre Küche, ihre kleine gemütliche Küche, gründlich putzen. Und keiner, wirklich keiner durfte hier je wieder ein solches Durcheinander veranstalten. In ihr brodelte es. Warum tat hier jeder, was ihm beliebte, und sie war die Einzige, die alles wieder in die richtige Spur brachte?

»Na, Metabolic Balance«, referierte Kilian ungeachtet des mangelnden Interesses, das man ihm entgegenbrachte. »Essen ohne oder mit wenigen Kohlenhydraten. Denkt doch mal an die Bienen.«

»Was haben denn die damit zu tun?«, höhnte Fenna. »Ich verzieh mich, bis die Sauce fertig ist.«

»Warum also halte ich die Theorie von Metabolic Balance für abwegig und ziehe das an meinem Wissen über die Bienen auf?«, dozierte Kilian weiter. Dabei tropfte sein Haar Jettes weiße Fliesen nass. »Willst du das gar nicht wissen, Omilein?«

Nein, Omilein möchte das nicht wissen. Omilein möchte dir jetzt die Haare abtrocknen und euch dann alle für zwei Stunden in die Mittagspause schicken, damit sie hier endlich in Ruhe aufräumen kann, verdammt!

»Trockne dich bitte ab! Du tropfst!« Jette warf Kilian ein Geschirrhandtuch zu. »Bist du so nass vom Schwimmbad nach Hause gekommen?« Es war ein heißer Sommertag, das Haar hätte längst trocken sein müssen.

Kilian verneinte. »Hab mir den Kopf draußen noch unter den Regentonnenschlauch gehalten. Mir war so warm!«

Daher der leicht modrige Geruch, der sich seit seinem Erscheinen aufdringlich mit dem Duft der köstlichen Sauce vermischte. Er rubbelte sich mit dem Tuch über den Kopf und pfefferte es über die Stuhllehne, was dem Chaos Vollkommenheit gab. »Noch mal zu den Bienen und meiner metabolischen Antitheorie«, begann Kilian erneut.

Jette wurde heiß und kalt. Gab der Junge denn nie auf? Gleich erzählte er ihr noch was über Aufklärung. Bienen haben *immer* mit Aufklärung zu tun. Das war es doch, was man den Kindern vermittelte, wenn man ihnen sagen wollte, wie Mann und Frau …

Ich will nicht mehr. Ich kann nicht mehr!

Jette lenkte sich ab, indem sie die Tomatensauce würzte und eine Prise Rosmarin dazugab.

»Mein Bienenansatz basiert auf ihren Gewohnheiten und Lebensbedingungen ...«

»Autsch!« Jette hatte sich die Finger verbrannt, weil etwas von der Tomatensauce hochgeschwappt war.

»Ich sag nur: Honig!«

Jette nahm das fertig gekochte Essen vom Herd und goss Nudeln und Sauce in die bereitgestellten Schüsseln, die zwischen einer aufgeschlagenen Zeitung und dem Hamsterfutter gerade noch Platz gefunden hatten. »Honig«, wiederholte sie stumpf und überlegte, wohin sie die Teller stellen sollte.

»Ja, Honig besteht fast vollständig aus Kohlenhydraten, wenngleich nicht so schädlich wie reiner Industriezucker. Auf jeden Fall sind die Bienen in einer Tour damit beschäftigt, ihn zu vertilgen, herzustellen und so. Die schlürfen nur Nektar. Nur Süßes! Das ist, als würde ich ausschließlich Bonbons essen.«

Jette begriff die Zusammenhänge noch immer nicht, was durchaus an ihrem mangelnden Interesse für das Thema liegen könnte. Sie liebte Industriezucker, vor allem in Form von Kluntjes im Ostfriesentee, sie liebte Nudeln, und bitte nicht die Vollkornvariante. Gegen eine feine Scheibe Brot hatte sie auch nichts einzuwenden. »Karies haben sie davon nicht«, sagte sie, um überhaupt etwas zu sagen. »Wobei Bienen ja auch keine Zähne haben, die kariös sein könnten.«

»Omilein, es geht doch nicht um Zähne oder Karies! Metabolic Balance macht schlank. Bauch weg, Orangenhaut futsch und so. Weil man keine Kohlenhydrate isst. Die Bienen tun das aber. Mit dem Honig und Nektar. Und?«

Jette zog die Stirn kraus. »Was und?«

Kilian schien am Ende seiner Geduld. »Haben die Cellulite? Haben die dicke Speckrollen? Nein, Bienen sind immer schlank.

Guck dir die Beine an! Den Körper! Deshalb glaube ich nicht, dass es stimmt. Alles Geldschinderei.«

Jette betrachtete Kilians dünne Beinchen, die aus den weiten Shorts herauslugten.

Dir würden ein paar Kohlenhydrate mehr auch gut stehen, genau wie deiner Schwester.

Nur Marie hatte Rundungen, ohne dabei dick zu sein.

Sie beschloss, Kilian mit Unmengen Schokolade und Milchschnitten zu mästen, damit er was auf die Rippen bekam. Honig war ja nach seiner Theorie nicht das Mittel der Wahl. »Vielleicht liegt es daran, dass sie den Honig eher produzieren als speisen«, wagte sie einzuwenden, aber ihre Gedanken waren ganz woanders. Sie musste den Tisch für fünf Personen decken und wusste nicht, wie sie in diesem Durcheinander die Teller plazieren sollte. In ihr kochte bereits wieder die Wut hoch, und als ahnte Kilian, was in ihr vorging, nutzte er die kurze Pause und räumte tatsächlich den Tisch frei.

Gleich beim Essen gibt es was an die Ohren. So geht das nicht weiter mit diesem Chaos, meine Lieben!

Als er fünf Lücken für die Teller geschaffen hatte, nagte er an der Oberlippe und war noch immer dabei, Jettes Bemerkung zu seiner bienenmetabolischen Theorie zu verdauen. »Omilein, du bist genial. Hast recht! Das ist nämlich richtig. Honig ist genau genommen ja Bienenscheiße. Es wäre zu überlegen, ob man das weiterhin essen sollte oder nicht.« Mit den Worten verschwand er.

»Es gibt jetzt Essen! Ich muss nur noch die Teller hinstellen. Bleib hier! Und außerdem hast du eines nicht bedacht, du Bengel! Bienen haben an den Beinen weder Gewebe noch Fettzellen.«

Kilian kam augenblicklich zurück und hob den Daumen anerkennend in die Höhe. »Sauberer Gedankengang, Omilein! Das ist das fehlende Puzzleteil meiner Überlegungen. Respekt! Aber Bienenscheiße esse ich trotzdem nicht mehr. Ich trag das mal kurz in mein Buch ein.« Damit verschwand er.

»Komm bitte gleich zurück! Ich wiederhole: Das Essen steht schon auf dem Tisch!«

Jette fegte mit kräftigen Handbewegungen die Sachen von den Stühlen. Es war ihr gleichgültig, ob es schepperte oder nicht. Es war ihr egal, dass Fenna und Marie fast gleichzeitig mit aufgerissenen Mündern in der Tür standen und mit hektischen Bewegungen die Einzelteile ihrer Habseligkeiten zusammensuchten.

»Oma, das sind unsere Sachen!«

»Und das ist meine Küche, mein Haus. Ich gebe ab jetzt den Ton an. Ihr werdet ab sofort mithelfen, kein Chaos mehr verbreiten und euch wie zivilisierte Menschen benehmen!« Jettes Ton war von Sekunde zu Sekunde schärfer geworden, bis sie am Ende tatsächlich brüllte. Ungeachtet des Ausspruchs, den sie selbst immer als ihren Wahlspruch bei der Erziehung ihrer drei Ks gesehen hatte. *Wer schreit, hat verloren!* Was war ihr der Wahlspruch jetzt schnurzegal. Völlig schnurzpiepegal! »Mir reicht es einfach! Ich wusste nicht, was eure Mama mit euch vorhatte, ihr habt keine Lust, auf Langeoog zu sein, und ich muss mich jetzt völlig umstellen. Alles gut und schön! Aber nun stecken wir hier gemeinsam in der Situation und können es nicht ändern. Aber wir müssen uns arrangieren. Und ich werde nicht allein diejenige sein, die das tut. Ich nicht! Habt ihr das kapiert? Gespeichert? In eure Festplatte integriert?«

So, nun geht es mir besser. Wow!

Es dauerte eine Weile, ehe die Enkel ihre hungrigen Münder wieder zuklappten. Doch sie nickten anerkennend. »Cooler Akt, Oma. Das haben wir nicht erwartet«, brach Fenna als Erste das Schweigen.

»Dann können wir ja jetzt essen! Ich hoffe, es ist noch nicht kalt geworden.« Jette atmete tief ein.

»Ich wollte euch meine neuen Schuhe zeigen.« Marie hielt ihren Fuß in die Höhe.

»Was hat denn das damit zu tun?« Fenna schüttelte den Kopf und sortierte die Zeitschriften auf dem Boden. »Oma hat ja recht. So geht es nicht.«

Message angekommen.

Eine klare Ansage half immer. Zum Teufel mit dem Wahlspruch. Und tschüss und weg.

»Dann zeig uns deine neuen Schuhe, und danach essen wir«, schlug Jette in versöhnlichem Tonfall vor.

Marie hielt ein Paar Pumps ein bisschen schräg, so dass alle die seitlich angebrachte Schnalle bewundern konnten. »Schick, Marie. Nun setzt euch.«

»Kilian, Günther! Essen!«, schrie Fenna. Ihr Tonfall war so herrisch, dass die beiden binnen weniger Sekunden in die Küche traten und aussahen, als hätten sie einen Stock verschluckt.

»Sind ja schon da!«, flötete Günther. »Immer noch die perfekte Köchin, meine gute Jette!«, sagte er. »Der arme Horsti muss heute Pommes essen.«

»Dachte, Spaghetti mit Tomatensauce mögen alle. Fast alle«, fügte Jette hinzu, als sie Maries kritischen Blick auf die Spaghetti bemerkte.

Kilian packte sich einen beachtlichen Berg Nudeln auf den Teller. Um seine negative Kohlenhydratbalance musste sich Jette also keine Sorgen machen. Das war ja schon mal was. Es gab in diesem Augenblick des Friedens berechtigte Hoffnung, die kommenden zwölf Tage zu überleben.

Eine Weile war es still in der Küche. Abgesehen von dem gleichmäßigen Metallstabnagen Emmas und dem stetigen Tropfen einer vergessenen Teepfütze auf die Fliesen.

»Wo ist der eigentlich? Dieser Horsti«, schoss es aus Kilian heraus, als Jette diese Beinahe-Stille gerade als Geschenk des Himmels sah. »Ich könnte ihm beim Pommesessen Gesellschaft leisten.« Sein Blick wanderte angewidert über den Salat, den Jette ihm mit einem auffordernden Kopfnicken und dem Wort »Vitamine« herübergeschoben hatte.

Fenna verstand sofort: »Du liegst richtig, Kilian. Dieser Salat ist mit Sicherheit extrem pestizidbelastet, wenn Oma ihn nicht als Bioware gekauft hat. Und so als Giftsalat hat er außerdem den Nährwert von Klopapier.«

Jette schaufelte sich eine extra große Portion auf den Teller. »Ich mag das besonders gern. So das ein oder andere ... Fungizid ...«

»Kriegt man halt keine Pilze«, versicherte Kilian. »Soll ja als Krankheit sehr ungesund sein. Ich würde aber trotzdem lieber gucken, was dieser Horsti so speist. Ich kann ihm ja ausrichten, dass Vitamine gesund sind.«

»Du bleibst! Und isst, was hier auf dem Tisch steht!« Klarer Tonfall, klare Ansage. Notfalls etwas lauter.

Kilian nahm sich drei Salatblätter und einen Schnipsel Tomate.

Na also, geht doch.

Marie schwieg zu alledem. Sie nahm die Bolognese zusammen mit dem Salat auf den Teller, während Fenna mit einem Teesieb das Fleisch aus der Sauce filterte. Gegen das Eis zum Nachtisch hatte dann auch die kohlenhydratfeindliche Schönheit nichts einzuwenden. Sie genoss sogar eine extra dicke Portion Sahne. »Ich habe heute mal Schummeltag, also Diätpause. Bin quasi metabolisch grad durch«, erklärte sie. »In diesem Urlaub gönne ich mir was. Ab jetzt.«

»Hast es ja auch drei lange Tage durchgehalten«, lachte Fenna sie aus. »Deine Konsequenz ist beeindruckend.«

»Ich glaube, meine Theorien haben ihre Motivation geblockt«, sagte Kilian. »Könntest also auch ein paar Spaghetti essen. Wenn noch welche da wären!« Er zuckte mit den Schultern. »Sind aber nicht!«

Jette hatte den Appetit der Kinder maßlos unterschätzt. In der Schüssel lag nur noch eine halbe gekrümmte Nudel herum. Die schnappte sich Marie nun demonstrativ und steckte sie in den Mund: »Habe aus Rücksicht auf euch auf meinen Kohlenhydratanteil verzichtet!«

Eben wollte Fenna darauf antworten, als Jette die Hand hob und sie zum Schweigen verdonnerte. Das erste Donnerwetter hatte gesessen. »Nun, Kilian, zu dir«, hob Jette mit gewichtiger Stimme an. »Ich möchte wissen, warum du meine Anordnungen ignoriert hast und einfach allein über die Insel gestromert bist.«

»Ich bin nicht gestromert«, berichtigte Kilian sie. »Ich war a) mit dem Rad unterwegs und b) habe ich geforscht.«

»Vermutlich über die Cellulite von Bienen«, sagte Marie. Sie zerrte ihr Handy aus der Hosentasche und steckte die Kopfhörerknöpfe in ihre Ohren. Ein warnender Blick Jettes aber ließ sie innehalten. Alles versank unter dem Tisch. »Keine Kopfhörer beim Essen!«

Offene Worte. Gern auch eine Tonlage höher. Zum Teufel mit den Wahlsprüchen.

»Okay«, gab Marie nach, wenn auch widerwillig. Der Musikentzug ließ sie unruhig auf dem Stuhl hin und her rutschen. Ihre Finger knibbelten ein Stück Papier zu Kugeln. Aber sie gehorchte.

»Was hast du denn nun erforscht, wenn es keine Bienencellulite war?«, nahm Fenna das Gespräch wieder auf. »Dann hast du die Kühe auf Krampfadern untersucht, stimmt's? Und haben sie welche?«

»Nein«, entgegnete Kilian ernsthaft. »Obwohl sie keineswegs wie die Bergkühe ständig auf- und abwärts klettern müssen, haben auch Inselkühe keine Varizen. So heißt es nämlich korrekt, Fenna.«

Seiner ältesten Schwester entglitt ein wütendes Schnauben, und Jette sah sich genötigt, in das Gespräch einzugreifen. »Nun, Kilian, ich möchte dennoch wissen, wo du warst und warum du nicht auf das hörst, was ich dir sage. Es geht nicht, dass du, ohne zu erklären, wo du steckst, einfach so verschwindest. Das dulde ich nicht.«

Kilian wand sich hin und her. »Ich spreche normalerweise nicht über das, was mich mental bewegt. Das blockiert meine Gedanken. Aber da wir ja soeben etwas wie einen Viererpakt beschlossen haben«, er wandte seinen Blick zu Günther, beschloss dann offenbar, ihn zu diesem Pakt als dazugehörig zu betrachten, und verbesserte sich, »korrigiere, einen Fünferpakt beschlossen haben, bin ich willens, zumindest anzudeuten, worüber ich mir gerade den Kopf zerbreche. Ich werde, soweit es möglich ist und es meine Kreativität nicht allzu sehr einschränkt, deinen Anweisungen Folge leisten. Und gleich lasse ich euch an meinen Erkenntnissen teilhaben.«

Jette sah ihren Enkel abwartend an. Er rückte, wie immer, wenn er zu einer ausschweifenderen Abhandlung ausholte, seine Brille zurecht, krauste die Sommersprossennase und setzte sich aufrecht hin.

»Also, Omilein, liebe Schwestern und Günther. Ich offeriere euch mal kurz, womit ich die frühen Morgenstunden verbracht habe: Ich betreibe Stufenforschung und bin auch noch nicht ganz fertig damit.«

»Stufenforschung?« Günther setzte seine wichtige Miene auf, die sein Einfühlungsvermögen in alles und für jeden demonstrieren sollte. Kilian hatte ihn soeben in den Familienclan rund um Jette aufgenommen. Dass ihm das gefiel, war unübersehbar.

Kilian blickte zu Fenna. Dann schweifte sein Blick zu Jette. Beide hatten die Lippen zusammengepresst. »Ich sehe schon: Kaum einer hat Verständnis für meine Intellektualität«, sagte Kilian. »Bis auf Günther.« Er beugte sich zu ihm herüber und flüsterte ihm etwas ins Ohr. Daraufhin glitt ein Strahlen über dessen Gesicht. »Der Junge, der kann etwas! Stufenforschung. Darauf muss man erst einmal kommen!«

Kilian zückte sein Logbuch und schlug es auf. »Ich überspring mal einen Eintrag.«

»Hey, das will keiner hören!«, knurrte Marie ihn an, doch Kilian ignorierte seine große Schwester.

Logbuch Kilian
Langeoog, Tag 3, Eintrag VI
Wetterlage: sonnig
Geschehnis: Aufnahme des Projekts Stufenforschung
Sämtliche Stufen im Osten der Insel gezählt und erforscht.
Gesamtsumme: ___

Er hielt kurz inne. »Muss ich noch ausrechnen.«

Jette wurde es nun zu bunt. Sie brauchte jetzt und sofort einen größeren Radius, der ihrer Individualität geschuldet war. Ihretwegen auch der Kreativität, denn sie wollte ihre Küche auf der Stelle in den Urzustand zurückversetzen und einfach nur noch ihre Ruhe. »Raus!«, sagte sie mit scharfer Stimme. »Allesamt raus hier! Ich will aufräumen!«

Und das tat Jette auch. Zwei Stunden lang. Erst dann sah das kleine Häuschen wieder so aus, als könne man tatsächlich darin wohnen.

9

Noch immer zwölf Tage

Das Leben ist kein Ponyhof

»Omilein hat aber miese Laune«, stellte Kilian fest. »Die hat echt rumgebölkt!«

»Woran du ja nicht ganz unschuldig bist. Haust einfach ab, obwohl sie es verboten hat!« Fenna knuffte ihren Bruder. »Mann, Oma ist schon alt, die macht sich dann Sorgen! Verstehst du nicht, oder?«

»Mit sechzig, oder fast sechzig, hat man demnach kaum das Bewusstsein für meine Forschergene«, bestätigte Kilian. »Gut, dass sie ihren Bekannten hier hat. Der scheint meine Ambitionen zu verstehen.«

»Was soll das überhaupt sein? Stufenforschung? Die Stufen, wie man Oma wahnsinnig macht?«, herrschte Marie ihn an. Sie war gerade dabei, die Lockenwickler einzusortieren. Darauf verwendete sie große Sorgfalt. Das Ergebnis der Sockenlocken hatte nicht die gewünschte Wirkung gehabt, weshalb sie doch wieder zu der herkömmlichen Methode gegriffen hatte. Neben ihr standen drei unterschiedliche Packungen mit Haarfärbemitteln, die sie am Morgen im Supermarkt gekauft hatte. Sie hob und senkte den Arm, überlegte, konnte sich aber zwischen Platinblond und Ascherosa nicht entscheiden.

»Ich finde beides scheußlich, lass es!«, sagte Kilian. »Und meine Stufenforschung übersteigt deinen geistigen Horizont.«

Fenna schüttelte heftig den Kopf, als sie die Unentschlossenheit ihrer Schwester bemerkte. Sie hatte längst aufgegeben, Marie wegen der darin enthaltenen Gifte zu missionieren.

Deren Entscheidung war zugunsten von Platinblond gefallen. Sie würde aussehen wie Bibi Blocksberg, wenn das Ergebnis konform mit der Farbe auf der Verpackung ging.

Kilian war es egal, er lächelte selig.

Der denkt schon wieder an sein neues Projekt, dachte Fenna.

Als ob Kilian Fennas Überlegungen bestätigen wollte, schaute er sie nun lächelnd an. »Um Maries Frage für alle zu beantworten: Ich bin erst mal bis zur Melkhörndüne gefahren. Das ist eine Aussicht, sage ich euch. Man schaut zum Schloppsee und über die Salzwiesen bis zum Festland. Davor liegen in den Dünen nur verstreute Bauernhöfe. Und das Meer kann man auch sehen …«

»Bist du neuerdings Reiseführer oder was?«, unterbrach Fenna ihn. »Was ist das denn jetzt mit deiner Stufenforschung?«

Kilian zog die Nase kraus. »Also, ich habe mir Omileins Rad geliehen, aber nicht das E-Bike-Ding. Das zum Treten. Da kam mir die Idee zur Stufenforschung.«

Er zog sein Logbuch erneut aus der Tasche, schob die Brille in den richtigen Winkel. »Hab das jetzt konkretisiert, errechnet und detailliert aufgeführt:

Logbuch Kilian
Langeoog, Tag 3, Eintrag VII
Wetterlage: sonnig
Geschehnis: Stufen auf der Melkhörndüne gezählt und erforscht.
Ergebnis: Rechter Hand 41 Stufen, inklusive Zwischenstufen. (2-3, je nach Blickwinkel. Eine Stufe kann auch als Normalstufe gesehen werden.) Linker Hand: 55 Stufen, steil, ohne Zwischentritt.
Kilian

Fenna runzelte die Stirn. »Wie bitte? Du hast nicht wirklich ...«

»Doch klar. Das sind die Treppenstufen zur Düne. Rechter Aufgang, linker Aufgang oder umgekehrt: rechter Abgang, linker Abgang, wobei sich in dem Fall natürlich auch die Stufenzahlen tauschen.«

»Du hast doch 'nen Knall«, sagte Marie und rauschte ins Badezimmer ab.

Fenna nahm es gleichmütiger hin. Das schien ja mal eine entspannte Forschung zu sein. Ohne Krabbelgetier, ohne Würmer.

»Möchtest du vielleicht noch was von mir wissen? Ich bin immerhin bis Osterhook geradelt. Habe alle Touris überholt.«

Fenna wollte nichts dergleichen. Sie hatten erst einen Tag auf Langeoog geschafft. Schon heute hatte Oma Jette ein Machtwort gesprochen. Mal sehen, wie das weiterging.

»Wir müssen uns nun mal in diesem Inselgefängnis, wo es weder Pinguine noch das ewige Eis gibt, sinnvoll beschäftigen. Immerhin haben wir noch exakt«, Kilian sah auf die Uhr an seinem Handgelenk, »zwölf Tage vor uns. Wobei ich davon ausgehe, dass wir nach Omas Geburtstag einen weiteren Tag bleiben, um aufzuräumen, was mich dann wiederum doch auf eine Summe von dreizehn Tagen kommen lässt. Aber der letzte Tag ist ja Abreisetag und zählt folglich nicht. Also doch wieder zwölf.« Er fügte seinem Buch eine weitere Notiz hinzu.

»Halt bitte einfach die Klappe!«, fuhr Fenna ihn an. Die Zeitrechnung hatte ihr deutlich gemacht, was ihre Mutter ihnen wirklich aufgebürdet hatte.

Nebenan plätscherte das Wasser, Marie beschallte sich mit Bob Marley, den sie absolut kultig fand, weil sie in ihrem Alter so ziemlich die Einzige war, die das so sah. Marie begeisterte sich immer für das, was andere als blöd erachteten.

Fenna studierte die Verpackung, die ihre Schwester achtlos liegen gelassen hatte. »Sieht ein bisschen zitronig aus«, sagte sie.

»Das Ergebnis will man nicht sehen. Ich glaub, ich tu es dir gleich, Kili, und radle mal los. Vielleicht kann man hier ökologisch was tun.«

Kilian stimmte ihr zu: »Ich hätte da was.«

Fenna sah ihn fragend an. »Und?«

»Das alte Vogelwärterhaus. Steht leer, und sie haben auf der Insel noch keinen Plan, was sie damit anstellen wollen. Aber ich weiß da was!«

»Was weißt du? Spuck's aus!«

»Zum Vogelwärterhaus sind es genau neunzehn Stufen.«

Fenna warf ein Kissen nach Kilian.

»Die Mädels sind noch nicht reif für meine Forschung«, murmelte Kilian. »Ich trage es trotzdem ein. Eintrag VIII.«

Da aus dem Bad fast verzweifelte Töne drangen, vermutlich weil Marie mittlerweile bemerkt hatte, dass Bibi-Blocksberg-Gelb ihren Teint blass wirken ließ, verdrückte sich Fenna lieber auch.

Marie sollte sich farbtechnisch austoben, wie immer sie wollte, und es war allemal besser, wenn Kilian seine Forschungen allein weiter betrieb. Es gab noch viel zu tun für ihn: die Kaapdüne, den Bahnhof, die Kirche, den Wasserturm … Das bedeutete einfach: Ruhe!

Günther saß in seiner Kemenate. Er kam nicht voran. Jette wollte ihn so rasch wie möglich loswerden. Es war unerträglich. Ihre Blicke sagten alles. Vor allem, als die Kinder deutlich gemacht hatten, dass sie ihn als Mitstreiter akzeptiert, ja sogar als dazugehörig empfanden. Nun, Kilian zumindest. Fenna und Marie hatten sich nicht geäußert, aber das musste nichts heißen. Die beiden äußerten sich ohnehin meist zu nur einem Thema. Fenna zur Umwelt und Marie zu Frisuren.

Günther hörte Jette im Haus rumoren. Sie rückte dem Geräusch nach Stühle und Kommoden beiseite, und das nicht so, als schone sie dabei den Fußbodenbelag. Das klang wie dramatische Putzwut!

Als Günther einen Blick aus dem Fenster warf, sah er, wie sie in Richtung Barkhausenstraße davoneilte. »Sie rennt zu diesem Pablo. Was hat er, was ich nicht habe?« Die Antwort gab er sich selbst: einen flachen Bauch, mindestens zehn Jahre weniger auf dem Buckel, langes dunkles Haar, Gesichtszüge wie Pierre Brice in seinen besten Jahren ... Er stoppte die Aufzählung, das Ergebnis war zu frustrierend. Wenn er an sich heruntersah, erkannte er sein Defizit deutlich. Er hatte etliche Kilos zu viel auf der Waage. Kilos, die sich über den Gürtel der Breitcordhose schoben und ein gutes Polster für schlechte Zeiten bildeten. Wann auch immer die eintreffen würden.

»Na, eben eine Rücklage für seelischen Stress. Für einsame Stunden. All so etwas. Ich habe einen Grund, genau so auszusehen. Immerhin trage ich dreißig lange Jahre Liebeskummer mit mir herum.«

Jette hingegen war äußerst schlank, fast drahtig. Hatte sie nicht so stark gelitten wie er? Bestimmt hatte es bei ihr nur andere Auswirkungen. Er hatte sich einen Kummerspeck angefuttert, sie glich einer dünnen Birke, weil der Kummer ihr den Appetit nahm.

Träum weiter, Güntherlein. Ihr liegt ein feuriger Spanier zu Füßen, der sie sogar nackt malt. *Nackt!* Günther schüttelte sich.

Sie konnte Pablo mit diesen speckigen Flip-Flops nicht attraktiv finden! Günthers Füße kleideten fußbettgeprägte Schuhe in belastbarem Leder. Kam Pablo erst in sein Alter, würde ihn sein Rücken schon in ähnliches Schuhwerk zwingen. Nur – bis Pablo Günthers Alter erreicht hatte, wäre der Deckel auf seinem Sarg unter Umständen längst geschlossen. Es war folglich müßig, darauf zu warten, dass Pablo einen Bandscheibenvorfall oder eben »Rücken« im Allgemeinen bekam. Auch auf Potenz- oder Abführprobleme zu setzen war vergebene Liebesmüh. Pablo musste auf andere, auf unnachahmliche Weise, aus dem Verkehr gezogen oder durch nachhaltiges Vorgehen in den Hintergrund gedrängt werden. Dazu aber müsste er, Günther, etwas richtig Fieses tun. War er dazu in der Lage?

Günther starrte noch immer auf seine Füße oder besser auf das, was unter seinem Bauch davon zu sehen war. In diesem Augenblick befiel ihn gewaltige Hoffnungslosigkeit. Er kämpfte auf verlorenem Posten. Er war nicht der kleine, sympathische David, der selbst gegen Goliath gewann. Er war ein großer dicker Günther mit einer haarsträubenden Vergangenheit, was seine Beziehung zu Jette Blümerant anging. Es hinkte an allen Ecken und Enden.

Seine Augen schweiften zu Emma, die nach wie vor ihre Zähne an den schwarzen Stäben wetzte. Während Jettes Putzattacke hatte sie die arme Emma in den Garten gestellt. Zwei Nachbarskatzen hatten ihr einen Besuch abgestattet und die Krallenhand durch die Käfigstäbe gesteckt. Emma war einem Schock nahe gewesen. Der Puls schlug in bedenklich schnellem Takt. Hätte er den armen Hamster seine Blutdruckmanschette umlegen können, was aber allein wegen der viel zu dünnen Beine nicht ging (Emma mit dem gesamten Körper einzuspannen, hielt selbst Günther für kontraproduktiv), wäre die Diagnose bestätigt gewesen.

Am Ende hatte Günther Emma mit in die Kemenate genommen. Nun nagte sie wieder hoffnungsfroh am Metall, fest daran glaubend, irgendwann die Freiheit zu erlangen. Er war nur froh, dass Jette dem Ganzen nicht vorgegriffen und Emma diesen Wunsch widerspruchslos erfüllt hatte. In ihren Augen war eine gewisse Hamster-Mordlust zu erkennen gewesen. Eine Idee, die sie auch auf ihn, Günther, übertragen würde, wenn sie es für richtig hielt. Er aber konnte sich vorsehen, der Emma-Hamster nicht.

Wie hätte Günther seiner Nachbarin Emmas Tod klarmachen sollen? Im Falle des plötzlichen und unverhofften Ablebens des Hamsters hatte er einer Klausel zugestimmt, die besagte:

Sollte Emma ohne ersichtlichen Grund vorzeitig dahinscheiden, werden die Umstände des Todes akribisch untersucht. Ist der Tod grob fahrlässigem Umgang geschuldet, verpflichtet sich Günther Meilenstein, Andrea Will, der Besitzerin des Hamsters, die Schadenersatzsumme von zweihundert Euro zu zahlen.

Er hatte unterschrieben, weil Andrea Will immer ihren Willen bekam und er unter dem Helfersyndrom *Ich kümmere mich um alle verwaisten Tiere* litt. »Ich würde dir den Tod Emmas nie verzeihen, Günther Meilenstein! Sie ist mir wichtiger, als mein Ex es je war!« Ihre harschen Worte klangen noch immer in Günthers Ohren.

Emma trug auf jeden Fall nicht zum Verständnis zwischen ihm und Jette bei, selbst wenn er es sich so sehr erhofft hatte. Ihm waren viele Fehler unterlaufen. Aus allen hatte er gelernt, aber wirklich gestürzt, nicht nur gestolpert, war er am Zerbrechen ihrer Liebe. Er liebte Jette immer noch, sogar, wenn sie wütend wie ein Tiger durchs Haus lief und jedem die Zähne zeigte.

Jette, Jette, Jette. Was war er doch für ein Idiot, dass er sie damals hatte gehen lassen. Sein Handy piepte. Günther schlurfte zum Laptop, den er sich, ungeachtet von Jettes Missbilligung, mittlerweile vom Bahnhof geholt und angeschlossen hatte, und klickte den Bildschirm an. Er ließ sich sämtliche Nachrichten auch an den Server schicken. Die Displays der Mobiltelefone waren nichts für echte Männerhände. Welcher Zeigefinger war

schon grazil genug, stets die Buchstabentaste zu treffen, die man benötigte. So las er seine Nachrichten stets in Ruhe zu Hause.
Die SMS kam von Horsti.

Bin auf dem Weg nach Spiekeroog. Dort soll sich eine Kegeltruppe aufhalten. Eine Frauenkegelgruppe! Du weißt ja, dass Kegeln eine umwerfende Sportart ist, oder?

Günther tippte auf der Tastatur.

Kann's mir denken. Bin noch bei Jette.

Ran an den Speck, alte Rostlaube,

war die Antwort.

Ran an den Speck, dachte Günther. Zuerst musste dieser spanische Hengst und Schwerenöter verschwinden. Was wollte er mit einer um so viele Jahre älteren Frau?

Er weiß nicht, wie alt sie tatsächlich ist, dachte Günther. Man sollte es ihm stecken, vielleicht kühlte sich der Don Juan dann ab. Oder er musste ihn irgendwie in Misskredit bei Jette bringen. Irgendwie ...

Günther kam sich schäbig vor. Es war nicht recht, Jette in den Rücken zu fallen. Aber wie nur sollte er ihr Herz zurückgewinnen, wenn sie mit diesem Kerl spanischen Wein trank? Und noch mehr tat? Er hatte wirklich gedacht, Emmas Knopfaugen würden sie bezirzen, dann die Erinnerung an die kleine Meerjungfrau, wie er sie immer genannt hatte, und schon wäre die Sache geritzt. Ersteres war ein Grund gewesen, dem Hamster Asyl zu gewähren und den Knebelvertrag seiner Nachbarin zu unterschreiben. Jettes Blick zufolge hätte sie Emma aber lieber noch extra pikant gewürzt, wenn die Katzen sie aus dem Käfig gezerrt hätten, um ihnen das Mahl schmackhafter zu machen. Die Hamsterdame fiel als Überzeugungsfaktor also aus. Er behielt sie besser in der Kemenate, um Jettes überhitztes Gemüt nicht noch mehr anzuheizen.

Bei seiner Ankunft auf Langeoog hatte er keine Ahnung von Pablo gehabt. Nicht geahnt, dass sich ihre drei Enkel auf der Insel aufhielten. Nichts von Jettes Freiheitsdenken, ihrer Unabhängigkeit, die sie unglaublich stark, ja fast unbezwingbar machte, gewusst. Jette würde in ihrem Leben keine Kompromisse mehr eingehen. Und sich schon gar nicht von einer Hamsterdame oder einer Meerjungfrau einlullen lassen. Sie hatte sich verändert. Wie man sich eben in dreißig Jahren veränderte. Sie war direkt geworden und hatte ihm sehr deutlich gemacht, wie sinnlos sein Unterfangen war, sie zurückgewinnen zu wollen. Drei Sätze, die klarer nicht hätten sein können.

»Du hast mir so weh getan, Günther Meilenstein, wie mir noch kein Mann weh getan hat. Ich habe dir vertraut. Nicht einmal der Tod meines Mannes hat mich so viel Tränen gekostet wie das, was du mir und den Kindern angetan hast.«

Ja, er hatte die Tür damals nicht nur heftig zugeschlagen, sondern gleich auch noch verriegelt in dem Glauben, es sei für sie beide das Beste.

So verbrachte Günther Stunde um Stunde mit seinen Gedanken. Er drehte sich im Kreis, kam immer wieder dort an, wo er begonnen hatte. Ihm fehlte die Fantasie, was er noch anstellen sollte. Außer Pablo zu ermorden, in den Dünen zu begraben oder ihm etwas Schlimmes anzutun. Schließlich schnappte er sich das Gartenmagazin; der Garten war schließlich sein Steckenpferd. Er blätterte sich lustlos von Seite zu Seite, als ihm eine Anzeige ins Auge sprang. Es war wie ein Zeichen des Himmels!

Das würde er tun! Damit konnte er Jettes Herz zurückgewinnen. Sie hatte es immer geliebt, wenn er für sie Dinge erledigt hatte, die sie lästig fand. Damit hatte er schon damals alle Rivalen ausgestochen.

Der neue Plan B war unschlagbar. Eine Weile ließ er die Idee noch hin und her springen, dann stand sein Entschluss unumstößlich fest. Er hatte den goldenen Weg zu Jettes Herz gefunden. Er brauchte das winzige Gartenparadies nur anzusehen! Es lechzte förmlich danach, bewacht und beschützt zu werden. Jede Rosenblüte verlangte nach Läusevernichtung, der sorgfältig abgestochene Rasen nach Maulwurfschutz. Obwohl es zugegebenermaßen keinerlei Spuren in die eine oder andere Richtung gab. Nur war das zum jetzigen Zeitpunkt unerheblich. Günther würde präventiv eingreifen, nicht erst, wenn es zu spät war.

Er surfte mit seinem Stick im Internet – Jette hatte er nicht um den Key bitten mögen – und rief die Firma des Gartenkatalogs auf. Genaue Information war die Voraussetzung für das Gelingen seines Vorhabens. Er klickte sich durch verschiedene Maulwurfabwehrsysteme und befand den Maulwurfschreck mit Solarbetrieb für angemessen. Mittels Ultraschalltönen und Vibration würden so alle Schädlinge aus Jettes Garten vertrieben werden. Die Modelle, die er zuvor auf anderen Seiten gefunden hatte, verwarf er. Denn die Maulwürfe oder wahlweise die Wühlmäuse zu enthaupten oder mit stinkenden Substanzen zu vertreiben gefiel ihm nicht. Er war auch nicht sicher, ob Jette abgetrennte Häupter als Trophäen schätzte.

Der solarbetriebene und damit ökologisch vertretbare Maulwurfschreck aber war eine hervorragende Errungenschaft! Er sah in Gedanken Jettes beeindrucktes Gesicht. Ihre Freude, wenn er dafür Sorge trug, dass es kein einziger Maulwurf wagen würde, seine braune Erdhinterlassenschaft auf Jettes Grundstück zu verewigen. Er, Günther, glänzte als Mann, der sich um sie sorgte und kümmerte – das umfasste schließlich auch ihren Garten.

Frauen wollten, dass man das tat. Sich kümmern. Für sie da sein. All so was. Aber ein Günther Meilenstein war keine spanische Eintagsfliege ... An der Stelle seiner Gedanken stutzte Günther: Eine spanische Fliege war etwas anderes. Wenn es ihn nicht täuschte, hatte das mit Sex zu tun. Also noch mal von vorn. Er war kein spanischer Gigolo ... Oder gab es den wieder nur in Italien?

Na egal: Er war *der* Mann für Jette, und er würde es ihr beweisen.

Es klopfte an Günthers Kemenatentür. Marie schaute herein. Um den Kopf hatte sie einen Handtuchturban gewickelt. »Heute mal keine Socken«, sagte sie entschuldigend.

Günther blickte zu ihren Füßen und fand es angesichts der herrschenden Hitze nicht unnormal, dass Marie barfuß in ihren strassbestickten Flip-Flops steckte. Selbst er lief in seinen Gesundheitslatschen ohne Strümpfe.

»Im Haar«, ergänzte sie. »Keine Socken im Haar. Hab was anderes gemacht.« Ihr Kinn zuckte bedenklich.

Wenn Günther etwas nicht ertragen konnte, waren das Maulwürfe, Nacktschnecken und Blattläuse. Wenn er aber einer Sache absolut nicht gewachsen war, dann einem zuckenden Frauenkinn, das auf einen unmittelbar bevorstehenden Tränenausbruch hinwies.

»Was hast du denn?«, stotterte Günther schließlich in der Hoffnung, den Tränenstrom von vornherein zu bannen.

Falsche Frage, die Schleusen öffneten sich. Gepaart mit einem Schluchzen und unglaublicher Theatralik fiel Marie ihm in den Arm.

»Nun sag, was passiert ist«, versuchte Günther sie zu beruhigen.

»Ich muss sterben! Ich möchte sterben! Ich werde sterben!«

Sie hat Gift geschluckt, schoss es Günther durch den Kopf. Oder Tabletten. Oder ...

»Müssen wir zum Arzt?«

»Der kann mir auch nicht helfen. Absoluhuuuut nicht!«

Günther war schon mit negativer Frauenpower überfordert, jugendliche negative Frauenpower aber ließ ihn vollends die Segel streichen. »Aber wie soll ich dir helfen? Warum glaubst du, sterben zu müssen?«

»Meine Haare! Günther, meine Haare!«

Schneewittchen, schoss es ihm durch den Kopf. Schon Schneewittchen war wegen ihrer Haare fast gestorben. Sie hatte einen vergifteten Kamm darin gehabt. Ob unter dem Handtuch …

»Du wirst an deinen Haaren sterben?«, fragte er vorsichtshalber noch mal nach. Sicher war sicher. Erst die Lage erfassen, erst kombinieren, dann handeln. So wie mit der Maulwurffalle.

»Ja, wenn ich nicht das tue, was absolut überlebensnotwendig ist. Verstehst du das?« Ihr Schluchzen wies jetzt längere Abstände auf, das Elend stand ihr ins Gesicht geschrieben.

Günther nickte stumm. »Nun, wie kann ich dich retten?« Seine Stimme klang väterlich. Das hatte er sich von Horsti abgeguckt, und es funktionierte immer. Horsti konnte nicht nur Sprüche! Sein Freund konnte alles!

Marie schmiegte sich in Günthers Arm. »Weißt du, es ist fast Selbstmord!«

Wieder durchzuckte Günther eine Panikattacke. Wusste Jette, was hier mit ihren Enkeln abging? »Du hast es überlebt«, flüsterte er.

Marie nickte. »Noch! Du bist der einzige Mensch, der mich aus der Misere befreien kann! Du hast die Verantwortung!«

Die wollte Günther ja ohnehin tragen. Man musste das Leben und die Gegebenheiten nehmen, wie sie kamen. Darüber hinaus würde Jette die Sorge um Marie zu würdigen wissen. Und das brächte ihm uneinholbare Pluspunkte gegenüber diesem verkappten Salvatore-Dalí-Pablo ein. Den Grand Slam wollte er für sich entscheiden. Das war wie bei der Formel 1. Da siegten die Fahrer auch nach Punkten. »Ich werde dich nicht im Stich lassen, Marie!«

Richtige Antwort, Günther Meilenstein, Volltreffer.

Marie wischte sich die letzten Tränen von der Wange und strahlte ihn an. »Ich brauche Geld. Viel Geld!«

Günther sah sie fragend an. Was hatte Marie getan?

»Ich *muss* zum Friseur, meine Frisur ist völlig ruiniert!« Sie zerrte das Handtuch herunter, und jetzt erkannte Günther, was Marie meinte. Das, was hervorquoll, hatte nichts mehr mit dem Schneewittchenhaar gemein, sondern glich eher einem perfekt gelungenen Emanzenlila. Eine Farbe, die Alice Schwarzer hätte neidisch werden lassen, wenn sie sich je zu einer solch außergewöhnlichen Farbvariante hätte durchringen können.

»Was hast denn du gemacht?«, fragte er entsetzt. Das war wieder die falsche Frage. Er musste von Horsti noch viel lernen. Der hätte, ohne mit der Wimper zu zucken, einen eleganten und einfühlsamen Spruch losgelassen, dabei mit einer fließenden Handbewegung das Portemonnaie aus der Gesäßtasche gelupft und Marie generös einen Hunni in die Hand gedrückt.

Aber erstens: Horsti hatte immer Hunnis in rauhen Mengen in der Gesäßtasche, Günther hingegen trug in diesem Umfang lediglich Eineuromünzen spazieren. Zweitens: Günther besaß gar keine Geldbörse. Jedenfalls nicht in der Gesäßtasche, sondern nur einen Brustbeutel, den er entweder in seiner Nachttischschublade aufbewahrte oder unterm Hemd am Hals trug. So konnte er ihm nicht von windigen Taschendieben entwendet werden. Günther ging immer auf Nummer sicher.

Nun, jedenfalls löste seine wenig feinfühlige Frage den nächsten – war es der zweite oder schon der dritte? – Tränenstrom aus. Wenn Marie weiter so machte, wäre sie bald vertrocknet. Hilflos wartete Günther auch diesen Ausbruch ab. So lange, bis über Maries Wange nur noch eine letzte Träne kullerte.

»Ich habe mich gelangweilt und eine neue Farbe probiert. Auf der Packung sah das super aus. Obwohl Kilian sagt, ich soll froh sein, dass es lila geworden ist, weil er keine Bibi Blocksberg als Schwester will. Das wäre die Alternative gewesen. Aus dem Alter ist er nämlich raus, weißt du? Er ist schließlich …«

»Hochbegabt«, vollendete Günther den Satz.

»Ja genau«, nahm Marie den Redeschwall wieder auf, der an Heftigkeit ihrem Tränenausbruch glich. Ihr gingen die Worte heute vermutlich ebenso wenig aus wie die Flüssigkeiten. Günther hatte Mühe, ihr zu folgen. Zumal ihn ihre Wortflut irritierte. Bislang hatte er Marie eher wortkarg erlebt. »Hochbegabt und deshalb nix mehr mit Bibi. Wo war ich stehengeblieben? Ach ja. Ich habe einen Inselkoller. Ganz dramatisch, weil das Leben auf Langeoog Tag für Tag ein und dasselbe ist. Nichts ändert sich im Ablauf …«

»Du bist doch erst den zweiten Tag hier«, unterbrach Günther sie.

»Egal, das merkt man schon jetzt. Jedenfalls wollte ich die Monotonie unterbrechen und mal etwas Ausgefallenes wagen …« Nun stockte Marie zum ersten Mal und holte Luft, nachdem sie zuvor das Atmen komplett eingestellt haben musste. Jedenfalls wäre Günther nicht in der Lage gewesen, so schnell und ohne Punkt und Komma zu reden. »Nun, ich habe die Tüten im Laden zurück in die Packung gestopft und sie dabei verwechselt. Die hier«, Marie deutete auf ihre Haarpracht, »muss noch vom Fasching im Frühjahr stammen. Das lassen die einfach so im Regal liegen!«

»So gewährleisten sie auf Langeoog eben eine große Auswahl an Warensortiment«, sagte Günther. Vor etlichen Jahren hatte es diese merkwürdigen grellbunten Plastikpferdchen mit farbigen

Mähnen gegeben. Sie hießen *Mein kleines Pony*. Ein Nachbarsmädchen aus Blersum hatte ihn damit ständig besucht und die Tierchen über den Rasen galoppieren lassen. Jedenfalls sah Marie jetzt aus wie diese Ponys. Besser, er erwähnte seine Assoziation nicht. Marie lief sonst Gefahr, sich von der Kaapdüne zu stürzen. Obwohl das nichts nützen würde, tödlich konnte das kaum enden.

»Es gab jedenfalls nur das eingeschränkte Inselsortiment, was meine Spezialfarbe nicht beinhaltet hat. Außerdem war es ein Sonderangebot. Wobei es ja kein wirkliches war.« Maries Verzweiflung spiegelte sich noch immer auf ihrem Gesicht wider.

Günther war maßlos überfordert. »Ein Sonderangebot, was keines ist?«

»Genau. Haarfarbe zum halben Preis. Damit locken sie.«

»Und?«

»Das Angebot gilt mit Ausnahme der aktuellen Trendfarben und nicht am Dienstag und Donnerstag und überhaupt nur, solange der Vorrat reicht.«

Günther grinste. »Da blieb dann nur dieses Emanzenlila am Mittwoch.«

Marie schnaubte wie ein wütendes Pferd. »Veräppel mich nur. Egal, wie du das siehst: Wir müssen handeln.« Sie betonte das *wir* so stark, dass Günther sich augenblicklich verpflichtet fühlte.

»Zu Jette magst du damit nicht gehen? Ich meine, vielleicht bezahlt sie dir den Friseur«, wagte er doch noch einzuwenden.

»Oma ist zu diesem Pablo-Lover abgehauen. Sie will ihm bestimmt sagen, dass zwischen dir und ihr nichts läuft. Aber wie kann er das auch denken! Du und Oma!«

»Undenkbar?«, wiederholte Günther gedehnt. »Das findest du undenkbar?«

»Klar!« Marie zupfte sich ein Kaugummi aus der Hosentasche. »Außerdem hat sie grad Feuer gespien. Weil sie die Küche und die Stube jetzt sauber hat und sich nach der Mittagsstunde im Bad die Hände waschen wollte. War ja besetzt, weil ich mich darin umgestylt habe. Na ja und danach ... Ich kann sie unmöglich fragen.«

Günther schwante, was Jette dort vorgefunden hatte. »Die Farbe, die dein Haar schmückt, ist recht lange haltbar, oder?«, fragte er vorsichtig.

Marie nickte heftig. »Sehr haltbar. Sie lässt sich nicht auswaschen. Ein bisschen Lila ist mir in Omas Handtücher geraten. Und da kann es auch nicht rauswachsen, so wie aus meinem Haar. Aber die waren ja sowieso alt, diese Teile.«

»Das Waschbecken in Jettes Bad besteht aus Kunststoff.« Ovale Form, ursprünglich reinweiß mit Hebelmischer und Unterbauschrank in ecru, resümierte Günther. »Darin hält sich die lila Farbe vermutlich genauso hervorragend, stimmt's?«

Jetzt druckste Marie herum. »Ja. Tut sie. Kann ich doch nicht wissen, dass es auch lila wird. Sieht aber echt peppiger aus als vorher. Sind halt ein paar Sprenkel in der Schüssel. Ich meine, einfaches Weiß hat jeder, oder nicht?«

»Nun denn, da ist in der Tat gezieltes Handeln gefragt«, schloss Günther. Plan B wird ausgeweitet: Reinigung des Waschbeckens als weitere Rettungsmaßnahme. Er klickte mit der Maus die Maulwurfabschirmanlage aus dem Rechner und bot Marie einen Stuhl. »Pass auf! Ich schlage dir was vor: Ich zahle gleich den Friseur, und du wirst mein Spion.«

Marie schnellte hoch. »So was mach ich nicht. 007 und so. Heiß ich James Bond? Frag Kilian, der taugt dazu.«

»So ist das ja nicht gemeint«, druckste Günther herum. »Zunächst reicht mir ja ein guter Rat von dir. Ein richtig guter Rat. Wegen Jette.«

Jetzt begriff Marie. Sie hieb sich mit der Handfläche gegen die Stirn. »Oh nein, da hab ich das Falsche abgelassen vorhin und bin voll ins Fettnäpfchen getrampelt, stimmt's? Du hast Oma rote Rosen geschenkt! Wolltest einen auf romantisch machen, weil du dich in Oma verknallt hast. Ich soll dir nun helfen, dass sie dich ziemlich scharf findet! Und ich hab gesagt ... na ja, sorry. War nicht so gemeint. Nur ...«

»Was nur?«

»Das wird nichts«, frustrierte Marie ihn sofort. »Guck dich doch mal an!«

»Hab ich schon. Ein paar Kilo zu viel.«

»Nicht nur das! Du siehst aus wie eine Comedy-Figur.« Maries vernichtendes Urteil traf Günther tief. »Kauf dir was Anständiges zum Anziehen! Das muss der erste Schritt sein. Abnehmen ist tatsächlich nicht zu vermeiden.« Marie taxierte Günther von oben bis unten abschätzend. »Lass dich frisieren! Ich meine richtig. Nicht nur diese ›Ich ziehe mir mal den Kamm durch‹-Nummer.« Sie musterte ihn weiter, schien sich zu fragen, ob sie zu weit gegangen war. »Es hilft nichts, ich muss schonungslos sein. Ganz ehrlich, Günther: Deine Chancen laufen gegen null, so, wie es ist. Du hast doch ihren Latin-Lover gesehen. Fast Sixpack, lange Haare, weiche Finger und ein Künstler! Du bist so stinknormal. So spießig. Oma aber ist wie eine bunte Fee, eine Ikone. Ein ... Sonderfall. Anders als alle Omas der Welt. Ne, vergiss es. Das wird nichts.« Maries Redeschwall verebbte. Resigniert schüttelte sie den Kopf. »Tut mir leid, aber ich trau dir nicht zu, dass du das schaffst. Das ist eine Nummer zu groß für dich.« Sie holte noch einmal tief Luft. »Ich glaube außerdem, dass bei Oma noch etwas anderes dahintersteckt. Ich habe euch beobachtet.«

Nun wird es psychologisch, dachte Günther. Wo nimmt die Kleine das her?

»Da war mal was mit dir und ihr, und Oma hat diesen eigenartigen Blick drauf. Der sagt: Rühr mich nicht an.«

Günther schluckte. So katastrophal, wie Marie es auf den Punkt gebracht hatte, hatte er seine Lage nie gesehen. Er war nicht der attraktivste Typ auf Langeoog, nicht mal in Blersum, und da war die Konkurrenz nicht groß. Es lebten zu wenige Menschen dort. Aber dass es so vernichtend aussah … Die Chance auf Jette hatte er gründlich verdorben. Damals, als er sich für unwiderstehlich und göttlich, eben Horsti gleich, gehalten hatte.

Marie strich ihm über die Handoberfläche. Ihre harschen Worte taten ihr offenbar leid. »Ich muss ehrlich zu dir sein, Günther. Du ziehst Pablo gegenüber den Kürzeren.«

»Aber er ist ein Windhund! Jette, ich meine die Jette, die ich kannte, war Familienfrau, ganz Mama. Sie hat für ihre Kinder gelebt. Sie wollte einen Beschützer, jemanden, an den sie sich anlehnen konnte.«

»Günther Meilenstein! Du siehst nicht nur aus wie ein Steinzeittyp, du tickst auch noch so. Mann, das ist dreißig Jahre her. Oma hat ihre drei Ks allein großgezogen, sie ist stark und braucht alles, aber ganz sicher keinen Typen, der auf sie aufpasst.«

Günther nagte an seiner Unterlippe. Ob seine Idee mit dem Maulwurfschreck vielleicht doch nicht die optimale Strategie war, selbst wenn es ihm gelang, auch das Waschbecken von Maries lila Farbtupfern zu befreien? Bestimmt kannte Marie ihre Oma nicht gut genug, um ein solches Urteil zu fällen. So oft sahen sie sich gar nicht. Er hingegen wusste intime Dinge von Jette. Von vor dreißig Jahren.

»Ich denk mal drüber nach, ob du recht hast«, lenkte er schließlich ein, zupfte einen Fünfziger aus der Nachttischschublade und steckte ihn Marie zu. Er war nicht Horsti und führte keine Hunnis spazieren.

Marie schnappte sich das Geld und stopfte es in ihre Jeans. »Danke für die Kohle! Werde ich dir nie vergessen. Wenn du mal

Nachhilfe brauchst, von wegen Styling oder so, hau mich einfach an, okay? Immerhin hast du mir eben das Leben gerettet.«

»Moment!«, rief Günther ihr nach. »Meinst du eigentlich, Pablo ist ihr Liebhaber? So richtig ...« Seine Stimme brach. Marie hörte ihn ohnehin nicht mehr. Sie war schon auf dem Weg zum Friseur.

Günther betrachtete sich im Spiegel, zog den Bauch ein, streckte die Brust heraus. Zeigte seine Muskeln. Oder besser die Oberarme und die Stelle, wo bald welche sein würden, wenn er ein Fitnessprogramm absolvierte. Marie täuschte sich. Die eine oder andere Änderung konnte er zwar vornehmen, aber alles in allem gab er doch schon jetzt ein recht passables Gesamtbild ab. Welcher Mann seines Alters hatte noch eine solche Haarpracht und mit nur wenigen grauen Schläfen? Selbst Horsti war schon ein Silberpudel.

»Meine Finger sind gepflegt«, murmelte er. »Die Kleidung sauber, die Schuhe geputzt. Ich laufe meist auch ohne Socken in den Sandalen.« Dass man das tat, hatte Horsti ihm mal erklärt. Die Strümpfe zu den Knickerbockern aber trug man. Jedenfalls hatte Günther das genauso in einem Trachtenkatalog gesehen.

Aber wenn Marie meinte, er müsse etwas anderes anziehen: okay. Nichts leichter als das. Gleich morgen früh würde er zu einer ausgiebigen Shoppingtour auf Langeoog aufbrechen. Dann war Schritt eins erledigt. Seine Frisur fand er ansehnlich. Immer noch besser als das Emanzenlila von Marie. Sie stammte aus einer anderen Generation und konnte sicher nicht beurteilen, was man in seinem Alter schätzte.

Zwei Kilo würde er locker abspecken können, das war drin. Zwei Kilo entsprachen zwei Paketen Mehl und würden die Rolle über dem Gürtel merklich abflachen. Dazu die Klamotten, die er morgen einkaufte, und schon war er in der Spur. Zusammen mit der Gartenüberraschung und der Waschbecken-Wiederherstellung war er unschlagbar. Er würde Jette für sich gewinnen! Nichts auf der Welt konnte ihn davon abhalten. Auch ein Pablo nicht. Günther trat in den Flur. Er befand sich allein im Haus. Den ersten Schritt konnte er tun.

Als er in die jetzt blitzende Küche trat, glaubte er Horsti auf der Straße entlangeilen zu sehen. Mit einem Paket unter dem Arm. Er schien es mächtig eilig zu haben.

Günther huschte zurück in die Kemenate und tippte auf seiner Laptoptastatur eine SMS, die er an Horstis Handy weiterleitete.

Bist du nicht auf Spiekeroog bei den Kegelfrauen? Dachte, ich hätte dich eben gesehen.

Doch! Ich kegle, was das Zeug hält,

kam prompt die Antwort.

Jette hatte Pablo vergebens in seinem Haus in der Willrath-Dreesen-Straße gesucht. Er lebte dort ein kleines Stück außerhalb des Dorfes in einem alten, weißen Holzhaus, das er eigentlich renovieren wollte, aber nie dazu gekommen war. So wie Pablo meist nicht dazu kam, etwas zu vollenden, was über seine Malerei hinausging.

Jetzt trieb er sich vermutlich irgendwo beleidigt herum, weil sie ihn in seinem Stolz gekränkt hatte, als sie ihm nicht sofort zu Willen war. Immerhin war dies noch nie vorgekommen, und deshalb musste es sehr an ihm nagen.

Nach dem kurzen Weg zu Pablo und wieder zurück war sie völlig durchgeschwitzt. Der Sommer hatte Langeoog fest im

Griff, auch am Abend war es noch unnatürlich warm. Sie schleppte sich in ihr Schlafzimmer, schlüpfte aus dem Kasack, kramte dann im Schrank nach einer luftigen Alternative. Sie entschied sich für ein orangefarbiges Hemd, auf dem eine rote Rose prangte. Das passte hervorragend zu dem bunten, leicht ausgestellten Minirock, der ihre schlanken Beine zart umspielte. Das Hemd knotete sie am Bauch zusammen, dann fuhr sie sich mit der Hand durchs Haar und bürstete es, weil es vom Fahrtwind zerzaust war. Ein Hauch von Lippenstift noch, dazu ein bisschen Rouge, und los ging es. Nach Feierabend würde sie Pablo noch einmal aufsuchen.

Jette wollte eben das Zimmer verlassen, als sie stutzte. Etwas war anders, warum hatte sie das nicht gleich bemerkt? Was genau war es? Was ließ sie innehalten? Es war einfach nur ein saudummes Gefühl, das Jette förmlich in den Raum zurückspringen ließ.

Jette kroch ahnungsvoll unters Bett, tastete mit ihren Händen über den Holzfußboden. Das Handtuch lag in der Ecke. Allerdings ein paar Zentimeter zu weit nach rechts verschoben und ein wenig zu sehr zusammengeknüllt. Jette tastete hektisch mit den Fingern danach und zerrte es ganz unter dem Bett hervor. Doch sooft sie es auch drehte, wendete und ausschüttelte: Es war nichts darin eingewickelt.

Jette ließ sich mit einem Seufzer auf die Bettkante fallen. Das konnte und durfte nicht wahr sein: Der Akt war verschwunden. »Horsti! Du bist der Einzige, der zu einer solchen Tat fähig ist. Was hast du mit meinem Bild vor? Du Taschendieb! Du Tunichtgut. Du Taugenichts!«

10

Noch elf Tage

Bis du heiratest,
ist alles wieder gut

Wenn Jette etwas hasste, dann waren es ungeklärte Dinge. Dinge wie den verschwundenen Akt. Sie traute Horsti keinen Deut über den Weg. Er war ein windiger Hund. Er hieß nicht nur von Hinten, er war auch so. Nomen est omen …

Jette war allerdings hilflos bei der Überlegung, wie sie ihn überführen könnte. Sie schnitt das Thema Horsti und seinen Besuch auf Langeoog, ohne das Verschwinden des Bildes anzumerken, beim Frühstück an.

Sie hatte den Satz aber noch gar nicht ganz ausgesprochen, als Günther bereits felsenfest behauptete, sein Freund halte sich mit einer Damenkegelgruppe auf Spiekeroog auf. Warum bestand er nur so vehement darauf, dass sein Busenfreund auf der Nachbarinsel weilte? Sie kannte Günthers Blick, wenn er log, und das tat er im Augenblick gewaltig. Steckte er womöglich mit seinem Kumpel unter einer Decke?

»Warum verteidigst du ihn eigentlich, wo ich ihn nicht einmal angeklagt habe? Du weißt doch gar nicht, warum ich danach frage.«

»Tu ich das? Ihn verteidigen, meine ich.«

»Ohne Ende. Was versuchst du zu vertuschen, Günther Meilenstein?«

»Warum sollte ich das tun? Vertuschen und so. Was ist denn passiert, dass du mir das unterstellst?«

Jette beugte sich über den Küchentisch und flüsterte: »Du könntest einen triftigen Grund dafür haben! Der Akt ist nämlich verschwunden. Von wegen Horsti weilt auf Spiekeroog?«

»Horsti ist mein Freund, und er hat dich niemals bestohlen. Egal, was du von ihm hältst!« Günther klang fast wie ein bockiger Junge.

Sie konnten allerdings nicht weiter darüber sprechen, weil Kilian mit seinen Schwestern die Küche in Beschlag nahm. Jette war es lieber, wenn ihre Enkel von dem Diebstahl nichts mitbekamen. Schlimm genug, dass zumindest die Mädchen überhaupt von der Existenz des Gemäldes wussten.

Heute benahmen sich die drei sehr zivilisiert, die gestrige Standpauke zeigte Wirkung. Sie saßen freundlich lächelnd am Tisch. Jette erfreute allein ihre Pünktlichkeit. Sie schmatzten nicht, sie krümelten nicht. Sie stritten nicht. Alles war gut.

Bis auf die Kleinigkeit, dass das Bild auf wundersame Weise gestohlen worden war und Jette Gefahr lief, auf Langeoog furchtbar kompromittiert zu werden, wenn das Gemälde irgendwo auf der Insel auftauchte.

»Gestern hab ich einen Mann gesehen, der sah aus wie dein Freund mit den silbernen Haaren und dem Goldkettchen«, sagte Kilian. Er putzte sich mit der Serviette den Mund ab, bevor er weitersprach. »Der sah aus, als ob er über die Insel schleicht. Ist das ein Verbrecher?« Er biss vorsichtig ins Brötchen, kaute, schluckte, lächelte. »Ich habe eigentlich keine Vorurteile, aber dein Freund sieht ein bisschen so aus, als drehe er krumme Dinger.«

Jette sah, wie Marie ihm vors Schienbein trat. Deren Haarpracht leuchtete seit gestern Nachmittag nun in Quittengelb. Marie hatte es zusätzlich stoppelkurz scheren lassen. Nur in der

Mitte ragte ein Haarbüschel, wie der Kamm einer Echse, heraus. Dieser Kamm blendete indes in einem krassen Rotton.

»Marie sieht aus wie ein brennender Igel auf Eigelb«, wechselte Kilian das Thema. »Oder wie die Warnflagge für einen Ölunfall, die ist auch rot-gelb gestreift. Alternativ ähnelt der Putz auch der spanischen Flagge, nur hat Marie den Stier vergessen.«

Den jetzigen Tritt konnte er kaum verschmerzen, denn jetzt hatte Marie so richtig hingelangt. Das gute Benehmen der Kinder hatte immerhin zehn Minuten und dreißig Sekunden lang angehalten.

Kilian konnte sich eben noch wegducken, bevor ihn Maries Ellbogen in die Seite traf. »Das ist in, du Ignorant«, herrschte sie ihn an. »Ab und zu ein neues Styling, gerne mit etwas mehr Farbe, dazu ein Kurzhaarschnitt sind absolut hip!«

»Hipp fressen Babys«, konterte Kilian.

Marie erhob sich mit wutverzerrtem Gesicht. »Es reicht, kleiner Klugscheißer!«

Fenna zupfte sie am Ärmel. »Entspann dich! Immerhin spart der kurze Putz die Locken im Haar und damit viel Zeit, die du für dich selbst verwenden kannst.« Fennas Schlichtungsversuch lief ins Leere, denn Marie machte auf dem Absatz kehrt und verließ türenknallend die Bühne. Oder die Küche.

Noch elf Tage, und der Spuk ist vorbei!

Maries Auftritt hatte den Showdown aber noch nicht erreicht, es handelte sich nur um einen kurzfristigen Abgang. In dem Augenblick, als sich alle wieder dem Frühstück widmen wollten, steckte sie ihren spanisch beflaggten Igelkopf erneut zur Tür herein. Sie sah Fenna und Kilian mit todesverachtendem Blick an. »Das ist wie bei ›Germanys next Topmodel‹. Da bekommen die Mädels auch immer mal wieder ein anderes Styling. Man muss Mut zu seinem Typ haben. Habt ihr den? Nein, du mit deiner Garnichts-Frisur, wo man nicht einmal die Farbe erkennen kann, werte Schwester! Oder Kilian, du Angeber. Du weißt allenfalls, wie man Friseur buchstabiert.«

»Möchtest du es mit ›ö‹ oder in der französischen Version mit ›eur‹ hören?«, krähte der.

Fenna hob abwehrend die Hände: »Ich sag doch gar nichts dagegen. Im Gegenteil: Ich verteidige dich auch noch!«

»Wenn du das verteidigen nennst ...«

»Auf jeden Fall spart dein neuer Look Geld«, versuchte Fenna weiter zu beschwichtigen. Ihr Blick schweifte besorgt zu Jette, die sich auf die Lippen biss, um nicht zu explodieren.

»Wenn man von der Ausgangsinvestition mal absieht«, korrigierte Kilian.

»Wie kommst du jetzt darauf?« Bei diesem Argument schienen Marie die Kosten für den Haarschnitt samt exakter Färbung wieder eingefallen zu sein.

Jette glaubte an Günthers nachdenklichem Blick, der hilflos zwischen den streitenden Parteien hin und her hüpfte, zu erkennen, dass es sich um keine unerhebliche Summe gehandelt hatte. Seine Lippen formten, für andere unmerklich, einen schwindelerregend hohen Betrag, den Jette für ihre Frisur noch nie ausgegeben hatte und wohl auch nie ausgeben würde. Günther stand deswegen eindeutig unter Schock. Von Frisuren verstand der Mann überhaupt nichts.

Er hat ja sogar Maries Trockenhaube für Astronautenzubehör gehalten.

Fenna räusperte sich. »Kilian, aber dafür fallen die anderen Investitionen weg. Marie hat im letzten Monat zehn Pakete Socken für ihre Sockenlocken gekauft. Das war teuer und ein Fehlkauf, weil sie zudem Größen bevorzugt hat, die man beim besten Willen nicht auftragen kann.«

»Und jetzt sind sie unbrauchbar, wegen ihrem neuen Look«, ergänzte Kilian.

»Kleiner, das war falsch. Korrekter Genitiv wäre: wegen ihres neuen Looks!« Fenna grinste breit, konnte sie doch endlich mal ihren kleinen Bruder verbessern.

Marie interessierte weder der korrekte Einsatz des Genitivs noch ihre Frisureninvestition. Sie fühlte sich einfach nur angegriffen. »Was weiß denn ich, welche Tretergröße du hast? Oder Kili.«

»Zumindest nicht zweiunddreißig. Das ist *Kindergröße!*« Fenna schüttelte den Kopf. »Du agierst sehr unökologisch, was soll man jetzt mit den Socken tun, wenn sie nicht einmal mehr für Sockenlocken taugen?«

Die Stimmung war zum Zerschneiden mies. Günthers Mund klappte dümmlich auf und zu, als suche er nach geeignetem Vokabular, um dem Ganzen ein Ende zu bereiten und zu retten, was vom friedlichen Frühstück noch zu retten war.

»Zehn Minuten, dreißig Sekunden. Immerhin etwas«, flüsterte Jette mit einem heimlichen Blick auf die Armbanduhr.

Man sollte nicht zu viel erwarten. Jeden Tag zehn Minuten und dreißig Sekunden, hochgerechnet auf die verbleibenden elf Tage machte das immerhin eine Summe von einhundertzehn Minuten ohne Geschrei. Das klang fast nach Luxus. Einhundertzehn Minuten Frieden zuzüglich der Zeit, die Jette in ihrem Laden verbringen durfte, und zuzüglich der Spanne, in der die drei schliefen und sich nicht streiten konnten. Summa summarum blieben trotzdem genug Stunden, in der man das Leben mit ihnen ertragen musste. Jette schob den Gedanken beiseite und kümmerte sich besser um das Hier und Jetzt, was gerade ein zweites Mal dabei war, zu eskalieren, weil Marie Kilian mit den fehlgekauften Socken bombardierte und zum Showdown blies.

»Wenn«, rums, »die Socken«, rums, »zu groß sind«, rums, rums, »klappt das«, rums, »mit dem Wickeln«, rums, »nicht so gut«, rums, »weil man dann zu dicke«, rums, »Beulen am Kopf hat!« Endrums.

Schließlich gab Marie auf. »Ich werde sie spenden. Für die armen Kinder, die damit zwar keine Sockenlocken machen, aber ihre kalten Füße wärmen können.« Sie wirkte nach diesem Entschluss von einer Sekunde auf die andere merklich entspannter, fuhr sich durchs Haar und grinste breit, als sie an die hart gegelten Spitzen kam. »Ist eben mal was anderes. Und wer hätte gedacht, dass die am entlegensten Teil der Welt so futuristische Ideen umsetzen können.«

Marie wirkte mit der neuen Frisur schmal und blass. So richtig konnte Jette dem nichts abgewinnen, egal, wie hip oder futuristisch es auch sein mochte.

Besser, du hältst deinen Mund, Jette. Oma-Kommentare sind jetzt nicht angesagt.

Kilian war Jettes Blick gefolgt. »Alles kein Problem. Bis Mama zurück ist, in«, er krauste die Stirn, »zehn Tagen und circa dreiundzwanzig Stunden, ist sicher ein Zentimeter hinzugekommen. Nicht jedes Haar wächst gleich schnell. Aber wenn man davon ausgeht ...«

»Reicht schon, Kilian«, fiel Fenna ihm mit einem Seitenblick auf ihre Schwester ins Wort. »Geh mal wieder forschen, dann bist du beschäftigt, okay?«

»War schon los. Stufen in der evangelischen Kirche gecheckt.«

»Wir wollen's nicht wissen!«

»Doch, Kilian, ich möchte es wissen«, lächelte Jette. Besser das Thema wechseln und keine weiteren Komplikationen zulassen. »Ist ja eine schöne Kirche, unsere Inselkirche. Mit dem Altarbild und dem schönen Schiffsmodell der *Bethel*. Hat Caspar Döring gebaut.« Sie strich Kilian sacht über den Handrücken, und der zückte sein Notizbuch, blätterte ein wenig darin und grinste sein Omilein breit an, als er die entscheidende Seite gefunden hatte. »Ich lese auch nur den aktuellen, alle meine Einträge müsst ihr schließlich nicht kennen. Ich sage nur: Privatsphäre!«

Logbuch Kilian
Langeoog, Tag 4, Eintrag IX
Wetterlage: sonnig und heiß
Geschehnisse: Stufenforschung Kirche
Stufenanzahl: 14 bis zur Empore
Kilian

Jette nickte ihm verständnisvoll zu. Mit der Altersklasse kam sie zurecht. Wie anstrengend Mädchen in dem Alter waren, hatte sie aus purem Überlebenswillen verdrängt.

Als wäre nichts gewesen, setzten die drei schließlich das Frühstück fort und plauderten munter über das Wetter, die Insel und lobten Jette für das gute Essen. Marie schmierte sich sogar die Schokocreme fingerdick aufs Brötchen, und keiner monierte ihre unterbrochene metabolische Phase.

Jette warf unauffällig einen Blick auf die Uhr, um die Zeit zu checken. Mit etwas Glück konnte sie die Tagesfriedensbilanz noch minimal nach oben korrigieren.

Sie sah, dass Günther es ihr gleichtat. Ein einvernehmliches Nicken machte beiden Mut. Man musste eben leben und essen, wie es passte.

Das war die erste Übereinkunft mit Günther. Für einen Wimpernschlag hatten sie gleich getickt.

Jette erschrak bei dem Gedanken.

Vergiss es, Jette! Vergiss es einfach. Denk an das, was er dir angetan hat!

»Dürfen wir aufstehen?«

Ihre Enkel verschwanden. Abgang. Klappe. Ende der Frühstücksszene mit Brut.

Als Jette kurze Zeit später einen Blick in den Garten warf, ließen sich die drei gerade in trauter Eintracht nebeneinander auf die Hollywoodschaukel fallen.

Günther drehte derweil das Innere des Brötchens zu weißen Krümeln. »Das wäre erst mal überstanden. Das war wie ein Gewitter.«

»Eher ein Unwetter aus dreifacher Richtung!« Jette lehnte sich mit verschränkten Armen seufzend zurück. »Was ist denn jetzt mit Horsti? Ist er hier auf Langeoog oder wirklich drüben auf der Nachbarinsel?«

»Du meinst, dass ich lüge, und vermutest, dass er dein Bild gestohlen hat.«

»Ja, das meine ich.« Jette stand auf und nahm die Kaffeekanne von der Warmhalteplatte. »Ich will nicht, dass es meinen Enkeln irgendwann aus einer der Auslagen entgegenlacht. Ich will nicht, dass mich das Langeooger Inselvolk als Akt erlebt. Und für mich will ich das auch nicht. Verstehst du das?«

Günther nickte. »Er hat mir wirklich gesimst, dass er drüben ist. Hier treibt sich aber ein ähnlich aussehender Typ rum. Den habe ich auch gesehen und kurz geglaubt, es sei Horsti. Bestimmt hat Kilian ihn verwechselt.«

»Einen Kerl wie Horsti kann der liebe Gott wahrlich nur einmal erschaffen haben. Sicher, dass dein Freund nicht lügt?«

»Ja, der Typ sieht Horsti einfach nur unglaublich ähnlich.«

Jette zog die Stirn in Falten: »Womit Gottes Unfehlbarkeit einwandfrei ad absurdum geführt wird. Fehlerhafter hätte er nicht konstruieren können, und dann macht der gleich zwei von diesen Kerlen!« Jette goss sich einen Kaffee ein und sah fragend zu Günther, doch der wehrte ab.

»Nun gehst du aber zu hart mit Horsti ins Gericht. Er ist ein Frauenheld, ein Chaot. Hin und wieder greift er den reichen Leuten mal tief in die Tasche, weil er findet, das sei ausgleichende Gerechtigkeit.«

»Ein moderner Robin Hood also?«

»Ja, so könnte man es nennen. Aber er stiehlt doch nicht deinen Akt! Was soll er damit?«

Jette fuhr wütend herum. Dabei schwappte die halbvolle Kanne beinahe über. »Warum sollte er keinen Nutzen haben? Weil mein Körper mit denen der langbeinigen Kegeldamen nicht mithalten kann? Du meinst, dass er es nicht wert ist, gestohlen zu werden?«

Weil ich bereits dreimal geworfen habe und deshalb für die Männerwelt uninteressant bin?

Jette wusste selbst, wie ungerecht sie war, wie wenig das jetzt mit allem zu tun hatte, aber sie war jetzt nicht zu stoppen. »Es gibt eben Männer, die machen nur gern Kinder, fühlen sich aber trotzdem nicht verantwortlich, wenn es passiert ist. Oder sie hauen einfach ab, wenn sie sich etwas vertraut gemacht haben, weil sie die Hose voll haben!« Mit Wucht knallte sie die Kanne auf die Warmhalteplatte zurück und stellte die Maschine aus. Wer noch Kaffee wollte, konnte den auch kalt trinken. Zu langes Warmhalten war denkbar schlecht für die Energiebilanz.

Günther grinste sie an. »Wobei Horsti ja kein Kind hat. Da hat er immer aufgepasst!«

»Das wäre ja auch noch schöner, wenn sich ein solcher Mann vermehren würde! Nicht auszudenken für die Menschheit.« Jette schnaufte kurz. »Aber bestimmt weiß er nur nicht so genau, ob er doch irgendein Balg hinterlassen hat.«

Was rede ich da für einen ausgebufften Blödsinn?

Jette war von ihrer heftigen Reaktion selbst schockiert. Keine der Anschuldigungen hatte Hand und Fuß. Ihr Aufruhr lag nicht nur am verschwundenen Akt. Da war noch etwas. Etwas Größeres. So als ob das Auftauchen ihrer Enkel eine Saite in ihr zum Klingen gebracht hätte, die sie lange verstummt, ja sogar zerrissen glaubte. Eine unbestimmte Sehnsucht, das Gefühl, einen wesentlichen Bestandteil verloren zu haben. Lag es nur an den drei Enkeln, oder hing es mit Günther Meilenstein zusammen? Sie streifte ihn mit einem Blick.

Er war älter geworden, aber noch immer haftete ihm diese liebevolle Unbeholfenheit an, in die sie sich damals verliebt hatte. In dem Glauben, endlich einen Mann an ihrer Seite zu wissen, auf den sie sich verlassen konnte. Ein Mann, der ihre Schwangerschaftsstreifen überaus erotisch fand. Der Spaß daran hatte, sich an den kleinen Narben entlangzuküssen. Aber Günther hatte damals nur auf Horsti von Hinten gehört, als er ihm hintenrum eingetrichtert hatte, dass er Freiheiten brauchte und keine Frau mit Anhang.

Der Anflug des Gedankens, Günther könne auch nur einen Funken mit ihrer Sehnsucht zu tun haben, verflog augenblicklich. Was sollte sie mit einem Tollpatsch, der zwar gut darin war, verspielte Gartenanlagen mit Teichen und Schnickschnack zu bauen. Sich aber gleichzeitig nicht schämte, einen Horst-Dietmar von Hinten zum Freund zu haben.

Jette setzte sich zurück an den Tisch, musterte ihren alten Liebhaber und schüttelte unmerklich den Kopf. Vorbei war vorbei. Sie hatte ein neues Leben begonnen. Ohne ihn. Ohne die Kinder, die ebenfalls unabhängig waren. Und das war gut so. So konnte sie nichts und niemand mehr verletzen. Günther erst recht nicht, egal, welche Hirngespinste ihm durch den Kopf schossen.

Selbst Pablo hatte keine Macht über sie, weil sie niemanden mehr so nah an sich heranlassen würde, wie sie es mit Günther einst getan hatte. Und zuvor mit ihrem Mann, der es vorgezogen hatte, schon früh ins ewige Universum zu verschwinden und sie mit der Brut allein auf Erden zu lassen. Männer an ihrer Seite waren einfach kein Thema mehr für Jette Blümerant. Sie nahm sich, was sie brauchte. Mehr nicht.

Sicher, dass du ihn nicht mehr willst, Jette?

Was wollte diese zweite Stimme jetzt? Sie kam sich ja schon vor wie in dieser Werbung. Siehst du, jetzt hast du ein schlechtes Gewissen!

»Ja«, sagte sie laut und nachdrücklich.

Günther sah Jette erstaunt an, fragte aber nicht nach. Jette weilte mit ihren Gedanken ohnehin in der Vergangenheit. Eigentlich machte sie sich viel zu viele Gedanken um ihren Ex-Lover, das hatte er gar nicht verdient. Er war ein Schuft.

Auch wenn in Günther noch immer die alte Sankt-Martin-Ader pochte, die ihm am Ende auch den nervigen Scheidungshamster beschert hatte. Ein Etwas, das er vermutlich nur schwer loswerden würde, so wie damals die Piranhas seines Vetters, die Schnappschildkröte der Schwester und die mongolischen Wüstenrennmäuse der verschwägerten Cousine.

Die fleischfressenden Fischmonster hatte er nur mit Mühe an einen Privatzoo in der Nähe von München abtreten können. Nachdem die Schnappschildkröte ordentlich nach seinem Finger geschnappt hatte, war ein Terrariumbesitzer aus der Steiermark bereit gewesen, ihn aus der Gefahrenzone zu bringen. Er war fasziniert von dem gepanzerten Ungeheuer, weil er fand, das Schnappen sähe aus, als ob die Schildkröte jodelte. Günther war also zweimal quer durch die Republik von Nord nach Süd und wieder retour gereist, um diesen bösartigen Carnivoren und der jodelnden Schildkröte ein neues Zuhause zu bescheren.

Seine harmlosen Mäuse hatten sich hingegen furchtbar lieb gehabt, und das ließ sich an der rasch wachsenden Zahl der possierlichen Tiere abzählen. Jette hätte nicht einmal geahnt, wie oft so eine Maus in diesen Mengen entbinden konnte. Eins und eins machten da locker sechs bis acht. Auch wer kein Mathegenie war, konnte den Fehler erkennen. Dagegen war sie mit ihrer Dreifachbrut wirklich ein Waisenkind.

Aber so war Günther. Nahm alles an, was die Umwelt ihm darbot. Nur bei Jette und ihren drei Ks hatte er damals gekniffen. Vielleicht hätte sie ihm einfach sagen sollen, dass sie wieder von irgendwem abgeholt werden würde. So wie seine Pflegetiere. Er hätte es bestimmt geglaubt, und schon hätte sie im sicheren Nest gesessen. Ihn in Sicherheit wiegend, dass ihn schon bald jemand von der Jette-Verantwortungslast befreien würde. Sie war aber so dumm gewesen und hatte von »immer« gesprochen. Für ein »Immer« war Günther aber nicht bereit gewesen. Dieser Feigling. Dieser Windhund.

Nun schleppte er sich auf die Insel, trug Goldhamsterkäfige in modernem Design bei sich, schmeichelte sich bei ihren Enkeln ein und erwartete ihre Absolution.

Vergiss es, Günther Meilenstein. Vergiss es einfach!

»Ich gehe in den Laden. Räumst du hier bitte auf? Falls eines der Kinder sich bequemen würde, dir unter die Arme zu greifen, wäre das grandios.« Jette trank den Becher Kaffee in einem Rutsch aus, so als müsse sie sich für den nächsten Satz Mut antrinken. »Und wenn du dich dann bitte nach einem anderen Quartier umsehen könntest, wäre das mein Highlight des Tages.«

Als Jette den bestürzten Blick Günthers bemerkte, taten ihr die harschen Worte gleich leid. Er sah so erstaunt aus, als hätte sie ihm ohne Vorwarnung den Kopf abgeschlagen. Er hatte seine Chance vor dreißig Jahren gehabt. Man konnte die Zeit nicht zurückdrehen.

Günther hatte die Küche aufgeräumt und dabei erneut versucht, Horsti auf dem Handy zu erreichen, denn das lenkte ihn von Jettes böser Zurückweisung ab. Das war ihm nicht geglückt, zumal er sich wegen der kleinen Tastatur dreimal verwählt hatte. Horsti wälzte sich vermutlich noch an der Seite einer der bronzefarbenen Kegelschönheiten am Spiekerooger Strand.

Jette hatte trotz ihrer Wut vorhin unglaublich verletzt gewirkt. Sie hatte ihm nicht verziehen, der zu besteigende Berg war größer als erwartet.

»Ganz oder gar nicht«, hatte sie ihm damals gesagt. »Ich sage dir das nur ein einziges Mal. Du kannst damit tun und lassen, was du willst: Ich liebe dich und möchte mein Leben mit dir und meinen Kindern verbringen.«

Günther hatte sich mit Horsti beraten – schlecht beraten, aber das weiß man immer erst, wenn es zu spät ist –, und drei Flaschen Wein später war die Entscheidung für »gar nicht« gefallen. Das war im Nachhinein so gewesen, als hätte er einen Lottoschein ausgefüllt und vergessen, ihn abzugeben. Ein Entschluss, den er bis zu diesem Tag bereute, aber dreißig lange Jahre nicht gewagt hatte, rückgängig zu machen. Warum er sich in die Idee verrannt hatte, Jette könne ihm jemals vergeben, verstand er selbst nicht.

Er hatte genau wie Horsti leben wollen und nach dieser durchzechten Nacht auf ihn gehört. Damals, als die drei Flaschen Wein und Horsti ihm in einem intensiven Dialog davon abgeraten hatten, sich für immer an eine einzige Frau zu binden, die sich zudem schon dreimal vermehrt hatte, was Flexibilität unmöglich machte. Mit jedem weiteren Schluck hatte auch Günther eingesehen, wie unwiderstehlich er war, welche außergewöhnlichen Möglichkeiten er verschenkte, wenn er sich an Jette mit ihren drei Ks band. Er war sogar zu feige gewesen, ihr das ins Gesicht zu sagen, hatte ihr lediglich einen Brief zukommen lassen. Sie hatte nie darauf reagiert. Dazu wäre sie viel zu stolz gewesen.

Was aber hatte es ihm gebracht, sich gegen Jette und für Horstis Philosophie entschieden zu haben? Alle Frauen nach Jette waren farblos gewesen oder glichen Chamäleons; färbten sich nach bestem Wissen und Gewissen so, wie sie glaubten, sich bei ihm einschmeicheln zu können. Keine hatte Prinzipien, rieb sich mit ihm an Themen, diskutierte nächtelang. Keine wollte die Welt verbessern oder wenigstens die Straße, in der sie lebte. Sie waren einfach nur da, und so bemerkte er sie gar nicht, wenn sie sangund klanglos wieder verschwanden. Von den meisten kannte er nicht einmal mehr die Namen. Und je länger dieser Zustand anhielt, desto deutlicher wurde ihm, was er verspielt hatte.

Warum war ihm das Leben an Jettes Seite zu langweilig gewesen? Warum hatte er Horsti so sehr für seine Unabhängigkeit bewundert und beneidet, dass er Jette verschmäht hatte? Er wollte ein Held und selbstbestimmt sein. Genau das war Thema an dem besagten Abend gewesen.

»Ein Mann muss sich ausleben können. Freiheit ist bedingungslos!« Horsti hatte irgendwann dieses Zen-Zitat in den Raum geworfen. Wie Gift war es durch Günthers Gedanken geflossen. »Mit Jette und ihren drei Gören aber bist du alles, nur nicht frei«, waren die letzten Worte Horstis zu dieser Diskussion gewesen, und somit war es beschlossene Sache, dass es ein »für immer« mit Jette nicht geben würde.

Günthers Freiheit beschränkte sich allerdings zunächst darauf, die Überreste der abgelegten und für Horsti verwelkten Blüten zu gießen, damit sie nicht völlig verdorrten, weil die Begegnung mit dem sagenumwobenen Horsti sie zu sehr erhitzt und anschließend mit Trauer beseelt hatte.

Die Trockenblumen standen meist schluchzend vor Günthers Haustür. Seine Aufgabe bestand darin, diese einsamen Damen für die Nachwelt tauglich zu erhalten, damit sie zukünftig nicht jedes männliche Wesen hassten. Er selbst galt als Neutrum, gehörte er doch nicht ins Beuteschema von Horstis abgelegten Frauen.

Im Trösten aber war Günther gut, und da er außer seinem Beruf beim Liegenschaftsamt nichts zu tun hatte, tat er es mit Inbrunst. Er bekochte die vertrockneten Pflänzchen, bis das erste Grün wieder spross. Er besorgte Prosecco und Antipasti, ging mit Horstis abgelegten Vollweibern ins Theater und schaute im Programmkino *Harry und Sally*. Um sich hinterher sagen zu lassen, dass der Film irre gut sei. Es gäbe wunderbare Freundschaften zwischen Männern und Frauen, sie und Günther wären der beste Beweis. Mit einem auf die Wange gehauchten Kuss entfernten sich die restaurierten und wieder in voller Blüte stehenden Ladys und suchten sich den nächsten Horst, der meist ein Porsche- oder Jaguarfahrer war und nicht in einen Golf in Richtung Liegenschaftsamt stieg wie Günther. Dessen Auto hatte zwar ein Schiebedach, dort ragte jedoch allenfalls seine Hutkrempe heraus – bei starkem Wind noch der karierte Schal, wenn ihn eine Böe nach oben drückte. Die Damen von heute, die etwas auf sich gaben, ließen sich aber gern den Fahrtwind um die Nase wehen, trugen Kopftuch wie in den Sechzigern und überdimensionierte Sonnenbrillen. Ihrem solariumgeschädigten Teint konnte die frische Luft nichts mehr anhaben, sie waren auf der sicheren Seite. Mit ihm ins Bett aber wollte keine der Sahneschnitten. Ihm blieben lediglich die farblosen, die unscheinbaren Damen. Namenlos und Chamäleons eben. Die allerdings hefteten sich im Laufe der Zeit zuhauf an seine Fersen und zierten sich ewig lange, bevor sie mit ihm das Lager teilten, und meist hatte sich der Aufwand nicht gelohnt. Einige ignorierten seine Kühle, planten dennoch eine Hochzeit, weil sie den eingelösten Sex als Eheversprechen sahen. Ihre Vorstellungen korrespondierten aber so gar nicht mit Günthers. Da war die Rede von mindestens fünfhundert Leuten – »Du hast ja eine gesicherte Beamtenposition« –, Standesamt, Kirche, Brautjungfern, fünfstöckiger Hochzeitstorte, sechsgängigem Menü – »Wir müssen bei deinem Gehalt ja nicht auf den Pfennig achten« – und danach eine kleine Hochzeitsreise für zehn Tage auf die Malediven. »Ein bisschen musst du ja zeigen, was du hast.« Während der Flitterwochen würde das erste Kind gezeugt, das später selbstredend Abitur machte und ebenfalls die Beamtenlaufbahn einschlug, damit der Kreis sich schloss. Die Gattin selbst vertrieb sich ihre Zeit derweil mit Bridge, Canasta und dem Sauberhalten des Eigenheims, das sich in vortrefflicher Randlage einer Kleinstadt befand, alles andere wäre zu unpersönlich ... Günther schüttelte sich immer noch. Er war so manches Mal nur knapp entronnen. Jette hingegen hatte auf einer Insel im Leuchtturm oder am Strand heiraten wollen. Ganz intim. Ganz romantisch. Er hatte den Schiebedachgolf und die Hoffnung auf ein Horsti-Freiheitsleben irgendwann aufgegeben. Das Aufpäppeln der welken Blüten kostete ein Vermögen und war unter dem Strich nicht das, was er sich von der Freiheit erhofft hatte. Genauso wie diese ewige Mühe mit der farblosen Damenwelt. Günther investierte fortan in ein altes, friesisches Bauernhaus in Blersum bei Wittmund. Dort hegte und pflegte er den verwunschenen Garten nebst idyllisch angelegtem Teich. Anstelle von Schönheiten oder Chamäleons jagte er nun Nacktschnecken und kaufte drei langhalsige Indische Laufenten (ein Erpel, Forellenfarbe; zwei Weibchen, eins weiß mit gelbem Schnabel und eins rehfarbig-weißgescheckt) zur Unterstützung. An weiblichen Wesen mangelte es ihm somit weiterhin nicht, wohl aber an der Frau an seiner Seite.In seinem Haus lag er ähnlich einsam im Bett wie jetzt in dieser Abstellkammer. In den langen Nächten vermisste er Jette von Jahr zu Jahr, von Monat zu Monat, von Tag zu Tag und schließlich von Stunde zu Stunde immer mehr. Er verfluchte den Tag, als er exakt dreiunddreißig Jahre, vier Monate und drei Tage alt war und in großem Leichtsinn den Fehler seines Lebens begangen hatte!Vor lauter Trübsinn und Kummer, und um das Gefühl zu haben, Jette sei ihm nah, benannte er die stolze Laufentendame nach ihr. »Das sollte ich ihr aber besser nicht sagen«, murmelte Günther. Er war sich sicher, dass Jette die Namensgleichheit mit einer Indischen Laufente, die sie vielleicht auch nur unter dem Namen Flaschenente kannte, nicht zwangsläufig als Auszeichnung sehen würde. Obwohl seine Enten-Jette diejenige war, die die meisten Schnecken vertilgte. Mehr als ihr Gatte und die rehfarbig-weiß Gescheckte! Es tat gut, die Enten-Jette abends persönlich in den Stall zu holen, ihr eine Schale Futter hinzustellen und ihr gute Nacht zu sagen. Die Federn waren wunderbar weich, und ihr Hals erinnerte an den Jettes, den er ebenfalls so gern liebkost hatte. Schneeweiß war seine Enten-Jette gewesen, mit einem glänzenden quietschgelben Schnabel, sie glich Daisy Duck. Nur langhalsiger. Ja, er hatte die Enten-Jette geliebt und ihr sämtliche Fürsorge angedeihen lassen. So wie zuvor den abgelegten Horsti-Frauen. Er war ein Mann, der sich kümmerte, auf den Verlass war. Auch bei der Pflege eines Scheidungshamsters, selbst wenn ihm eine Mäusepopulation über den Kopf wuchs oder sich Schnappschildkröten und Piranhas um sein Fleisch stritten. Nur bei der echten Jette, da hatte er versagt. Leider aber wurde seine rehfarbig-weißgescheckte Ente Opfer eines Marderangriffs, was Günther in tiefe Trauer stürzte, ihn aber veranlasste, eine weitere Laufente (erbsgelb mit schwarzer Flügelendfeder) zu erwerben. Als aber dann die Laufenten-Jette in der letzten Woche von einem Motorradfahrer überfahren worden war, war ihm die Endlichkeit seines Lebens deutlich geworden.

Wie rasch konnte ein solches Schicksal ihn oder die echte Jette ereilen. Wobei sie auf Langeoog mitnichten Opfer eines Motorradfahrers werden konnte. Aber es bestand immerhin die Möglichkeit, dass ein Elektrowagen sie überrollte, eine Kutsche außer Kontrolle geriet oder sie von der Inselbahn erfasst wurde. Gefahren lauerten auch an scheinbar sicheren Orten. Wer hätte schon gedacht, dass jener Motorradfahrer seine Fahrkünste im idyllischen Blersum in der abgelegenen Straße Am Drift auf solch tödliche Weise ausleben würde? Es galt jedenfalls zu handeln, es galt, ein paar Dinge zurechtzubiegen. Dreißig Jahre waren verschenkt. Die Enten-Jette hatte ihm die Augen für das Wesentliche geöffnet, und das Wesentliche war Jette Blümerant, die sich nach Langeoog zurückgezogen hatte.

Er war einfach zu Horsti an Bord geklettert. »Setz über!«, hatte er mit heiserer Stimme gehaucht, und Horsti hatte als alter Freund sofort verstanden. Allein schon, weil Günther samt Kofferparade und Emma am Anleger ausgeharrt und auf ihn gewartet hatte. Es war die erste spontane Aktion in seinem dreiundsechzigjährigen Leben. Mit einem miserablen Timing, wie er schon zu Beginn seines Balztanzes feststellen musste: Bei der Liebeswerbung war es unvorteilhaft, einen Hamster mitzuschleppen. Es wirkte sich ebenfalls negativ aus, wenn man die Angebetete mit viel Gepäck, ohne Quartier und dem Anspruch überraschte, auf Anhieb bei ihr wohnen zu dürfen, weil man davon ausging, dass sie über das Erscheinen ihrer schon längst vergessenen Liebe erfreut war.

Aber Günther mochte nicht nur mit einem Koffer reisen, da fühlte er sich nackt. Und Emma hätte er ja auch nicht verhungern lassen können. Nun stand er einer Jette mit ihren pubertierenden Sprösslingen gegenüber. Kinder, deren Mutter er sich einst vertraut gemacht und dann sitzengelassen hatte. Feige, wie er war.

Kinder waren aber damals nicht in seiner Lebensplanung vorgesehen. Freiheit ist bedingungslos, hatte Horsti gesagt. Kinder aber stellten Bedingungen und Ansprüche. Sie forderten, machten Dreck und warfen stets sämtliche Konzeptionen über den Haufen. Horsti hätte dafür jetzt einen passenden Spruch gehabt. So etwas wie: Es gibt zwei Arten zu reisen. Erster Klasse oder mit Kindern. Oder: Kinder erhellen das Haus, sie lassen überall das Licht brennen.

So hatte Günther lange Zeit auch gedacht und seine Fehlentscheidung gerechtfertigt. Jette war nun mal Familienmama und jetzt auch noch dreifache Großmutter. Damals war sie in der Rolle vollständig aufgegangen und hatte ihren Nachwuchs wie eine Löwin verteidigt. »Ganz oder gar nicht. Mich nur mit Anhang und für immer. Ich sage es nur einmal.« Er hatte es versemmelt. Ganz gehörig versemmelt.

Günther musste wirklich rasch mit der Umsetzung seiner Pläne beginnen, bevor Jette handgreiflich wurde, ihn samt Gepäck auf die Straße warf und alles vergebens gewesen war. Nur änderten sich die zuvor so gut durchdachten Pläne immerfort. Zur Maulwurfschreckanlage hatten sich nun das Waschbecken und, bei näherer Betrachtung seiner augenblicklichen Wohnsituation, auch die nötigen Renovierungsarbeiten in der Kemenate dazugesellt. Und Marie verlangte von ihm eine gleichzeitige Typveränderung. Es war ziemlich viel, was da auf ihn einstürmte. Er könnte jetzt tun, was Jette von ihm verlangte: seine Siebensachen packen und klammheimlich von Langeoog verschwinden. Zurück nach Blersum in sein Häuschen Am Drift abtauchen und Tag für Tag und Abend für Abend den Laufenten beim Nacktschneckenmahl zusehen. Zusätzlich könnte es ihm gefallen, Imker zu werden und sich mit Bienen zu umgeben. An ein Gewächshaus, in dem Gurken und anderes Gemüse gediehen, hatte er ebenfalls schon gedacht. Aber war all das ein Ersatz für ein Leben an Jettes Seite?

»Niemals! Niemals! Ich mache mir einen Plan.« Er rieb sich die Hände und war sicher, dass Jette ihn nicht so bald hinauswerfen würde, wenn er sich dermaßen nützlich machte.

Günther riss den Schrank auf und durchforstete seine Kleidung. Marie hatte ja recht: Es war so heiß, und er lief mit einer Breitcordhose herum, die schon bessere Tage gesehen hatte. Oder mit einer hamstermarkierten Leinenknickerbocker. Seine Hemden zeigten an den Rändern eindeutige Abnutzungserscheinungen, sie gehörten auf den Sondermüll. Auch das hatte Marie ihm unumwunden erklärt. Allein des Geruchs wegen. »Die riechen sehr schnell, solche Materialien.« Auch da war sie sehr deutlich geworden. Unauffällig schnüffelte Günther an sich und beschloss, dieses Hemd noch heute zu entsorgen, obwohl er keinerlei abstoßende Düfte wahrnahm.

War es wirklich so schlimm? Immerhin kostete so ein Hemd ein paar Mark fünfzig, nein, ein paar Euro fünfzig. Im Prinzip schmiss Günther nie etwas weg. Ab jetzt würde er diese Angewohnheit ändern. Für Jette! Am Ende hatte sich ein großer Sack mit Altkleidern angesammelt. Wollte Günther ab morgen nicht in Unterwäsche über die Insel stromern, musste er tatsächlich noch heute ein paar neue Sachen erstehen. »Gemach, gemach!«, murmelte er. Der Stress ließ sein Herz schon jetzt ein paar Schläge zu viel machen. Er verfasste eine To-do-Liste, damit er nichts vergaß.

To-do-Liste — Jette
A: Bestellung und Installation einer Maulwurfschreckanlage
B: Einkauf, Renovierung und Restaurierung Badezimmer Jette
C: Einkauf und Renovierung Kemenate
D: Neukauf einer Hose, dreier Hemden und zweier Shirts

Weil Günther bei der Maulwurfschreckanlage die Versandzeit einrechnen musste, war es sinnvoll, mit der Bestellung des Gerätes zu beginnen.

Er rief die Gartenseite erneut auf und gab den Begriff »Kampf dem Maulwurf« ein. Bevor er das bereits gewählte Gerät endgültig bestellte, wollte er auf Nummer sicher gehen. Günther ging immer auf Nummer sicher. Es gab mehrere Foren, in denen er den Maulwurfschreck diskutiert sah. Allein die vielen Einträge bestätigten ihn, niemals etwas einzukaufen, ohne sich nicht über das Für und Wider informiert zu haben, auch wenn es viel Zeit kostete.

Der intervallmäßig piepende Maulwurfschreck deckte mit seinen Vibrationen und dem Ultraschall das gesamte Grundstück Jettes ab. Er würde nur eine Anlage benötigen. Günther drückte auf »bestellen« und »Express«. Ja, er war ein Held!

»Was tust du da?«, fragte Marie, die leise ins Zimmer getreten war und mit großen Augen den Bildschirm des Laptops betrachtete.

»Ich will Jette davon überzeugen, dass ich ihr eine echte Hilfe bin.«

»Mit Maulwurfschreck«, kommentierte Marie. Sie klang etwas fassungslos. »Also Frauen meiner Generation stehen auf was anderes. Aber Oma ist ja alt, vielleicht mag sie so was.«

»Ich habe extra die Guillotine gemieden.«

»Finde ich relativ rücksichtsvoll. Ich glaube auch nicht, dass Oma auf Blut, Mord und Totschlag steht. Und auf Quälen auch nicht. Also, was ich sagen will: Ich glaub nicht, dass sie ein Sadomaso-Typ ist. Sie hat nicht mal diesen Bestseller in ihrem Bücherregal.«

Nein, ist sie nicht, dachte Günther. Jette ist eine zärtliche, anschmiegsame Frau. Aber das ging Marie nun wirklich nichts an.

»Dieses Gerät gibt Töne von sich und wird Omas Garten von den Plagegeistern befreien«, lenkte er ab.

Marie stellte sich ans Fenster der Kemenate und sah hinaus. »Abgefahren«, entwich es ihr. »Du siehst zwar echt aus wie von gestern. Aber innerlich bist du ein Ritter.«

Genau das wollte Günther hören, genauso fühlte er sich. Genau das hatte er vorhin gedacht! Er setzte sich aufrechter hin und schob seine Brust raus.

»Aber das reicht natürlich nicht. Was soll sie mit einem Ritter, der aussieht, als sei er sein eigener Stallknecht. Lass sie uns starten: die Operation Sockenlocken!«

»Die will ich aber nicht. Locken passen nicht zu mir«, stammelte Günther, aber Marie zupfte ihn am Ärmel. »Das ist nur ein Synonym und Geheimcode für unseren Plan.«

»Operation Sockenlocken«, wiederholte Günther und dachte an seine perfekt durchdachte To-do-Liste.

Marie strahlte ihn an und wuschelte ihm einmal durchs Haar. »Du solltest aber ganz dringend mit deiner Frisur beginnen. Und mit deiner Breitcordfrosch- und Breitcordbraunhose. Auch diese bayrischen Knickerbocker gehen gar nicht. So wird das nichts. Da kannst du ihr wie ein Kater noch so viele imaginäre Maulwürfe und Wühlmäuse auf die Treppe legen, sie wird dich ignorieren. Sie hat einen *Kerl* wie Pablo. Vergiss das nicht.«

Pablo hätte Günther liebend gern vergessen, aber Marie hatte recht. »Morgen gehe ich zum Friseur«, versprach er ihr und hoffte, dass der Friseur auf der Insel für ihn eine andere Idee hatte als den brennenden Igel. Musste auch noch auf die Liste. Sie verlängerte sich von Sekunde zu Sekunde, und Günther fühlte sich maßlos überfordert.

»Ich sehe, du hast deinen Schrank schon ausgemistet. Warum gehst du nicht heute schon los?«, schlug Marie vor.

Günther hielt ihr die Liste hin. »Zuerst muss ich dieses Zimmer zu einem bewohnbaren Raum machen und deine lila Spuren im Waschbecken eliminieren. Eins nach dem anderen.«

»Du must wissen, wo du deine Prioritäten setzt.« Marie klang etwas schnippisch, nachdem sie einen Blick auf seinen Punkteplan geworfen hatte. »Meine Sockenlockenagenda wird erfolgversprechender sein. Ich weiß, was Frauen wünschen!« Genussvoll nahm sie das Blatt in die Hand und zerriss es in feine Streifen. »Lass mich mal machen, Günni!«

Jette hörte es schaben und kratzen. Eigentlich wollte sie sich in ihrer Mittagspause ein wenig ausruhen, doch diese Geräusche hielten sie ab. Durchs Haus zog ein penetranter Farb- und Chlorgeruch. Ihre Enkel heckten irgendetwas mit Günther aus. Zumindest waren Kilian und Marie dabei. Fenna radelte auf den

Spuren der Umweltsünder über die Insel. Sie trug noch immer diese viel zu kurzen Shorts, und heute Morgen hatte sie sogar ein Top angezogen. Ohne BH. Ob sie auf einen Freund hoffte? Gott möge mich davor schützen, dachte Jette. Mein eigenes Liebesleben ist kompliziert genug, da muss nicht auch noch eine Teenieliebe dazukommen.

Als Jette ins Bad wollte, quoll ihr eine besonders starke Chlorwolke entgegen. Ein ganz in Weiß gekleideter Außerirdischer mit Mundschutz stellte sich Jette in den Weg und schüttelte vehement den Kopf. »Geht noch nicht!«

»Günther Meilenstein, bist du das?«, entfuhr es ihr.

Er nickte. »Noch ein paar Minuten, und alles ist wie neu.«

Oder weggeätzt. Was trieb der da? Jette flüchtete, so genau wollte sie es gar nicht wissen. Sie hatte die Herrschaft über ihre eigenen vier Wände offenbar komplett verloren.

Als Jette eine halbe Stunde später in ihr Bad trat, glänzte es wie neu. Die lila Sprenkel aus dem Waschbecken waren gänzlich verschwunden, und alles Verchromte glitzerte wie aus dem Katalog. Dafür rumorte es in der Abstellkammer oder in der Kemenate, wie Günther es ausdrückte, und der Farbgeruch war fast unerträglich.

Jette beschloss, in ihren Laden zu gehen. Sie sollte Günther auf der Stelle auf die Straße setzen. Heute legten noch zwei Schiffe ab. Selbst wenn Horsti wirklich auf Spiekeroog war, konnte Günther zurück nach Blersum fahren. Er war schließlich nicht obdachlos. Er sollte einfach aus ihrem Leben verschwinden.

Doch sie vermochte es nicht. Warum nur gelang es ihr nicht, einfach einen Schlussstrich zu ziehen. Die Arbeit im Laden würde ihr helfen, sich darüber klarzuwerden. Und heute Abend wollte sie malen. Sich eine Auszeit von alldem gönnen. Pablo hatte sie noch immer nicht erreicht. Dabei musste sie auch dort klar Schiff machen, ihm reinen Wein einschenken.

Die ganze Welt hatte sich gegen sie verschworen.

11

Noch zehn Tage

*Es gibt Tage im Leben einer (Groß-)Mutter,
da fragt sie sich: Warum?*

Jette hatte in der Nacht hundsmiserabel geschlafen. Gleich nach dem Aufstehen war sie durchs Dorf gelaufen und hatte in allen Schaufenstern nach dem Akt gesucht. Immer in der Panik, ihn irgendwo zu entdecken. Die Scheibe des Geschäftes wäre zerbrochen, hätte er dort gehangen. Aber sie war nicht fündig geworden. Nirgendwo. Es hatte sie auch kein Langeooger angesprochen, noch war das Gemälde offenbar nicht im Umlauf. Nachdem der Akt in keinem Laden zu finden war, hatte sie sich die Mühe gemacht und war zum Jachthafen geradelt. Die Boote reihten sich wie weiße Perlen an den Stegen, umflogen von Silber- und Lachmöwen. Am Fähranleger tuckerte gerade wieder eines der weißen Seebäderschiffe ein, die Urlauber standen dicht an dicht an der Reling, voller Freude auf den Inseltag. Die Sonne brach sich im graugrünen Nordseewasser, das an der Wattenmeerseite der Insel eine völlig andere Farbe hatte als im nördlichen Teil, wo sich auch die Dünen befanden. Jette ließ ihren Blick über jedes einzelne Boot schweifen. Horstis Jacht war auffällig und würde sich von den anderen Schiffen abheben. Doch er schien Langeoog tatsächlich verlassen zu haben. Es lag kein Protzerboot am Steg. Stellte sich nur die Frage, ob er mit oder ohne Bild verschwunden war.

Als sie zurückgekommen war, hatte eine herrliche Stille über dem Haus gelegen. Sie war in ihr Atelier gegangen, und ihr waren zwei wundervolle Motive mit Möwen und Strandkörben geglückt. Die würde sie rasch verkaufen können.

Jette nahm sich die Kaffeekanne. Sie schlürfte mittlerweile routinemäßig Kaffee statt Tee. Seit sie ihrer Familie und Günther ausgesetzt war, hatte sie ihre Rituale, wie das Trinken von grünem Tee und das Legen ihrer Tarotkarten, völlig vernachlässigt. Drei Tage hatten genügt, sie mit allen liebgewordenen Gewohnheiten brechen zu lassen. Sie sah auf die Uhr. Ihre Enkel und Günther schliefen noch. Sie hatten sich wohl gestern bei ihrer Reinigungs- und Renovierungsaktion verausgabt. Jette ahnte bereits, was sie in der Abstellkammer angestellt hatten. Solange sie sich so beschäftigten, konnte es ihr nur recht sein.

Bevor sie den Laden öffnete, wollte sie aber noch zu Pablo. Sie musste ihm sagen, dass zwischen ihr und Günther nichts lief. Und es stand die Beichte an, dass sein Gemälde gestohlen worden war. Das würde ihn als Künstler tief treffen, und sie musste alle Register ziehen, um ihn zu trösten. Pablo war sensibel, wenn es um seine Kunst ging.

Jette fühlte sich plötzlich wirklich wie sechzig. Nein, älter. Viel älter. Sie wollte nur noch ihr altes Leben zurück. Doch ... war es tatsächlich so?

Natürlich war es das. Kein normaler Mensch konnte sich freiwillig ein solches Durcheinander wünschen. Das hatte sie lange hinter sich. Jetzt war ihre Zeit! Sie würde nur noch die Sonnentage ihres Restlebens genießen und keine Verantwortung mehr übernehmen. So war der Plan, und keine Enkel, kein Günther dieser Welt und erst recht kein Scheidungshamster konnten sie davon abhalten.

Sie schüttete den Kaffee in den Ausguss und machte sich auf den Weg zu Pablo. Um diese Zeit schlief eine Künstlerseele wie er meist noch, und es war für Jette die beste Möglichkeit, ihn zu erwischen.

Auf der Hauptstraße war schon wieder eine Menge los. Als eine Frau mit einem Bollerwagen an ihr vorbeipolterte, aus dem zwei Mädchen- und ein Jungengesicht lachten, versetzte es Jette einen Stich. So war sie mit ihren drei Ks auch immer losgezogen. Sie legte einen Schritt zu und bog hinter der Kurverwaltung in den Vormann-Otten-Weg ein, wo es erheblich ruhiger war. Sie genoss kurz den Blick auf die kleine Grünfläche, an deren Rand die Rosen blühten. In der belebten Barkhausenstraße wäre es gleich mit der Ruhe vorbei. Hier reihten sich die Geschäfte und Cafés aneinander.

Gerade als sie dort einbog, kam ihr Kilian mit hochrotem Kopf entgegen. »Hallo, Omilein. Auch so früh morgens unterwegs?«

Jette nickte. »Wo kommst du denn schon wieder her?«

»Stufenforschung! War heute am Bahnhof.«

Lass dein Notizbuch bitte in der Tasche!

Jette heuchelte Interesse. Grinste. Fuhr ihm durchs strubbelige Haar. »Dann hast du ja wieder gut geforscht.«

»Ja, hab ich.« Er nestelte sein Logbuch doch heraus.

Na super, jetzt kommt wieder ein Vortrag!

»Dann erzähl mal!«

Er blätterte die Seiten mit in den Mund geklemmter Zunge um. »Es sind zwanzig, Omileinchen. Zwanzig Stufen innen.« Kilian machte eine Pause. »Nun gibt es aber bald nichts mehr, wo man raufklettern kann. Hättest du geahnt, wie wenige offizielle Stufen es auf einer Nordseeinsel gibt? Ich meine, ohne die Treppenaufgänge in den Privathäusern. Ich bin wirklich schockiert. Dachte, ich kann die zwei Wochen ausschließlich mit dieser Forschung verbringen, aber das war nichts. Jetzt muss ich mir was anderes suchen, die Stufen auf Langeoog sind ausgereizt.« Kilian entglitt ein bedauerndes Seufzen, während er sein Logbuch schloss. »Schade, hat Spaß gemacht, zu forschen, aber mir bleibt nur noch ein einziges Objekt.«

»So?« Jette lächelte immer noch, wie es sich für eine wohlerzogene und anteilnehmende Großmutter ziemte. Dennoch konnte sie nicht vermeiden, ständig auf die Uhr zu sehen.

Ich muss weiter. Ich muss zu Pablo!

Sonst war der womöglich auch schon wieder unterwegs.

»Ja, Omilein, ich muss mir ab morgen einen anderen Aufgabenbereich suchen, wenn ich bei meinem letzten Einsatzort war. Ich habe als Forscher wirklich eine schwere Last zu tragen.«

»Dann erzähl, was dir noch fehlt!«, forderte Jette ihn auf.

Aber komm rasch zur Sache, kleiner Professor Stufenmann!

»Das Schiff! Mir bleibt nur das Schiff.«

Jette erwachte augenblicklich aus ihrem Phlegma. »Untersteh dich! Womöglich legt es auch noch ab, und du fährst als blinder Passagier mit!«

»Genau das ist mein Problem, Omilein. Ich komme ohne Ticket nicht drauf. Da sind die echt scharf auf Langeoog. Ich recherchiere gerade, wie ich das bewerkstelligen kann.«

»Du bewerkstelligst jetzt mal ganz flott, nach Hause zu kommen. Da kannst du gern die Zinken der Gabeln zählen, wenn es dir gefällt!«

»O, Manno! Du bist uncool. So wie Mama! Aber so wird man, wenn man alt wird, hat Marie zumindest gesagt!«

Marie sagte auch, dass man mit Socken Locken machen konnte und dass eine Punkfrisur hip war. Ein Maßstab war das für Jette nicht. »Nun Abmarsch! Ihr habt gestern dermaßen gewühlt, da gibt es bestimmt noch Aufräumbedarf!«

Kilian trollte sich mit gesenktem Kopf. Seiner Haltung haftete die absolute Tragik an. In Jette keimte sofort Mitleid auf, aber genau das war es ja, was er wollte. Sie sollte ihre Forderungen rückgängig machen, weil er absolut *keinen Bock* auf Aufräumen hatte. Manche Dinge änderten sich nie. Oder doch?

Jette wandte sich ab, doch kam sie nur ein paar Schritte weit, als Kilian schon wieder an ihrem Ärmel zupfte. »Wenn du meinst, ich befreie dich von deinen Aufgaben, irrst du«, warnte Jette ihn.

»Mein ich ja gar nicht!« Kilian schenkte ihr ein entwaffnendes Lächeln. »Wie kannst du so etwas denken?« Sein Blick schweifte einem Mann hinterher, der aus Richtung der Inselbäckerei mit einer prall gefüllten Brötchentüte an ihnen vorbeilief. Jette schmolz dahin. Ihr Enkel! Ihr eigen Fleisch und Blut! Er hatte nur Hunger, der arme Kleine! Sie nestelte in ihrer Tasche nach einem Fünfzigcentstück. Wie hatte sie ihn eben erst loswerden wollen?

Rabenoma! Du bist eine Rabenoma. Sieh dir doch die meerblauen Augen an. Seinen liebevollen Blick. Er hat nur Hunger.

Kilian war zu dünn, wirkte wie ein aus dem Nest gefallener Vogel und bedurfte ihrer großmütterlichen Fürsorge. Ein wenig sah er mit seinem blonden abstehenden Haar und den dürren Beinchen in der blauen Shorts aus wie Bart Simpson. Wie konnte sie so hart sein? Zu ihm, diesem schutzlosen kleinen Ding, das sie noch nötig brauchte. Alle seine Forschungen betrieb er doch nur, um ihr allein zu gefallen! Er winselte förmlich um ihre Aufmerksamkeit!

Rabenoma. Du schreckliche Rabenoma.

Jette beschloss, die Zeit sein zu lassen. Immerhin gehörte auch die Ruhe zu ihrem neu gewonnenen und propagierten Lebensstil. Pablo schlief sicher lange genug, so dass er ihr nicht entkommen konnte. Und wenn sie ihren Laden eine Stunde später öffnete, scherte das auch keinen.

Kilian umklammerte derweil ihre Hand. »Ich möchte nicht, dass du uns zum Teufel wünschst, Omilein. Und ich möchte auch nicht, dass du Kummer hast.«

Was habe ich seiner Kinderseele bloß angetan, dass er solch schlimme Sachen über mich denkt? Er ist das einfühlsamste Kind unter Gottes Sonne. Er will mir helfen!

Jette konnte nicht anders, als ihren Enkel dicht an sich heranzuziehen. Wärme durchflutete sie. Es glich dem Gefühl, das sie schon früher immer genau dann heimgesucht hatte, wenn ihre drei Ks die gesamte Tagesplanung durcheinandergeworfen hatten und sie, Jette, am Rande des Nervenzusammenbruchs stand. Wenn ihr vorrangig nur ein Satz durch den Kopf geisterte: Es gibt Tage im Leben einer Mutter, da fragt sie sich: Warum? Lagen die drei, immerhin waren ja aller guten Dinge drei, schließlich friedlich schlafend in ihrem Bett, die Augen geschlossen, die Gesichter entspannt, hatte sie sich ähnlich gefühlt.

Was warst du heute ungerecht, Jette. So was von ungerecht.

»Ja, ihr wart etwas rücksichtslos. Aber lieb von dir, dass du einsiehst, dass ich eure Hilfe benötige. Du wirst von jetzt ab immer schön aufräumen, nicht wahr«, säuselte sie. »Siehst du, mit etwas Verständnis füreinander kommen wir gut miteinander aus. Und jetzt darfst du dir ein Brötchen aussuchen.«

»Nein, das meinte ich eigentlich nicht.« Kilian schob die Unterlippe vor.

Jette schluckte. »Was dann?«

»Nun, Omilein. Ich weiß, dass dein Nacktbild futsch ist.«

»Woher weißt du das?« *Spion, elendiger du.*

Horsti hatte also nicht gelogen und seine Info tatsächlich von Kilian erhalten. Jettes irrige Hoffnung hatte sich mit einem Schlag als Trugschluss erwiesen. Wenn sie ehrlich war, hatte sie es geahnt.

»Omilein, ich weiß es eben. Mir entgeht so schnell nichts.«

»Das habe ich schon bemerkt.« Wieder klangen Jettes Worte harscher als beabsichtigt.

Kilian stieß einen kleinen Pfiff aus. »Tja, so bin ich eben! War übrigens ein sehr schmeichelhaftes Gemälde. Davon mal ganz abgesehen, wie ich das moralisch finde, wenn meine Oma sich auf so etwas einlässt. Wir alle fanden eine solche Aktion für dich nicht zeitgemäß, da du immerhin einer anderen Ära angehörst.«

»Wohl eher einer anderen Generation«, verbesserte Jette in ihrem letzten Versuch, die Situation zu beherrschen.

»Kann man das Bild kaufen?«, fragte ein Dickbauch in Bermuda-Shorts plötzlich hinter Jettes Rücken. Sie erkannte ihn sofort als Herbi. An seine Schulter schmiegte sich die Bernstein-Barbie, die heute kleidungstechnisch auf Friesisch-Blau umgestiegen war. »Wir mögen die norddeutsche Kultur in allen Facetten«, erklärte Herbi und sah die wilde Hilde mit liebevollem Blick an. »So ein Nacktbild mit einer echten Ostfriesin über dem Ehebett hat was ganz Erotisches! Was, mein Mädschen?«

»Es ist ein Akt«, verbesserte Jette ihn. »Kein Nacktbild. Es ist ein Kunstwerk. So, wie die Leda mit ihren Kindern eins war.«

»Ach dieser Picasso ...«, lachte Herbi.

»Es war Leonardo. Leonardo da Vinci«, verbesserte Kilian. »Nur mit Sachen angeben, die man kennt! Aber Omileins Bild hat ja Pablo gemalt. Das ist ein spanischer Maler.«

Zum ersten Mal, seit Jette Herbi kannte, hielt der endlich mal seinen Mund.

»Ich bin *Direcktor!*«, sagte er mit starker Betonung auf dem ck, als er sich wieder gefangen hatte. »Direcktor einer großen Firma. Ich bin gebildet und mein Mädschen auch!« Dass er den großen Pablo von Langeoog nicht kannte, hatte ihn tief getroffen. Herbi wirkte geradezu waidwund.

Zu dem »Direcktor« hatten sich mittlerweile noch mehr Urlauber gesellt, die mit einem neugierigen Lächeln der Diskussion über den verschwundenen Akt lauschten. Eine Omi, die sich von einem spanischen Flip-Flop-Träger nackt malen ließ, begegnete einem schließlich nicht so oft.

Eigentlich war Jette lange mit den Wechseljahren durch, aber nun überfiel sie eine Schweißattacke, die ihre Klimateriumswellen hätten neidisch werden lassen. Unauffällig bemühte sie sich, der Wasserflut Herr zu werden, was nicht ganz einfach war, weil sie zusätzlich von der Schwüle des Sommertags attackiert wurde.

»Nun ist das Bild ja auch erst mal weg«, erklärte Kilian mit einer ausschweifenden Handbewegung allen, die es ringsum wissen wollten.

»Der Schmuckräuber!«, bestätigte Herbi auch gleich. »Nun stiehlt er auch noch Gemälde. Man ist sich seines Besitzes auf Langeooge wirklich nicht mehr sicher, was, Mädschen?«

»Langeoog«, verbesserte Jette ihn. »Wir sind hier auf Langeoog.«

»Ja, sach ich ja. Aber was kann man gegen einen solch dreisten Dieb tun?«

»Nun«, mischte sich Kilian ein, »weil mir, da die Stufenforschung fast abgeschlossen ist, genug Kapazitäten bleiben, werde ich mich auf die Suche nach dem Dieb machen. Mein Omilein kann sich auf mich verlassen. Hundertpro!«

Er tat, was er immer tat, und zückte sein kleines blaues Büchlein, schlug eine neue Seite auf und kritzelte etwas hinein.

»Ein Skandal ist das!«, entfuhr es einer anderen Frau, die sich stylish nur von der Bernstein-Barbie unterschied, weil sie sich in der Schmuckauswahl auf Rosenquarzrosa spezialisiert hatte und vermutlich metabolisch aß. Denn sie war neben der wilden Hilde kaum zu entdecken. Die hatte sich tatsächlich zwanzig Zentimeter von ihrem »Direktor« Herbi entfernt. Der dürre Körper der Rosenquarzdame, der bestimmt nicht in Öl auf einem Gemälde hätte porträtiert werden können, weil es für den Künstler eine Beleidigung wäre, einen einfachen Strich zu malen, hatte sich derweil haargenau zwischen die beiden gedrängt und passte sich der schmalen Lücke nahtlos an. »Ein Skandal!«, wiederholte sie und blickte beifallheischend zu Herbi, der mit schmollenden Lippen nickte. »Schämen sollten Sie sich! In Ihrem Alter! Nackt.« Die Rosenquarzdame löste sich aus dem Dreierbündnis und stöckelte mit erhobener Nase von dannen.

Jette sah ihr neidisch hinterher. Wenn sie früher mit ihrer geringen Körpergröße nach solchen Schuhen gesucht hatte, war das stets zum Scheitern verurteilt gewesen. Aber das war in dieser Situation unwichtig, sie war befreit und quälte sich nicht mehr mit Absätzen, dafür mit verschwundenen Nacktbildern. Das Leben war ungerecht.

Kilian hatte die etwa zehn neu Hinzugekommenen bereits über den Sachverhalt des gestohlenen Aktes aufgeklärt und musterte Jette, ob sie ihm wieder aufmerksam folgte. Demonstrativ ergriff er ihre Hand und flüsterte ihr zu: »Ich stehe dir bei, Omilein! Als Familie müssen wir ja zusammenhalten.«

Ein tosender Beifall folgte, an dem sich sogar Herbi und Hilde beteiligten. »Toller Auftritt von uns beiden, Omilein! Respekt!«, flüsterte Kilian, als die Menge sich verflüchtigte.

12

Immer noch zehn Tage

*Alter ist irrelevant,
es sei denn, du bist eine Flasche Wein.*
(Joan Collins)

Günther hatte das Durcheinander in der Küche nach bestem Wissen und Gewissen beseitigt. Jette war unauffindbar und hatte in die Tür ihres Lädchens ein Schild gehängt, dass sie heute später öffnen würde.

Marie nahm seine Aufräumbemühungen mit einem anerkennenden Blick zur Kenntnis. »Nun hast du zwar diese Küche auf Vordermann gebracht und gestern rumrenoviert, aber du verschwendest deine Zeit mit Nebensächlichkeiten.«

Günther verstand. »Ich mache mich ja schon auf den Weg!«

»Vergiss deine Kreditkarte nicht!«

Viel Geld wollte er eigentlich nicht ausgeben. Er war ein sparsamer Mensch, das hatte ihn sein Beruf gelehrt. Ein paar der alten Kleidungsstücke hatte er heimlich wieder aus dem Altkleidersack gefischt.

Nun fehlten eine neue kurze Hose, ein Shirt und ein Pulli. Die Menge hatte er nach den Kosten für die Renovierungen radikal im Kopf zusammengestrichen. Der Einkauf durfte schließlich kein Vermögen kosten.

Auf dem Festland hätte er das sicherlich auch nicht getan, auf der Insel schon, wie Günther schon bald feststellte. Er durchkämmte ein Geschäft nach dem anderen. Schließlich hatte er eines gefunden, was zwar annähernd seinen Preisvorstellungen entsprach, nicht aber seinem Modegeschmack.

»Darauf kann ich jetzt keine Rücksicht nehmen«, brummelte er. »Marie hat nur gesagt: neu und modischer. Was hier hängt, wird schon modern sein.« Er schob sich zwischen den Kleidungsständern hindurch und erstand ein grellgelbes Hawaiihemd mit glühendem Sonnenaufgang am Palmenstrand. Das maritime Modell Nordsee sagte ihm wegen der Möwe nicht zu, weil sie über dem Bauch arg spannte und dadurch überfressen und aufgebläht wirkte. Außerdem kaufte er froschgrüne Shorts mit Windsurfmotiv. Beides zusammen für den sagenhaften Vorteilspreis von knapp zwanzig Euro. Blieben von seinen vorgenommenen dreißig Euro Maximalausgabe noch satte zehn Euro und zehn Cent übrig für ein Shirt. Das Modell war rasch ausgesucht, denn so viel Auswahl gab es in der gesetzten Kategorie nicht.

»Hundert Prozent Polyacryl«, las Günther, als er die Größe kontrollierte. Unter XXL ging es mit seinem Bauch leider nicht. Egal, es gab Waschmaschinen, und Plastikpullover trockneten schneller als die aus Baumwolle. Er entschied sich für das bunt geblümte Shirt, weil es exakt zehn Cent weniger kostete als das mit den Grashalmen. Immerhin blieben ihm selbst nach dieser Investition noch zwanzig Cent Restbetrag. Er war einfach unschlagbar und ein Fuchs.

Beim Hinausgehen stutzte er, weil ihm ein weiteres Kleidungsstück auffiel, das er sich wunderbar an seinem Körper vorstellen konnte, allein schon, weil es zu Jettes Stil passte. Allein dadurch würde er seine Affinität zu ihr deutlich machen. Sie wären Ton in Ton, Falte in Falte. Günther wurde leichtsinnig, nein, für seine Verhältnisse größenwahnsinnig. Er investierte noch einmal glatte zwanzig Euro für den Traum in Orange.

»Brauchen Sie eine Tüte?«, fragte das junge Mädchen hinter dem Tresen. Ihrem Mund entwich ein feiner Minzeduft, der von ihrem Kaugummi herrührte, das sie ständig von einer Seite zur nächsten schob. Sie tütete seine Beute ein, runzelte aber bei jedem Kleidungsstück die Stirn. »Das ist alles für Sie?«, hakte sie nach.

»Ja, alles für mich. Können Sie mir bitte die Schilder abschneiden? Ich ziehe es gleich an.« Er deutete auf die Shorts und das Hemd und fügte hinzu. »Ich will meine alte Liebe beeindrucken.«

Jette, seine Jette, sollte sogleich einen völlig neuen Günther erleben und sich wieder unsterblich in ihn verlieben. Erst recht, wenn sie die aufgeräumte Küche entdeckte, die renovierte Kemenate und dann, als Highlight, seine Maulwurfschreckanlage! Leider hatte sie das wunderbar geweißte Waschbecken nur mit dem Öffnen des Fensters kommentiert. Trotzdem musste es einfach klappen! Die Renovierungs- und Reinigungsaktion war ihm gestern, vor allem mit Hilfe von Marie und Kilian, leicht von der Hand gegangen. Seine To-do-Liste hatte sich dadurch merklich verkürzt.

Er hatte noch so viele Ideen, wie er Jette beweisen konnte, dass er der Mann war, auf den sie sich von jetzt ab immer verlassen konnte. Ihr Fels in der Brandung. Ihr Zufluchtsort vor den Stürmen des Lebens. Ihr Hafenbecken, ihr Rapunzelturm, zu dem niemand Zutritt hatte. Er, Günther Meilenstein, war der Ritter, der seine Jette auf einem weißen Schimmel aus der Einsamkeit holte und auf sein Schloss brachte. Zugegebenermaßen fehlte das. An der Stelle mit dem Schloss musste er an der Dramaturgie noch etwas feilen.

Günther konnte ihr nur das immerhin renovierte Landarbeiterhaus mit Laufentenstall in Blersum vorweisen. Aber das war doch besser als gar nichts.

Leider fürchtete sich Günther auch vor Pferden. Hier war die zweite dramaturgische Änderung nötig. Auf dem Festland stand am Fähranleger, akkurat eingeparkt und mit einer silbernen Haube als Schutz gegen Möwenschiss versehen, sein kleiner Fiat Panda in Rostrot. Sicher bestand Jette nicht auf dem Schimmel, sondern akzeptierte sein Gefährt. Während Günther seinen Gedanken nachhing, war er in die neuen Sachen geschlüpft und zog enthusiastisch den Vorhang der Umkleidekabine zur Seite. Er drehte sich vor dem großen Spiegel und war nahezu beeindruckt von dem neuen Günther, den er dort antraf. So konnte Jette ihm wahrlich nicht mehr widerstehen. Was für ein Meilenstein!

»Sie kann bestimmt nicht mehr richtig gucken, Ihre alte Liebe«, schmatzte das Mädchen an der Kasse mit einem leicht hoffnungsvollen Tonfall, als er lässig dort vorbeischlenderte.

Jette stand vor Pablos weißem Holzhaus. Es befand sich im hinteren Dünengürtel auf einer kleinen Anhöhe. Eine kleine Steintreppe führte zu einem Wäscheplatz oben auf der Düne, bei dessen Pfeilern aber nicht klar war, ob sie dem Gewicht der Wäsche standhalten konnten. In dem verwilderten Garten stand außerdem ein abgewrackter Steingrill, der schon lange nicht mehr benutzt worden war. Ein verlassener blauer Blumenkübel mit weißer Holz-Steckmöwe schien den Eindruck des Zerfalls des kleinen Anwesens noch zu verstärken. Jettes Lover war aus unerfindlichen Gründen schon wach, stand mit nacktem Oberkörper und weißer Hose im Garten und versuchte, ihn urbar zu machen. Mit voller Wucht rammte er den Spaten in den Boden, riss die Grassoden heraus und schleuderte sie schwungvoll auf einen Haufen, der schon erhebliche Ausmaße angenommen hatte.

»Hallo, Pablo!«

Er reagierte nicht, sondern hieb weiter den Spaten in die Erde.

»Pablo, ich muss mit dir reden.«

Endlich blickte er auf. »Mi corazón. Da bist du ja. Hast du den altersschwachen Mercedes zurück aufs Festland geschickt?«

»Günther?«

»So hieß er wohl. Ein schrecklicher Mann. Die Haare, der Bauch. Diese Hose! Der ist nichts für dich!«

Jette schwieg. Weil Pablo recht hatte. »Aber du traust ihn mir zu. Wie soll ich das verstehen?«

»Komm rein, mi corazón. Ich mache dir einen grünen Tee!«

Ja, Pablo wusste, was sie mochte. Nicht Kaffee in rauhen Mengen, sondern Grüntee, dazu ein Räucherstäbchen und ein paar Tarotkarten, damit man wusste, was der Tag brachte. Pablo verstand das. Ohne dass sie es ihm erklären musste. Sie tickten gleich. Um so vieles gleicher als sie und Günther, weil die letzten dreißig Jahre eine andere Jette hervorgebracht hatten. Sie hatte sich mehrfach gehäutet, war zu dem geworden, was sie war: eine unabhängige, selbstbewusste Frau ohne Verpflichtungen. Nur hatte Günther das einfach noch nicht mitbekommen.

Jette folgte Pablo in sein baufälliges weißes Haus. Es versprach von außen nichts und bestätigte das auch, wenn man eintrat. Pablo hatte sich eingerichtet, wie er es nannte. Eingerichtet hieß schlichtweg: In der Küche standen zwei wackelige, weiß gestrichene Holzstühle, die zur Außenwand des Hauses passten und sich unauffällig in den ausnahmslos weißen Raum integrierten. Sah man mal von den grauen Spinnweben ab, die sich an etlichen Stellen dazwischenmogelten.

Farbliche Disharmonie beleidigte Pablos Auge, das Grau der Weben zählte für ihn nicht. Die Stühle waren um einen monströsen weißen Holztisch positioniert, bei dem Jette sich jedes Mal aufs Neue fragte, wie sie dieses wuchtige Ding auf der Fähre mitbekommen hatten, ohne dass das Schiff gesunken war. Pablo nannte auch einen Herd – natürlich weiß lackiert – sein Eigen, allerdings musste der noch mit Holz befeuert werden, weshalb er das Kochen in der Regel unterließ und lieber bei Jette aß.

Er selbst behauptete zwar, dass das Essen nur mundete, wenn es auf echtem Feuer kochte, weshalb er sein Schmuckstück niemals tauschen würde. Bei Jette aber nahm er das elektrische Kochen billigend in Kauf. Einen weißen Küchenschrank besaß Pablo auch, allerdings musste man schon freundlichen Gemüts sein, um ihn als solchen zu erkennen. Pablo fand es effektiv, verschiedene Arten und Formen von Kisten übereinanderzuschrauben und weiß zu bemalen. Da er nur über wenig weißes Geschirr verfügte, wirkte sein Arrangement auch nicht überladen, sondern tatsächlich stilecht. Zumindest passte es zu Pablo.

Jette selbst wäre wahnsinnig geworden, so zu hausen, zumal sich diese merkwürdige Ansammlung der weißen Möbel durch sämtliche Zimmer zog. Dem ganzen Haus haftete ein steter Farbgeruch an, der nicht nur von den Wänden herrührte, die Pablo seit Monaten Meter für Meter renovierte. Mehr schaffte er nicht, weil ihm ständig neue kreative Ideen einschossen, die er ohne Zeitverzögerung umsetzen musste und die ihn für mehrere Stunden oder gar Tage daran hinderten, die Renovierungsarbeiten voranzutreiben. Der dauerhafte Farbgeruch aber stammte auch von seinen Gemälden, die an die Wände gelehnt standen oder halbfertig auf der Staffelei vor sich hin trockneten und auf weitere begnadete Pinselstriche warteten.

Mit der Sauberkeit nahm Pablo es nur an guten Tagen genau und diese guten Tage waren gezählt. Lediglich sein Bett war stets sauber und frisch mit weißen Laken bezogen, wenn Jette kam, da war sie eigen.

Pablo hielt sich jetzt nicht lange mit Komplimenten und Zärtlichkeiten auf. Und schon gar nicht mit der Zubereitung von grünem Tee oder der Vorhersage mit Tarotkarten.

Jette konnte gar nicht so schnell gucken, wie sie rücklings auf dem großen weißen Metallbett lag. »Extra für dich frisch gemacht, corazón! Muy bien.«

Unter normalen Umständen schmolz Jette spätestens in diesem Augenblick dahin, ließ sich treiben und genoss. Es waren aber keine normalen Umstände mehr. Zu Hause lungerte ihre alte große Liebe herum, der Akt war auf Nimmerwiedersehen aus ihrem Schlafzimmer verschwunden, und ihre Enkel warteten darauf, von ihr umsorgt zu werden, wie es sich für eine gute Oma ziemte.

Oma, Oma, Oma. Alter ist irrelevant, es sei denn, du bist eine Flasche Wein.

Wer hatte das noch gesagt? Richtig, Joan Collins, das Biest aus dem Denver Clan. Ach, den kannte heute auch keiner mehr. Jette war alt. Eine Großmutter. Eine dreifache Großmutter auch noch. Wie sollte sie Pablo *das* sagen?

Ich bin übrigens Oma, mein jugendlicher Lover. Ganz nebenbei bemerkt. Oma … Oma … Oma …

Der Takt von Pablos beglückten Stößen gab das Stakkato dieser drei Worte vor, die durch Jettes Kopf hämmerten. Als er sich ermattet von ihr herunterwälzte und seinen grandiosen Erguss feierte, wurde Jette klar, dass es schon vorbei war.

»Er ist ein Held und immer zuverlässig!« Pablo deutete auf seine erschlaffte Schlange, die sich immer mehr in sich selbst verkroch. »Fünfundrrreißig Cauntimeterrr, Jette! Fünfundrrreißig Cauntimeterrr«, bejubelte er seine Männlichkeit. Das tat er immer, wenn er fertig war.

Jette kannte seine nachträglichen Congratulations schon. Seine Protzerei hatte sie am Anfang sogar gemocht, mittlerweile sah sie einfach entspannt darüber hinweg. Es waren sowieso nicht fünfunddreißig Zentimeter. Höchstens zehn. Allerhöchstens. Aber es klang überaus erotisch, wie Pablo »fünfundrrreißig

Cauntimeterrr« sagte. Gnadenlos erotisch. Es war der Augenblick, in dem Jette gern ein zweites Mal loslegte, doch heute? Heute nicht.

Ich bin Oma. Oma. Oma.

Pablo bemerkte Jettes Teilnahmslosigkeit nicht. Er versuchte aus alter Gewohnheit, die zusammengeschrumpften Zentimeter aus dem Schlaf zu erwecken, was ihm allerdings nicht gelang. »Später kann er wieder!«, versprach er.

»Ich will aber nicht«, flüsterte Jette und erschrak.

Wieso will ich nicht?

»Was hast du gesagt?« Pablo hatte seine Weckrituale aufgegeben. Er schüttelte sein Handgelenk. »Er hat ja schon Großes geleistet heute. Was für ein Mann, mi corazón! Fünfundrrreißig Cauntimeterrr! Fünfundrrreißig! Ganz sicher!« Er verpackte das Schlänglein in seinen Boxershorts und ließ es wirken wie einen heiligen Akt.

Fehlt nur noch, dass er das Ding anbetet.

»Ich muss dann auch wieder los«, sagte Jette. Sie musste nicht viel anziehen, denn Pablo hatte sie gar nicht erst entkleidet, sondern sich auf die wesentlichen Dinge des Geschlechtsaktes beschränkt. Das Nachfeiern hatte fast einen höheren Stellenwert für ihn. Dieses Ritual zog er der Zärtlichkeit immer häufiger vor, was Jette hin und wieder zu dem Verdacht verleitete, dass er seine wahren Liebhaberkünste doch an den Strandschönheiten erprobe und ihr nur noch die Bewunderung für ihn blieb.

Pablo nahm ihre Ansage zu gehen mit einem Kopfnicken zur Kenntnis und erklärte, er habe ohnehin gerade die Idee aller Ideen und müsse nun seiner kreativen Intuition folgen.

Jette hastete aus dem Haus. Pablo merkte nichts, aber auch gar nichts! Hätte sie sich ihm verweigert, hätte er vielleicht reagiert, und es wäre ihm bewusst geworden, dass sie etwas bedrückte. So war sie nichts, aber auch wirklich gar nichts von dem losgeworden, was sie ihm hatte sagen wollen. Er hingegen war genau das losgeworden, was er loswerden wollte.

Jette ließ das Haus Bethanien mit den blau-weiß gestreiften Strandkörben im Vorgarten rechts liegen, eilte ein Stück durch die Barkhausenstraße, nahm dann wieder die Abkürzung durch den Vormann-Otten-Weg an der Kurverwaltung vorbei in Richtung Hauptstraße. Als sie von dort zu ihrem Haus abbiegen wollte, stutzte sie. »Dass es so etwas gibt. Verlegen die Fasching jetzt im Sommer nach Langeoog? Was sollten die Karnevalsflüchtlinge dazu sagen?«

Vor ihr lief ein übergewichtiger Papagei, der der Frisur nach verblüffende Ähnlichkeit mit Günther hatte. Aber diese Gestalt trug keine braune oder dunkelgrüne Breitcordhose, sondern froschgrüne Shorts, deren Farbe eine wirkliche Beleidigung fürs Auge war. Aus den weit ausgestellten Löchern ragten dünne Fellbeine, die das Gewicht, das auf ihnen lastete, eigentlich nicht zu tragen vermochten und wirkten, als brächen sie jeden Moment durch. Den Oberkörper zierte ein Hawaiihemd, wie es grausiger nicht sein konnte. Wieder suchten Jette Schweißattacken heim. Das sollte nun besser nicht zur Gewohnheit werden. Aber das, was sie da sah, durfte einfach nicht wahr sein. »Günther!«, entfuhr es Jette. »Bist du das etwa?«

Der Papagei drehte sich um. »Hallo, Jette!«

Der Stimme nach war er es. Jette kniff sich in den Arm.

Ich träume. Das hat er nicht getan. Das hat er ganz sicher nicht getan. Er hat diese Anziehsachen nicht wirklich gekauft!

Günther schien ihr Entsetzen nicht zu bemerken, sondern eilte freudestrahlend auf sie zu. »Hab meinen Typ verändert!«

Du hast aus einer Rostlaube einen restaurierten Hippietrecker gemacht.

Eigentlich benötigte Jette jetzt ein Handtuch, die Schweißattacken drohten sie fortzuspülen.

»Magst du es etwa nicht? Man muss mit der Zeit gehen. Und ein bisschen hip sein schadet nichts. Wir sind doch nicht alt, Jette!«

Alter ist irrelevant, außer man ist eine Flasche Wein.

»Alles gut, Günther!«

Außer, dass du jetzt völlig abdrehst, wir so schnell es geht im Haus verschwinden sollten und ich besser nicht mit dir gesehen werden möchte!

13

Noch neun Tage

Dein Blick ist, so verwandelt, mir ein Spiegel,
der mir den meinen auch verwandelt zeigt.
(William Shakespeare)

Jette nutzte die Mittagspause und legte sich erschöpft in den gut geschützten Garten. Oben ohne und im Schatten, den Sonnenhut ins Gesicht geschoben. So wie vorher. Bevor Kea ihr die Kinder dagelassen hatte, denn Jette war ein Fan von nahtloser Bräune. Sofern man bei ihrem bleichen Körper von Bräune reden konnte, aber darum ging es schließlich nicht. Es war die Freiheit, das zu tun, was sie tun wollte, selbst wenn ihre Haut den Farbton niemals in ein feines Braun veränderte. Sie hatte Günther dann doch nicht rausgeworfen. Er hatte gestern alles aufgeräumt und sie angefleht, ihm noch eine Gnadenfrist zu gewähren.

Aber nun war sie endlich mal allein. Fenna war mit Kilian nach Flinthörn geradelt, weil sie sehen wollte, ob dort irgendwelche ökologischen Maßnahmen zu ergreifen waren und ob die übrige Welt auf Langeoog grundsätzlich ihrer Rettung bedurfte. In diesem Gebiet würden sie eine Weile beschäftigt sein. Die Sicht war gut, und mit etwas Glück konnten sie von der Deichkrone aus bis zur Meierei im Osten der Insel blicken. Fenna würde sich an der Vogelwelt in den Salzwiesen und dem Wattenmeer erfreuen, denn hier befand sich einer der größten Brut- und Rastplätze für tausende Vögel. Außerdem blühte der

Strandflieder in schönstem Violett, das ließ die Salzwiesen wunderbar bunt erscheinen. Mit etwas Glück fand Kilian hier weitere Forschungsmöglichkeiten, nachdem sich die Stufenforschung erschöpft hatte. Jedenfalls hatte er recht: Mehr Stufen gab es, außer auf dem Schiff, wirklich nicht, die im Schwimmbad hatte er vermutlich vergessen. Soweit Jette wusste, gab es dort eine Rutsche, zu der man hinaufsteigen musste. Sie seufzte. Jetzt war sie mal allein, und sie beschäftigte sich mit Kilians Stufenforschung, anstatt sich auf sich selbst zu fokussieren und den Ist-Zustand zu genießen. Es war doch gleichgültig, ob ihr Enkel noch mehr Stufen fand. Wen interessierte das schon?

»Mich«, stieß sie aus und setzte sich augenblicklich aufrecht hin. »Solange Kilian Stufen zählt, ist er beschäftigt. Und will nicht den Dieb des Bildes selbst stellen.« Das war definitiv gerade ihre größte Sorge. Nicht dass der Kleine sich unnötig in Gefahr begab!

Jette ließ sich wieder hintenüberfallen. Sie konnte das Unabänderliche ohnehin nicht ändern. »Nun nutze die Zeit, die du für dich hast. Bevor gleich Günther und Marie vor dir stehen.«

Ich werde doch alt, weil ich schon wieder Selbstgespräche führe. Jette schloss die Augen.

Mit etwas Glück würde Marie noch lange schlafen und sie nicht stören. Sie war von ihrem neuerlichen Friseurtermin am frühen Morgen, wo jeder vernünftige Teenager noch schlief, äußerst geschafft. Der brennende Igel war in eine schlecht gemähte Graslandschaft übergegangen, vermutlich war das noch lange nicht die letzte Version, die Jette in der Zeit des Besuchs auf dem Kopf ihrer Enkelin erleben würde. Sie hatten schließlich noch neun Tage vor sich.

Wo Günther steckte, wusste Jette nicht. Er hatte nach dem Essen mit einem verschmitzten Grinsen das Haus verlassen und war noch nicht zurückgekehrt. Nach wie vor stolzierte er wie ein

Pfau in seinem neuen Outfit über die Insel und glaubte tatsächlich, die unverhohlene Bewunderung der Insulaner und Gäste zu genießen.

Marie war zwar nicht in Bewunderungsrufe ausgebrochen, als sie ihn gesehen hatte, aber ein »Na bitte, geht doch, wir arbeiten später noch am Feinschliff« war ihr doch entglitten. Die beiden schien ein sonderbares Band zu umschlingen, wusste der Kuckuck, wann es sich um sie gewunden hatte. Es war allemal besser, als wenn sie sich aus Türen und Fenstern prügelten.

Jette schloss die Augen und versuchte, fünf Minuten *nicht* an ihre Enkel und Günther zu denken.

Dabei schlief sie ein und schreckte hoch, als die Kirchenglocke der nahe gelegenen Inselkirche schlug. Die Sonne war gewandert, ihr Hut vom Gesicht gerutscht und sie der Strahlung gnadenlos ausgesetzt. Ihre Haut würde nachher puterrot sein und sich der Farbfreudigkeit von Günthers neuem Outfit angleichen. Jette wollte sich ihm aber nicht angleichen. Weder mit dem Rot ihrer Haut noch sonst irgendwie. Sie huschte ins Haus, kippte sich After-Sun-Lotion über die lädierten Stellen und schlüpfte in Kasack und Hose. Heute beides in dezent Leinenfarben.

Es wurde Zeit, den Laden zu öffnen.

»Da kommst du ja endlich.« Herbert und die wilde Hilde standen schon vor der Tür. »Das nackische Bild hast du noch nicht gefunden, oder, Mädschen?«

Nein, Herr »Direcktor«.

Jette schüttelte freundlich lächelnd mit dem Kopf. Vielleicht wollte Herbi ja gern wieder einen Tausender loswerden, weil der seine Tasche ausbeulte, da sollte sie ihm weiterhin freundlich begegnen.

Da bin ich käuflich ...

Zunächst verlangten Hilde und Herbi nach einem Bild vom Strand und einem Mobile, das Jette aus Treibgut hergestellt hatte. Ein paar sich überkreuzende Äste, verbunden mit einfachem Paketband, die Hölzer bewusst leicht mit Teer beschmiert, waren den beiden zwanzig Euro wert.

»Die hat aber auch immer feine Sachen, was, Hilde.« Herbi konnte es nicht bleiben lassen, die kleinen Speckfingerchen immer wieder auf seiner Gattin herumwandern zu lassen. Ob der Herr »Direcktor« das auch mit seiner Sekretärin tat? Und ob er hinterher seine Männlichkeit ebenso feierte wie Pablo?

Günther hat das nie getan. Günther wollte immer, dass es ihr gutging. Jette wollte alles, aber jetzt ganz sicher nicht an Günther denken. Er hatte an der entscheidenden Stelle nicht an sie gedacht. Schluss jetzt!

»Kann ich sonst noch etwas für Sie tun?« Jette packte die beiden Sachen vorsichtig in Papier und versuchte sich im gewinnbringenden Verkäuferlächeln.

»Heute nicht, Mädschen. Aber wir kommen bestimmt noch mal wieder.« Das klang wie eine Drohung. Die wilde Bernstein-Hilde schloss sich Herbis Gehversuch aber nicht an, sondern verschwand für einen Augenblick in die Ecke der für sie prädestinierten Steine. Herbi nutzte den Moment und trat an Jettes Seite. Er zog sie dicht an sein schweißiges Gesicht heran. »Sach mal, Mädschen«, flüsterte er in einem vertrauten Tonfall, »sach mal, hast du das Nacktbild nicht doch schon wieder?«

Jette stieß ihn weg. »Nein, habe ich nicht. Aber wenn Sie ein solch großes Interesse daran haben, macht mich das fast stutzig. Noch haben wir den Dieb ja nicht. Hat das einen Grund?« Sie fixierte ihn mit ihrem Blick.

»Mädschen«, hauchte er. Er musste sich dem Kräuteratem nach zuvor ein Hustenbonbon zwischen die Zähne geschoben haben. »Ich finde dich echt sexy. Auch wenn du nicht mehr so frisch bist.«

Du hingegen gleichst einem frisch geschlüpften Küken ...

»Das Bild ist nicht aufgetaucht. Möchten Sie jetzt zahlen?«

Herbi warf einen vorsichtigen Blick zu Hilde, die sich gerade zwei Ringe abwechselnd auf Ring- und Mittelfinger stülpte, aber offensichtlich unentschlossen war.

Sie sehen beide grässlich aus.

»Ich würde den rechten nehmen, das unterstreicht die Eleganz Ihrer Hände!«

»Ich überlege es mir noch«, flötete die wilde Hilde.

»Lassen Sie sich ruhig Zeit. So ein Kauf will gut überlegt sein«, rief Jette freundlich und wich dabei den grabschenden Fingern Herbis aus. »Das ist ja hier kein Viehhandel, wo man schnell sein muss.«

Seine Finger huschten über Jettes Hintern.

»Sind Sie Direktor einer Klinik oder doch der eines Schlachthofes?«, entwich es ihr. »Dann verstehe ich, warum Ihnen ein Tastbefund so wichtig ist. Entweder, damit Sie Krankheiten ausschließen können, oder aber um den Preis des Viehs einzuschätzen.«

Herbi lachte laut auf. Er hatte die Anspielung nicht verstanden, sondern fühlte sich auch noch geschmeichelt. »Ja, ich bin ›Direktor‹. Hör mal! Wenn du das Bild wiederhast, gib mir Bescheid. Ich zahl dir jede Summe.«

Jette streckte sich eine dahingekritzelte Telefonnummer entgegen. »Das ist meine Handynummer. Für Notfälle«, keuchte er.

Danke, mein Notstandsgebiet ist heute bereits von fünfunddreißig Zentimetern erobert worden.

»Das Bild ist unverkäuflich.« Jette reichte ihm den Zettel zurück.

»Behalt mal, Mädschen. Für Notfälle. Ich ruf dich an, wenn ich mal allein … du weißt schon.«

Der Mann hielt sich eindeutig für Adonis. Entweder hatte er zu Hause keinen Spiegel oder einen mit Zaubereffekt. Oder hier lag ein klarer Fall von Wahrnehmungsstörung vor. Jette steckte sich die Nummer dennoch ein, bevor Herbi eine Diskussion vom Zaun brach.

Derweil hatte sich die wilde Hilde für den klobigen Ring entschieden. Jette betonte, dass genau der die Eleganz ihrer Hände unterstreichen würde. Herbi klappte sein Portemonnaie auf und wählte eine der bunten Kreditkarten aus. Dieses Mal sprengte die Summe zwar den Rahmen nach oben nicht, wies aber zumindest fast die Hälfte der Einnahmen vom Vortag auf. Während Jette sie in den Automaten steckte und Herbi sich zum zweiten Mal darüber freute, dass die Technik auf der Insel, wie hieß sie noch gleich, tatsächlich funktionierte und man sogar bargeldlosen Zahlungsverkehr kannte, warf sie einen Blick nach draußen.

Sie hätte es lassen sollen. Dieses Mal überschwemmte sie keine Schweißattacke, sondern ihr Herz blieb gefühlte dreißig Sekunden lang stehen, als sie Günther in ihrem Garten herumfuhrwerken sah. Was tat er da auf ihrem kleinen Rasenstück? Jette stellte sich in eine günstigere Position.

Günther kniete in einem neuen Papageiengewand, dieses Mal in Blutorange und als Ganzkörpersack, auf der Erde und hämmerte wie wild darauf herum.

»Also, nichts für ungut, Mädschen«, jubilierte Herbert, als habe er bei Jette einen Sieg eingefahren. Er zwinkerte ihr vielsagend zu. »See you later, Alligator! Denk an den Notfall.« Dabei klatschte er seiner mittlerweile nahezu vornübergebeugten, weil mit zu viel Schmuck behangenen Hilde auf den Hintern.

Jette warf einen weiteren Blick nach draußen, Günther hatte sich mittlerweile vorgearbeitet. Womit auch immer, jedenfalls kniete er an einer anderen Stelle.

»Vielleicht beerdigt er Emma«, flüsterte Jette. »Sie ist spontan dahingeschieden, und er braucht der Hitze wegen augenblicklich ein Grab, damit sie nicht in seiner Abstellkammer verwest.«

Zwischen seinem ersten Kniefall und dem mittlerweile dritten befanden sich allerdings mindestens fünf Meter. Das sah nicht aus, als legte er ein Hamstergrab an.

»Obwohl es wirklich nicht bedauerlich wäre, wenn Emma das Zeitliche gesegnet hätte. Diese Viecher leben ohnehin nur zwei Jahre, bis sie in die ewigen Jagdgründe verschwinden. Wer weiß schon, wie alt dieser Scheidungshamster war und wie lange diese Ehe gedauert hat.«

Ich rede schon wieder mit mir selbst.

Jette beendete ihren Monolog, weil die Ladenglocke anschlug und eine andere Kundin den Laden betrat.

»Wenn ich es dir doch sage, Fenna. Der Akt ist gestohlen, und ich habe mir bereits Notizen gemacht, wer alles als Dieb in Frage kommt.« Sie stoppten in Höhe der Buchhandlung Krebs an der Lale-Andersen-Skulptur und stellten ihre Räder dort ab. Von dort konnten sie besser zu Fuß zum Wasserturm auf der Kaapdüne gelangen. Kilian zerrte noch im Laufen sein Notizbuch aus der Hosentasche. Seine Schwester nahm ihn einfach nicht ernst.

»Kannst du nicht besser irgendwelche Stufen zählen?«, fragte sie.

»Die letzten waren die hier auf der Kaapdüne, in diesem Turm und im Bahnhof. Bin damit fertig. Aufs Schiff lässt Oma mich ja nicht. Und die Stufen im Schwimmbad habe ich vergessen zu zählen, als ich dort war. Das muss ich noch nachholen.« Er fuhr sich mit der Zunge über die Lippen, steckte den Bleistift hinters Ohr und schlug die in Frage kommende Seite auf. »Da haben wir es. Alles fein säuberlich dokumentiert.«

»Sie wird ihre Gründe haben, dich nicht dorthin zu lassen«, gähnte Fenna. »Und wie viele Stufen hat die Kaapdüne nun? Du lässt ja doch nicht locker, und bevor du an der Info erstickst …«

Kilian wies auf seinen Eintrag und formte lautlos eine Zahl. Dann noch einmal. Und noch einmal. Fenna ignorierte ihn und stapfte einfach weiter. Kilian lief indes mit gesenktem Kopf hinter ihr her, als müsse er aus seinen Aufzeichnungen wichtige Dinge herausfinden. Dabei stolperte er zweimal so heftig, dass er beinahe hinfiel.

»Ich gebe auf! Nun sag es schon!«, lenkte Fenna ein, nachdem sie ihn gerade noch aufgefangen hatte. Sie waren an den unteren Stufen des Wasserturms angekommen, der seinen weißen Turm mit dem zusätzlich aufgesetzten »Hütchen« in den blauen Inselhimmel reckte. »Nun müssen wir da rauf, zumindest bis zum Eingang. Man soll schon von dort einen tollen Ausblick haben.«

Kilian kraxelte hinter Fenna die Stufen rauf. »Seit du diesen Pablo gesehen hast, sind deine sackähnlichen Kleidungsstücke wie von Geisterhand verschwunden.«

»Halt den Mund, davon verstehst du nichts«, herrschte sie ihn an. Sie wollte sich von ihrem kleinen Bruder jetzt nicht provozieren lassen. Pablo war auf dieser Insel der einzige Lichtblick. Einen großen Teil der Sehenswürdigkeiten hatten sie bereits gesehen.

»Hörst du das auch?«, wechselte ihr kleiner Bruder das Thema abrupt.

»Was?« Fenna zuckte zusammen, weil sie gerade eine Zahl ausgesprochen hatte. »Ich bin schon genauso durchgeknallt wie du und zähle tatsächlich Stufen!«

Der grinste. »Spannend, meine Forschung, oder?«

»Äußerst. Aber was sollte ich hören?« Fenna zupfte an einem der Liebesschlösser, doch es war fest angeschlossen.

»Das Summen.« Wenn man genau lauschte, zog der Wind über die Dünen durch das Geländer und diese Liebesschlösser. »Es hört sich fast an, als singe der Wind.«

»Yep.« Kilian hielt sein Notizbuch noch immer fest umklammert. »Und bist du mit dem Zählen fertig?«

Fenna biss sich zunächst auf die Lippen, besann sich aber dann eines Besseren. »Hast mich ja unterbrochen.«

»Soll ich's dir sagen?«

»Du bist ein Nervkeks. Spuck's aus und dann anderes Thema, okay?« Mittlerweile war sie oben angekommen.

Kilian gab sich beleidigt. »Es sind zweiundvierzig Stufen. Wie viele drinnen im Turm sind, verrat ich aber nicht.«

»Dann eben nicht. Ist mir auch egal, was du alles anstellst oder zählst oder forschst. Aber du wirst nicht Detektiv spielen und dieses blöde Oma-Nacktbild suchen. Haben wir uns verstanden?«

Kilian überhörte die Frage, wie er es gern tat, wenn er ein Ass im Ärmel zu haben glaubte oder sich einfach nichts vorschreiben lassen wollte. »Du weißt schon, dass Oma eine Nudistin ist, oder?«, ließ er die Katze aus dem Sack. »Nicht nur wegen dem Akt.«

»Genitiv-Präposition, Bruderherz! Du lernst es nie«, verbesserte Fenna ihren kleinen Bruder. »Wie kommst du darauf, dass Oma auf Nacktsein steht? Ich meine, das Bild ist eine Seite, aber sie ist fast sechzig! Da hat sie ja wohl sonst was an.«

»Du hast eben keine Augen im Kopf«, erklärte Kilian. »Ich aber habe entdeckt, dass sie sich oben ohne sonnt. So lange, bis sie aussieht wie eine Tomate. Sie hat helle Haut, und damit verbrennt sie ganz sicher.«

Fenna runzelte die Stirn. Ob ihre Mutter wusste, wohin sie ihre Kinder geschickt hatte? »Mag sein«, wand sie sich. »Aber nun lenk nicht ab! Wir werden dieses Bild nicht suchen. Es geht uns schließlich gar nichts an. Und wenn es futsch ist ... umso besser.«

»Ich habe es Omilein aber versprochen. Vor Zeugen!«

»Dann frag das Omilein mal, ob sie deine Hilfe wirklich will.«

Sie hüpften die Stufen herunter, vergewisserten sich, dass die Anzahl korrekt war, und radelten zurück nach Hause.

Kaum fuhren sie auf den Hof, als ein markerschütternder Schrei ertönte. Die beiden fuhren erschrocken zusammen und stürzten in den Garten. Die Sonne stand schon tiefer, schien in den westlichen Dünen zu versinken, dennoch schien Langeoog in der Hitze zu glühen. Doch das war nicht der Grund für Jettes Schrei.

»Günther gehört jetzt zum Bhagwan«, flüsterte Kilian. »Guck nur!«

Auf dem Rasen standen sich Oma Jette und Günther gegenüber. Jette, wie Kilian vorausgesagt hat, in Tomatenrot, was die Hautfarbe anging, aber immerhin bekleidet mit einem dezent leinenweißen Kasack und einer Hose, auf der lediglich am Schlag unterhalb des Knies ein paar Rosen aufgestickt waren, die wiederum farblich gut zu ihrer neuen Gesichts- und Armfarbe passten. Oma Jette konnte man nachsagen, was man wollte, aber stylish hatte sie das perfekte Händchen. Auf jeden Fall war sie nicht nackt, wie Fenna insgeheim nach Kilians Aussage befürchtet hatte.

Günther hingegen glich tatsächlich einem Jünger in Orange, zumal das farbige Zelt, unter dem er sich verbarg, nur mit einer Kordel auf Hüfthöhe zusammengehalten wurde.

»Das kann nur das Werk unserer durchgedrehten Schwester sein«, grummelte Fenna. »Wer sonst steckt einen Mann wie Günther Meilenstein in solche Klamotten?«

»Vielleicht war sie es gar nicht, und er zeigt uns jetzt sein wahres Ich. Bestimmt ist er ein heimlicher Holland-Fan!« Kilian hüpfte aufgeregt auf und nieder. »Nein, das ist es. Günther ist jetzt Müllmann!«

Fenna umschloss seinen Mund mit der Hand. »Halt die Klappe. Was ist nur los mit ihm? Er sah heute Mittag und gestern schon aus wie ein Papagei mit seinem scheußlichen Hawaiihemd. War auch eine Beleidigung fürs Auge. Aber das jetzt? Das sprengt alles!« Fenna wirkte beunruhigt. »Wie sollen wir diese Zustände noch neun Tage und die kommende Nacht durchhalten? – Ich behaupte immer noch, dass Marie dahintersteckt!«

»Quatsch!«, stieß Kilian mit Inbrunst aus. »Marie ist kein Holland-Fan, die steht auf Werder, und die tragen grün-weiß. Hat er aber nicht an. Gläubig oder esoterisch ist sie erst recht nicht. Aber vielleicht hat er einen Job angenommen und verkauft ab jetzt Apfelsinen und andere Zitrusfrüchte? Wenn du meinst, dass er kein Müllmann ist.«

»Klar, dann rennt er morgen als Zitrone über Langeoog.«

Kilian schwieg eine Weile beleidigt. »Ich glaube aber trotzdem nicht, dass Marie was damit zu tun hat. Wenn es nach ihrem Modegeschmack ginge, hätte der jetzt eine Knackarschjeans an, ein Muskelshirt und würde mit Gewichten seinen Oberkörper und die Sixpacks trainieren. Oder eben seinen Bierbauch, damit der Formen annimmt.«

Fenna kaute auf der Unterlippe. »Da wäre wohl alle Mühe vergeblich. Günther und Waschbrettbauch ... Der wird immer sein Onepack-Fass behalten, glaub's mir.«

Oma Jette und Günther schienen sich mächtig in der Wolle zu haben. Beide gestikulierten wie wild.

»Und außerdem«, Fenna betrachtete die beiden Streithähne, »würden Günther eine Knackarschjeans und ein Muskelshirt nicht stehen. Schon weil da nicht viele Muskeln sind, wie du auch schon festgestellt hast. Eher andere Masse. Nicht wie bei Pablo!« An der Stelle wurde ihre Stimme weicher, und sie fuhr sich unwillkürlich mit der Hand durchs Haar, das sie seit ihrem Kleidungswandel nicht mehr mit einer Spange festtackerte.

»Das ist Marie doch egal.« Kilian schüttelte immer heftiger den Kopf. »Ganz ehrlich, Fenna. An diesem Styling kann sie keine

Schuld haben. So was würde sie nicht zulassen, brennender Igel auf dem Kopf oder Sockenlocken hin und her. Das da«, er deutete auf Günther, »hat keinen Stil. Das ist einfach nur schlimm.«

»Es kaschiert zumindest seine Problemzonen«, überlegte Fenna. Es musste doch einen Grund haben, warum sich Günther von seiner Breitcordhose und dem Plastikhemd verabschiedet hatte. »Bestimmt fand Marie das vorteilhaft.«

Kilian stieß seine Schwester an. »Komm, wir schleichen uns an, dann können wir hören, was Omilein so wütend macht.«

Sie näherten sich vorsichtig. Aber Oma Jette und Günther waren in ihre Diskussion vertieft und bemerkten die Enkel nicht.

»Warum hämmerst du meinen Garten kaputt? Ich frage dich zum letzten Mal, Günther Meilenstein! Warum?«

»Da geht es gar nicht um Bhagwan und auch nicht um die Holländer«, sagte Kilian enttäuscht. »Sie regt sich nur über den kaputten Rasen auf. Kann mir denken, was er da tut.«

»Und was, bitte schön?«

»Der hat Sender verbuddelt!«

»Weil er doch ein holländischer Spion ist oder warum?«

Kilian legte väterlich seinen Arm um ihre Schultern, musste sich dabei allerdings ziemlich strecken, weil er fast zwei Köpfe kleiner als Fenna war. »Nein, weil er Großwildjäger spielt.«

»Hier auf Langeoog? In Omas Garten? Meinst du, wir sollten Hilfe holen? Psychohilfe?«

»War ein Spaß, Fenna. Er jagt nur Maulwürfe.«

Seine Schwester sah ihn verständnislos an.

»Hat er mir gestern erzählt, und es sollte ein großes Geheimnis sein. Überraschung für Omilein.« Kilian plusterte sich mit seinem Wissen regelrecht auf. »Es gibt da so Geräte, die geben einen Piepton von sich und schrecken die Tiere auf.«

Da Oma Jette und Günther gerade schwiegen, war der feine Ton tatsächlich zu hören. »Warum hast du das nicht gleich gesagt, sondern mit dieser Holland- und Bhagwan-Geschichte angefangen?«, schüttelte Fenna den Kopf.

»Hatte es vergessen. Und die anderen Varianten wären immerhin denkbar gewesen, weil er dabei so eigenartig rumläuft.«

Oma Jette und Günther standen sich noch immer kampfbereit gegenüber.

Jetzt ein Nudelholz, und der ist platt, dachte Fenna.

»Nur verstehe ich nicht, warum sie dagegen ist, dass er die Maulwürfe vertreibt? Sie scheint mit ihrem Rasen wirklich pingelig zu sein. Würde mich nicht wundern, wenn sie den mit der Nagelschere schneidet. Eine Ökotussi wie du ist sie ganz sicher nicht. Eine Tierfreundin benimmt sich ebenfalls anders. Emma mag sie zumindest nicht.« Kilian nagte an der Unterlippe. »Eigentlich kann sie doch froh sein, wenn der Rasen nicht von Maulwurfshügeln verunziert wird.«

Jetzt hatte Fenna ein zweites Mal Oberwasser. »Professor Kilian, ich kann meine Oma verstehen: Es gibt auf Langeoog nämlich keine Maulwürfe! Das haste auch nicht gewusst, oder?«

Endlich war Kilian mal still.

14

Noch acht Tage

*Alles hat einmal ein Ende,
nur die Wurst hat zwei ...*

Günther, so geht das nicht! Umstylen, Omas Lover ausstechen – das sieht anders aus!«, schimpfte Marie, als der zum Frühstück wieder in seinem orangefarbigen Umhang in die Küche wallte.

Er sah verstört an sich herunter. »Warum? Habe eine moderne Farbe gewählt. Dieses Hemd, dann das mit der Sonne ...«

»Das ist kein Hemd, das ist ein Sack.«

»Du bist ungerecht. Ich habe investiert. In die farbigen Shorts, das neue Shirt ... Das hast du ja noch gar nicht gesehen!«

»Muss ich auch nicht, Günther. Wenn das Teil genauso aussieht wie das, was du gerade anhast. War billig alles, oder?«

Günther nickte. »Natürlich, man muss doch auf die Mark, ähm, den Euro achten.«

Marie fasste sich an die Stirn. »Kann man machen. Wenn man Junggeselle bleiben und nicht die Frau seines Lebens rumkriegen will. Die Sachen kannst du komplett in die Tonne treten.« Maries Stimme senkte sich. »Die sind ja fast noch schlimmer als das, was du vorher anhattest.«

»Ist aber bequem«, verteidigte er sich. »Gestern Morgen hast du noch gesagt, es sei besser als vorher.«

»Da wusste ich ja noch nicht, was du noch erstanden hast.«

Günther gab sich beleidigt. »Dir kann man es genauso wenig recht machen wie deiner Oma. Der Apfel fällt eben nicht weit vom Stamm.« In Extremsituationen glich er sich sprachlich noch immer gern Horsti an, der ganz sicher ein gleichlautendes Wortspiel verwendet hätte. Er hüstelte. »Meine Knickerbocker wolltest du auch nicht. Außerdem habe ich doch die Maulwurfschreckanlage gebaut.«

»Günther!« Maries Stimme überschlug sich fast. »Es geht hier nicht um Maulwürfe! Es geht um Oma Jette!«

»Sie möchte doch so gern, dass man sich um sie kümmert«, flüsterte Günther.

»Und dazu muss man rumlaufen wie du und den Maulwurfschreck spielen? Ihr seid echt alt. In meiner Generation geht Aufreißen anders.«

Günther schluckte. »Ich dachte, es funktioniere damit, dass ich mich unersetzlich mache. Sie sollte merken, wie viel Mühe ich mir gebe.«

Marie strich ihm mitleidig über die Hand. »Und wie wäre es mal mit Romantik? Die Rosen waren ein guter Anfang. Du könntest sie auch zum Essen einladen, das mögen Frauen.«

Er nickte.

»Was hast du denn früher getan, dass sie mal so verliebt in dich war?«

»Ich habe mich um sie und die drei Ks gekümmert. Ich war immer für sie da und habe alles, was sie getan hat, ernst genommen und nie versucht, es ihr auszureden.«

Marie drückte ihn. »Das war sicher gut, ein Teampartner ist immer gut. Aber ...«, sie zögerte, »ihr müsst euch ja attraktiv gefunden haben. Und liebenswert. Sie braucht schließlich keinen Kumpel.«

Günther zuckte mit den Schultern. »Ich wollte es zumindest so versuchen. Ich weiß ja, dass ich nicht vor Attraktivität strotze so wie Horsti oder ihr Lover. Welche Chancen habe ich sonst?«

Marie presste die Lippen aufeinander. »Dein Ansatz war ja auch gut, aber die Umsetzung, Günni. Daran müssen wir noch arbeiten. Gibt es denn irgendwas, was Jette so wichtig ist wie nur was, so dass du ihr damit *den* Wunsch überhaupt erfüllst?«

»Ich glaube, Jette fühlt sich schrecklich allein.«

Maries Augen wurden ganz groß. Sie stutzte. »Allein? Echt? Hat sie keine Freundin?«

»Doch, aber das meine ich nicht. Sie vermisst ihre Familie.«

»Meinste? Bist du dir sicher?«

Günther nickte. »Ja, sie hat die große Familie geliebt und jemanden gesucht, der ihr dabei zur Seite steht. Ich glaube nicht, dass sich das in der Zeit geändert hat. Sie hat noch immer diesen sehnsüchtigen Blick, wenn sie von ihren Kindern spricht. Und auch, wenn sie euch ansieht.«

»Na, das kam mir die letzten Tage doch anders vor«, brummelte Marie, aber es schien sie nachdenklich zu stimmen. »Und du meinst echt, Oma mag gern viel Familie um sich haben?«

»So sehr kann sich kein Mensch ändern«, bestätigte Günther. »Sie war damals der größte Familienmensch, den ich kannte. Es ging immer nur um ihre drei Ks.«

Marie grinste. »Und das hat dich gnadenlos überfordert, stimmt's? Kann ich irgendwie verstehen. Wenn Mama und ihre Geschwister auch nur annähernd so waren wie wir...« Sie schüttelte sich.

Günther nickte nur. Er wollte Marie nun wirklich nicht bis ins Detail erläutern, was damals geschehen war.

»Brauchst du nicht auszuführen, Günni. Ich versteh das auch so«, lachte Marie. »Weißt du was? Ich glaube, wir sollten die Operation Sockenlocken um ein paar Kleinigkeiten erweitern.«

Günther dachte an seine schon so wunderbar abgearbeitete und mutwillig zerstörte To-do-Liste und zweifelte, ob eine Erweiterung seinen Vorstellungen entsprach. Er sah Marie fragend an. »Ich glaube, ich weiß, worauf du hinauswillst. Es würde ihr bestimmt helfen und sie würde mich in einem anderen Licht sehen, wenn ich den Akt finden und euch so schützen könnte.«

Marie prustete los. »Günther! Du taugst doch nicht zum Detektiv. Absolut nicht. Das vergiss mal ganz schnell, zumal der Hauptverdächtige dein bester Kumpel ist. Da kannst du dir in alle Richtungen so derb die Finger verbrennen. Nein – ich habe eine bessere Idee!«

Günther überlegte einen Augenblick a) ob er schmollen sollte, weil Marie all seine wundervollen Geistesblitze abtat, als wäre er gestört und b), warum sie die Operation Sockenlocken so entflammte. Bis zum Augenblick dieser Erfindung hatte Marie eher oberflächlich und völlig lethargisch gewirkt, und nun schien sie vor Tatendrang kaum zu bremsen zu sein. Doch er entschloss sich a) nicht zu schmollen und b) ihre Vorschläge als kreativ und umsetzbar anzunehmen, weil er c) keine andere Wahl hatte. Ohne Unterstützung konnte er Jettes Herz nicht gewinnen, und das war für ihn im Augenblick eine unerträgliche Vorstellung. Er war einfach nicht mehr in Übung, was das Gewinnen von Frauenherzen anging, und schon gar nicht, wenn er sie irgendwann einmal gebrochen hatte. Etwas weibliche Hilfe, und sei es nur die eines sockengelockten oder eben gerade punkgestutzten Teenies, war immer noch besser als nichts. »Was hast du dir so vorgestellt?«

»Strand. Wir gehen jetzt erst mal an den Strand. Pläne schmieden, und dann ziehst du den Friseurtermin durch! Und eine zweite Shoppingwelle rollt ebenfalls auf dich zu. Davon mal abgesehen.«

»Ich hab aber nicht die Figur für den Strand und«, Günther räusperte sich, »für eine Badehose.«

Marie zog die Stirn in Falten, meinte, dass es darauf nun wirklich nicht mehr ankäme, aber ein gebräunter Body schon mal die

Grundvoraussetzung wäre, um überhaupt den Wettlauf mit Pablo antreten zu können. Sie holte einen Stift und Papier. »Ich stelle eine Agenda auf, sonst wird das nichts.«

Günther war sehr überrascht, dass Marie das Wort Agenda überhaupt in ihrem Wortschatz hatte. Er wollte seine To-do-Liste an dieser Stelle aber nicht erwähnen. Er musste ohnehin tun, was Marie ihm vorgab. Die schleppte Stift und Papier an und begann zu schreiben:

Agenda – Operation Sockenlocken
Günther Meilenstein, wohnhaft in Blersum, verpflichtet sich zu folgenden Punkten:
1. Jeden Tag mindestens fünf Kilometer Jogging am Strand mit Steigerung bei steigender Fitness.
2. Der getätigte Klamotteneinkauf wird ohne Rücksicht auf die Kreditkartenbelastung wiederholt.
3. Die zuvor erstandenen Scheußlichkeiten werden den armen Menschen in Afrika gespendet (oder wohin auch immer, da wäre zunächst die Mode-, Schnitt- und Farbfrage des Kontinents zu klären, um keinen Dritten Weltkrieg anzuzetteln, weil sie sich wegen der Shorts und Hemden beleidigt fühlen. Das klärt Marie in Kooperation mit Fenna).
4. Die Maulwurfschreckanlage wird postwendend abgebaut (Gefahr eines akuten Herzinfarktes von Jette).
5. Die Haut muss gebräunt werden (Strandsonne oder Solarium).
6. Neue Frisur.
7. Die Restfamilie wird aus aller Welt, ohne Kosten und Mühen zu scheuen, zusammengetrommelt.
8. Den finanziellen Aufwand für die komplette Umsetzung der Operation Sockenlocken, einschließlich der Anreise der Anverwandten aus allen Teilen der Welt, trägt Günther Meilenstein.

Ziel der Operation:
Hochzeit von Günther und Jette mit einem Fest der gesamten Familie, eingeflogen aus den Vereinigten Staaten von Amerika, den Galapagosinseln und aus Neuguinea.

Nach Vollendung der Eckdaten trug Marie alles in einem Redeschwall vor, von dem Günther am Ende zumindest die Wörter Hochzeit mit Jette und am Strand bräunen erfasste. Und dass er irgendwo unterschreiben sollte.

Günther war eine Wortflut dieses Ausmaßes von Marie nicht gewohnt. Immerhin hatte sie die erste Zeit größtenteils in Kurzwortsätzen oder multimedial kommuniziert und war erst seit ihrem Friseurdesaster zu einem Wesen geworden, das nicht nur Sätze mit Subjekt, Prädikat und Objekt, sondern sogar mit eingefügten Nebensätzen bilden konnte.

Es sprach aber für Keas ausgewogene Erziehung, dass sie Marie auch Sprachmuster und längere Sätze beigebracht hatte, ja, Marie sogar in der Lage war, Dinge in einer Agenda auf den Punkt zu bringen. Und nicht nur die neusten Frisurentrends im Kopf zu haben. Vermutlich konnte selbst Fenna weitere Inhalte als ökologische Weisheiten von sich geben. Kilian war vielseitiger, das hatte er schon bewiesen.

»Klingt gut, deine Idee. Du meinst also, ich soll Jette heiraten?«

»Wenn du das nicht vorhast und Oma noch mal weh tun willst, können wir das hier gleich vergessen, alles klar?«

»Alles klar.«

»Unterschreibst du?« Marie hielt ihm den Stift hin.

Auch wenn Günther nicht jeden Punkt erfasst hatte und so schnell seine Brille nicht finden konnte, um alles nachzulesen, kritzelte er seinen Namen darunter. Das Ziel war Hochzeit, und das wollte er haben. Um jeden Preis. »Und nun einigen wir uns auf den kleinsten Nenner, mit dem wir beginnen«, sagte er, nachdem er schwungvoll unterschrieben hatte.

»Der wäre?« Marie rollte das Papier zusammen und steckte es ein.

»Strand, Marie. So, wie du es vorgeschlagen hast. Wir gehen an den Strand und beginnen mit dem Braunwerden.« Das Wetter war super, und da fand er es nicht erstrebenswert, sich beim Friseur die heiße Luft in den Nacken blasen zu lassen. Das bisschen kürzen konnte er notfalls auch noch selbst mit seinem Haircutter. Irgendwo musste er ja sparen, immerhin stand ihm ein weiterer Shoppingtrip bevor. Er glaubte, das Maries Redeschwall ebenfalls entnommen zu haben.

Also: zuerst Strand. Sonnencreme, Lichtschutzfaktor fünfzig hatte er dabei, um dem Hautkrebs wirkungsvoll vorzubeugen. Dagegen würde Marie sicher nichts einzuwenden haben, denn was sollte Jette mit einem gekochten Hummer, der sich nach und nach schälte. Reichte ja, dass sie bereits einer überreifen Tomate glich.

»Ich packe jetzt meine Sachen, und dann gehen wir los. Dort kannst du mir ja noch einmal in Ruhe erklären, was ich alles unterschrieben habe. Scheint eine kompakte Angelegenheit zu werden.«

»Du hast nicht alles verstanden?«

Er schüttelte den Kopf.

»Aber du weißt schon, dass eine Unterschrift rechtsverbindlich ist?«

»Ich habe beim Liegenschaftsamt gearbeitet, ich weiß das!« Er konnte das plötzlich aufkommende Unwohlsein nicht mehr beiseiteschieben. »Du sagst das so eigenartig.«

Marie zuckte mit den Schultern. »Ich hole noch rasch meine Sachen, ich schicke dir eine WhatsApp, wenn ich so weit bin.«

»Hab ich nicht. Kann nur SMS mit meinem Handy empfangen. Ist schon älter. Außerdem antworte ich nur am Laptop. Die Tasten sind so klein.«

»Zeig mal!« Marie griff nach seinem Telefon und begann zu kichern. »Du hast ja nicht einmal ein Smartphone! Und wie schwer das Ding ist! Kann man damit wirklich telefonieren?«

»Ja, dafür reicht es. Hab aber nicht immer Empfang.«

»Günni!«, kicherte Marie immer noch. »Hatte ganz vergessen, dass du aus der Steinzeit stammst, sorry. Der Ärawechsel muss auch auf die Agenda, sonst wird das nichts. Oma ist zwar Oma, aber eine moderne Frau!« Marie fügte den weiteren Punkt hinzu.

Jette pfefferte das Spültuch in die Ecke des Ausgusses. Was bildete sich Günther Meilenstein eigentlich ein, einfach irgendwelche Sensoren in den Rasen zu rammen? Und dann welche, die alle paar Sekunden einen nervigen Piepton von sich gaben, der sie schon in der ersten Stunde wahnsinnig machte. Am liebsten hätte sie Emma nach draußen direkt neben diese Anlage gestellt. Bestimmt hätte sich das Scheidungstier in Luft aufgelöst, und Günther wäre untröstlich gewesen. Aber was konnte die Hamsterdame dafür, dass sie ausgerechnet von Günther gepflegt wurde.

Glücklicherweise lief es mit ihren Enkeln etwas besser. Sie hatten, dank ihres Donnerwetters, offensichtlich nachhaltig kapiert, wo der Hase im Hause Blümerant langlief, und benahmen sich meist zivilisiert.

Wer schrie, hatte eben nicht immer verloren. Es kam vermutlich auf die Situation an.

Einen Günther Meilenstein zu erziehen mutete allerdings schwieriger an. Der Mann war völlig verkorkst, Horsti-geschädigt und überhaupt. Horsti, immer wieder Horsti!

Wenn der wieder auf Langeoog eintrudelte, konnte er was erleben. Sie würde ihn zwingen, den Akt gleich herauszurücken, sonst konnte er gar nicht so schnell gucken, wie er den Dorfsheriff an den Backen hatte. Da das Bild auf Langeoog nirgendwo aufgetaucht war, hatte er es dort nicht vertickt. Hauptsache, er hatte das nicht auf dem Festland getan. Was würde Kea sagen, wenn sie die Galerien durchstromerte und plötzlich das Nacktbild ihrer Mutter dort hängen sah. Jede Galerie, die etwas auf sich hielt, würde es einkaufen. Es war ein echtes Kunstwerk. Pablo übertrieb zwar mit den »fünfundrrreißig Cauntimeterrrn«, aber malen konnte er wirklich.

Womöglich plante Horsti auch eine räuberische Erpressung, weil er sich das lukrativ vorstellte. Dass Jette nicht arm war, wusste er schließlich. Aber da würde sie ihm etwas ganz anderes erzählen! Nicht mit ihr!

Im Haus war es jetzt ruhig. Günther und Marie waren, mit Decken und Handtüchern bewaffnet, in Richtung Strand gelaufen, Fenna und Kilian hatten sich Räder geliehen und wollten die Insel weiter erkunden.

Jette trat in den Garten und lief zum Schuppen. »Auf zu Horsti. Ich schau mal, ob er wieder eingelaufen ist. Zieh dich warm an, mein Guter! Die alte stille und schüchterne Jette, die du zu kennen glaubst, gibt es nicht mehr!« Ich hole mir jetzt den Akt, dann werfe ich Günther, der all das gedeckelt hat, zu Horsti aufs Schiff. Seine Gnadenfrist ist ab sofort verstrichen, und beide können sehen, dass sie eine andere Insel unsicher machen. »Alles hat einmal ein Ende, nur die Wurst hat zwei«, trällerte sie und schnappte sich das Rad. Zunächst kam sie am Flugplatz vorbei, linker Hand befand sich der Reitstall. Dort war reger Betrieb. Sie folgte dem Weg durch die Wiesen, auf denen ein paar Pferde grasten. Kormorane zogen ihre Kreise, ein paar Gänse watschelten gemächlich mit ihren Familien über die Wiesen. Zwei Silbermöwen balgten sich um ein weggeworfenes Brötchen, und ein Kiebitz stolzierte mit nickendem Kopf über den Weg. Friede.

Hier auf Langeoog herrschte ein solcher Friede, wenn er nicht von Horsti und Günther gestört wurde!

Jette kam die rote Inselbahn mit den blauen, gelben, grünen und pinkfarbenen Waggons entgegen. Der Lokführer grüßte Jette freundlich, doch sie hatte keinen Blick für all das. Sie musste ihren Akt finden, sonst grüßte sie hier bald keiner mehr. Endlich konnte sie die ersten Segel der Boote erkennen, und nach kurzer Zeit erreichte Jette den Jachthafen. »Wusste ich es doch!«, stieß sie zufrieden aus, als sie dort erblickte, was sie sich erhofft hatte.

Horstis Angeberschiff stach aus der Masse der anderen Boote allein wegen seiner Klobigkeit heraus. Obwohl es ein anderes Modell war als das, was er früher sein Eigen nannte, stand es für Jette außer Zweifel, wem dieses monströse Gebilde gehörte. Schnurstracks eilte sie darauf zu, kletterte über den Steg und donnerte an die Kajütentür, die fest verschlossen war. »Klar, er muss ja auch sein ganzes Diebesgut dort verstecken. Mit meinem popligen Akt wird er sich nicht zufriedengeben«, murmelte sie bissig. Als sich nichts rührte, nahm Jette die Faust und hieb dreimal kräftig gegen den weißen Kunststoff. »Nun mach schon auf, Horsti von Hinten. Sonst komm ich gleich von hinten in deine heiligen Gemächer!«

Ihr antwortete nur der Schrei einer Lachmöwe, die am Bug auf der Reling saß und sich Jettes Treiben mit schief gestelltem Hals ansah, dann den Kopf ein zweites Mal in den Nacken legte und wieder laut und inbrünstig kreischte. Ihre neuerliche Tonfolge hatte was Keckerndes. Es klang, als lache der Vogel Jette aus.

Sie überlegte kurz, der Möwe den Hals umzudrehen, sie genüsslich zu ertränken oder ihr zumindest den Schnabel zuzubinden. Als hätte der Vogel ihre mordlustigen Gedanken geahnt, schrie er ein letztes Mal, breitete dann die Schwingen aus und hob in den strahlend blauen Langeooger Sommerhimmel ab.

»Glück gehabt, du lästerliches Vieh!«, grummelte Jette. Ihre Wut auf Horsti von Hinten war dermaßen angewachsen, dass sie sich nicht mehr beherrschen konnte und an der Klinke der Kajütentür rüttelte. Wider Erwarten sprang die sofort auf. »Er ist sich seiner Sache so sicher, dass er es nicht einmal für nötig hält, die Tür abzuschließen.« Sie sah sich im Inneren des Schiffes um. »Er ist älter geworden, fast ein Ordnungsfanatiker«, sagte sie mit einem abschätzenden Blick auf die blank polierten Flächen, auf denen nichts, aber auch wirklich nichts herumstand oder herumlag.

Jette hätte zumindest den einen oder anderen BH oder Slip erwartet, denn so etwas befand sich wie eine gekonnte Inszenierung früher immer bei ihm auf den Ablagen, weil er seinen Besuchern auf diese Weise unauffällig seine nicht zu übertreffende Potenz demonstrierte. Hatte er doch dazugelernt?

Jette tastete sich weiter durchs Schiff. In der hinteren Kajüte hing zumindest der Hauch von weiblichem Parfüm. Etwas blumig, nicht scharf, und hier befanden sich im Schrank neben modernen und ansprechenden Hosen auch ein paar Frauenkleider und Schmuck. Es sah regelrecht eingerichtet aus. Sein sonst so propagierter Junggesellencharme, der sich in einem perfekt organisierten Chaos widerspiegelte, war einer Reinlichkeit und Ordnung gewichen, der jedem weißen Testhandschuh standgehalten hätte.

Jette fasste es nicht. Dreißig Jahre konnten einen Menschen durchaus verändern, das war hier ebenso deutlich wie bei ihr. Lediglich an Günther war die Zeit spurlos vorbeigewandert, aber ob ihm das zum Vorteil gereicht hatte, blieb dahingestellt.

Sollte Horst von Hinten tatsächlich sesshaft geworden sein und eine Frau an seiner Seite zulassen? Oder zumindest mit ihr einen festen Teil seines Lebens gestalten? Was dieser von Hinten hinter ihrem Rücken tat, wusste seine arme Gefährtin vermutlich nicht. Immerhin hatte Günther von einer Frauenkegelgruppe auf Spiekeroog gefaselt. Vielleicht deckte er ihn auch wieder. So wie früher. Egal, was Horsti von Hinten hier auf seinem Luxusliner trieb: Es gab einfach Dinge, die änderten sich nie.

»Sein Sexualleben kann er gestalten, wie es ihm beliebt. Ich will nur mein Bild zurück. Und das vor meinem sechzigsten Geburtstag!« Jette stieß die Tür zum kleinen Bad auf, das eindeutig Merkmale einer sich regelmäßig an Bord befindlichen Frau aufwies. Drei Parfümflakons, Rouge, Make-up und schätzungsweise zwanzig verschiedene Lidschattentöne, Highlighter und Mascara nebst Eyeliner tummelten sich in einer mit Tüll ausgelegten Bambusschale, umlegt von kleinen Duftzitronen aus Holz. Weiblicher ging es nicht. Horsti hatte folglich regelmäßig Sex mit einem Tuschkasten, der laufen konnte.

»Aber wo könnte er sein Diebesgut versteckt haben? Wenn er nicht da ist, um mir mein Eigentum freiwillig zu geben, hole ich mir mein Bild eben selbst zurück«, zischte Jette. »Gnade ihm Gott, wenn er es schon verschachert hat.« Sie wunderte sich selbst über die Ruhe, mit der sie nun sämtliche Schränke, Abseiten und Kisten durchwühlte. Doch sie fand nichts. Weder den Akt noch Gold und Silber, Brillanten oder Ähnliches, mit dem sie ihren Widersacher überführen könnte.

Je länger sie allerdings in seinen Sachen wühlte, desto stärker beschlich Jette das Gefühl, Horsti von Hinten sei in den vergangenen dreißig Jahren tatsächlich zu einem anderen Menschen mutiert. Zu einem völlig anderen Menschen, der nicht zu dem Großkotz passte, der sich vor kurzer Zeit noch in ihrer kleinen Küche breitgemacht hatte und da völlig dem Mann glich, der ihr Günther abspenstig gemacht hatte.

Dieses Gefühl wurde schlagartig zur Gewissheit, als Jette in der Schlafkajütenschublade ein ungerahmtes, leicht zerknittertes Bild in die Hand fiel. Ein Bild, auf dem ein attraktiver blonder

Mann mit ebenso attraktiven Muskeln in attraktiven Knackarschshorts und einem Muskelshirt steckte. Jenes Shirt hatte sie eben noch neu zusammengefaltet, um keine Spuren zu hinterlassen. An seinen rechten Bizeps schmiegte sich eine blonde Elfe mit echter Barbie-Statur, bei der unbestreitbar war, dass sie als Vorbild für den Körperentwurf Modell gestanden hatte. Auch sie trug eines der geblümten Kleider, das im Augenblick auf einem Bügel im Schrank hing. Es war ein wunderschönes Ken-und-Barbie-Paar. Und es wohnte ganz sicher auch auf diesem Boot. Alles war schlüssig, nur eines nicht: Wie gehörte Horsti in diese Konstellation?

Gar nicht, Jette Blümerant, gar nicht. Du bist auf dem falschen Schiff!

Jette blieb keine Zeit, diesen Gedanken zu manifestieren, denn von draußen hörte sie Schritte. Ihr blieb nicht einmal Zeit für Fluchtgedanken, weil eine dunkle Stimme ihr diese Entscheidung abnahm. »Flucht ist zwecklos! Sie sind umstellt. Kommen Sie mit erhobenen Händen heraus!«

Jette tat wie ihr geheißen und blickte im grellen Sonnenlicht dem Barbie-und-Ken-Pärchen, dem Dorfsheriff und einer Pistolenmündung entgegen.

»Super Timing«, flüsterte Jette, als die Handschellen zuschnappten.

15

Immer noch acht Tage

Alles ändert sich.
(Ovid)

Ich sag dir eins, Fenna! Wir müssen kombinieren, wann genau das Bild von Oma verschwunden ist und wer sich zur fraglichen Tatzeit im Haus aufgehalten hat.«

Kilian und seine große Schwester standen in Osterhook auf der Aussichtsplattform. Sie beobachteten die Seehunde. Dazu hatte Fenna extra von Oma Jette ein Fernglas besorgt, denn sie wollte die Tiere ganz genau erkennen. Es war fantastisch, wie sie sich dort auf der Sandbank aalten.

Kilian hatte schon bald die Nase voll und sah sich die Schautafeln an, zumal Fenna auf seine detektivischen Aktivitäten nicht reagierte. Er überredete sie, sich wieder auf den Rückweg zu machen. Sie überquerten den kleinen Steg, liefen dann über das kleine Strandstück, bis sie wieder an den Fahrradständern angelangt waren.

Nun blies der Wind ordentlich von vorn, und der Ausflug hatte nichts mehr gemein mit der zuvor schnellen und leichten Hinfahrt.

»Mann, wenn ich geahnt hätte, wie lang eine solche Tour sein kann, wenn der Wind aus der falschen Richtung weht, wäre ich nicht bis zum Ende gefahren«, keuchte Fenna.

Kilian schien das hingegen gar nichts auszumachen. Er trat munter in die Pedale und plapperte vor sich hin. Den vereinzelten Gesprächsfetzen, die Fennas Ohr streiften, entnahm sie, dass er das Forschungsprojekt »Ich zähle alle Stufen auf Langeoog« trotz ihrer Einwände der Jagd nach dem gestohlenen Akt seiner Großmutter geopfert hatte. Im Augenblick grenzte er gerade die Täter ein und beleuchtete die Motive, die sie dazu getrieben haben könnten, Oma Jettes Bild zu stehlen. Und da ihr Bruder nichts für sich behielt, diskutierte er laut mit sich selbst.

»Kilian, du guckst zu viele Krimis!«, rief Fenna ihm zu, doch ihre Worte wurden vom Wind fortgetragen, als wolle der so demonstrieren, wie nutzlos sie waren. Aber sie gab nicht auf: »Ist ziemlich klar, warum das Bild futsch ist: Es ist tatsächlich ein Kunstwerk, und man kann es zu Geld machen. Wo also liegt das Problem? Wenn es weg ist, kann es keinen Ärger mehr machen.«

»Aber wer tut das? Ich glaube nicht an den großen Unbekannten.«

Weil es auch in Krimis nie der große Unbekannte ist, vollendete Fenna in Gedanken seinen Satz. Es war zwecklos, herumzubrüllen, weil gerade unzählige Windböen über die Dünenfläche tanzten, sie mit saharaheißem Sand puderten und ihre Worte wer weiß wohin katapultiert hätten.

Selbst das hielt Kilian nicht davon ab, in unverminderter Geschwindigkeit weiterzuradeln. Er beugte sich lediglich leicht nach vorn und nahm auf diese Weise eine windschnittigere Haltung ein. Hin und wieder fuhr er einen Schlenker, wenn ihn eine seitliche Böe auf die Seite drückte. Sie umrundeten die Meierei. Vor der Hofstelle standen bereits unzählige Fahrräder, eine Kutsche mit einem schwarz-weiß getupften Pferd und einem gelben Verdeck. »Ein Noriker!«, rief Fenna begeistert aus, doch dann musste sie sich wieder auf die Strecke konzentrieren, denn ihr kamen etliche andere Radfahrer entgegen.

»Kilian, warte!«, schrie Fenna, nachdem sie sich über das graue Pflaster auf den endlos scheinenden Weg durch die Dünenkette gekämpft hatten. Sie brauchte dringend eine Pause. Das war ja unerträglich. Kilian stoppte, auch sein Gesicht war krebsrot, ihm lief der Schweiß von der Stirn. Er war also doch aus Fleisch und Blut, kam nicht von einem anderen Stern. Sein Körper reagierte völlig normal, selbst wenn Kilians Geist oftmals in anderen Sphären schwebte. Fenna ließ sich rücklings auf eine Bank am Wegrand fallen. »Ich möchte eine dieser Gänse sein, die da einfach nur faul in den Salzwiesen grasen«, keuchte sie.

»Siehst kaputt aus«, stellte Kilian fest, zupfte seine Fahrradflasche aus der Halterung und legte den Kopf in den Nacken. Sogar daran hatte Mr. Perfekt gedacht.

»Gibst du mir was ab?«, fragte Fenna.

»Hast du nicht genügend Flüssigkeit eingepackt?«, tadelte Kilian. »Das ist bei diesen Temperaturen gefährlich, Schwesterherz. Weißt du, was in deinem Körper geschieht, wenn du ihn nicht mit ausreichend Wasser versorgst?«

Fenna riss ihm die Flasche aus der Hand und schüttete sich die warme Brühe in den Hals. »Das ist mir egal, Kilian«, antwortete sie, während sie sich mit dem Handrücken über den Mund wischte. »Ich hab bei solchen Temperaturen einfach Durst. Und wenn du mir jetzt nichts gibst, dann schlürfe ich den See aus, an dem wir gleich noch vorbeikommen.«

»Der heißt Schloppsee. Da sind aber keine Stufen, was mich allerdings nicht weiter belastet, weil ich meine Forschungsebene verlegt habe.« Kilian griff in die Packtaschen seines Rades und holte eine zweite Flasche hervor. »Nun, Durst wird hervorgerufen durch …«

»Stop it, Bruderherz. Halt einfach mal deinen Dozenten-Klugscheißerschnabel. Ich muss mich kurz ausruhen, brauchte einen Schluck Wasser, und gut ist. Kein Wort mehr über die chemischen oder biologischen Hintergründe, sonst könnte es sein, dass ich ausraste.«

Kilian zuckte mit den Schultern. »Kommen wir also auf Omileins gestohlenes Bild zurück. Mein neues Forschungsprojekt.«

Er griff in seine Tasche.

»Lass dein Heft stecken, bitte. Ich will es nicht sehen!« Fenna kniff die Augen zusammen und wünschte, sie wäre eines dieser Äffchen – nichts sehen, nichts hören, nichts sagen. Wer einen solchen Bruder an seiner Seite wusste, brauchte keine Feinde. Der brauchte gar nichts mehr. Der war beschäftigt bis zum Sankt Nimmerleinstag.

Kilian ignorierte ihren Einwand und blätterte bereits die Seiten um. Als er die richtige gefunden hatte, sah er Fenna erwartungsvoll an. »Nun, was glaubst du, wer es gewesen sein könnte?«

»Hey, Kleiner. Zum letzten Mal: Damit sollten wir uns nicht belasten. Das ist allein Omas Sache.«

»Finde ich nicht, Fenna. Stell dir vor, sie kommt eines Tages auf die Idee, wir könnten etwas damit zu tun haben, da müssen wir präventiv eingreifen und diesen Verdacht im Keim ersticken.« Er schob die Brille nach oben. »Ich habe da mal was vorbereitet.« Kilian zeigte Fenna eine wüste Grafik, untermalt von seinem Gekritzel.

Logbuch Kilian
Langeoog, Tag 7, Eintrag XII
Wetterlage: Sonnig und windig, heiß, etwa 30 Grad im Schatten
Geschehnis: Fahrradtour nach Osterhook
Besonderheiten: Viele Touristen auf der Strecke, Seehunde gesichtet.
Omas Akt weiterhin unauffindbar.

mögliche Verdächtige:
Verdächtiger A: Horsti von Hinten,
Verdächtiger B: Günther Meilenstein, im Folgenden Günther M genannt,
Verdächtige C, D & E: Fenna, Marie und Kilian,
Verdächtiger F: der große Unbekannte.
Motive:
Horsti von Hinten: Habgier,
Günther M.: Sehnsucht,
Fenna, Marie, Kilian: Peinlichkeit,
der Unbekannte: Habgier (wie Verdächtiger A).
Kilian

Kilian las Fenna seine Einträge vor und kratzte sich am Kopf. »Schwer, oder?«

»Warum soll das bei uns Peinlichkeit sein und bei Günther Sehnsucht? Was sind denn das für blöde Motive?« Sie riss Kilian noch einmal die Wasserflasche aus der Hand und nahm einen kräftigen Schluck.

»Der Dieb muss ja welche haben«, gab Kilian ungerührt zurück. »Immerhin mache ich mir mannigfaltige Gedanken.«

»Mhm, mannigfaltig. Wer hat dich eigentlich erfunden, Professor Kilian.« Fenna wuschelte ihm liebevoll durchs Haar. »Wenn du dein Wissen doch mal für sinnvolle Dinge anwenden würdest. So was wie Ökologie oder so.«

»Meine Forschungen sind sinnvoll«, entgegnete er und klappte sein Büchlein zu.

»Aber mal ehrlich, Kili: Warum sollte Oma uns verdächtigen, ihr Bild gestohlen zu haben? Das macht keinen Sinn.«

»Es ist sinnlos«, verbesserte Kilian. »Macht keinen Sinn ist abgeleitet aus dem Englischen von ›makes no sense‹, ist aber nicht eins zu eins auf die deutsche Sprache übertragbar und ...«

»Mund halten, bitte!« Fenna hielt den Kopf in Richtung Dünenkette, weil vom Meer her eine frische Brise wehte, die durchaus angenehm war, wenn man nicht dagegen anstrampeln musste.

»Aber um auf deine Frage zurückzukommen: Man weiß ja nie, was kommt«, antwortete Kilian. »Und es ist egal, was Oma irgendwann glaubt: Jetzt müssen wir alle Personen ins Kalkül ziehen, die sich in Jettes Haus aufgehalten haben, einschließlich der Kunden.«

»Dann zieh du mal alle ins Kalkül«, gähnte Fenna. Eigentlich war es super, dass Kilian ein neues Ziel hatte, so konnte sie sich ungestört mit ihren eigenen Themen und der Rettung der Welt befassen. Dennoch schoss ihr ein äußerst ketzerischer Gedanke durch den Kopf, den sie unbedingt noch loswerden musste. »Was ist denn, wenn es wirklich der große Günther Meilenstein war? Deiner und Maries dicker Freund? Und nicht sein Kumpel Horsti, den er vehement zu schützen versucht? Ist doch eigenartig, dass er als angeblich alte große Liebe plötzlich vor der Tür steht und sogleich das Bild verschwindet.«

Kilian ließ die Flasche sinken, die er soeben an den Mund gesetzt hatte. »Oder sie haben gemeinsame Sache gemacht«, stieß er düster hervor. »Horsti von Hinten soll ja ziemlich viel Dreck am Stecken haben, wenn man Omilein glaubt. Ich dachte, das hier wird ein echt mieser und langweiliger Urlaub, und was ist? Wir *erleben* richtig was! Eins kannst du mir glauben, Fenna. Ich finde den Täter.«

Mach das, dachte die. Dann bist du beschäftigt, und ich muss dir nicht ständig mit dem Rad hinterherjagen, weil du auf der Suche nach neuen Aufgaben bist. Ich kann mich dann wichtigeren Dingen widmen.

In der Inselbuchhandlung hatte sie ein interessantes Buch über den ökologisch korrekten Fischfang gekauft. Es wurde Zeit, das kritisch unter die Lupe zu nehmen.

Kilian bestieg sein Rad und wies Fenna mit dem Kopf an, ihm zu folgen. Nur noch wenige Kilometer, und sie war ihn los, weil ihm Ideen durch den Kopf spukten, bei denen eine ältere Schwester eher hinderlich war.

Marie lag am Strand und aalte sich seit geschlagenen zwei Stunden fast regungslos in der Sonne. Günther befürchtete, sie würde bei noch länger anhaltender Sonneneinstrahlung vertrocknen und zu einer Schrumpfmumie werden. Doch noch gab sie wohlig grunzende Laute von sich und kippte hin und wieder ein wenig Flüssigkeit nach.

Günther hatte diese Ruhe nicht, außerdem sehnte er sich nach einem schattigen Plätzchen. Selbst wenn von der See her ein stets frischer Wind über den Strand strich, war ihm die seit Stunden vom Himmel sengende Sonne zu viel. Er wollte Marie aber nicht enttäuschen und hatte sich bislang nicht getraut, etwas zu sagen. Immerhin war seine Aufgabe für heute: Werde braun wie ein Grillhähnchen! Bis eben war er auch willens gewesen, hatte nicht gemuckt und sich den Anordnungen von Marie gebeugt, weil er um Jette kämpfen wollte. Wenn eine Bratbräune dafür unausweichlich war, musste er es durchziehen.

Rings um sie herum befanden sich nur fröhliche Menschen, die einfach viel zu gute Laune hatten. Überall lächelten Bikinischönheiten in die Sonne, Kinder balgten im Sand, seine Nachbarn bauten eine Sandburg und beklebten sie mit den zuvor gesammelten Muscheln. Am Horizont schob sich ein weißes Schiff über die Nordsee, ein Flugzeug malte weiße Streifen an den Sommerhimmel. Der Duft von Sonnencreme waberte von den Nachbarn zur Rechten herüber und mischte sich mit der salzhaltigen Luft. Strandidylle pur. Dennoch wollte sich bei Günther keine wirkliche Urlaubsstimmung einstellen. Alles, was er die letzten Tage angestellt und versucht hatte, war misslungen. Und diese idiotische Bodybräunungsaktion war so ziemlich das Schrecklichste, was er in seinem ganzen Leben mitgemacht hatte. Seine Haut war vom lieben Herrgott nicht dafür geschaffen. Er kam sich, trotz Lichtschutzfaktor fünfzig, schon nach diesen zwei Stunden in der prallen Nordseesonne vor wie jener gekochte Hummer. Seine Haut sah das ähnlich. Er glaubte, das Wasser darin koche bereits und werfe Blasen. Vermutlich würde er Jette mit seiner roten Farbe noch toppen.

»Ich glaube, es ist besser, wenn wir gleich zurückgehen«, hob er vorsichtig an. Er scheute Maries scharfe Zunge. »Ich darf nicht so lange in der Sonne liegen. Es bekommt mir nicht.«

Marie blinzelte mit einem Auge, gähnte, setzte sich langsam hin und die Sonnenbrille auf. Es war eine quietscheentengelbe, die, zusammen mit dem werdergrünen Haar, wie eingestreuter Löwenzahn auf einer Sommerwiese wirkte, wenn sie die zurück ins Haar schob. »Was willst du denn bei Jette? Die tobt, weil das Bild weg ist und wir ihrer Ansicht nach nur Chaos verbreiten. Sie ist im Moment echt nicht entspannt. Ich glaube, sie plant tatsächlich deinen Rausschmiss.«

Genau das befürchtete Günther ebenfalls. Jette hatte sogar ihren Laden geschlossen, weil sie sich auf Bildersuche oder besser auf Diebessuche begeben wollte.

Ein Junge mit roten Badeshorts und Flip-Flops an den Füßen näherte sich und verteilte Flyer. Marie warf einen kritischen Blick darauf und wollte das Papier eben zusammenknüllen, als Günther es ihr aus der Hand riss.

»Was ist das?«, fragte er.

»Ein Konzert für Gruftis in deinem Alter!«, sagte sie. »Vergiss es. Du musst anders werden, damit beeindruckst du Oma Jette nicht.«

»Zeig her!« Günther studierte den Inhalt. Ein Konzert des Shantychors *de Flinthörners*. Das klang toll, das gefiel ihm. »Pass auf, Marie, ich schlage dir einen Kompromiss vor: Jetzt gleich investiere ich in eine neue Frisur.«

Das gefiel Marie offenbar. »Friseur ist gut. Den nehmen wir gleich auf dem Rückweg mit!« Sie fuhr sich durch ihren Putz, als überlege sie, sich schon wieder ein neues Styling zuzulegen, doch ein Blick zu Günther ließ sie in ihrer Bewegung innehalten. »Ist gut, heute nur du«, gab sie nach.

Günther nickte. »Ich werde, trotz der neuen Frisur und dem anderen Zinnober ...«

Bei diesem Wort starrte Marie ihn an, als käme er von einem anderen Stern. Günther ließ sich aber nicht beirren, sondern sprach ruhig weiter. »Ich werde trotz des ganzen Zinnobers meinen Musikgeschmack nicht ändern und mich völlig verbiegen. Jette muss mich einfach mögen, wie ich bin.«

»Du stehst nicht wirklich auf Shantychöre?« Marie war fassungslos. Es klang, als hätte Günter ihr gestanden, dass er eigentlich vom Mars käme und seine Leibspeise rostige Nägel wären.

»Ja, warum?« Was hatte das Mädchen denn nun wieder dagegen einzuwenden? Er mochte auch Helene Fischer, Andrea Berg und den Wendler.

»Okay, okay ... ich sag besser nichts mehr.«

Günther zog sich das T-Shirt über den Kopf. »Und nun sag noch mal ganz langsam, was außer dem Friseurbesuch und dem neuen Klamottenkauf so auf deiner Agenda stand.« Er war dieses ungute Gefühl im Bauch noch immer nicht losgeworden.

»Wusste doch, dass du nicht zugehört und blind unterschrieben hast«, stöhnte Marie. »Aber Vertrag ist Vertrag.« Sie zögerte. »Wenn du dich nicht dran hältst ...«

»Was dann?«

»Dann steht mir ein Jahr lang jeden Monat mindestens ein Friseurbesuch meiner Wahl zu.« Maries Lächeln gefiel Günther nicht, und er wusste, dass er einen gravierenden Fehler begangen hatte. »Nun sag schon!«

»Da steht unter anderem drin, dass du die Maulwurfschreckanlage abbauen und dich sonnen sollst.«

Das klang noch nicht schlimm. Sonnen hatte er ja schon geschafft. »Weiter!«

»Friseur, Klamotten und so müssen neu sein. Haben wir ja besprochen.« Marie grinste breit. »Du wirst noch etwas tun, und *das* wird der Knaller. Der Durchbruch.«

»So, was denn?« Den Knaller hatte er offenbar überhört.

»Wir holen meine Onkel und Tanten vom anderen Ende der Welt zu Omas Geburtstag nach Langeoog. Dann kannst du so viel Shanty sein, wie du willst. Das überzeugt sie ganz sicher von dir!«

Günther bezweifelte das. »Sie möchte nicht feiern. Sie möchte gar nicht, dass auch nur irgendwer weiß, dass sie sechzig wird. Das hat sie mir ziemlich deutlich gesagt, als ich sie auf das magische Datum angesprochen habe.« Er stand auf und schlüpfte in die Froschshorts. »Das hast du ganz falsch verstanden, als ich dir von ihrer Familiensehnsucht erzählt habe.«

»Papperlapapp! Du selbst hast mir doch vorgebetet, wie sehr sie mal Familienmama war. Also müssen alle kommen. Was ist daran falsch zu verstehen?«

»Selbst wenn wir sie holen würden«, entgegnete Günther, »wer soll denn die teuren Flüge und Hotels bezahlen?« Schon als er die Frage stellte, fiel ihm die Antwort siedend heiß ein. Du selbst, du Dösbaddel. *Das* soll der Gag sein. *Der* sagenumwobene Knaller!

»Na du, so, wie du es unterschrieben hast«, bestätigte Marie sogleich seine Befürchtungen. Sie sprang auf und rollte die Decke zusammen, während Günther nach Luft japste wie ein Fisch, den man an Land geworfen hatte. »Das soll ich unterschrieben haben?«

»Yep! Und wer A sagt, muss auch B sagen. So einfach ist das!«

Günther fischte seinen Sonnenhut aus dem Sand. Bestimmt hatte er bereits einen Sonnenstich und nahm seine Umgebung nicht mehr richtig wahr. Solchem Unsinn konnte er gar nicht zugestimmt haben.

Marie stieß ihn unsanft in die Seite. »Verdammt, Günther! Jetzt siehst du aus wie Pettersson aus dem Kinderbuch. Da fehlt nur noch Findus, die Katze.«

»Hab eine Katzenallergie«, wandte Günther ein, aber Marie winkte ab. »Das ist jetzt egal, aber dein Outfit geht schon wieder gar nicht.« Sie schüttelte den Kopf, war um Fassung bemüht. »Dieser Hut zu den Shorts und dem Shirt. Ach, Günther! Dir ist irgendwie nicht zu helfen. Lass uns sofort mit der Mutation beginnen, sonst kriege ich einen Schreikrampf.«

Günther zog den Hut trotzig in die Stirn. »Besser als ein Sonnenstich und noch viel besser als kochendes Zellwasser. Da kann ich nämlich nicht mehr denken.« Er beschloss, sich nicht zu ärgern, und hüpfte auf dem heißen Sand hin und her bei dem Versuch, seine geschwollenen und verbrannten Füße in die Latschen zu quetschen.

Sie machten sich zurück auf den Weg zur Dünenkette, die sich am Ende des Strandes gelb gegen den Himmel abhob. Die Dünengräser wiegten sich im Wind. Es hatten sich schon mehr Menschen auf den Weg gemacht. Wie kleine bunte Käfer krabbelten sie in dichten Reihen den mit Holzpaneelen ausgelegten Dünenübergang hinauf. »Pass mal auf, Günther«, keuchte Marie, »während du den Großwildjäger gespielt hast, habe ich bei Oma Jette selbstverständlich die Augen offen gehalten, sie sozusagen bespitzelt. Und zwar immer dann, wenn sie sich unbeobachtet glaubte.«

»So?« Günther lief der Schweiß übers Gesicht, sein Shirt war völlig getränkt. Der Weg über den Strand kam ihm unendlich lang vor.

»Ja, und weißt du, was sie immer macht?«

Sie hatten den Dünenübergang beinahe erreicht. Günther blieb kurz stehen und sah Marie schnaufend an. Dabei traf ihn der bunte Ball eines angehenden Nationalspielers der Deutschen Elf. Zumindest deutete das Trikot des Jungen auf Ambitionen in dieser Richtung hin.

Marie zeigte ihm den Stinkefinger und schoss das Leder zurück. Dann nahm sie den Faden wieder auf. »Sie steht am Fenster und sieht raus.«

»Und was sagt dir das? Ich sehe auch gern aus dem Fenster.«

»Sie denkt an Knut und Kathrin und natürlich an Mama. Und an uns.«

Günther erschloss sich die Logik nicht, aber er nickte. Ihm war jetzt nicht danach zu diskutieren, ob Maries Interpretation der Wahrheit entsprach oder nicht. Er wollte nur noch eines: Schatten! Und wenn er den im Laden eines Friseurs fand, der mit seinem Föhn herumfuchtelte. »Können wir ja noch drüber nachdenken«, sagte er. »Ich gehe jetzt erst mal zum Haareschneiden.«

»Ich habe immer recht«, entgegnete Marie. »Du wirst schon sehen!« Sie war zwar ebenfalls außer Atem, hatte aber ansonsten keine Schwierigkeiten mit der Hitze und hüpfte munter über den Dünenweg. »Seit ich meine Haarpracht abgegeben habe, kann ich völlig entspannt über die Insel laufen, weil mir der Wind die Frisur nicht zerstört. Ist das nicht toll?«

Kaum waren sie im Dorf angekommen, bugsierte Marie Günther nach Westen. »Da ist ein Laden, der sieht so aus, als könne er dir eine so richtig tolle Frisur machen. Typgerecht, ein bisschen Farbe, und alles ist gut.«

Bei ein bisschen Farbe zuckte Günther mit einem Blick auf Maries kurzen Punkerlook zurück. Nicht dass sie ihn auch noch in einen grünen Irokesen verwandeln wollte. »Ich geh da morgen trotz der momentanen Pflegeleichtigkeit auch noch mal hin, lass mich entfärben und die Haare wieder verlängern. Das nennt man Extensions.«

Wie man das nannte, war Günther ziemlich egal, denn er wollte die Haare ja abgeschnitten haben. Wobei es Maries Gesicht sicher gut anstand, sie wieder extensieren zu lassen.

»Weißt du, Günni, ich habe mir eben die anderen Strandschönheiten angesehen. Die tragen langes Haar, so wie ich früher. Oft mit wunderbarer Welle. Ich kaufe mir dazu ein gut fixierendes Haarspray. Kostet nur …«

»Was kostet das?« Günther hielt abrupt an.

Marie formte eine unvorstellbar hohe Summe, die Günther dazu veranlasste, energisch mit dem Kopf zu schütteln und zeitgleich die Hände abwehrend zum Himmel zu heben. »Vergiss es.«

»Dann färb ich nur um«, lenkte Marie ein. Sie stapften weiter, bis sie am Frisiersalon ankamen.

Eine Welle schwüler Luft verhinderte einen Augenblick lang das Atmen, als sie ihn betraten. Weil es so heiß war, befanden sich kaum Kunden im Laden, und Günther bekam sofort einen Platz zugewiesen. Er war lange nicht beim Friseur gewesen, schließlich besaß er eine Haarschneidemaschine, und die musste sich amortisieren.

Während die Friseurin ihm den Kopf mit lauwarmem Wasser wusch, rechnete er aus, seit wann er nicht mehr auf einem Frisierstuhl gesessen hatte. Er kam, als sich der Conditioner auf seiner Kopfhaut verteilte, auf ungefähr zehn Jahre. Es musste gewesen sein, als er zu einer Hochzeit eingeladen worden war und sein damaliger Haircutter einen Kurzschluss gehabt hatte. Angesichts des Preises dieser Dienstleistung, die beim Dorffriseur *Haberschmidt* zwar noch deutlich unter dem des Stadtfriseurs *Hairdreams ohne Wenn und Aber* lag, war ihm eines schnell klargeworden: Wenn er die Kosten einer Investition in eine neue Haarschneidemaschine mit den vierwöchigen Besuchen bei *Haberschmidt* oder *Hairdreams ohne Wenn und Aber* verrechnete, Verschleiß und weitere Neuanschaffung eines solchen Gerätes mit ins Kalkül zog, so war der Eigenhaarschnitt dennoch in Summe erheblich, wirklich erheblich günstiger als ein regelmäßiger Besuch sowohl bei *Haberschmidt* als auch bei *Hairdreams ohne Wenn und Aber*. Zumal bei Ersterem die Benzinkosten hinzukamen, da der Salon *Haberschmidt* zehn Kilometer entfernt lag. Seine damals erstandene Maschine (schwarzes Design, silberne Knöpfe und günstige Ersatzklingen, dazu ein gut zu pflegendes Nylonetui mit extra seitlichem Reißverschluss) besaß er noch immer, und sie tat ihren monatlichen Dienst.

Dieser wirtschaftlich begründete Entschluss hatte dazu geführt, dass Günther seit Jahrzehnten dieselbe Frisur trug. So schlecht sah sein Standardschnitt schließlich nicht aus, und da er kein Profi war, hatte er sich eben darauf spezialisiert. Er musste nur ein und dieselbe Handbewegung mit lockerem Schwung ausführen, das Ganze in verschiedene Richtungen, und mit der kleinen Nagelschere seinen schräg plazierten Pony als Feinschliff bearbeiten.

Nun also war das alles nicht mehr gut genug. Das hatte nicht nur Marie gesagt, auch die Friseurin stöhnte leise, als sie das Handtuch von seinem Kopf wickelte und ihm eine Massage verpasste. Anschließend hob und senkte sie seine Haarpracht, lupfte mal einige Strähnen rechts, dann wieder links. Ihrer Mimik nach waren Hopfen und Malz verloren. »Ich muss mit Ihnen eine umfassende Veränderung vornehmen. Die Basis stimmt einfach nicht«, sagte sie nach einer Weile. Ihre Mimik wirkte noch immer unsicher, ob überhaupt eine Rettung möglich war.

»Das Haar weist in seiner Struktur Mängel auf, es ist nicht nur unprofessionell geschnitten, sondern an einigen Stellen eher gerupft, als wäre die Klinge unscharf. Will sagen, es strotzt vor Spliss und ist stumpf. Ihm fehlt jegliche Form, es hat kein Volumen. Es hat ... nichts.«

Ähnlich hatte sich die Dame von *Hairdreams ohne Wenn und Aber* damals auch ausgedrückt. Günther hatte es für Geldschneiderei gehalten. »Bitte machen Sie, was Sie für richtig halten!«, sagte er mit einem gequälten Lächeln. Er tat es für Jette. Marie nickte ihm aufmunternd zu.

Dann ging es ganz fix. Rechts die Schere, links die Schere. Ritsch, ratsch fielen seine Haare zu Boden. Günther schloss die Augen und öffnete sie erst wieder, als er etwas Klebriges fühlte. »Haargel, damit bringen wir alles in Form«, erklärte die junge Frau.

Er öffnete die Augen und glaubte sich einem Fremden gegenüber. Marie klatschte begeistert in die Hände. »Günther, das ist phänomenal! Da ist der Hammer! Jetzt noch raus aus den grünen Froschshorts, raus aus dem Blumenshirt, raus aus dem Bhagwan!«

Die Friseurin nickte. »Ich würde Ihnen auch generell zu einem völlig anderen Styling raten«, sagte sie vorsichtig. »Da gebe ich dem jungen Fräulein recht. So trifft es nicht ganz Ihren Typ!« Sie druckste herum, während sie eine Strähne nachzupfte. »Sie sind doch eher, sagen wir mal, konservativ.«

Günther nickte. Die Frauen rings um ihn schienen sich in ihrem Urteil einig zu sein. Vielleicht hatte er doch zu lange mit seinen Laufenten gelebt. Zwar in der Nähe Wittmunds, aber doch fern von jeglichen Metropolen, so dass die Strömungen an ihm vorbeigezogen waren und er eine Frisur als kein dringliches Problem eingeschätzt hatte. In Blersum hatte sich nie jemand an seinem Äußeren gestört.

Die Friseurin ließ derweil den Spiegel mit der einen Hand hinter Günthers Kopf vorbeiwandern und glättete sacht eine widerspenstige Strähne am Hinterkopf. »Hier habe ich etwas Fülle genommen, da ein wenig Schnitt reingebracht, gekürzt und den Wirbel mit eingearbeitet.«

Den Wirbel hatte die junge Frau von *Hairdreams ohne Wenn und Aber* auch integriert, da war sich die Zunft offenbar einig. Bevor er wegen der Hochzeit vor zehn Jahren jenen Salon aufgesucht hatte, war er zwei Jahre zuvor, der Oberfinanzdirektor hatte Jubiläum, im Salon *Haberschmidt* gewesen, und der Besuch hatte ihn den Wirbel gekostet, weil Herr Haberschmidt ihn einfach abrasiert hatte. Nun aber war der Wirbel wieder mit dabei, was Günther freute, denn im Salon *Haberschmidt* hatte er sich, trotz der niedrigeren Kosten, doch sehr abgeschnitten gefühlt, und mit so etwas hatten Männer in der Regel Probleme.

»Sind Sie zufrieden?«, fragte das Mädchen, zog noch sanft an der einen Strähne, bis sie einen Millimeter nach rechts verschoben war und die Frisur nun das perfekte Bild abgab. Der Haaransatz wirkte eigenartig, aber das lag sicherlich am Lichteinfall.

Günther nickte. Das war bislang das beste Ergebnis eines Friseurbesuches. Die Rechnung war es dann auch. Salon *Haberschmidt* und *Hairdreams ohne Wenn und Aber* hatten schon gepfefferte Preise gehabt, doch das Zettelchen in seiner Rechten stellte alles in den Schatten. Jahrelange Haarvernachlässigung hatte ihren Preis.

»Denk an den Vertrag«, flüsterte Marie.

Günther dachte an nichts anderes mehr.

»Jetzt gehen wir noch shoppen, und dann wird dir Jette zu Füßen liegen!«, jubelte Marie, nachdem er anstandslos seine Kreditkarte gezückt hatte. »Erst recht, wenn du sie dann noch mit ihren Kindern überraschst.«

»Meinen Sie Jette Blümerant?«, horchte die Friseurin auf. Es klimperte, als sie ihren Trinkgeldanteil in die passende Spardose stopfte.

»Ja, das ist meine Oma!«

»Die werden Sie heute nicht zu Hause antreffen.« Ihre Worte klangen düster und schwer, dabei wiegte sie mit zusammengekniffenen Lippen ihren Kopf.

»Ist etwas passiert?«, fragte Günther.

»Das kann man wohl sagen«, ertönte eine Stimme aus der brummenden Trockenhaube vom nächsten Frisiertisch herüber. Günther erkannte nur eine spitze Nase. »Wir wussten alle, dass sich hier ein Unhold herumtreibt und überall einbricht. Aber dass ausgerechnet diese nette Frau das ist. Nein, das hätten wir nicht gedacht.«

»Mein Gott, was ist denn passiert?«, fragte Marie.

»Die Frau, diese Frau Blümerant, hat man doch vorhin verhaftet. Stellen Sie sich das mal vor! Verhaftet!«

»Meine Oma? Das kann nicht sein!«, stieß Marie hervor. »Warum?«

»Weil sie in eine Jacht eingebrochen ist und es sich bei ihr vermutlich um die Serientäterin handelt, die auf der Insel überall einsteigt und Schmuck stiehlt!« Die spitze Nase versenkte sich wieder in die Story um Heidi Klum und ihren angeblich neusten Lover.

Marie stürzte aus der Tür. »Das ist ganz sicher ein Missverständnis!«

Günther wollte ihr folgen, doch ihm stellte sich ein kleines Mädchen breitbeinig in den Weg und begann zu lachen. »Du Mama, der Mann sieht aus wie ein Zebra!«

Als Günther einen prüfenden Blick ins Schaufenster warf, stellte er fest, dass das Sonnenbad am Morgen logistisch gesehen zum falschen Zeitpunkt stattgefunden hatte. Doch was kümmerte ihn dies. Er musste Jette retten. Das war seine Chance!

16

Noch immer acht Tage

Unverhofft kommt oft

Die Sonne stand schon tiefer, als Günther und Marie nach Hause kamen. Die sehen aus, als wäre ihnen der Teufel begegnet, dachte Fenna. Sie hatte ein vegetarisches Abendessen zubereitet, um dem Rest der Familie zu beweisen, dass man sich auch ökologisch angepasst ernähren konnte. Und vor allem, ohne Tiere dafür zu töten. So glänzten ein Tofuschnitzel mit Zwiebeln neben einer eigenen Kreation aus Avocado mit Knoblauchöl, wobei der Knoblauchanteil ein bisschen zu hoch ausgefallen war. Zumindest roch es so. Jette war noch nicht zurückgekehrt, und langsam war Fenna genervt. Da brachte man sich mal ein, und keiner kam, um das zu würdigen.

»Da seid ihr ja endlich«, sagte sie schließlich. »Ich habe Tee gekocht und ein gesundes Mahl gezaubert.«

»Können wir jetzt nicht essen, wir müssen dringend Oma suchen!«, rief Marie und schoss an Fenna vorbei. »Hier ist sie noch nicht wieder aufgetaucht, oder?«

»Würde ich dann allein vor den vegetarischen Köstlichkeiten sitzen?«, fragte Fenna. »Was soll denn mit Oma sein?«

»Sie ist angeblich festgenommen worden. Weil sie eine Einbrecherin sein soll. Eine, die sie schon lange suchen«, erklärte Marie und wandte sich an Günther. »Günni, hier ist sie nicht.

Wir gehen jetzt sofort zur Polizei. Bestimmt haben sie sie dort eingeschlossen. Ich weiß, wo das ist.«

»Günni hier, Günni da«, frotzelte Fenna. »Ich habe *gekocht!*«

»Oma ist im Knast, Mensch, merkst du noch was?« Maries Stimme brach hysterisch.

»Auf der Insel gibt es keinen Knast. Höchstens eine Zelle oder so«, murmelte Fenna.

Mittlerweile hatte sich auch Kilian dazugesellt. Er trug sein aufgeschlagenes blaues Notizbuch in der Hand, in dem es nur so von Pfeilen und Strichen wimmelte. »Das ist eine neue und interessante Theorie, die ich noch nicht ins Kalkül gezogen habe«, sagte er. »Kunstraub als Ablenkungsmanöver für einen Schmuckserienräuber. Fast schon genial. Darauf muss man erst kommen. Ich bin von mir tief beeindruckt.«

Er nahm den Stift, den er sich wie ein Buchhalter hinter das rechte Ohr geklemmt hatte, und kritzelte eine neue Anmerkung auf das Blatt Papier. Danach sah er seine Schwestern und Günther an. »Worauf warten wir noch? Lasst uns Oma befreien und ihr notfalls helfen, sich schadlos aus der Affäre zu ziehen.«

Die vier stürmten los, unterwegs holte Günther sein Handy aus der Hosentasche. »Ich rufe Horsti an, der kennt sich mit so etwas aus. Mit etwas Glück ist er von seinem Kegeldamentrip schon zurück.« Noch während sie in Richtung Kaapdüne zur Polizei eilten, zitierte Günther seinen besten Freund herbei.

Jette saß wie erwartet in der Polizeistation. Vor ihr stand ein Becher Kaffee, in dem sie lustlos rührte und der nicht so aussah, als habe sie schon einen Schluck getrunken. Sie blickte kaum auf, als ihre Enkel und Günther eintraten. Erst als nach einer Weile auch Horsti hinzukam, erwachte sie aus ihrer Lethargie. »Da haben Sie den wahren Täter! Er ist der Dieb. Ganz sicher hat er nicht nur mein Bild gestohlen, sondern auch die anderen Dinge, die sie mir hier unterschieben wollen!«

Horsti schüttelte den Kopf. »Was es auch sei, ich kann nichts dafür, wie schon Graffito in seiner unendlichen Weisheit sagte. Ich habe der Frau jedenfalls nichts gestohlen. Ich bin hier, um meinem Freund beizustehen, der mich gebeten hat, ihn in der leidigen Sache zu unterstützen. Ich bin vorhin von Spiekeroog aus eingelaufen und augenblicklich hierhergeradelt.« Er sah zu Jette. »Wie kommst du überhaupt auf die glorreiche Idee, ich könnte dein Bild haben?«

»Weil du immer, wirklich immer irgendwelche Dinge getan hast, die nicht zu tolerieren sind. Wo du auftauchst, geht alles schief. Wo ist also mein Akt?«

Der Polizist bekam hochrote Ohren. Er hatte, Günthers Einschätzung nach, noch nie nach einem verschwundenen Nacktbild fahnden müssen und schon gar nicht, wenn eine Oma darauf abgebildet war, die nun mit ihrer Familie bei ihm einfiel. Erste Zeichen der Überforderung tanzten über seine Mimik. Er versuchte, die Aussagen zu protokollieren, gab das angesichts des Redeschwalls, der von allen Seiten auf ihn einprasselte, aber schon bald auf.

»Ich habe das Bild nicht!« Horsti stand wütend auf, doch Günther zupfte ihn am Arm. »Bleib!«, raunte er.

Nun mischte sich der Polizist doch ein. Er stand auf, um sich Gehör zu verschaffen. »Ich habe bei Ihrer Großmutter, Freundin, Feindin oder in welcher Beziehung Sie auch immer stehen, kein Diebesgut gefunden. Ob sie etwas in ihrem Haus versteckt hat, gilt es noch herauszufinden. Wer nun diesen verschwundenen Akt in seinem Besitz hat, gilt es an anderer Stelle zu klären.«

Jetzt sprang Kilian mit hochroten Ohren dem Polizisten vor der Nase herum. Er hatte die ganze Zeit in seinem Notizbuch herumgekritzelt. »Im Haus ist tatsächlich nichts. Das habe ich auch bereits durchkämmt.« Er sah sich entschuldigend um. »Bin ja als Detektiv unterwegs und musste das ausschließen.«

Mit wichtiger Miene schlug er sein Buch auf und schob es dem Dorfpolizisten über den Tisch.

Logbuch Kilian
Langeoog, Tag 7, Eintrag XIII
Wetterlage: heiß, sonnig
Stimmung: trüb bis angespannt
Geschehnis: Omilein festgenommen
Verdacht auf Raub und illegales Betreten einer Luxusjacht.
Verdachtsmomente auf weitere Straftaten und Raub auf Langeoog.
Omilein hat Verdächtigen A, Horsti von Hinten in Verdacht, ggf. bediente der sich der Mithilfe von Verdachtsperson B, Günther H.
Kilian

Der Polizist runzelte die Stirn.

»Wie kommst du darauf, dass diese Herren das Bild gestohlen haben könnten?«

Kilians Brille wanderte augenblicklich ein Stück auf der kleinen Nase nach oben. Seine Sommersprossen glühten förmlich auf, weil man ihn um Rat gefragt hatte. »Sie hätten beide die Gelegenheit gehabt und beide ein Motiv, wobei die Motivlage sehr unterschiedlich ist. Ich könnte das jetzt mal weiter ausrollen, dazu müsste ich …« Er blätterte ein paar Seiten zurück, doch der Polizist erhob die Hand. »Ist gut, Junge. Darum geht es ja im Augenblick auch gar nicht. Fakt ist, dass deine Großmutter sich unrechtmäßig auf der Jacht aufgehalten hat.« Er lehnte sich auf seinem Stuhl zurück und klopfte mit dem Kugelschreiberende auf der Tischplatte herum. Er sah aus, als hoffe er inständig, dass dieses Possenspiel bald ein Ende hätte.

»Kilian, ich würde deine Oma aber doch nie beklauen«, sagte Günther, dem die Hände zitterten. Wie konnte der Junge so etwas behaupten?

»Ich sage ja auch nur, dass du es gewesen sein *könntest*, genau wie wir drei«, erwiderte Kilian ungerührt. »Es geht um die Wahrscheinlichkeit.«

Der Polizist räusperte sich. »Belassen wir es dabei. Hier geht es ausschließlich um die Tat von Frau Blümerant. Das Pärchen, in dessen Schiff sie eingedrungen ist, verzichtet nach dem neusten Stand auf eine Anzeige, weil nichts fehlt und Frau Blümerant glaubhaft versichern konnte, dass sie das Schiff tatsächlich verwechselt hat. Hinzu kommt ihr ausgezeichneter Ruf.« Er wischte sich den Schweiß von der Stirn. Ihm war sichtlich alles zu viel. Eine Frau mit großem Mundwerk, die von drei pubertierenden Enkeln und einem Mann mit zebragestreiftem Gesicht sowie einem Gigolo, der wirkte, als sei er vom Hamburger Kiez abgehauen, verteidigt wurde, gehörten einfach nicht zu seinem Langeooger Inseldasein. Dazu dieser kleine blonde Klugscheißer, der sich offensichtlich mehr, als es gut war, mit dem Diebstahl des Bildes beschäftigte. Jeder Gesichtszug zeigte deutlich, dass er förmlich darum betete, diese Bagage möge seine Polizeistelle so schnell es ging verlassen.

»Nur noch einmal zur Absicherung, Herr von Hinten«, sagte er zu Horsti. »Ist es denn korrekt, dass Sie ein größeres und auch luxuriöseres Boot besitzen, das man mit einem ähnlichen Modell, das nun im Hafen liegt, verwechseln kann?«

Horsti bekam sofort heiße Wangen. »Ich halte es ja mit den Wikingern«, prahlte er. »Über den Wind können wir nicht bestimmen, aber wir können die Segel richten. Kurz: Es gibt nur wenige solcher Schiffe, und wie durch ein Wunder liegen nun ausgerechnet zwei dieser Grazien im Hafen.«

Sein Boot, das war sein Thema. Günther half Jette schon mal hoch. Sie wirkte auf ihn wie eingerostet. Horsti würde den Beamten nun eine Weile beschäftigen, weil er ihn mit sämtlichen technischen Daten füttern würde. Da konnten sie nach Hause gehen und in Ruhe essen. Jette hatte eine Auszeit nötig. Wobei sich die Frage stellte, ob das vegetarische Essen von Fenna zur Entspannung beitrug. Tofu hatte was von Pappe mit Gewürz, aber das sagte Günther lieber nicht laut. Und wenn man da an die Klimabilanz dachte …

Horsti hatte sich mittlerweile gemütlich vor dem Polizisten niedergelassen, Jettes Kaffee ausgetrunken, sich aus der Kaffeemaschine eines neuen bedient und dem Beamten ebenfalls einen eingeschenkt. Der wiederum schien vergessen zu haben, welch verzwicktem Fall er zuvor zum Opfer gefallen war, und entließ seine Verdächtige samt Brut und Zebra aus der Polizeidienststelle.

Nach ein paar Metern erwachte Jette und sah Günther zum ersten Mal an. »Du warst beim Friseur?«

»Ja«, sagte er nur. Wohl wissend, dass die Frisur überaus gelungen war, wohl wissend, dass das Weiß seiner Haut an den zuvor behaarten Stellen sehr stark hervorstach.

Jette kommentierte das nicht, Kilian sah immer wieder verstohlen zu ihm herüber und tuschelte dann in Günthers Ohr: »Wäre gut, wenn du ab morgen in die Sonnenbank gehst. Das muss weg!«

Kaum hatte Jette die Tür aufgeschlossen, fühlte sie ihre alte Kraft zurückkehren. »Das wäre überstanden!«, seufzte sie erleichtert. »Da hat Horsti mich ja echt reingeritten! Wo der hinkommt … Ich sag's ja immer wieder. Den Mann kann man nur von hinten sehen.«

»Er hat dich nicht gezwungen, in fremde Schiffe einzusteigen«, sagte Günther.

»Doch, hat er. Erst stiehlt er mein Bild, Gold von irgendwelchen reichen Damen hier und all so 'n Zeug und macht jetzt einen auf Unschuldslamm.«

»Es sind also tatsächlich noch mehr Dinge auf der Insel weggekommen?«, fragte Günther.

Jette bestätigte dies. »Erzählt man sich im Dorf.« Plötzlich klopfte es an der Haustür, und die wilde Bernstein-Hilde nebst Herbi standen aufgeregt gestikulierend vor der Tür. »Meine Kette ist weg. Diese wunderschöne Bernsteinkette, die ich bei Ihnen gekauft habe!«, japste Hilde.

»Ich habe sie nicht. Warum kommen Sie damit zu mir?«, fragte Jette.

»Wir dachten, der Hehler hätte sie Ihnen zum Kauf angeboten. Wir Geschädigten müssen zusammenhalten.«

Jette schüttelte den Kopf. »Der Hehler, der mir auch gerade nicht bekannt ist, hat mir nichts angeboten. Außerdem mache ich mit solchen Menschen keine Geschäfte.«

Herbi hob warnend den Zeigefinger. »Mädschen, hör mal! Du lässt dich ja auch nackisch malen!«

»Mein Bild ist ebenfalls unauffindbar«, begann Jette. »Aber wir überlassen die Sache doch der Polizei. Die wird den Dieb schnell dingfest machen, seien Sie unbesorgt.«

Herbi schien nicht überzeugt. »Die sind ja hier nicht das FBI auf ...«

»Langeoog«, vollendete Jette den Satz. »Lan-ge-oog.«

»Langeooge, sag ich ja.«

»Die Polizei macht das schon. Sie genießen Ihren Urlaub, und bevor Sie abreisen, ist die Kette ganz sicher wieder da.« Jette wies mit der Hand zur Tür. Von draußen ertönte ein Grummeln. »Da kommt ein Gewitter. Sie sollten sich sputen, schnell in Ihr Hotel zu kommen.« Sie warf einen prüfenden Blick aus dem Fenster, wo sich die dunklen Wolken über dem Wattenmeer auftürmten.

Das Unwetter kam vom Festland direkt auf die Insel zu. Der Bahnhof erstrahlte bereits in eigenartigem Licht. Hinter ihm war der Himmel pechschwarz, Blitze zuckten fast ununterbrochen auf. Der Vorplatz aber wurde noch von der Sonne angestrahlt.
»Das sieht gar nicht gut aus. Überhaupt nicht!«

»Auf dem Weg könnten Sie ja noch einen Abstecher bei der Polizei vorbei machen. Die Station liegt in der Nähe der Kaapdüne, gehen Sie einfach bis zum Buchladen Krebs und wenden Sie den Blick nach links. Dort steht ein kleines rotes Einfamilienhaus, daran ist ein Polizeischild angebracht. Nicht zu verfehlen«, schlug Günther vor. »Das ist immer noch besser, als meiner Freundin auf die Nerven zu fallen.«

Herbi räusperte sich. »Die Polizei ist nicht da. Die haben schon zu. Da hängt nur eine Handynummer. Haben wir natürlich schon probiert.«

»Ich würde es mal mit dem Telefon versuchen. Die Nummer kann man in die Tastatur eintippen«, erklärte Kilian.

Herbi hatte die Klinke bereits in der Hand. »Ich merke schon, dass ich hier nicht erwünscht bin.«

Jette tat er fast leid, denn Günthers Tonfall war sehr scharf gewesen, aber Herbi und Hilde verstanden einfach keine andere Sprache. Und so setzte sie noch eins drauf: »Ich habe eine andere Idee, wenn es Ihnen heute Abend nicht zu weit ist. Versuchen Sie es doch mal am Hafen auf dem protzigsten Schiff, das dort liegt. Ich wette mit Ihnen, dass Sie Täter und Polizei dort in trauter Zweisamkeit Bier trinkend auf dem Deck finden.«

Über Herbis Gesicht glitt wieder sein feistes Grinsen. »Mädschen, das ist das erste vernünftige Wort, was ich heute höre, nicht wahr, Hilde?« Er beugte sich zu Jette und flüsterte ihr beim Weggehen völlig motiviert ins Ohr: »Meine Nummer für den Notfall hast du ja, Mädschen. Mann bist du 'ne Wucht in deinem Alter.« Sie trollten sich.

»Was war das? Ein Alien-Angriff?«, fragte Marie.

»Kunden«, erwiderte Jette. »Kunden, die mir zwar finanziell die Woche gerettet, aber ansonsten die Nerven ruiniert haben.«

»Wer weiß, ob das nicht die wahren Diebe sind und hier mehr zur Kontrolle waren«, sinnierte Kilian. »Irgendjemand muss auf der Insel schließlich sein Unwesen treiben. Ich füge die beiden meiner Liste mit den Tatverdächtigen hinzu.« Er sah herausfordernd zu Günther, der unter Kilians Blick die Augen senkte.

Während der Junge seinen Pfeilen und Skizzen weitere hinzufügte und anschließend etwas auf die nächste Seite kritzelte, wanderte seine Zunge von einem Mundwinkel zum nächsten. »Jetzt habe ich's!«, freute er sich und las vor:

Logbuch Kilian
Langeoog, Tag 7, Eintrag XIV
Wetterlage: Gewitterlage, unwetterartig
Geschehnisse: Auftauchen weiterer Verdächtiger, die nun den Rang G & H einnehmen
Verdächtige G & H: H. und H., weiblich und männlich, auffällig gekleidet. Frau versteckt unter Bernsteinen. Mann verhält sich eigentümlich, nähere Definition folgt, beide Verdächtige ins Unwetter abgetaucht.
Verdächtiger B, Günther M: benimmt sich ebenfalls auffällig, gravierende Veränderung seines Äußeren. Streitet aber jede Mittäterschaft ab.
Grund für Änderung des Äußeren muss erforscht werden.
Kilian

Günther öffnete den Mund, wollte etwas erwidern, aber Marie hieb ihm kräftig mit dem Fuß gegen sein Schienbein, was Kilian zu einem weiteren Eintrag veranlasste.

Nachtrag: Marie legt ebenfalls verdächtiges und nicht nachvollziehbares Verhalten an den Tag. Verbrüderung mit Täter? Was weiß meine Schwes...

Marie riss ihm das Buch und den Stift aus der Hand. »Du hast sie doch nicht mehr alle. Lass den Mist!«

Jette hob den Arm. »Ruhe, es reicht. Ich bin mir sehr sicher, dass keiner in diesem Raum etwas mit dem Verschwinden des Bildes zu tun hat.«

Günther war ihrer Ansicht nach einfach zu tollpatschig. Er würde sich schon allein bei der Idee, einen Raub zu begehen, ertappen lassen. Aber dennoch waren Kilians Überlegungen nicht völlig aus der Luft gegriffen. »Zusammen mit Günther ist nun mal auch Horsti gekommen«, sagte sie. Warum es ihr ein Bedürfnis war, ihren alten Liebhaber zu verteidigen, obwohl sie ihn, samt Emma, doch eigentlich lieber auf das Festland oder noch besser auf den Mond ohne Rückflugkapsel wünschte, konnte sie gar nicht sagen. Vielleicht war es sein Einsatz bei der Polizei gewesen. Außerdem wirkte er mit der neuen Frisur verändert. Männlicher. Das Zebramuster würde schon noch verschwinden. Obwohl die nächsten Tage Regen angesagt und ein Nachbräunen erschwert war. »Ich glaube noch immer, dass Horsti hinter alldem steckt. So, wie er immer und überall alles zerstört, was wichtig ist.«

Ihre drei Enkel sahen sie erstaunt an, Jettes Stimme musste verletzter geklungen haben, als sie es beabsichtigt hatte.

»Na, ist ja auch egal. Ich bin wieder auf freiem Fuß, ihr seid da, und wenn das Bild nicht mehr auftaucht, dann ist es gleich. Ihr wisst ja ohnehin, dass es existiert. Der Dieb wird es schon nicht auf Langeoog anbieten und mich brüskieren.« Und hoffentlich keiner Kunsthandlung verkaufen.

Die Unbekannte nackt in Öl! Welch Horrorvorstellung!

Vermutlich machte sie post mortem noch beachtliche Karriere. Sie wurde in einer Woche sechzig. Die Uhr tickte schon etwas schneller, fast so, als hätte der Countdown bereits begonnen. Das Gewitter näherte sich, der Donner grollte wie das Herannahen eines Güterzuges, ein Blitz erhellte die Küche. Draußen ergoss sich ein Platzregen, der die Straßen binnen kürzester Zeit in kleine Bäche verwandelte. »Da werden Herbi und Hilde wohl nass geworden sein«, sinnierte Jette. »Macht bitte oben mal alle Fenster zu, nicht dass es reinregnet.«

Ihre Enkel verschwanden.

Kaum waren sie aus der Tür, stürzte Pablo herein. Er triefte vor Nässe. »Mi corazón, ich habe den Regen gerufen!« Pablo schüttelte sich das Wasser wie ein junger Hund aus dem langen Rastahaar und kippte Fersenpfützen aus den ausgetretenen Flip-Flops. Dass nun Jettes Küche von seinen Wassertropfen und ebenjenen Pfützen verunstaltet war, kümmerte ihn wenig bis gar nicht. Er stieß lediglich seinen dicken Zeh hinein und verteilte das Nass. »So fällt es nicht auf«, stellte er überflüssigerweise fest. Mit einem Blick auf die vielen Gläser auf dem Tisch fügte er hinzu: »Die Kinder sind ja immer noch da. Und der Kerl auch. Heute geschoren!«

Jette nahm Pablo beiseite. Sie befürchtete einen südländischen Gefühlsausbruch, wollte ein Duell vermeiden. »Er wohnt hier, Pablo, das weißt du. Und nicht in meinem Zimmer, sondern als Gast in der Abstellkammer.«

»In der Kemenate«, verbesserte Günther. »Ich wohne in der Kemenate.«

Zu allem Überfluss bevölkerten nun auch Marie, Fenna und Kilian wieder die Küche. »Auftrag ausgeführt, Omilein. Die Fenster sind alle verschlossen«, erklärte Kilian. Sein Blick schweifte zwischen Günther und Pablo hin und her. Die Luft brannte, das merkte selbst ein Knirps wie er.

»Gleich hauen die sich um Oma«, flüsterte Kilian. Leider nicht leise genug, weil es alle gehört hatten. Seine Wangen glühten. »Um Mama hat sich noch nie jemand geprügelt.«

Fenna stieß ihn in die Seite. »Das verbessert die Lage keineswegs. Sag einfach mal nichts!«

Jette versuchte, das Thema zu wenden und der Situation so die Schärfe zu nehmen. »Pablo, ich muss dir was gestehen.«

»Ich ahne es«, schnaubte er. »Das da ist dein Mann. Du bist nicht frei, wie du es behauptet hast. Du hast Ehemann und Kinder. Einen ganzen Stall voll, und nun besucht dich dein Typ, und ich bin übrig!«

Er war mit seinen Vermutungen verdammt nah dran. »Ach, Pablo. Ich habe natürlich keinen Ehemann. Jedenfalls nicht mehr.«

»Hast du ihn umgebracht? Mit ihm zusammen?« Er deutete auf Günther, der sich offensichtlich geschmeichelt fühlte, denn ihm glitt ein besitzergreifendes Lächeln übers Gesicht. Doch bevor er mit stolzgeschwellter Brust Pablo von seiner Liaison von vor dreißig Jahren erzählen konnte, ergriff Jette das Wort. Sie drückte Pablo auf den nächstbesten Stuhl und strich ihm mit dem Zeigefinger sacht übers Haar, was wiederum Günther rot anlaufen ließ, und das nicht vor Verlegenheit.

»Nein, Pablo. Ich habe noch nie jemanden umgebracht. Aber ich war wirklich mal verheiratet, und ich habe drei erwachsene Kinder. Das hier sind meine Enkel.« Jette deutete auf die Jugendlichen, die Pablo ein freundliches Lächeln schenkten. Na ja, nicht alle: Während Fenna breit grinste, ihr Haar mit einer grazilen Bewegung hinters Ohr strich und gleichzeitig den Kopf schief legte, lächelte Kilian unverbindlich. Marie hingegen spitzte die Lippen und schmunzelte statisch, es glich Jettes Verkäuferinnenlächeln.

Jette sah zu Günther, der eine ähnliche Mimik zelebrierte wie Marie. Auf jeden Fall war es nun heraus. Jette befürchtete einen

Eklat, doch Pablo blieb erstaunlich ruhig. Er ließ das Gesagte sacken, musterte Jettes Anhang, Günther ignorierte er. Dann erhob er sich und umarmte erst Marie, dann Kilian und zum Schluss Fenna, die das trotz seiner Nässe offensichtlich genoss. »Ich liebe chicos und chicas«, stieß er dann lachend aus. »Und sie stören unsere Liebe ja nicht.«

»Das wird sich noch herausstellen«, kommentierte Marie die veränderte Situation.

»Und ich möchte einwerfen, dass wir keine kleinen Menschen, also keine chicas oder chicos mehr sind«, belehrte Kilian ihn augenblicklich. Jette war schon aufgefallen, dass er stets großen Wert darauf legte, klarzumachen, dass er bereits in die Pubertät eingetreten und sein Stimmbruch in Bälde zu erwarten war.

»Egal ob große Kinder oder kleine. Hauptsache, sie sind nicht von dem Mann da!« Er wies mit dem Kopf auf Günther, der wie bestellt und nicht abgeholt in der Ecke kauerte und scheinbar unschlüssig war, wie er reagieren sollte.

»Unverhofft kommt oft«, jubilierte Pablo weiter und erinnerte Jette an seinen Balzgesang beim Geschlechtsakt. »So schnell komme ich an Enkel. Wir können Drachen bauen mit ihnen. Ich bin gut im Drachenbauen.«

»Ich wiederhole: Wir sind keine kleinen Kinder mehr«, warf Kilian ein, doch wieder rammte ihm Fenna den Ellbogen in die Seite. Jetzt stellte sie ein Bein vor, das noch immer in ihren knappen Shorts steckte. Ihre Zunge fuhr lasziv über die Lippen.

Verdammt, wo hat das Gör denn das gesehen?

Jette zog die Brauen hoch. Es wurde Zeit, diese Komödie zu beenden, bevor Fenna das Genre hin zur Femme fatale wechselte und die Dramaturgie entglitt. »Augenblick, Pablo. Von wegen, du hast jetzt Enkel. Wir wollten unabhängig sein. Ohne Zwang. Schon vergessen?«

»Aber nun liegen die Dinge doch völlig anders! Du hast Familie. Da müssen wir Ernst machen. Kinder brauchen das. Grande familia. So lieben wir Spanier das!«

»Also ...«, begann Jette. Sie blickte unsicher zu Günther, der trotz seiner Körpergröße zu schrumpfen schien. »Das müssen wir ja jetzt nicht entscheiden«, sagte sie schnell.

Bloß weg von diesem heiklen Thema.

Fennas Wangen glühten, ihre Augen klebten noch immer begeistert an Pablo. »Aber du kannst doch unmöglich unser Opa sein. Das wäre zu schade. Du bist so ... cool.«

Ihre Enkelin war ja völlig hin und weg von ihm.

Es wurde wirklich allerhöchste Zeit für einen Themenwechsel oder für einen Abgang der beiden Herren. Die waren aber völlig anderer Ansicht.

Günthers Unsicherheit war plötzlich wie verflogen, seinem Gehabe nach hatte er beschlossen, mit allen Mitteln um Jette zu buhlen. Sie wollte aber nicht umbuhlt werden. Weder von Günther noch von Pablo.

Günthers Stimme dröhnte im Bass, als er ausstieß: »Ich kenne die drei schon viele Jahre. Sie brauchen alles, aber keinen Großvater wie dich.«

Pablos Augen verengten sich erneut zu Schlitzen. »Sie brauchen aber auch keinen Großvater, der krumme Sachen dreht und die Frau bestiehlt, um ihr Herz zu gewinnen, weil er den Helden spielen kann.«

»Augenblick!«, mischte sich nun Jette ein. »Ihr redet über mich, als sei ich zu verschachern. Also: Raus jetzt. Alle beide! Ich kann immer noch selbst entscheiden, wen ich als Partner haben möchte, und im Augenblick sehe ich euch beide am liebsten von hinten. Verschwindet aus meiner Küche!«

»Das war deutlich«, sagte Marie, als die Männer den Raum wie zwei geprügelte Hunde verließen.

17

Noch sieben Tage

Nichts bleibt, wie es war

Der Tag begann nass. Nachdem sich das Gewitter über Langeoog ausgetobt hatte, war eine Tiefdruckfront gefolgt, und es regnete noch immer ohne Unterlass.

»Mann, Günther, jetzt darfst du nicht aufgeben!« Marie rüttelte an seiner Schulter. »Du gehst jetzt auf der Stelle joggen! Die Pfunde müssen weg. Dein Gesicht muss nachbräunen, und anschließend steht Shoppen auf dem Programm. Ist ja wegen Oma ausgefallen.«

»Es regnet«, grummelte Günther. Wie zur Bestätigung trommelte gerade ein besonders heftiger Regenguss gegen die Scheiben seiner Kemenate. »Bei dem Wetter kann ich unmöglich durch die Welt rennen.« Er zog sich das Kissen über den Kopf.

»Die Welt tut auch nicht not. Du sollst lediglich über Langeoog joggen. Es reicht, wenn du vom vierzehn Kilometer langen Strand erst mal fünf schaffst. Nun steh schon auf! Diese läppische Regenausrede zählt nicht«, erklärte Marie. »Entweder du willst Jette für dich gewinnen oder nicht. Und jetzt, mein lieber Günther, wird die Luft für dich gerade verdammt eng.«

Wie konnte ein junger Mensch am frühen Morgen nur ununterbrochen so viel reden, und das in einer so grauenhaften Geschwindigkeit? Günther rieb sich die Augen. Er sah, als er eines vorsichtig öffnete, nur Regentropfen, die nicht an der Scheibe herunterperlten, sondern wahre Sturzbäche bildeten. »Ist das der Preis für die Liebe?«, fragte er.

»Ja, Günther.« Maries Stimme klang grabesschwer. »Jette ist nicht zum Nulltarif zu haben. Wir können meinetwegen die Reihenfolge wechseln. Erst shoppen und Solarium, damit die Zebrabräune verschwindet, und dann joggen, oder du beginnst mit dem unangenehmen Teil. Du musst das große Ziel vor Augen haben: Jette und du in trauter Zweisamkeit!«

Günther hasste unangenehme Dinge und beschloss, das Joggen zu verschieben, vielleicht kam er drum herum, weil Jette ihn bereits nach seiner Shopping- und Solariumtour unwiderstehlich fand. Immerhin besaß er, im Gegensatz zu dem Malerindianer, nicht nur Mokassins und Flip-Flops, sondern echte Schuhe. Und seit gestern hatte er eine Frisur. Mit beiden Attributen war er seinem Nebenbuhler voraus und konnte bei Jette punkten.

»Ich dusche, und dann geben wir erst Geld aus.« Geld, das Günther nicht hatte.

»Okay. Und du musst noch Knut und Kathrin anrufen, ich könnte das zwar für dich tun, habe aber keine Kohle auf dem Handy. Du hast sicher einen Vertrag und kein Prepaid, damit geht das ja problemlos.« Marie verließ das Zimmer.

Jette saß in der Küche und blickte ratlos auf den Flyer, der Günther aus der Tasche gefallen war. Demnach plante er einen Besuch des Konzerts der *de Flinthörners* und hatte auch das dienstägliche Langeooger Dünensingen in Betracht gezogen. Das war heute Abend. Im Prinzip hatte sie ja nichts dagegen, wenn er sich musikalisch auf diese Weise betätigte. Schon vor dreißig Jahren hatte er auf Roger Whittaker gestanden, während sie den Stones zugejubelt oder ihr langes Haar zu Rainbow und AC/DC geschwungen hatte.

Nur hoffte sie nun inständig, dass er sich nicht in den Kopf setzte, sie mitzuschleppen. Der Shantychor war wirklich gut, das musste Jette zugeben, denn sie unterschieden sich sehr von den vielen klassischen Nordseedarbietungen, die man landläufig hörte. *De Flinthörners* lieferten eine tolle Bühnenshow und waren alles andere als langweilig. Aber sie war Jette Blümerant. Sie wurde sechzig, und niemand sollte es merken. Shantychören jubelten aber alte Menschen zu. Und das war sie nicht. Nein, das war sie einfach nicht

»Ich besitze sogar eine CD von Blink«, murmelte sie. Die waren in ihrer Generation so unbekannt, dass man sie beim wöchentlichen Häkelkränzchen für ein neues Reinigungsmittel halten würde.

Blink hörte in ihrer Generation kein Mensch, genau deshalb tat Jette das. Genau deshalb passte sie zu dem unkonventionellen Pablo. Der lauschte allerdings Buckelwalgesängen, weil sie ihn meditativ inspirierten. Zum letzten Weihnachtsfest, das Pablo als kommerzielles Kapitalistenfest mit Heiligenschein nicht feierte, hatte Jette ihm die Schreie der Silbermöwen und die See bei auflaufend Wasser aufgenommen und geschenkt. Das hatte ihn tief beeindruckt.

Jedenfalls standen die Damen der Generation 50+ auf volkstümlichere Weisen und bescherten *de Flinthörners* bei jedem Konzert ein volles Haus.

Sie weigerte sich jedoch standhaft. Jette Blümerant wollte nie wieder zu der spießigen Frau werden, die sich einst in einen Mann wie Günther Meilenstein verguckt hatte. Jetzt war sie frei, unabhängig und progressiv.

Kurz darauf kam Günther herein. Er wirkte noch verschlafen, aber seine neue Frisur stand ihm außergewöhnlich gut.

Er sah, dass sie den Prospekt in der Hand hielt. »Den habe ich wohl gestern hier vergessen. Hat mir ein Junge am Strand gegeben.«

»Sicher möchtest du dorthin«, sagte Jette.

Günther nickte. »Nicht nur das. Ich werde dort mitsingen. Ich spüre, dass mir das guttun wird.«

»Du willst was?«

»Mitsingen. Ich singe im Bass. Hast du das schon mal gehört?« Günther holte kurz Luft und legte los. Er schmetterte ihr den *Hamburger Veermaster* um die Ohren. Als er fertig war, hatten sich auch Marie, Fenna und Kilian eingefunden und hörten Günther mit großen Augen zu. »Ich dachte schon, die Welt geht unter«, sagte Fenna. »Dabei singt Günni nur.«

»Aber was für eine altertümliche Musik. Stammt das aus dem Mittelalter?« Marie wirkte entsetzt. »Und er kann es gar nicht«, fügte sie flüsternd hinzu. »Was tut er nur?« Ihrem Gesicht war anzumerken, dass gerade etwas gewaltig aus dem Ruder lief, was sie lieber in eine andere Richtung gelenkt hätte. Sie schüttelte ununterbrochen den Kopf. Man musste kein Lippenleser sein, um ihre Worte dort abzulesen. »Günni, du bist ein Vollpfosten und merkst es nicht!«

Nur Kilian schwieg, schob die Brille zurück und sagte schließlich: »Ich glaube, Günther hat seine Bestimmung gefunden. Es gibt für uns nichts mehr zu tun. Wir können uns also wieder auf die Suche nach dem Diebesgut machen. Ich habe bereits weitere Verdächtige und ihre Motive analysiert.« Damit verließ er die Küche.

»Schön gesungen, Günther.« Jette stand auf und goss ihm eine Tasse Kaffee ein. Den Kindern stellte sie Cornflakes und Milch hin.

Korrektur Jette: Schokoflakes, simple Cornflakes sind zu fad für jugendliche Gourmets.

»Geh du dann mal zu *de Flinthörners*, die freuen sich bestimmt auf dich. Nur – wenn du da mitmachen willst, musst du auf Langeoog bleiben, und ich bin sicher, du hast ein Leben jenseits der Insel.«

Günther sah sie fest an. »Ich habe ein anderes Leben, ich habe sogar ein Haus, und ich habe Laufenten, die gut gegen eine Schneckenplage sind. Eine habe ich sogar nach dir benannt, aber die haben sie plattgefahren, und dann ist mir eingefallen, wo meine Bestimmung liegt: Im Leben mit dir. Ich werde auf Langeoog bleiben.«

Marie wurde kreideweiß, knallte sich mit der Handfläche vor die Stirn, galoppierte förmlich vor der Küchenzeile auf und ab und schien die Welt nicht mehr zu begreifen.

Jette wusste nicht, was sie zu Günthers Ausbruch sagen sollte. Sie fasste es nicht! Es gab eine plattgefahrene Laufente namens Jette, die Günther mittels dieser unleugbaren Tragik an ihre Existenz und seine Bestimmung, mit Jette auf Langeoog zu leben, erinnert hatte? Es gab romantischere Ansätze, einer Frau seine Liebe zu gestehen. Und sicher schlagkräftigere Argumente als plattgefahrene Enten. Die Rosen waren schon ein guter Ansatz gewesen. Damit hatte sie etwas anfangen können.

Ja, sie in die Tonne werfen.

Marie stand hinter Jette, doch die spürte, wie sie noch immer heftig mit dem Kopf schüttelte. Sie hüpfte wie ein Gummiball auf und ab, ruderte mit den Armen und legte immer wieder den Zeigefinger an die Lippen. Jette hörte Marie mit sich selbst flüstern: »Falsche Ansage, Günther. Völlig falsche Ansage, halt den Mund! Jogge erst, kleide dich um. Gehe meinetwegen zu *de Flinthörners*, aber erzähl nicht so etwas!«

Jette merkte plötzlich, dass es nicht Marie war, die das flüsterte, sondern sie selbst. Vielleicht hatten sie aber auch beide einfach dasselbe gedacht und ausgesprochen.

Gleich erzählt er mir noch, dass er mich wegen der mongolischen Wüstenrennmäuse so liebt, weil ich ebenso fruchtbar bin.

»Ich muss jetzt meinen Laden aufschließen. Ihr kommt sicher ohne mich zurecht.« Jette räumte das benutzte Geschirr ab und ließ nur die gefüllten Schalen ihrer Enkel stehen. Warum sie wegen der seltsamen Laufenten-Jette, mit der Günther sie offensichtlich gleichsetzte, so verletzt war, erschloss sich Jette nicht. Sie wollte doch gar nichts von Günther! Sie hatte Pablo, der wollte sie sogar mit Enkeln. Er war eine Sexbombe, konnte immer und überall. Jedenfalls fast.

Und doch wäre es ihr lieber gewesen, Günther hätte sich nicht wegen der toten Ente an sie erinnert, sondern wegen ihrer Schönheit und Anmut, wegen ihres so tollen Charakters und ihres unvergesslichen Sexappeals. Ihre Erwartungen an die Kerle waren einfach zu hoch geschraubt. Immerhin hatte er das Schnabeltier nach ihr benannt.

»Eine Ente also«, sagte sie dann doch, ergriff eine ihrer Teetassen, die sie eben in die Spülmaschine stellen wollte, und schleuderte sie gegen die Wand. Fenna hob wortlos die Scherben auf und fegte auch die kleinen Splitter zusammen. Danach strich sie Jette über den Kopf. »Weißt du was, Omi? Ich glaube, du hast dir mit deinen drei Kindern ein anderes Leben erhofft. Mit Günther an deiner Seite, alle nicht so weit weg, und ein bisschen spießig. Alles ist anders gekommen, und nun bist du total cool. Jetzt kommt Günni hier einfach so an und holt dich in diesen verdrängten Traum zurück. Du bist damit überfordert. Außerdem bist du ja vergeben, immerhin hast du mit Pablo einen tollen Mann.« Sie blickte triumphierend zu Marie und Günther. »Ja guckt nur! Arme Omi!« Fenna drückte sie noch einmal.

»Danke, Fenna! Ich geh dann mal arbeiten.« Jette hielt Günthers tragischen Blick kaum noch aus. Hauptsache, heute kamen kein Herbi und keine Hilde vorbei oder irgendwer, der auch nur entfernte Ähnlichkeit mit ihnen hatte. »Dann werde ich sie alle umbringen«, flüsterte sie. Dieser Gedanke manifestierte sich, als sie durch den Garten ging und von einem regelmäßigen schrillen Piepton an die Maulwurfschreckanlage erinnert wurde. »Alle bringe ich sie um. Und die Maulwürfe, die noch gar nicht auf Langeoog leben, erst recht!«

Günther hatte sich mit Maries Hilfe neu eingekleidet und fühlte sich noch etwas fremd in seinem neuen Look, wobei die Verkäuferin beinahe ins Quietschen abgeglitten war, als sie ihn gesehen hatte. »Entzückend, das ist ganz entzückend.«

Günther hatte in dem Moment kurz überlegt, ob er sich doch etwas anderes zulegen sollte, denn das Attribut »entzückend« empfand er eher als unmännlich. Marie aber hatte ihm auf die Schulter geklopft und gesagt, dass er nun äußerst attraktiv aussähe. Für sein Alter. Da müsse man eben Abstriche machen.

Danach bugsierte sie ihn ins Solarium, wo er wie der Ochs vorm Berg vor der Kabine stand und nicht wusste, wie das mit der Münze funktionieren sollte. Wenn er sie draußen reinsteckte, ging dann das Sandwichmonster sofort an, obwohl er sich doch noch entkleiden musste? Wie aber sollte er sich auf die heiße Unterlage werfen? Er wagte aber auch nicht, Marie seine Solariumunerfahrenheit zu beichten. Das wäre ja beinahe so, als müsste er ihr seine Jungfräulichkeit gestehen. Die ihm aber wiederum nicht zu eigen war.

»Willst du hier anwachsen, oder was wird das, wenn es fertig ist?«, fragte Marie, als sie nach zehn Minuten zurückkam und Günther noch immer vor der Kabine stand. »Ich habe in der Drogerie einen allerliebsten Lippenstift entdeckt, der perfekt zu meinem neuen Make-up passt und augenblicklich gekauft werden musste. Der ist so schön!« Sie zog ihn sofort aus der Tasche. Ein Traum in Neonpink. »Willst du nicht oder traust du dich nicht? Ich dachte, du bist schon halb fertig mit dem Bräunen.«

»Ich weiß nicht, wie das geht«, gab Günther schließlich widerwillig zu.

»Ach, Günni!« Marie sah ihn mitleidig an. Hinter dem Tresen saß eine junge Frau. »Warum bittest du denn nicht um Hilfe?«

Günther beugte sich zu Marie herunter. »Sie hat mich schon zweimal gefragt, ob sie mir helfen kann, aber ich trau mich nicht, ihr zu sagen, dass ich nicht weiß, was mich hinter dieser Tür erwartet.«

»Günther Meilenstein, das ist jetzt nicht dein Ernst! Los, stecke die Münze da ein, raus aus den Klamotten und ab in die Anlage. Die geht allein an und allein aus. Wo bitte ist das Problem?«

»Wie schnell das geht, ist das Problem. Wenn ich das Ding jetzt hier reinstecke«, Günther beugte sich ganz dicht an Maries Ohr, »springt diese Sonnenmaschine dann sofort an?«

Marie begann zu kichern und schob ihn hinein. »Das tut sie nicht. Schließ ab, ich stecke die Münze rein, und nach etwa drei Minuten kannst du dich sonnen.« Sie schloss die Tür. »Aber lege deine Socken vernünftig zusammen. Ich kenne dich: Nicht dass du von der Sonnenbank hüpfst, weil du keine Ordnung gehalten hast und dich das in genau dem Augenblick wahnsinnig macht.«

Kleinlaut drehte Günther den Schlüssel um und schlüpfte aus den Anziehsachen. Ihm war überhaupt nicht wohl, sich zwischen diese beiden Teile zu klemmen. Er fürchtete, der Bauch könne die oberen Röhren streifen. Oder aber der Deckel klemmte, wenn er sich befreien wollte, und dann würde er verkohlen, weil sich wegen eines technischen Defektes das Gerät nicht von allein ausschaltete. Hier lauerten mehr Gefahren, als Marie es sich vorstellen konnte. Also entschied er sich für die abgespeckte Version. Es reichte, wenn er den Kopf unter das Solarium hielt, denn der Rest seines Körpers hatte ja eine wunderschöne Strandbräune, und nahtlos war nicht ganz sein Ding. Auch nicht in einer abgeschlossenen Kabine im Sandwich, wo ihn keiner sah. Er wusste nicht mal, ob man seinen Slip anbehalten durfte. Und wenn, wäre der ja ganz durchgeschwitzt. Ganz abgesehen von der Hygiene. Ob diese Sprays wirklich alle Keime seines Vorgängers töteten? Gut, es roch frisch, sah sauber aus, aber man sah schließlich nicht, was da tatsächlich schlummerte.

Es war eine Höllenmaschine. Marie sah schließlich nicht, was er hier tat. Außerdem ging es nur um die Zebrastreifen am Kopf. Sein Lebensprinzip war Effektivität, die galt auch in einer Solariumzelle.

Günther tat, was er immer tat: Er plante, erstellte ein Konzept. Er hatte drei Minuten, etwa die Hälfte der Zeit war summa summarum bereits mit dem Abwägen der Situation vergeudet. Nun blieb ihm noch exakt dieselbe Spanne, um sich in einer nackenverträglichen Position unter die Röhren zu plazieren, und zwar in genau dem Winkel, dass sich die leidlichen Zebrastreifen der restlichen Gesichtsbräune anpassen konnten. Seine Bedenken wegen der Keime musste er beiseiteschieben. Er würde sich hinterher das Gesicht gründlich waschen. Aber er sah keinerlei Möglichkeit, etwas unter den Kopf zu legen, denn dann wäre die gleichmäßige Bräunung gefährdet.

Also stellte er den Stuhl davor, plazierte seinen Hintern darauf, während er sich mit den Füßen auf dem Boden abstützte. Den Kopf legte er seitlich auf die Röhren und zog die Klappe so weit herunter, wie es sein Körper zuließ. Als das Gerät zu rattern begann, schloss er die Augen und wollte nur noch durchhalten.

Es wurde heiß und heißer, bald lag sein Kopf in einer Schweißlache, doch er musste die fünfzehn Minuten durchstehen. Erst kurz vor Schluss gab er auf und schob die Klappe zurück. Nun hatte er beinahe einen Krampf in der rechten Hand, weil er die ganze Zeit gegenstemmen musste. Leider war das Ergebnis nur wenig zufriedenstellend. Das Zebra war kaum verschwunden, der weiße Streifen hatte lediglich eine leicht rötliche Färbung angenommen. Marie würde ihn ein weiteres Mal in die Folterkammer schicken.

Sie begutachtete ihn kritisch, als er die Tür öffnete und dabei war, sein Haar zu richten. Mit dem Spray hatte er ausgiebig herumgesprüht und mit dem Papier nachgewischt. Von ihm hatte kein Nachfolger etwas zu befürchten. Wobei er ja ohnehin nicht keimbelastet war. Ihn quälten derzeit weder Schnupfenviren noch sonstige bakterielle Animositäten.

Marie schüttelte enttäuscht den Kopf und war nur mäßig vom Bräunungseffekt überzeugt. Daher zog Günther es vor, besser nichts von seiner Turnübung zu erzählen.

»Nun, bis zu Jettes Geburtstag und sämtlichen Überraschungen sind es ja noch sieben Tage. Das heißt, du kannst mindestens noch sechs Mal unter die Sonne, dann sind wir ja gut am Start, Günni.«

Günther war mit seiner Frisur fertig. »Wir können uns auf den Weg machen. Bestimmt bessert sich das Wetter bald, und ich kann mich in Jettes Garten sonnen.«

»Wir müssen nur auf Nummer sicher gehen, Günni. Jedes Detail muss jetzt genau geplant werden. Wir dürfen nichts, aber auch wirklich nichts dem Zufall überlassen. Das ist wie mit meinem Styling. Ungeplant geht in die Hose.«

Günther gab sich geschlagen. Er war Maries Redefluss, der täglich unbändiger wurde, ohnehin nicht gewachsen. Draußen wehte ihnen ein ungemütlicher Wind entgegen. Vom heißen Sommer war nichts mehr zu spüren.

Marie rieb sich fröstelnd die Schultern. Sie war mit ihren Shorts und dem Top viel zu dünn gekleidet. »Mann, ist das kalt! Das Wetter muss sich bis zu Omas Geburtstag echt noch stabilisieren. Wie sieht denn das aus, wenn mein Onkel und meine Tante aus dem Zug steigen, um Oma zu überraschen, und sie sind pitschenass oder haben einen Schirm in der Hand. Wobei ein Schirm dem Sturm ja ohnehin nicht standhält. Ach ne, das geht gar nicht ...« Marie redete ohne Punkt und Komma.

Günther schaltete auf Durchzug. Doch er horchte auf, als sie sagte: »Ich habe heute Morgen nach deinem Abgang übrigens ein Gespräch zwischen Fenna und Oma mitbekommen. Es ist eindeutig, dass Oma ihre Kinder bei sich haben will. Allein wie sie die Namen ausspricht! Wir müssen sie kontaktieren, immerhin reisen sie ja nicht von irgendwoher an, sondern müssen sich von wer weiß wo auf den Weg machen. Das erfordert Planung. Und Zeit.«

Günther stoppte und fasste Marie an der Schulter. »Ich weiß, wie sehr du für die Idee brennst, aber es ist ausgeschlossen, Marie. Wie sollen sie das schaffen? Sie können nicht so ohne weiteres von dort verschwinden. Sie haben keinen Urlaub, keinen Flug gebucht und all das.«

»Egal. Wenn man was will, dann schafft man es. So musst du durchs Leben gehen! Günni, du bist echt zu verzagt. Du rufst sie gleich an, dann können sie sofort ihre Flüge buchen und sich um alles kümmern. Da du zahlst, ist es doch ganz easy.« Sie streckte Günther das Handy entgegen, das sie ihm während der Überbackungszeit im Solarium entwendet und in dem sie die Nummern ihrer Verwandtschaft eingespeichert hatte. »Glaub mir, das ist eine unschlagbare Methode. Besser als die Ansage mit der Laufente. Das hat Oma nur gekränkt. Da waren deine Rosen zu Beginn echt gelungener.«

»Du mutierst zu einer Klugscheißerin«, sagte Günther. Aber er gab klein bei und wählte die Nummern an. Knut und Kathrin gingen sofort an den Apparat, aber waren etwas erstaunt, dass gerade Günther sie anrief und bat, nach Deutschland zu reisen. »Es wäre eine wunderbare Überraschung, wenn ihr zum sechzigsten Geburtstag nach Langeoog kommen könntet.«

Knut aber fand, genau wie Kathrin, die gerade einer Galapagosechse das rechte, gebrochene Bein schiente und nur wenig Netz hatte, die Idee zwar vom Ansatz her gut, aber undurchführbar. Weil sowohl auf den Inseln als auch auf Neuguinea die Flüge gerade nur ungünstig gen Deutschland starteten und sie überhaupt sehr eingespannt waren. Bei Kathrin kam erschwerend hinzu, dass eine der Schildkröten ihren einhundertsten Geburtstag feierte und sie gern dabei wäre. »Man hat ja als Veterinärin eine enge Beziehung zu den Tieren, Günther.«

»Sie kommen nicht, Marie. Das hatte ich schon befürchtet. Auch dein Vater ist mit der Eisbärforschung noch nicht im finalen Bereich, hat er gesagt. So wird er ebenfalls seinem Beruf frönen.«

Günther ließ resigniert das Handy sinken. Er überschlug im Kopf, was ihn das gekostet haben mochte. Aber er hatte immerhin seinen ersten Kontakt mit einer Galapagosechse gehabt, die sich interessiert an Kathrins Handy gezeigt und daran genagt hatte. Jedenfalls hatte Kathrin das behauptet.

Marie biss sich auf die Unterlippe. »So geht das nicht«, sagte sie. »Der Countdown läuft, und sie wollen nicht erscheinen. Ich denk mir was anderes aus.«

»Und was?«, fragte Günther. »Es ist alles sinnlos, du hast deine Oma gestern gehört. Sie wünscht sich nichts sehnlicher, als dass ich verschwinde und sie wieder ihre Ruhe hat. Vermutlich mit diesem Pablo.«

»Günther, du hast ihr was von Laufenten erzählt! Und dann noch von einer, die du nach ihr benannt hast. Unromantischer und ungeschickter geht es ja wohl nicht. Was erwartest du denn?«

»Sie soll mich so nehmen, wie ich bin«, sagte er trotzig und stampfte wütend weiter.

»Das kann sie ja auch, aber trotzdem musst du an dir arbeiten. Dein Äußeres ist jetzt einigermaßen akzeptabel, eine Woche hast du jetzt Zeit, gezielt dein Bierfass zu reduzieren und ungefähr noch einen Tag, meine Onkel und Tanten hierherzuzitieren.«

»Sie wollen nicht! Versteh es doch! Sie wollen nicht! Und ich bin an meine Grenzen geraten!« Langsam reichte es Günther.

Sie hatten Jettes Haus fast erreicht. Pablo stand lässig gegen den Zaun gelehnt vor ihrem Lädchen. In der Hand hielt er eine Zigarette, und selbst das wirkte bei ihm attraktiv.

»Gegen den Mann habe ich keine Chance«, stellte Günther resigniert fest.

»Das wollen wir doch erst mal sehen!«, widersprach Marie. Sie fuhr sich mit der Hand über den kurzen Putz. »Dafür verzichte ich sogar vorerst auf meine Extensions, zumal du mir die Finanzierung ja verweigerst. Die Operation Sockenlocken hat absolut Vorrang. Ich habe bei dem Mann da«, sie wies auf Pablo, der Jette, die eben herausgetreten war, einen Kuss auf den Mund hauchte und zugleich seine Augen einer großbusigen Blondine hinterherschickte, »kein gutes Gefühl. Der kämpft nicht aus Liebe um sie. Der will nur gewinnen. Oder seinen Spaß.«

Woher eine Sechzehnjährige diese Weisheiten hatte, erschloss sich Günther nicht, aber es war ihm auch egal. Jette schien ihm seit gestern unerreichbar. Er sollte Emma und seine Maulwurfschreckanlage einpacken und zurück nach Blersum fahren. Dort gab es wenigstens Maulwürfe, die er vertreiben konnte, und seine Laufenten waren dankbarer und einfacher als alle Frauen dieser Welt. »Ich ziehe mich zurück, Marie. Heute Abend gehe ich noch zu *de Flinthörners*. Mitmachen kann ich ja nun leider nicht, weil ich Langeoog morgen verlassen werde.«

»So 'n Quatsch, Günther Meilenstein. Es wird nicht aufgegeben, so kurz vor dem Ziel. Auf keinen Fall.«

Günther winkte müde ab.

»Kann ich dein Handy noch einmal haben? Ich habe kein Geld mehr drauf.«

Er drückte es ihr anstandslos in die Hand. Jetzt war sowieso alles egal. Sollte sie ihn doch mit ihrer Telefonitis endgültig in den Ruin treiben. Er hatte nichts mehr zu verlieren.

Jette ging zurück in den Laden. Aus den Augenwinkeln hatte sie Marie und Günther gemeinsam nach Hause kommen sehen. Doch sie wollte jetzt allein sein. Musste nachdenken. Pablos Kuss brannte noch auf ihren Lippen, doch er schmeckte nicht. Er wollte sie haben, hatte er beteuert: samt Enkeln und Familie. Zuvor war er in der Bernsteinecke über sie hergefallen, nachdem er die Ladentür heimlich abgeschlossen hatte.

Der kurzfristigen Nähe und allen Beteuerungen zum Trotz war nichts geblieben, was Jette hätte wie einen Schatz hüten wollen. Stattdessen hallten ihr ständig Günthers Worte durch den Kopf. Er hatte seine Lieblingsente nach ihr benannt. Ihr Tod war der Auslöser dafür gewesen, zu ihr zu kommen. So merkwürdig das klang: Es rührte sie. Sie kannte Günther schon zu lange, als dass sie diese Dimension nicht zu deuten wusste, dazu hatte er sich ihretwegen das Haar schneiden lassen, sich neue Sachen gekauft. Große Taten für einen einsamen Mann, der einem Horsti von Hinten verfallen war, der ihn stets nur benutzt hatte.

Jette vermutete, dass Günther sich ständig um die zahlreichen verflossenen Liebschaften Horstis kümmern musste und dabei selbst auf der Strecke geblieben war. Sie war Horsti im Weg gewesen, denn wenn Günther sich für sie und ihre drei Ks entschieden hätte, wäre er für ihn nicht mehr ständig abkömmlich gewesen. Sein Bewunderer hätte andere Aufgaben gehabt. Das hatte er nicht dulden können.

»Horsti hat mein Bild gestohlen.« Was auch immer sein Plan damit war. Doch sie kannte sein Ziel: Er musste Jette ausbooten, damit sie ihm Günther nicht ausspannte und er keinen Sklaven mehr an seiner Seite wusste.

»Was ist nur die letzten Tage passiert? Ich dachte, mein Leben wäre in der Spur, ich wüsste, wie es weitergeht, und nun komme ich mir so schwebend vor. Ohne Boden. Vor mir steht ein dickes Paket, dessen Inhalt ich nicht kenne und das ich auch nicht wage, aufzumachen. Und doch möchte ich es so gern. Ich möchte es so gern ...«

Jette blickte aus dem Fenster. Pablo war noch nicht weit gekommen. Er umgarnte eben mit einem charmanten Lächeln die Blondine von eben und geleitete sie ins nächste Café. Wie immer auf der Pirsch. Wie immer auf der Jagd.

»Das wäre deine Zukunft an seiner Seite. Du und die vielen gesichtslosen Strandschönheiten, mit denen Pablo sein Ego aufpoliert. Willst du das wirklich? Auch wenn du das immer so lautstark behauptet hast?« Jette gab sich keine Antwort, weil sie keine hatte.

Kurz darauf rannte Günther aus dem Haus. Er schien es mächtig eilig zu haben. Vermutlich hatte Horsti wieder gerufen. Es war, wie es war: Am besten blieb sie allein.

»Ich bin glücklich ohne Mann. Ich verlasse auch Pablo. Die Kinder haben mich vergessen, die Enkel sind froh, wenn sie wieder auf dem Festland sind.« Jetzt begann sie schon, sich selbst zu bemitleiden. Verdammt, sie wurde alt.

Nächste Woche, wenn ihr sechzigster Geburtstag vorbei war, würden ihre Enkel wieder abreisen, und sie hatte ihr normales Leben zurück. Aber würde es ohne Fenna, Marie und Kilian gehen?

Ich werde sie vermissen. Verdammt noch mal schmerzlich vermissen!

Jeden auf seine Art. Sogar die Schokoflakes auf dem Boden, wenn sie unter den Füßen knackten, wären ein Verlust. Die verteilten Klamotten, die individuelle Spuren zu ihren Besitzern hinterließen, das Geschrei, die Musik und Kilians Forschungen.

Verdammt, ich werde das so vermissen.

Ich bin und bleibe Mama und kann nicht aus meiner Haut. Und wie schön wäre es, einen wirklichen Partner dazu an meiner Seite zu haben.

Günther hatte die Anzeige gerade noch rechtzeitig gesehen und konnte schnell handeln. Er hatte Marie stehen lassen und war aus dem Haus gestürzt.

Maries Idee, Jettes Kinder auf die Insel zu holen, klang zwar gut, aber es war undurchführbar. Er musste weiterhin zu den klassischen Günther-Methoden greifen. Und die lagen in Organisation, Stärke und Zuverlässigkeit. Die äußeren Umstände hatte Marie klargemacht, und er hatte alles getan.

Günther fand die angegebene Adresse schnell. Das Haus lag in der Friesenstraße und hatte, wie beschrieben, tatsächlich für Langeooger Verhältnisse einen recht großen Garten. »Ich brauche das Ding nicht mehr. Wir ziehen weg, das Leben auf der Insel ist dauerhaft zu teuer und zu einseitig«, erklärte der Mann und zeigte Günther das Objekt seiner Begierde.

Der Mäher sah aus wie ein überdimensionierter Käfer. Er brauchte als Zuhause nur eine Andockstation und einen Unterstand. Dazu Kupferdrähte. Also musste Günther sich noch einmal an Jettes Rasen zu schaffen machen, dabei konnte er den Maulwurfschreck gleich demontieren. Er war wirklich ein praktisch veranlagter Mann und schlug gern zwei Fliegen mit einer Klappe. Wenn er die Drähte verlegt hatte, musste seine Angebetete nie mehr Rasen mähen. Damit wäre der Fauxpas mit der Jette-Laufente endgültig vom Tisch. Dass Jette, trotz Hamsterphobie, keine Maulwurfhasserin war, hatte er kapiert. Aber gegen einen gestutzten Rasen konnte sie unmöglich Einwände haben.

Er gab dem Mann, was er als Obolus verlangte, und machte sich mit seinem neuen Überraschungspaket auf den Weg. Unterwegs begegnete ihm Pablo, an seine Seite schmiegte sich eine verjüngte Brigitte Bardot. Das machte seinen Nebenbuhler aber keineswegs verlegen. Im Gegenteil, er näherte sich Günther kampflustig. »Was hast du da? Ich dachte, du verlässt Langeoog bald.«

Günther zuckte mit den Schultern. »Ich weiß nicht, was Sie das angeht. Ich bin ein freier Mann und kann noch immer einkaufen, was ich will.«

»Einkaufen ja, aber Jette ist nicht käuflich. Nicht mit Maulwurfschreckanlagen, nicht mit schöner Kleidung und auch nicht mit einer neuen Frisur. Die Zeiten sind vorbei. Merk dir das!« Pablo warf ihm einen verächtlichen Blick zu.

»Du wirst schon sehen, du Torero!«, grummelte Günther.

Ein Blick auf die Uhr sagte ihm, dass es Zeit wurde, sich für das Konzert bereitzumachen. Marie hatte recht. Er würde und sollte das Feld nicht freiwillig kampflos räumen.

18

Noch sechs Tage

Kein Baum ist astrein

Jette wurde am nächsten Morgen nicht von ihrem Wecker, sondern vom fröhlichen Gesang Günthers geweckt. Es schallte durch den Garten, als sänge er um sein Leben.
Zum Glück ist jede Meerjungfrau
vom Gürtel abwärts Kabeljau ...
Jette sah aus dem Fenster in den strömenden Regen und entdeckte ihn mit seinem knallgelben Südwester im Garten. Sollte er tatsächlich diese lächerliche Maulwurfschreckanlage abbauen und sich auf dem Rückzug befinden? Dann wäre zumindest dieses blöde Piepen weg, das ihr Schlaf und Nerven raubte. Günther war bei seinem Kabeljaulied nunmehr bei der dritten Strophe angekommen. Jette kannte es, es war von *de Flinthörners*.

Hauptsache, er meinte nicht sie mit dem Kabeljau. Die Ente hatte gereicht. Jette sah kritisch an sich herunter, aber wie ein Fisch sah sie nun wirklich nicht aus. Sie hatte nicht einmal Cellulite, was er den Schuppen hätte gleichsetzen können.

Kabeljau, Kabeljau, tackerte es durch ihren Kopf. Günther hatte ihre Aufforderung, die Anlage zu entfernen, offenbar sehr ernst genommen. Immerhin hatte sie das eine ihrer Tassen gekostet. Aber dafür, dass sie ihn so angepfiffen und eigentlich vor die Tür gesetzt hatte, wirkte er ihr zu fröhlich.

Jette runzelte die Stirn. Ein wenig mehr Trauer hätte sie schon erwartet. Das war ja beinahe beleidigend. Sie war kurz versucht, Pablo anzurufen und herzuzitieren, um Günther zu ärgern, weil er ihre Abweisung so leicht nahm. Aber warum sollte sie das tun? Er war ihr schließlich egal. Und Pablo wollte sie auch nicht mehr. Es reichte mit den Männern, so, wie sie es gestern beschlossen hatte. Nach ihrem Geburtstag wollte sie das Leben einer alleinstehenden Frau führen. Sollte ihr ein anderer Pablo, der keine Ansprüche anmeldete, über den Weg laufen, könnte sie den schließlich hin und wieder unter ihre Decke lassen. Ihr graute es bei dem Gedanken, sie schob ihn aber beiseite.

Günther sollte einfach verschwinden, und sie hätte in wenigen Tagen ihre Ruhe zurück. Er warf sie noch immer aus der Bahn, und das wollte sie nicht. Heute schien ihr ein guter Tag, Tarot zu legen, den Morgen mit einem grünen Tee zu starten. Nur noch kurze Zeit, und Jette war wieder Jette.

Sie schleppte sich in die Küche, wo Günther bereits eine Kanne Kaffee aufgebrüht hatte. Das würzige Aroma verteilte sich im Raum. Daneben stand ein kleiner Strauß Blumen, aus dem Garten gepflückt. *Guten Morgen, Jette*, stand auf einem Zettel, der daneben lag. Auch wenn sie es nur ungern zugab, rührte sie diese Geste. Das hatte lange kein Mann mehr getan. Pablo schon gar nicht. Trotzdem betrachtete sie die Kanne mit abwertendem Blick und setzte Wasser für ihren grünen Tee auf.

Jette ließ das Getränk auf die Sekunde genau ziehen und zelebrierte ihren Tag, wie sie es zuvor ohne Günther und die Kinder getan hatte. Ach, hatte sie diesen geruhsamen Start vermisst, zum Teufel mit allen Liebesschwüren. Es war ihr gleich, dass von draußen noch immer *Die Meerjungfrau* intoniert wurde, jawohl, egal war es ihr. Günther Meilenstein sollte doch singen, was er wollte. Dennoch schlug ihr Herz schneller. Nicht an der Stelle mit dem Kabeljau, aber bei diesem anderen magischen Wort.

Das, was sie jahrelang verdrängt hatte. Die Meerjungfrau. So hatte Günther sie oft in ihren zärtlichen Stunden genannt. Er sollte aufhören, sollte das nicht singen. Ob er es bewusst tat, oder erinnerte er sich vielleicht nicht mehr daran?

»Ist mir egal, was ihn umtreibt. Es ist vorbei. Seit dreißig langen Jahren vorbei. Egal, welche Frisuren er sich machen lässt, egal, in welchen Klamotten er steckt. Und egal, welche Enten er nach mir benannt hat.« Jette schloss die Augen und genoss den leicht bitteren Geschmack des grünen Tees. Günther hatte aufgehört zu singen, ihre Enkel schliefen offenbar noch. Ruhe. Absolute Ruhe.

Und ein wunderbarer Zeitpunkt, um ihre Karten zu legen.

Jette holte die Tarotkarten und legte sich *Das Hufeisen*. Sie brauchte nicht nur eine allgemeine Deutung, sie wollte konkrete Fragen beantwortet wissen. Als Erstes interessierte sie natürlich, was mit ihrer Liebe im Allgemeinen geschehen würde. Also, ob und wen sie überhaupt lieben sollte … könnte … würde …

»Obwohl du das ja selbst am besten wissen solltest«, sagte sie zu sich. Sie bekam auch keine schlüssige Antwort. Wahrscheinlich war sie viel zu unkonzentriert, weil ihre Gedanken schon wieder um Günther kreisten. Er schien seine Gartenarbeit aufgegeben zu haben, bestimmt war der Maulwurfschreck entsorgt.

Als sie es nicht mehr aushielt und ein weiteres Mal zum Fenster schlich, war Günther nicht mehr zu sehen.

»Morgen, Omilein.« Kilian war neben sie getreten. Er roch nach »Kleinejungenschlaf« und trug seine Schlafanzughose halb heruntergerutscht. Die Brille hatte er noch nicht auf. Er rieb sich die Augen, sah noch einmal hinaus. »Du, Omilein«, sagte er schließlich.

»Ja, was denn?«

»Siehst du das nicht?«

»Was?« Jette beugte sich zu ihm hinunter und folgte seinen Augen. »Nein!«, stieß sie aus. »Nein! Was hat er denn da wieder installiert!«

Kilian rieb sich die Nase. »Ich seh ja nicht richtig, so ohne Brille. Aber mir deucht, das ist ein Ufo, das gerade unseren Rasen abnagt. Oder ein Riesenkäfer, woher er auch immer kommen mag.«

»Das ist kein Ufo«, erklärte Jette ihm. »Das ist nur Günthers Werk und ein Rasenroboter. Für einhundert Quadratmeter Rasenfläche eine wirklich notwendige Anschaffung. Dieser Mann schafft es noch, mich ins Irrenhaus zu bringen.«

In dem Augenblick trat Günther in die Küche und sah Jette beifallheischend an. »Nun haben wir deinen Garten beinahe perfekt!«, strahlte er. »Nie wieder musst du Rasen mähen, Jettelein.«

Sie wusste jetzt, warum er so fröhlich gesungen hatte. Er wollte sie gar nicht verlassen. Er wollte bleiben und hatte ihr wieder eines seiner Anbetungsgeschenke gemacht. Erst die Jette-Ente, dann den Maulwurfschreck, und nun wartete er mit dem Käferrasenmäher auf.

Günther kam ihr vor, als wäre er ein Kater, der ihr ständig seine gefangenen Mäuse vor die Tür legte.

»Freust du dich gar nicht?«

»Doch, schon. Aber ist das nicht leicht übertrieben?«

»Oversized!«, bestätigte Kilian. »Völlig oversized bei der winzigen Rasenfläche.«

Günther überging die Einwände. Er war stolz auf seine Leistung, das war unübersehbar. »Ich war gestern beim *Flinthörners*-Konzert. Beeindruckend! Wirklich beeindruckend. Langeoog ist eine wundervolle Insel.« Dabei lächelte er so breit, wie Jette ihn noch nie lächeln gesehen hatte.

Günther war etwas enttäuscht, weil sich Jettes Begeisterung in Grenzen gehalten hatte. Er saß unter der ausgefahrenen Markise und starrte trübsinnig in den Nieselregen. Die Touristen auf der Insel störten sich nicht am schlechten Wetter, sondern lebten getreu nach dem Motto »Es gibt kein schlechtes Wetter, sondern nur die falsche Kleidung« und zogen mit ihren Bollerwagen, alle in gelben Ostfriesennerz gehüllt, über Langeoog. Die ganz Hartgesottenen strampelten mit arg vornübergebeugtem Oberkörper gegen den aufgefrischten Nordwestwind an und zogen ihren Fahrradausflug durch. Günther war nur froh, dass Marie ihn nicht mehr mit ihren Joggingideen nervte. Er hatte wirklich alles gegeben, doch Jette war ihm keinen Schritt entgegengekommen. War es ein glückloses Unterfangen, sie erobern zu wollen? Bislang hatte er einzig seinen Rauswurf verhindern können. Aber ob das Jettes Sympathie ihm gegenüber geschuldet oder ein reiner Akt der Höflichkeit war, konnte er nicht einschätzen. Jette hatte sich verändert. Durchaus zu ihrem Vorteil, denn sie war selbstbewusster und dadurch attraktiver geworden. Die Unsicherheit, die ihr damals angehaftet hatte, war einem klaren und freundlichen Blick gewichen. Günther war ratlos, was er weiter tun sollte. Er wollte nicht ohne Jette leben, war aber am Ende mit seinem Latein, was er noch anstellen sollte, um sie für sich zu gewinnen.

Das Getrampel von Füßen ließ Günther hochschrecken. Marie, Fenna und Kilian schossen um die Ecke. »Hier steckst du! Wir haben dich überall gesucht! Wir haben tolle Neuigkeiten«, überfiel Marie ihn auch gleich.

Günther aber war müde und nicht sicher, ob er Maries gute Nachrichten hören wollte, denn wenn sie sie als überragend empfand, musste er das noch lange nicht tun.

»Ich bin, glaube ich, nicht in Stimmung für gute Nachrichten«, erklärte er. »Immerhin habe ich den ganzen Morgen wie wild diese Kupferdrähte verlegt. Mein Rücken schmerzt.« Er fasste sich demonstrativ mit der Hand an die Lendenwirbelsäule. Unwillkürlich fiel ihm Jettes Schwärmerei über Pablo ein. Sie hatte ihm erzählt, wie behende er den Garten umgrub, Grassoden, einem Jongleur gleich, zum Kompost balancierte und überhaupt leichtfüßig wie ein Athlet über den Strand joggte, was man wiederum auch an seinem Körper erkennen konnte. Günthers Stirn zog sich angesichts dieser Tatsachen in Falten: »Was wollt ihr denn? Hat es nicht noch etwas Zeit mit den Neuigkeiten?«

»Nein«, sagte Marie bestimmt. »Es duldet keinen Aufschub.«

Wieso drückt sich die Kleine neuerdings so geschwollen aus?, dachte Günther. Erst glaubte ich wirklich, sie lebt völlig in ihrer Scheinwelt und hat vom wirklichen Leben keinen Schimmer, und jetzt hat sie eine Ausdruckskraft, dass es mir fast Angst macht. Sie wird Kilian immer ähnlicher.

»Willst du nun unsere grandiose Neuigkeit wissen?«, drängelte Marie, weil Günther sich nicht rührte. »Immerhin haben wir das nur für dich getan. Wirklich nur für dich.« Sie streckte ihm sein eigenes Handy hin.

»Ihr habt also etwas für mich getan mit meinem Handy?« Günther war nach wie vor skeptisch, ob er wirklich wissen wollte, was die drei sich ausgedacht hatten. »Wo habt ihr überall angerufen?«

Manchmal half die Flucht nach vorn.

»Na, wo wir mussten, um unser Vorhaben ohne Zeitverzögerung umzusetzen. Auf den Galapagosinseln, am Nordpol bei Papa und in Neuguinea. Teilweise musste ich etwas öfter durchklingeln. Weil ich sie nicht sofort am Apparat hatte, aber das ist es dir wert, dachte ich.«

»Neuguinea, der Nordpol und die Galapagosinseln«, wiederholte Günther stumpf. Er musste später die Tarife für solche Gespräche genau recherchieren. Jetzt aber galt es, cool zu bleiben. »Wie lange und wie oft …?« Genaue Infos waren an der Stelle überlebenswichtig.

»Ach, so drei- oder viermal, kann auch öfter gewesen sein. Kannst du in deinem Anrufprotokoll nachsehen. War auch nie lange, immer höchstens fünf oder zehn Minuten, weil da ab und zu Warteschleifen angingen, bis wir durchgestellt wurden.« Marie spitzte die Lippen und nickte Günther beruhigend zu.

Kilian aber rückte wieder mal seine Brille zurecht. »Ich habe für Günther die Kosten schon ausgerechnet, das gehört zum Service dazu. Dazu habe ich mir seine Tarifkonditionen downgeloadet, die Dauer der Gespräche mit dem Faktor x multipliziert und das Ganze hochgerechnet, bis ich doch auf eine relativ genaue Summe gekommen bin. Man könnte ...« Er zückte sein Notizheft, in das er einen gelben Marker geklebt hatte.

»Den Mund halten, Kilian«, unterbrach Fenna ihn mit einem Seitenblick auf Günther, der einen fast nicht zu schluckenden Kloß im Hals hatte. »Lass dein Heft zu, okay?«

Mir schwant Übles, dachte Günther und sah seine Pension samt Ersparnissen schwinden. Wie hieß der nette Bankangestellte noch, der sich schon immer gern als sein persönlicher Kundenberater sah und ihm bestimmt mit einem Überbrückungskredit aus der Patsche helfen würde?

Er hatte schließlich noch die Unkosten für den Friseurbesuch zu stemmen. Die Maulwurfschreckanlage, den Rasenroboter und die neuen Klamotten. Er ging in Gedanken das Gespräch mit seinem persönlichen Kundenberater schon mal durch: »Sie brauchen einen Kredit, Herr Meilenstein. Wofür? Ich kenne Sie als äußerst sparsamen Kunden. Ach, ich sehe eben, Ihr Konto ist überzogen und am Limit.«

»Ich habe telefoniert, eine Maulwurfschreckanlage erstanden, dazu einen Rasenroboter und war ein bisschen shoppen.«

»Herr Meilenstein, Sie mutieren ja zum Revoluzzer!«

»Man tut, was man kann.« An der Stelle würden sich die Augenbrauen des persönlichen Kundenberaters zusammenziehen, ein bedenkliches Kopfwackeln würde sich dem unverbindlichen Lächeln hinzufügen.

»Aber Ihre finanzielle Lage befindet sich nunmehr in einem besorgniserregenden Zustand. Sie haben keine Sicherheiten mehr. Wenn ich sehe, in welch roten Zahlen Sie stecken. Ihnen bleibt nur, Ihr Haus in Blersum zu veräußern, wenn Sie nicht in die Privatinsolvenz abgleiten wollen.«

Günthers Herz raste, als er an das Gespräch dachte. Es würde so peinlich sein. Er, der bodenständige Beamte, stand vor dem Aus.

»Günther, nun sag doch was!« Marie schüttelte ihn an der Schulter.

»Habt ihr sie denn am Ende wenigstens erreicht?«, fragte er.

»Ja«, grinste Kilian. »Am Ende schon.«

Günther sah ihn fragend an, der Kleine war ein bisschen zu zögerlich, als dass anzunehmen war, alles sei glatt gelaufen. »Was bedeutet, am Ende schon?« Günther schwante Übles: Die Gespräche hatten eine nicht mehr einzuschätzende Dimension angenommen.

Fenna stieß ihren kleinen Bruder beiseite, hielt ihm den Mund zu. »Das Ergebnis stimmt, das ist alles, was zählt. Sie kommen, Günther. Okay? Sie kommen vom anderen Ende der Welt hierher.«

Kilian biss Fenna in die Hand, so dass sie ihn wieder losließ. »Mir ging es lediglich darum, Günther über die Höhe der Kosten aufzuklären.«

»Was habt ihr angestellt, damit sie herfliegen? Was habt ihr ihnen versprochen?«, fragte Günther, doch als er in die Gesichter von Jettes Enkeln sah, war ihm klar, dass er keine Antwort erhalten würde. »Nun, sie kommen«, sagte er. »Immerhin was.«

Marie drückte ihm einen Kuss auf die Wange. »Und Oma sagen wir, dass es deine Idee war und sie es dir zu verdanken hat. Alles läuft super nach Plan. Wie gut, dass du uns hast.«

Irgendwie klang das wie eine Drohung. Aber kein Baum war astrein, würde Horsti sagen.

19

Jetzt nur noch drei Tage

*Wenn ich meine Mundwinkel nach oben ziehe,
ist das ganz schlecht für meine Depression!*
(Charles M. Schulz, Charlie Brown)

Jette war froh, dass Günther sich seit ihrem Anpfiff wegen des Rasenmähers zurückhielt. Er zupfte nur hier und da Unkraut und hatte sich die letzten drei Tage lediglich zum Essen blicken lassen.

Danach war er entweder in seiner Kemenate hinter dem Laptop verschwunden oder aber war gejoggt. Günther Meilenstein, der unsportlichste Mann aller Männer, rannte jeden Morgen in Richtung Strand und kam erst nach einer Stunde zurück. Das allerdings auf die Minute genau, alles andere hätte zu Günther nicht gepasst. Zum Abkühlen inspizierte er den Rasenroboter, der ihn wie ein Haushund täglich aufs Neue zu begrüßen schien. Zumindest schaute er immer genau dann um die Ecke, wenn Günther das Gartentor öffnete.

»Bestimmt hat er ihn so programmiert, dass das passt«, sagte Jette grimmig. Selbst wenn Günther in einem ausgiebigen Vortrag versucht hatte, ihr deutlich zu machen, dass der kleine unheimliche Rasenkäfer nach dem Zufallsprinzip agierte und er mitnichten programmiert wurde.

»So viel Zufall gibt es doch gar nicht. Um Punkt halb neun begrüßt ihn das Ding«, grummelte Jette weiter. Und doch überfiel sie bei diesen Worten eine große Trauer, denn wenn es so war: Wie einsam musste Günther sein, wenn er einen Roboter dazu animierte, ihn zu begrüßen.

Jette goss eine Kanne Grüntee auf, ließ ihn ziehen und nahm einen Schluck aus der eingeschenkten Tasse. Sie hatte ihre Tarotkarten gelegt, die Kinder benahmen sich vorbildlich, und Günther Meilenstein ließ sie in Ruhe. Alles war so, wie sie es sich vorgestellt hatte. In exakt drei Tagen war ihr sechzigster Geburtstag, und danach kehrte sie in ihr altes Leben zurück. Zumindest ohne die Enkel, denn ob Günther sich vertreiben ließ, blieb dahingestellt. Zunächst musste sie aber Problem Nummer eins lösen, und das war, wieder die Herrschaft über ihr kleines Häuschen zurückzuerobern. Keine Krümel, keine Socken, keine herumliegenden T-Shirts.

Es würde langweilig sein und nur am Anfang schön. Dann käme die Leere, die Jette auch nicht mehr mit ihren Tarotkarten füllen konnte. Nicht mal mit grünem Tee. Sie stand auf, goss das Getränk in den Ausguss und kochte sich eine Kanne Kaffee.

Das Wasser gurgelte sich durch den Kaffeefilter. »Ich trinke ihn heute schwarz. Weil ich schwarzsehe. Ich weiß nicht mehr, was ich will. Ich kann mich nicht mehr freuen, alles ist sinnlos.« Waren das schon Depressionen oder nur eine vorübergehende Schwermut?

Jette richtete sich auf. Es war besser, sich nicht von den Gefühlen unterkriegen zu lassen. Ihr Leben war vor Keas Besuch gut gewesen, wie es war, und würde es auch wieder sein. Sie brauchte sich nicht zu sorgen. Wenn sie wollte, konnte sie sogar Pablo in ihrem Leben belassen.

Gestern war sie noch einmal kurz bei ihm gewesen, um mit ihm zu reden. Doch ihr Lover steckte gerade in einer kreativen Phase, die darin bestand, dass er ein dunkelhaariges Nacktmodell bemalte und diese Hautkreation anschließend auf Leinwand bannte. Die Farbgebung an der jungen Schönheit musste er

Strich für Strich mit seinen Fingern vornehmen und ständig nachbessern.

Er hatte gar nicht aufgeblickt, aber sofort gewusst, wer da in sein Haus schneite. »Ich kann mich jetzt nicht um dich kümmern, weil das hier eine ganz erotische Situation ist, sonst wird das Bild nichts, mi corazón. Später habe ich Zeit.« Bei diesen Worten waren seine genialen Fingerspitzen über die apfelähnlichen Brüste gestrichen, und Jette hatte eingesehen, dass sie überflüssig war. Schließlich lag es ihr fern, das Genie mit ihren negativen Energien behindern zu wollen. Pablo war in solchen Fällen erleuchtet, trug eine schimmernde Aura um sich. Er behauptete das jedenfalls, und Jette hatte es bislang auch so gesehen. Diese Aura fehlte Günther, aber dafür war er im Bau von Schreckanlagen und im Umgang mit Robotern ganz gut.

Als Jette von Pablo fortgegangen war, hatte sie nicht einmal Eifersucht auf die bemalte Schönheit empfunden. Ihr kam zum wiederholten Mal der Gedanke, dass Pablos kreative Aura unter Umständen doch nicht den Stellenwert von Maulwurfschreckanlagen, Rasenrobotern und Indischen Laufenten hätte. Ja, selbst die gesungene Meerjungfrau barg viel Subtext. Pablo brauchte die Aura für sich und seine Ziele. Günthers Bemühungen hingegen hatten ausschließlich mit ihr zu tun.

Jette stand auf, goss sich die Tasse Kaffee ein und legte die Tarotkarten beiseite. Eigentlich erzählten die doch auch nur immer dasselbe, und zudem waren die Aussagen vage und unklar.

Sie sollte sich für ihren Geburtstag zumindest im Hotel um einen Kaffeetisch kümmern und mit ihren Enkeln und Günther dort feiern. Wahrscheinlich war Kea auch bis dahin zurück.

Sie blickte aus dem Fenster, Günther war nicht mehr im Garten. Aber sie musste zugeben, auch wenn es seltsam aussah, wie der kleine Käfer über den Rasen krabbelte, dass das Gras gut gestutzt war. Vielleicht wäre es nett, wenn sie mit Günther als kleines Dankeschön einen Kaffee trank. Die ganze Kanne würde ihr doch nur Herzrasen und zittrige Finger bescheren.

Günther und sie konnten bestimmt gute Freunde sein. So richtig gute Freunde. Und wenn er mochte, würde sie sich freuen, wenn er sie auf Langeoog besuchen kam, alle Konzerte besuchte oder am Dünensingen teilnahm. Vielleicht hätten auch Fenna, Marie und Kilian mal wieder Lust vorbeizuschauen. Jette hatte nicht den Eindruck, dass sie sich in der letzten Woche gelangweilt hatten. Sie hoffte das und hätte nie geglaubt, sich so sehr nach Gesellschaft zu sehnen. Nicht nach einem Menschen, der nur Zeit für sie hatte, wenn es ihm beliebte, wenn sie in seinem Tagesplan Platz fand. Menschen, die immer da waren, die zu ihr gehörten. Nicht nur die Bekanntschaften auf der Insel. Freunde ersetzten einen Partner oder eine Familie ja nicht. »Mein Gott, ich denke und rede wie eine alte Frau und führe zudem noch lächerliche Selbstgespräche. Es wird tatsächlich Zeit, etwas zu ändern in meinem Leben.«

Ich sollte lächeln, die Mundwinkel hochziehen und meinem Hirn suggerieren: Ich bin ausgesprochen fröhlich.

Jette fiel ein Frauenabend ein, an dem sie mal teilgenommen hatte. Mit dem todsicheren Erfolgsrezept, was die positive Lebenseinstellung betraf. Dazu brauchte sie einen Teelöffel. Den steckte sie quer in den Mund, weil das dem Hirn gute Laune suggerierte. Sie kontrollierte in der Fensterscheibe, ob die Mundwinkel ordnungsgemäß ein Lächeln bildeten, und wartete auf eine Besserung ihrer Stimmung. Nichts geschah. Sie behielt den Löffel im Mund, hoffte, es würde sich auswirken. Und doch konnte sie der Abreise ihrer Enkel von Minute zu Minute weniger abgewinnen.

»Mundwinkel hochziehen ist eben schlecht für die Depression, das hat schon Charlie Brown gesagt«, nuschelte sie mit dem Löffel im Mund.

Ihr konnte heute keiner helfen. Sie wollte erst mal mit Günther reden. Wegen der Freundschaft und so. Ein wirklich vernünftiges Gespräch, nicht so ein Gezicke. Sie könnte genau nachfragen, was er eigentlich vorhatte. Immerhin besaß er auf dem Festland noch seine Laufenten und das Haus in Blersum. Und es wäre besser, wenn er das behielte. Auf ewig wollte sie ihn in der Kemenate nicht haben, denn im Winter brauchte sie den Raum als Abstellkammer.

Außerdem reicht die Freundschaft nicht für eine WG.

WG, das klang wie früher, als sie jung waren und in den »Kommunen« lebten, von jedermann schräg angeguckt. Ob die Langeooger ein solches Engagement verwerflich fanden? Vermutlich nicht, denn Günther würde, wenn er hierbliebe oder seinen Zweitwohnsitz aufschlug, in sämtlichen Vereinen tätig sein. Sich nicht nur bei *de Flinthörners*, sondern auch bei *de Likedeelers* die Kehle aus dem Hals singen. Ganz sicher drei Kassenwartposten innehaben und früher oder später auch erster oder zweiter Vorsitzender irgendeiner Vereinigung sein. Er konnte gar nicht anders. Denn in ihrem Garten gab es nicht mehr viel zu tun. Wobei er gestern beim Essen noch von einem Bewegungsmelder nebst Überwachungskamera gesprochen hatte. Vereinstätigkeiten wären eine gute Alternative, wenn Jettes kleines Haus nicht zu einer Festung werden sollte.

Sie war verrückt, wie weit gingen ihre Gedanken? Günther sollte, zusammen mit den Enkeln, Langeoog verlassen. Sie brauchte hier niemanden. Auch ohne Pablo würde sie sich nicht langweilen. Ganz und gar nicht! Jette nahm den Löffel aus dem Mund und trat in den Flur.

Die Idee des gemeinsamen Kaffeetrinkens war dennoch gut.
»Günther!«, rief sie. »Günther, wo steckst du?«

Keine Antwort. Wohin er nun schon wieder entfleucht war? Sie befand sich allein im Haus. Das Sommerwetter war gestern zurückgekehrt, und Kilian, Fenna und Marie genossen ihre Ferientage am Strand. Kilian sprach glücklicherweise nicht mehr von seinen Forschungen und hatte auch die Detektivbemühungen auf Eis gelegt. Jette war das ganz recht, denn er war ein elfjähriger Junge und sollte einfach Kind sein. Solange es nur ging. Darüber wollte sie mit Kea sprechen, denn man sah ja hier, wie sehr er die Freiheit auf der Insel genoss. Er kaufte sich dreimal täglich ein Eis, hatte sich gestern im Schlick gewälzt, Schlammmonster gespielt und benahm sich immer mehr wie seine Altersgenossen.

Wo Günther steckte, wusste Jette nicht. Aber hatte er die letzten Tage nicht schlecht ausgesehen und heute ganz besonders? Sogar beim Unkrautjäten hatte er eine eigenartige Haltung gehabt. Sie musste ein bisschen auf ihn achtgeben! Nicht dass er krank in seinem Bett lag!

Jette ging zur Abstellkammer, Kemenate, verbesserte sie sich, und klopfte an. Es klang nicht so, als halte Günther sich darin auf. Schlief er oder hatte womöglich Fieber?

Jette zögerte einen Augenblick. »Ich schau mal rein. Muss auch mal sehen, was er da renoviert hat.« Bislang hatte sie sich geweigert, es sich anzusehen.

Jetzt drückte sie energisch die Klinke herunter. Die Tür war nicht abgeschlossen, und so stand sie in Günthers Reich. Aus dem Abstellraum war eine wohnliche und überaus disziplinierte Güntherkammer geworden. Die Wände waren frisch gestrichen, das Gerümpel verbannt. In eine Ecke hatte er einen Kamin gemalt. Eine echte Kemenate eben. Jedes Teil hatte seinen Platz, sogar die nicht getragenen grauen Socken mit Golfermotiv hingen, mit beiden Spitzen identisch ausgerichtet, sorgfältig nebeneinander über der Stuhllehne. Seine Hemden hatte er mit geschlossenen Knöpfen über verschiedene Kleiderbügel drapiert und in den Schrank ohne Türen gehängt. Seine Neuerwerbungen lagen ausgebreitet auf dem Deckbett, als müsse er sich erst noch daran gewöhnen, diese Kleidung zukünftig zu tragen.

Jegliche Unordnung war aus dem Raum verschwunden, kein Staubkorn verunzierte die Regale. Sogar Emma hatte er mittels eines kleinen Bretterverschlags mit ihren Sägespäneangriffen in ihre Schranken gewiesen. Günthers Verwandlung der Abstellkammer zu einem Wohnraum war ihm gelungen. Jette dachte unwillkürlich an Pablos weißes Reich, wo man die Existenz der Möbel nur an den Beschlägen erkennen konnte. So unkonventionell und pedantisch die Kemenate eingerichtet war: Sie strahlte Wärme aus. Bei Pablo fror sie immer.

Ihr Blick wanderte weiter durch den Raum. Ein altersschwacher Laptop, der aus dem vorigen Jahrzehnt zu stammen schien, thronte auf dem alten Schreibtisch, daneben stand ein antik anmutender Drucker, auf dem das weiße Papier akkurat gestapelt lag. Vor das Fenster, das einen Blick in den Garten hinter Jettes Haus gewährte, hatte Günther Scheibengardinen gehängt, die er in einer Kiste gefunden hatte. Jette erkannte sie wieder, weil sie sie selbst gehäkelt hatte. Seinen weißen Nachtschrank mit den Metallbeschlägen schmückten ein frischer Blumenstrauß und zwei gerahmte Fotos. Eines zeigte sie und Günther aus vergangenen Tagen, das andere eine langhalsige Ente auf einer Wiese. Dieses Foto hatte Günther mit einer schwarzen Schleife versehen. Vermutlich zeigte es Jette, bevor sie zu einer plattgefahrenen Briefmarke geworden war.

Jette ignorierte das Entenfoto und nahm das Bild von ihr und Günther in die Hand. Sacht strich sie mit dem Finger über das Glas.

Natürlich verwendete Günther noch echte Glasrahmen und keine mit Plastik.

Ja, es war schön gewesen mit ihnen beiden. Günther mit seinem langen Haar, seitlich der Mitte gescheitelt. Sie mit dem Hippiehaarband. Er hatte schon damals einen kleinen Bauch gehabt, und sein Blick war noch immer derselbe. Das Foto war auf der *Etta von Dangast* aufgenommen worden, als sie über den Jadebusen nach Eckwarderhörne gefahren waren. Dort hatten sie Kaffee getrunken, sich ihre Zukunft ausgemalt, und Jettes Gedanken waren schon bei einem Heiratsantrag gewesen. Hätte nicht Horsti angerufen und Günther um Hilfe gebeten, wäre das auch sicher geschehen, und ihr Leben wäre völlig anders verlaufen. Jette stellte das Foto zurück.

Immerhin durfte sie jetzt auf Langeoog leben und war ihr eigener Herr. Keine Depression. Absolut keine Depression mehr. Jette war kurz versucht, sich auf den Stuhl vor dem Schreibtisch fallen zu lassen, denn die alte Kemenate wirkte gemütlich und lud zum Verweilen ein. Ein wenig noch in den Erinnerungen schwelgen. Nur noch kurz. Ganz kurz ...

Doch dann kam sich Jette plötzlich vor wie ein Eindringling. Sie wollte den Raum rasch verlassen, als ihr Blick ein zweites Mal aufs Bett fiel. Etwas lugte unter der Bettdecke hervor, was der Kemenate ihre Perfektion nahm. Es war ein Handtuch, aber warum nahm Günther es mit ins Bett? Das passte so gar nicht zum Umfeld, zu seiner pedantischen Ordnung. Jette überlegte einen Augenblick lang, sich einfach umzudrehen und zu gehen. Was auch immer Günther in seinem Bett versteckte, ging sie nichts an.

Und doch war es, als würde sie von einem unsichtbaren Faden gezogen. Sie konnte nichts dagegen tun und tastete sich immer näher ans Bett heran. »Nur schauen«, verteidigte sie sich. Sie zog kurz an dem Handtuch, es ließ sich aber nicht so einfach unter der Bettdecke wegziehen. Schließlich hielt Jette es nicht mehr aus und schlug das Deckbett zurück. Das Frottee rutschte beiseite. Was ihr da entgegenlachte, ließ die eben leicht ansteigende positive Stimmung blitzartig in den Keller sausen. Das konnte nicht sein, das durfte nicht sein. Jette rannte aus dem Zimmer und knallte die Tür hinter sich zu.

Marie, Kilian und Fenna lagen am Strand. Die See war heute ruhig, so dass die Wellen nur träge an den Strand rollten. Weil es nach der Regenfront überraschend schnell wieder warm geworden war, tummelten sich sämtliche Urlauber hier. Die eingestürzten Sandburgen wurden neu hergerichtet, die Muscheln an Ort und Stelle in die Burgwand gedrückt. Fenna juckte die Haut, sie hatte eindeutig zu viel Sonne abbekommen. »Wobei das Hauptproblem am Ozonloch liegt und ich wegen der ungefilterten Sonneneinstrahlung gerade extrem krebsgefährdet bin. Wohin haben wir unsere schöne Erde nur gebracht?«

»Du hättest einfach ein Shirt anlassen können«, sagte Kilian und spuckte einen Kirschkern weit aus. Er traf einen kleinen Hund, der sich irritiert umsah. »Das Strandleben ist unschuldig an der globalen Erwärmung mit allen Konsequenzen.«

Marie grunzte nur. Sie lag platt in der prallen Sonne und hatte kein Problem mit ihrer Haut. Marie war noch nie verbrannt. Fenna schlüpfte in ihr Shirt. »Verdammt, das wird eine harte Nacht. Hoffentlich pelle ich mich nicht!«

»Mit Sonnencreme wäre das nicht passiert«, schulmeisterte Kilian weiter. Peng, flog der nächste Kirschkern in hohem Bogen durch die Luft. Er traf den dicken Herrn vor ihm genau am Allerwertesten. Dessen Rücken hatte auch schon zu viel Sonne gesehen.

»Die Sonnencreme verschmiert das Wasser. Weißt du, wie viele Tonnen davon jeden Sommer in die Meere gespült werden, weil die Leute sich eincremen und damit schwimmen gehen?«

»Tonnen vor allem«, lachte Marie.

»Lach du nicht. Ich habe mal einen Bericht gelesen, dass selbst kleinste Mengen zum Ausbleichen von Korallenriffen führen. Kann man das verantworten?«

»Ich schon, vor allem, weil es auf Langeoog so wahnsinnig viele Korallenriffe gibt«, gähnte Marie. »Da, wo die sind, schwimmt meine Sonnenmilch bestimmt nicht hin.«

»Ignorantin«, pampte Fenna ihre Schwester an.

Kilian nagte an der letzten Kirsche und sah sich um, wohin er den finalen Kern spucken konnte. Fenna folgte seinem suchenden Blick. Ihr Bruder hatte sich für eine Frau entschieden, die auch am Strand mit Bernsteinketten behängt war. Es handelte sich um die, die kürzlich in Omas Küche aufgetaucht war, weil man sie ausgeraubt hatte. Der Kern verfehlte sein Ziel nur knapp. Nun wandte sich Kilian wieder seinen Schwestern zu. »Also, wenn ihr mich um Rat fragt ...«

»Nein, tun wir nicht.« Marie drehte sich auf den Bauch, um den Rücken nachzurösten.

»Dennoch möchte ich mich äußern«, begann Kilian. »Es ist doch so, dass sich Fenna für die Natur opfert und Hautkrebs in Kauf nimmt, weil sie das Meer nicht mit Chemikalien belasten will, die sich unweigerlich abwaschen, wenn sie eingecremt in der Nordsee schwimmt. Es gibt nachweislich Substanzen in den Sonnenschutzcremes, die sich sogar negativ auf die Fruchtbarkeit auswirken, was allerdings in Badeseen wegen der höheren Konzentration wesentlich problematischer ist als hier, wo es allein wegen Ebbe und Flut verteilt wird. Fenna hat nun neben der Inkaufnahme eines Sonnenbrandes zugunsten des Ökosystems die Möglichkeit: a) eingecremt nicht baden zu gehen und die Fruchtbarkeitseinschränkung nur für sich in Anspruch zu nehmen, nicht aber für die Fische und Vögel der Nordsee. Wobei es ja nicht unbedingt von Schaden sein muss, wenn es keine weiteren Fennas gibt, weil eine Fennareproduktion natürlich auch Nachteile birgt, denn jede weitere Fenna dient der Überbevölkerung. Oder b) ...« Kilian traf die Badelatsche seiner großen Schwester. Er bückte sich nur kurz und rief: »Das (b) wäre, sie entscheidet sich für ein Bioprodukt und ist aus dem Schneider! Weil darin diese künstlichen Dinger nicht drin sind!«

»Sei einfach ruhig«, herrschte Fenna ihn an. »Ich will mich ohnehin nicht reproduzieren, aber so negativ musst du das auch nicht darstellen, wenn ich vorhätte, das zu tun.« Sie hielt inne, weil sie am Wassersaum jemanden entdeckt hatte. »Guckt euch das mal an! Das ist doch Pablo. Was schleppt der denn mit sich herum?«

»Das ist eine Frau«, sagte Marie gelangweilt.

»Oder ein Gemälde«, berichtigte Kilian. »Es ist etwas doppeldeutig, ich tendiere aber doch zu letzterer Einschätzung. Ein lebendiges Gemälde.«

»Eine Frau, sag ich doch«, fauchte Marie.

Fenna fielen beinahe die Augen aus dem Kopf. »Der Typ ist echt verrückt«, hauchte sie. Pablo hatte eine Frau im Arm, die völlig bemalt über den Sand stolzierte. Ihr Bikini war in das Kunstwerk eingearbeitet. »Cool!«, entfuhr es Fenna. »Was ist das cool! Das ist bestimmt seine Muse. Möchte ich auch sein!«

Marie setzte sich jetzt doch auf und sah Pablo mit seiner Begleitung nach. »Der Typ ist eigentlich mit Oma zusammen, falls du das noch nicht vergessen haben solltest, Fenna. Ich finde es alles andere als cool, wenn er parallel mit anderen Frauen knutscht.«

Das tat Pablo nämlich gerade. Dabei entdeckte er die Kinder. Er schien nicht einmal ein schlechtes Gewissen zu haben. Pablo ließ sein Gemälde ein paar Meter entfernt stehen. Das posierte derweil und reckte abwechselnd einen Arm nach dem anderen in die Höhe, drehte sich und passte auf, ob es auch genügend Aufmerksamkeit hatte.

»Das ist meine Gala!«, freute er sich und deutete mit dem Finger auf die junge Frau. »Jeden Tag bemale ich sie anders. Ich bin ein Genie!«

»Salvador Dalí hatte Gala als Muse«, klärte Kilian seine Schwestern auf. »Mit Kunst kennt ihr euch ja nicht aus. Von der Leda habt ihr schließlich auch keinen Schimmer gehabt.«

Marie bekam ihren Mund vor Erstaunen noch immer nicht zu. »Ich glaube, Oma bleibt eine Menge erspart, wenn die Operation Sockenlocken gelingt«, hauchte sie. »Sie hat definitiv einen besseren Mann verdient als den durchgeknallten Typen!«

Fenna sah sie kurz fragend an, wurde aber sofort von Kilians nächster Frage abgelenkt.

»Hat Omilein das auch schon gemacht? Sich von dir anmalen lassen«, fragte Kilian Pablo direkt und wies mit dem Zeigefinger auf das Gemälde.

»Bodypainting«, verbesserte Pablo ihn. »Ich habe immer gute Ideen für meine Bilder und lasse mir als Inspiration stets was Neues einfallen. Ich kreiere am Menschen und bringe es in den nächsten Tagen auf Leinwand.« Pablo sah die drei forschend an. »Zu Hause alles im Lot? Ist der altmodische Mann, dieser Günther, noch bei Jette?«

»Ja. Warum nicht?«, antwortete Fenna zerstreut. Sie konnte den Blick nicht von seiner Gala lassen. Wie gern wäre sie auch eine Muse. Pablos Finger auf ihrer Haut! Aber ob die Farben ökologisch zu vertreten waren?

Pablo winkte den Kindern zu und stolzierte weiter den Strand entlang, hob wie ein König grüßend den Arm und ließ sich vom gemeinen Volk bewundern.

»Was fragt der nach Günther?«, überlegte Marie laut. »Er hat eine Frau dabei, die seine Tochter sein könnte, und spielt den eifersüchtigen Löwen.«

»Ein Löwe bringt immer die Jungen um, wenn er sich mit einer Löwin einlässt, die schon Kleine hat. Er mag die Konkurrenzgene nicht«, sagte Kilian. Er strahlte, denn er hatte in der Tasche noch eine vergessene Kirsche gefunden. Den Kern vergrub er allerdings im Sand.

»Schade, dass du den nicht auf seiner Gala plaziert hast«, sagte Marie. »Mit etwas Glück wäre er an der Farbmasse klebengeblieben und hätte an seinem Kunstwerk einen besonderen Akzent gesetzt. ›Schöne Frau mit Kirschkern‹ ist doch ein toller Titel. Nun ist sie zu weit weg.«

»Kili, was faselst du da von Löwen?«, hakte Fenna nach.

»Ich sagte, die killen die Kids der Konkurrenzlöwen wegen der fremden Gene.«

»Und was willst du uns damit in Bezug auf Pablo sagen?«

»Denk mal nach. Wir haben diese Fremdgene! Nicht dass er uns auch nach dem Leben trachtet!«

»Blödsinn«, spuckte Fenna aus. »Pablo tut doch keiner Fliege was zuleide. Außerdem sind wir nur Enkel und keine Direktbrut. Damit sind wir raus. Lasst uns jetzt gehen, ich verkohle sonst.«

»Wollen wir nicht zuerst schwimmen?«, fragte Marie. »So verschwitzt ist es doch blöde.«

Sie stürzten sich ins Meer, tollten in den Wellen herum. Weil ein größeres Schiff die Insel passierte, rollten jetzt höhere Wogen heran. Sie versuchten, auf den Kronen zu gleiten. Marie bekam es am besten hin, während Kilian meist von der Welle erfasst wurde und ständig mit dem Kopf untertauchte.

»Was macht man eigentlich, wenn so ein richtig fetter Hai ankäme?«, prustete Marie, als ihr eine besonders weite Strecke vergönnt worden war und ihr kurz darauf eine weitere Welle von hinten in den Rücken schwappte.

»Hier gibt es nur kleine Haie. Die tun nichts. Das Ökosystem sieht hier an der Nordseeküste keine größere Spezies vor.« Kilian tauchte kurz unter und prustend wieder auf.

»Ich mein ja nur«, lachte Marie. »Stellt euch vor, da zwischen den Wellenbergen taucht plötzlich so eine Haiflosse auf. Wie in diesem Film!«

Kilian hatte es geschafft, sich endlich auch auf einer Wellenkrone treiben zu lassen, und hatte sofort eine Antwort parat.

»Da gibt es nur eine Lösung, habe mich mal schlaugemacht. In dem Fall ist es gut, dem Tier einfach entgegenzuschwimmen. Auge in Auge, verstehst du?«

Marie lachte auf. »Du hast sie doch nicht mehr alle. Was macht eigentlich deine Detektivarbeit? Eingestellt?«

»Später, kommt mal mit!« Kilian kämpfte sich ans Ufer zurück, seine Schwestern folgten ihm. Auf Dauer war das Meer doch ziemlich kühl, und außerdem waren die hohen Wellen vorbei. »Ich bin noch dabei, die Fäden zusammenzuführen, das braucht seine Zeit. Aber auch ein Ermittler muss mal einen Tag Pause haben. Mein Hauptverdacht liegt bei Horsti. Der Mann lässt sich seit dem Raub nicht mehr bei Oma blicken.« Sie hatten den Strand erreicht und stürzten sich auf die Handtücher.

»Aber Horsti war auf der Polizeistation, als sie Oma festgenommen haben«, wandte Marie ein. Sie zitterte am ganzen Körper und rubbelte sich ab.

»Reine Taktik«, entgegnete Kilian. »Er wirft sich förmlich an den Dorfpolizisten heran. Heute Morgen bin ich noch kurz zum Hafen geradelt. Da hockten sie schon wieder zusammen auf dem Steg. Ich überlege nur, wie ich den Mann überführen kann.« Er schlüpfte in die Shorts und suchte seine Brille. »Er ist ein erfahrener Verbrecher und hinterlässt keine Spuren. Es ist nicht ausgeschlossen, dass Günther sein Komplize ist.«

»Ich glaube, du solltest besser wieder Stufen zählen«, sagte Marie. Sie packten ihre Sachen zusammen. »Deine Untersuchungsergebnisse lassen zu wünschen übrig.«

»Das kannst du so nicht sagen!« Kilian zupfte Brille und Notizbuch aus dem Rucksack. Er putzte die Gläser und suchte seinen aktuellen Eintrag heraus.

Logbuch Kilian
Langeoog, Tag 12, Eintrag XV
Wetterlage: sonnig
Geschehnisse: Strandtag
Besonderheiten: Bilderdiebstahl weiterhin ungeklärt
Verdachtsperson A, Horsti von Hinten versucht den Polizisten zu bestechen.
Verdachtsperson B., Günther H. ggf. Diebstahl mit Hilfe von Verdachtsperson A oder Handlanger Verdachtsperson A.
Verteidigung von Verdachtsperson A (Möglichkeit der gemeinsamen Sache), gemeinsame, nicht ruhmreiche Biografie in Omileins Leben.
Verdachtspersonen G & H: bleiben im Fokus des Ermittlers, heute aber unauffällig.
Kilian

Fenna und Marie sahen sich an und tippten sich laut lachend an die Stirn. »Zumindest hat er uns und Mister Unbekannt von der Liste gestrichen«, lachte Marie.

Sie machten sich auf den Weg zurück.

»Trotzdem hat Kilian nicht völlig unrecht mit seinen Überlegungen«, sagte Fenna. »Beide Männer alte Spezis, und nach Omas Aussagen haben sie nicht immer astreine Dinge getan. Pablo hingegen … Er hat *immer* nach Oma gesucht, war da, als sie nicht da war. Er muss sie echt mögen.«

Marie unterbrach ihre Schwester. »Horsti von Hinten ist nicht sauber. Günther hingegen hat nie mitgemacht.«

»Aber er hat ihm auch keinen Einhalt geboten. Was Oma da so abgelassen hat, klingt alles andere als vertrauenswürdig. Tatsache ist: Nach so langer Zeit kommen sie zusammen, ich sage *zusammen*, nach Langeoog, dann verschwindet das Bild. Und jede Menge Schmuck, wenn es stimmt, was die dicke Frau mit ihrem Herbi in Omas Küche erzählt hat.«

Marie kniff die Lippen zusammen. »Günther hat damit nichts zu tun. Er liebt Oma.«

»Er liebt wen?«, kicherte Fenna.

»Oma. Deswegen ist er da. Ich plane da grad einen Coup.«

»Dann hat er ja vielleicht erst recht ein Motiv und Kilian mit seiner Idee recht, dass er das Bild geklaut hat, weil er ihr so nah sein kann.« Fennas Stimme driftete ins Schwärmerische ab, was Kilian zu viel wurde. Er stoppte abrupt und zeigte auf einen großen Vogel, der über ihnen kreiste. »Eine Kornweihe«, flüsterte er ehrfurchtsvoll. »Guckt mal!«

»Du könntest auch Vogelforscher werden«, fand Marie. »Woher du auch immer weißt, was da grad über unserem Kopf auf Mäusejagd geht.«

»Das wäre mal eine vernünftige und sinnvolle Idee!«, grinste Fenna. Das Thema Oma und die Liebe war somit vorerst vom Tisch.

Sie stapften über die Paneelen des Dünenpfades, kämpften sich dann durch das Stück Sand, wo sie mit den nackten Füßen tief einsackten. Sie hielten an und schlüpften in die Flip-Flops, weil der Sand so heiß war, dass er unter den Fußsohlen brannte. Alle drei waren froh, als sie wieder befestigten Boden unter den Füßen hatten. Als sie am Dünenfriedhof vorbeikamen, wollte Kilian unbedingt zum Lale-Andersen-Grab. »Das müsst ihr euch ansehen! Die Frau ist hier Kult. Denkt doch an die Skulptur, wenn man zur Kaapdüne geht.«

»Ich finde es auffällig, wie klein sie gewesen ist«, sagte Marie.

»Also Lale Andersen wurde in Bremerhaven geboren und ist kurz vor Ende des Zweiten Weltkriegs nach Langeoog geflohen, nachdem sie bei den Nazis in Ungnade gefallen war. Sie lebte im Sonnenhof, wo wir nach dem Friedhofsbesuch noch vorbeikommen werden. Bekannt wurde sie unter anderem durch das Lied *Lili Marleen*. Die Statue vor der Buchhandlung ist übrigens aus Bronze und …«

»Mann, Kilian, es reicht!«, fuhr Marie ihn an. Sie hatten wirklich andere Sorgen, als sich über eine schon lange verstorbene Sängerin zu unterhalten, die zudem meist Seemannslieder gesungen hatte. Seemannslieder!

Fenna zuckte mit den Schultern. Ihr sagte Lale Andersen genauso wenig wie zuvor Leonardo da Vinci. Doch sie fragte lieber nicht nach. Die weiteren Infos konnte sie später googeln. Oder doch Kilian befragen, der das offensichtlich lange getan hatte.

Der Eingang zum Friedhof befand sich links von ihnen. Weil Kilian sonst sowieso keine Ruhe geben würde, ehe er dieses phänomenale Grab besichtigt hatte, gaben die Schwestern nach und folgten ihm. Er hüpfte putzmunter vor ihnen her. Plötzlich aber stoppte er und wies mit dem Zeigefinger auf einen Mann, der in sich zusammengesunken an einem der Gräber saß. Er hatte den Kopf aufgestützt, seine Schultern zuckten.

Marie packte Kilians Arm. »Wartet! Der sieht aus, als würde er gleich beginnen zu buddeln. Sein eigenes Grab, meine ich. Geht ihr zu Oma, ich kümmere mich!« Marie drückte Fenna ihr Handtuch in die Hand und näherte sich Günther.

Günther hörte Schritte, aber er sah nicht auf. Er saß schon lange vor dem Lale-Andersen-Grab. Es beruhigte ihn, weil er die Sängerin sehr verehrte. Er liebte Seemannslieder, und sie hörte ihm zu. Ihm, dem Jette nicht mehr zuhörte. Erst als er Maries Hand auf seiner Schulter spürte, drehte er sich um.

»Du weinst ja«, stellte Marie fest, nestelte ein Taschentuch aus der Badetasche und drückte es ihm in die Hand. »Ich kann Männer nicht weinen sehen und schon gar nicht in deinem Alter.«

Günther nahm ihr das Papiertuch aus der Hand. »Danke.« Er schneuzte sich die Nase und wischte das tränennasse Gesicht ab. »Jetzt hocke ich hier und flenne. Tut mir leid.«

Marie setzte sich neben ihn. Sie pflückte die Blüte einer Blume ab und reichte sie Günther. Es war eine hilflose Geste, aber es rührte ihn.

»Magst du mir sagen, was geschehen ist?«

»Ich reise ab«, antwortete er. »Ich nehme die Fähre morgen früh. Muss ja mein ganzes Gepäck noch zu Horsti aufs Schiff schleppen. Er kann es mir dann nach Blersum bringen.«

»Warum? Warum willst du weg?«

»Ist besser so, glaub mir.«

»Und unser Vorhaben?«

»Vorbei.«

»Warum? Mensch, Günther, lass dir doch nicht alles aus der Nase ziehen! Hat sie dir deinen Besuch beim Shantychor übelgenommen?« Marie wirkte wirklich entsetzt, sie erinnerte ihn nicht einmal an den Vertrag und die Agenda, was sie unter anderen Umständen sofort getan hätte.

Günther schüttelte den Kopf. »Nein, eigentlich mag sie *de Flinthörners*. Das hat sie sogar zugegeben. Und ich habe mich darum gekümmert, dass ich mit ihnen an Jettes Geburtstag in drei Tagen die Meerjungfrau als Überraschung singe. Das sind so tolle Jungs, die machen das.«

Marie sah Günther verständnislos an.

»Ich kann nichts mehr zurechtrücken, ich kann nur sehen, dass ich, so rasch es geht, von der Insel verschwinde. Sonst hetzt sie uns den Dorfsheriff auf den Hals.«

Marie zog die Brauen hoch. »Du sprichst in Rätseln, Günther Meilenstein. Was genau ist passiert?«

»Der Akt«, stieß Günther aus. »Dieser vermaledeite Akt ist aufgetaucht.«

»Aber das ist doch prima, den wollte Oma doch ohnehin zurückhaben.« Marie verstand immer noch Bahnhof.

»Der Akt ist nicht irgendwo aufgetaucht, sondern ausgerechnet in meiner Kemenate. In meinem Bett.«

»Und nun glaubt Oma, du hättest ihn gestohlen? Ach, du Sch… Das hat Kilian …« Sie sprach den letzten Satz nicht aus.

20

Noch zwei Tage

*Enttäuschungen sollte man verbrennen
und nicht einbalsamieren.*
(Mark Twain)

Günther war weg. Obwohl Jette ihn doch eigenhändig vor die Tür gesetzt hatte, stimmte es sie tieftraurig. Er hatte nicht versucht, sich zu rechtfertigen, war sofort zu Horsti gegangen und hatte sein monströses Gepäck sowie Emma gleich mitgenommen. Nicht in einem Gang, aber nach dem dritten Besuch hatte es sich erledigt. Die Kemenate war leer, Bilder und Klamotten verschwunden. Nur der an die Wand gemalte Kamin zeugte noch von seiner Anwesenheit. So enttäuscht und traurig Jette auch war: Am liebsten hätte sie hinter ihm hergefegt, sein Zimmer samt Geruch ausgewischt. Wie konnte ein Mann sie zweimal dermaßen enttäuschen? Wie?

Günther Meilenstein, der trotz Änderung seines Outfits, der Frisur und all der Dinge einem Yeti immer noch ähnlicher war als einem Herzensbrecher, hatte es dennoch geschafft, ihr wieder weh zu tun. Gerade als sie sich auf ihn einlassen, ihm zumindest Raum als Freund geben wollte, hatte er ihr ein zweites Mal seinen Dolch ins Herz gestoßen.

Vielleicht sank er ja mit Horstis Kahn, oder ihn traf der Blitz. Oder er wurde vom Weißen Hai gefressen, der sich versehentlich in diese Bucht gewagt hatte. Er könnte auch Opfer seiner eigenen Piranhas werden, weil sie sich auf Rachefeldzug gegen ihn befanden. Von Bord gefallen und anschließend von der Flut verschluckt war ebenfalls eine gute Möglichkeit, ihn umkommen zu lassen. Alternativ konnte Jette für nichts garantieren, wenn er ihr noch einmal begegnen sollte.

Ihr fielen noch viele weitere Bösartigkeiten ein, die sie Günther an den Hals wünschte. In ihrer Fantasie köpfte sie ihn mit der Guillotine, freute sich über seinen Kopf, der ihr, bevor er die Augen schloss, noch einen letzten, um Verzeihung bittenden Blick zuwarf und sie, Jette, sich demonstrativ abwandte. Ihre finale Rache für das, was er ihr angetan hatte.

In anderen Momenten sah sie ihn mit Daumenschrauben vor dem Scharfrichter knien und um Sühne betteln. Nichts wurde ihm gewährt, auch nicht, als er seinen Peinigern alles, aber auch wirklich alles versprach.

Jette schämte sich beinahe ihrer finsteren Gedanken. Sie wurde aber abgelenkt, als sie Herbi mit der wilden Hilde auf ihr Haus zuwackeln sah. Ihr blieb heute auch nichts erspart. War dem Mann etwa zu Ohren gekommen, dass Günther ihr Bild gestohlen hatte? Aber wie sollte das geschehen sein? Sie hatte mit niemandem darüber gesprochen. Ob Günther auch der Schmuckdieb war, wagte sie zu bezweifeln. Das konnte allenfalls Horsti getan haben, dazu war Günther nicht abgebrüht genug. Aber wer wusste schon, was die beiden gemeinsam aushecken.

Jette starrte noch immer aus dem Fenster, musste sich jetzt aber regen, weil Herbi und Hilde klingelten. Es war zwecklos, nicht zu öffnen, denn sie hatten das Wort penetrant sozusagen erfunden und würden ohnehin nicht aufgeben, ehe sie Jette erwischt hatten. Also überwand Jette sich und machte die Tür auf.

Hilde hatte hektische Flecken im Gesicht und zerrte an einer Kette herum, als plane sie, sich in Kürze damit zu erhängen. Jette hoffte nur, dass nicht sie und ihr Lädchen verantwortlich dafür waren.

»Ich schließe den Laden gleich auf, gehen Sie doch schon mal rüber«, sagte Jette und sah mit besorgtem Blick auf die neuerlich herannahende Gewitterfront, die bereits Blitz und Donner spie. Sie kam dieses Mal allerdings aus dem Westen und baute sich dunkel und bedrohlich hinter dem roten Kirchturm der Inselkirche auf. Eigenartig, dass immer dann eine Schlechtwetterfront nahte, wenn ausgerechnet die beiden ihr Haus aufsuchten. Es war wie ein schlechtes Omen. Das Unwetter sollte aber bitte noch so lange warten, bis die wilde Hilde nebst Gemahl ihr Zuhause verlassen hatte. Nicht dass sie sich noch zu einem Tee einluden, damit sie nicht von den Regenfluten ertränkt wurden. Blitz und Donner konnten sich derweil an Horsti und Günther laben und sie attackieren.

»Wir warten dann vor deinem Geschäft, Mädschen«, sagte Herbi, und sie trollten sich. Die Ruhe hatte er allerdings nicht weg, denn er klopfte mit dem Zeigefinger auf seiner Armbanduhr herum, um Jette deutlich zu machen, dass der kleine Laden schon vor exakt drei Minuten und zweiundzwanzig Sekunden hätte öffnen müssen. Sein Blick schweifte immer wieder besorgt zum Himmel, schwere Windböen pfiffen um die Häuser und spielten mit den herumliegenden Blättern und Papiertüten.

Jette beeilte sich, das Geschäft aufzuschließen, auch wenn die beiden nicht ihre Lieblingskunden waren, so wollte sie dennoch nicht schuld daran sein, wenn sie von einer Dachpfanne erschlagen wurden. Allein der Stress mit dem Dorfsheriff wäre das nicht wert. Und dann die Schlagzeile in der Tagespresse: *Touristen bei Unwetter vor Kunstlädchen erschlagen.*

Der Polizist würde Mord und Totschlag vermuten, denn er hatte Jette ohnehin auf dem Kieker, und sie würde gar nicht so schnell gucken können, wie er sie eingebuchtet hätte. »Erst bricht sie in eine Jacht ein, und dann ermordet sie harmlose

Touristen, die nur bei ihr einkaufen wollen.« Der Polizist würde sie beschuldigen, die Dachpfanne vorher gelockert zu haben, damit sie im entscheidenden Augenblick genau auf die Köpfe dieses Ehepaares fiel und ihre Schädel spaltete.

Stelle fest, seit Günther weg ist, hat meine Fantasie tendenziell einen blutigen Einschlag.

Nein, nicht blutig. Mörderisch. Überaus mörderisch. Jette winkte Herbi und Hilde herein.

»Da kommt ja gleich ein ganz dickes Ding auf uns zu«, sagte Herbi mit einer Handbewegung zum Himmel.

»Haben Sie Ihre Kette denn wiedergefunden?«, fragte Jette in der Hoffnung, Herbi habe nichts von Günthers Diebstahl gehört. Sosehr sie ihm Pest und Aussatz an den Hals wünschte, so sehr wollte sie aber auch, dass niemand etwas davon mitbekam.

Das wäre so peinlich. Sie, die dumme Jette Blümerant, fiel ein zweites Mal auf ein und denselben Mann rein.

»Hach!«, stöhnte die wilde Hilde und strich sich wüst durchs Haar. »Die lag hinter meinem Bett im Hotel. Können Sie sich das vorstellen?« Sie kicherte. »Sicher nicht. Frauen wie Sie schlafen nicht in Hotels. Sie vermieten ja selbst. Davon haben Sie keine Ahnung. Ist ja doch eine andere Preisklasse bei Leuten wie Ihnen, wo so kunterbunte Gäste absteigen wie der Gärtner, der Ihnen immer den Rasen in Ordnung bringt und herumläuft wie ein Papagei.«

Jette biss sich auf die Lippen. Andere Preisklasse, was war denn das für ein Spruch? Sie, ihre Enkel und Günther waren also Aldi oder Lidl, die wilde Hilde und Herbi hingegen vom Feinkostladen Dallmayr oder wie immer sie alle hießen.

»Das ist ja schön, dass die Kette wieder da ist«, lächelte Jette Hilde an. »Was kann ich sonst für Sie tun?«

Außer euch Feinkostverschlinger aus meinem Laden rauszuwerfen.

Herbi grinste und blitzte Jette mit seinem Goldzahn an. Den hatte er sich wohl neu verlegen lassen, zumindest war er Jette bis dato nicht aufgefallen. Vermutlich musste er ständig mit etwas Neuem aufwarten, und ein Goldzahn als Ecküberkronung hatte nicht jedermann. Es sei denn, man war Zuhälter und bediente jegliches negative Klischee. Wobei Jette diese Idee kurz überschlug und zu dem Entschluss gelangte, Herbi müsse einer anderen Tätigkeit nachgehen, sonst hätte er keine Frau wie seine Hilde. Nun übernahm er das Wort, denn die hatte sich mit einem Aufschrei auf weitere Bernsteinsensationen gestürzt und tauchte mit dem Kopf nicht mehr aus der Kiste auf.

»Wir fahren morgen weg von ... ach, Hildchen, wie hieß die Insel noch gleich?«

»Langeooge«, quietschte Hilde.

»Langeoog«, berichtigte Jette fast automatisch. Es gab Feriengäste, die begriffen es nie.

»Na ja, jedenfalls müssen wir abreisen, und da braucht mein Hildchen noch etwas neuen Schmuck.«

»Wie wäre es zur Abwechslung mal mit Koralle?«, fragte Jette. In dem Augenblick blitzte und donnerte es gleichzeitig, doch noch war kein Tropfen Regen gefallen. »Günther!«, stieß sie aus. Furchtbar in Panik, dass er noch nicht auf dem sicheren Festland war, sondern mit Horstis Boot auf dem Wattenmeer festlag, die Flut abwartete und nun der Hass -und Racheblitz, den Jette ihnen geschickt hatte, das Boot zerteilte und in Flammen aufgehen ließ.

»Ich heiße nicht Günther, Mädschen«, näherte sich Herbi mit einem Seitenblick auf Hilde, deren Kopf gerade in der nächsten Kiste steckte. »Was ist denn mit deinem Bild«, fragte er, »ist es wieder da?«

Jette nickte fahrig.

»Dann verkaufst du es mir jetzt?« Seine Speckfinger näherten sich Jette bedrohlich.

»Ich glaube, Sie sollten sich jetzt um Ihre Gattin kümmern, mir scheint, sie hat etwas gefunden«, wich sie aus.

Das holte Herbi in die Wirklichkeit zurück. »Ach, Mädschen, du hast ja so recht!« Seufzend gesellte er sich zu seiner Angetrauten. Dieses Mal war sie schnell entschlossen und entschied sich für einen Korallentraum in Rosa.

Hilde drehte sich vor dem Spiegel hin und her, strich sich das Haar glatt und fand sich wunderschön. »Aber sagen Sie mal, Kindchen …« Jette war also nun vom Mädchen bereits zum Kindchen geworden, es wurde in der Tat Zeit, dass die beiden abreisten, sonst langte es beim nächsten Besuch nur noch zum Säugling. Jette sah das Hildchen fragend an. Ihr Lächeln musste leicht eingefroren wirken, aber Menschen wie die wilde Hilde und Herbi merkten so etwas nicht. »Was soll ich sagen?«

Hilde räusperte sich. »Nun, dieser Gärtner …«

»Der ein alter Freund und kein Gärtner ist«, lächelte Jette immer noch. Wenngleich sie diesen alten Freund nicht mehr nur zum Mond, sondern zum Mars wünschte.

»Nun denn. Der bunte Mann zumindest. Der kam mir heute Morgen entgegen, als ich mich körperlich ertüchtigte. Er sah sehr traurig aus, und mir schien, er wolle Langeooge …«

»Langeoog.«

»Also die Insel, bald verlassen. Und wenn Sie mich fragen, Kindchen. Der hat was ausgefressen! Das sehe ich sofort! Sofort!«, bestätigte sie sich. »Was hat er denn angestellt? Mir können Sie es doch sagen. Wir sind uns in den Tagen hier auf Langeooge …«

»Langeoog.«

»… doch recht nahegekommen. So unter Freunden muss so viel Vertrauen sein. Was glauben Sie denn, Mädschen, wie viel mir meine Freunde anvertrauen? Herrgottchen, Herrgottchen. Was die Hilde so alles weiß …«

Jette verspürte nur wenig Lust, sich die Geschichten rund um das Feinkost-Klientel anzuhören, und tippte den zu zahlenden Betrag in die Kasse. Herbi hatte ohnehin längst sein Portemonnaie gezückt und wedelte auffordernd mit der Kreditkarte. Heute schwenkte er eine gelbe, auch da schien ihm Flexibilität wichtig zu sein. Ähnlich wie beim Kettenbehang seiner Gemahlin.

Jette fröstelte. Jetzt brach draußen das Unwetter mit Platzregen und Sturmböen richtig heftig los. Der Regen peitschte gegen die Scheiben, auf der Straße flog ein ungesicherter Gartenstuhl vorbei und überschlug sich scheppernd, bis er sich in einer Hecke verfing. Jettes Gedanken galten wieder Günther und wo er steckte, die nächsten dem Rasenkäfer und ob der einer solchen Witterung standhielt. Alle Mühen Günthers waren umsonst. Wie gut hatte es die Laufenten-Jette, die bereits glücklich unter der Erde schlummerte und den Launen der Natur nicht mehr trotzen musste.

Es blitzte und donnerte fast ununterbrochen, so als hätte der Himmel beschlossen, das von Fenna angekündigte Harmagedon heute loszulassen.

Dieses Gewitter spülte Günther Meilenstein nun endgültig aus Jettes Leben. Sie sollte froh und glücklich darüber sein. Aber sie war es nicht. »Möchten Sie einen Ostfriesentee? Bei dem Wetter sollten Sie nicht draußen herumlaufen«, hörte Jette sich sagen.

Sie wollte jetzt alles, aber nicht allein sein und schon gar nicht über Günther und seine Hinterlassenschaften nachdenken. Da war die Gesellschaft von Herbi und Hilde für diesen Augenblick doch wirklich angenehmer. Günther war weg, und das war auch gut so.

Den Kloß im Hals würde sie wegtrinken, und notfalls hatte bestimmt auch Pablo mal wieder Zeit für sie. Oder auch nicht.

Der ist allerdings gerade kreativ erleuchtet und bodypainted an dem jungen Ding herum. Er weiß nicht mal, dass du übermorgen sechzig wirst.

Aber er war auf Günther eifersüchtig. Er würde sich freuen, wenn Jette wieder nur für ihn da war, seiner weißen Villa erneut etwas abgewinnen konnte und Sex mit ihm in den Dünen hatte. Dann brauchte er diese Models nicht mehr.

Notfalls könnte ich seine Muse sein und mich bemalen lassen. So schlecht war unser Arrangement schließlich nicht, dachte Jette.

Alles verlief genau so, wie sie es sich wünschte. Genau so. Ganz genau so! Komisch, dass ein schales Gefühl blieb.

Kilian saß mit Fenna und Marie in der Küche. Alle drei starrten versonnen in den strömenden Regen, zuckten bei Blitz und Donner allerdings zusammen. Marie war ein bisschen blass um die Nase. »Ich mag Gewitter nicht. Und schon gar nicht, wenn Günther nicht da ist.«

»Was hat denn das mit Günther zu tun?«, fragte Fenna.

»Er hat so etwas Beschützendes. Wenn er da wäre, würde ich nicht fürchten, dass ein Blitz einschlägt«, erklärte Marie.

»Nun«, begann Kilian, »er hat zwar eine stattliche Körpergröße, aber Günther eignet sich dennoch nicht als Blitzableiter, geschweige denn als Blitzabschirmer. Ich müsste ...«

»Du musst jetzt deine Klappe halten!«, fuhr Marie ihn an. »Es geht hier einzig und allein darum, dass Oma Günther unrechtmäßig aus dem Haus geworfen hat und ich mich bei ihm sicher gefühlt habe.« Maries Stimme brach. »Verdammt! Jemand hat ihn reingelegt, und er war auf einem so guten Weg. Oma hat ihn schon ganz anders angesehen, er wirkte wie ein richtiger Mann.«

»Wobei er Pablo das Wasser nicht reichen kann«, fuhr Fenna dazwischen. »Der Hammer hängt verdammt hoch. Der hat fast

Sixpacks, zumindest so drei, er ist ein bisschen Öko, also was Besonderes. Und das in seinem gesegneten Alter von vielleicht vierzig. Da werden ja sogar mir die Knie weich.«

»Dir werden bei jedem Rastalockenmann die Knie weich. Da übersiehst du das tatsächliche Alter, weil du auf einen bestimmten Typus Mann fokussiert bist«, erläuterte Kilian mit gerümpfter Nase die Situation. Vermutlich weil er seinen Typus Mann noch nicht gefunden hatte. »Man sieht es sogar an deinem veränderten Outfit. Immerhin erkennt dich jetzt auch der Letzte als weibliches Wesen, was zuvor nicht zwangsläufig zu sehen war ...«

»Kannst du mal aufhören!«, fuhr nun auch Fenna ihn an. »Darum geht es hier doch gar nicht.«

»Es geht um Schuld oder Unschuld«, sagte Marie. »Ich bin mir zu hundert Prozent sicher, dass Günther den Akt nicht genommen hat und jemand ihm Böses will. Ich hoffe nur, dass es nicht dieser windige Horsti von Hinten ist, der ihm das angetan hat.«

»Warum sollte er das tun?«, fragte Fenna. »Ich denke, sie sind befreundet?«

»Immerhin hatte Oma ihn als Dieb im Visier. Deshalb war sie auf dem Boot, deshalb ist sie festgenommen worden. Es besteht die Möglichkeit, dass Horsti von Hinten den Verdacht umlenken wollte.«

Kilian hatte seine Zähne in der Unterlippe vergraben. Er dachte scharf nach. »So könnte es gewesen sein: Angst vor der Entdeckung. Passt aber nicht zu den gängigen Motiven der griechischen Mythologie, die ich erarbeitet und auf den aktuellen Fall angewendet habe.« Er sprang aufgeregt auf und rannte aus dem Zimmer. »Ich hab da schon was vorbereitet.«

»Jetzt holt er wieder sein Logbuch«, unkte Marie mit hochgezogenen Brauen. Manchmal ging einem ein hochbegabter Bruder einfach nur auf die Nerven. Zumindest, wenn er ein Allrounder und rundum Hochbegabter war. »Erst dieser blöde Maler mit der Leda, dann Lale Andersen, und was hat jetzt bitte die griechische Mythologie mit Omas verschwundenem Nacktbild und Horsti von Hinten zu tun?«

Fenna schwieg beleidigt. Sie hatte offenbar noch immer mit Kilians Bemerkungen über ihre Weiblichkeit zu tun, denn sie fuhr sich ständig mit den Fingerspitzen über ihren Pony.

Die Tür flog auf, und Kilian stolzierte mit aufgeschlagenem Notizbuch herein.

»Wie ihr wisst, habe ich mich schon längere Zeit mit dem Fall beschäftigt und ausgeleuchtet, wer als Täter generell in Frage kommt. Er muss ja hier im Haus gewesen sein, muss uneingeschränkt Zugang zu Jettes Heiligtum gehabt haben.«

»Klingt oberwichtig«, wandte Marie ein. »Mich interessiert aber nicht, ob wir primär verdächtig sind, bloß weil wir das Bild hätten stehlen *können!* Ich will einfach wissen, wer es war. Allein, um Günther zu helfen. Ihm geht es so mies!«

»Du bist ja schon auf dem richtigen Weg, Marie«, lobte Kilian sie. Marie überlegte, ihm den Mund zuzuhalten, aber etwas in seinem wissenden Blick hielt sie ab. »Lass mich das bitte zu Ende ausführen. Auf meiner Liste befinden sich nach dem derzeitigen Stand der Ermittlungen fünf Namen: dieser Goldzahnkunde nebst Gattin, der Oma immer auflauert, Günther …«

»Den du streichen kannst, der war es nicht«, fiel Marie ihm ins Wort, doch Kilian winkte ab.

»Horsti und Pablo. Mister Unbekannt und uns habe ich gestrichen.«

»Pablo? Wieso jetzt Pablo?«, hakte Fenna sofort nach. »Pablo ist Künstler, der klaut nicht. Und der stand bislang auch nicht auf deiner Liste. Ich persönlich tippe auf Horsti. Der war oft genug hier, auch im Zeitraum, als das Bild verschwunden ist, und er hatte Angst, dass Jette ihn anzeigt. Er ist ein windiger Hund und hat Günther schon öfter reingeritten. Oma hat so etwas angedeutet.« Fenna lehnte sich mit vor der Brust verschränkten Armen zurück. »Da passt alles zusammen. Nur können wir das nicht beweisen.«

»Siehst du, und an der Stelle bin ich anderer Meinung«, erklärte Kilian. »Dass Pablo nämlich doch hier war, hast du erst am Strand erzählt, davon wusste ich bislang nichts, weshalb ich diese Tatsache zuvor außer Acht gelassen hatte. Aber da er ebenfalls in Frage kommt, gibt das ein völlig neues Bild. Auch wenn es auf den ersten Blick nicht einleuchtet, weshalb er sein eigenes Bild stehlen sollte. Aber hier kommt eben die Mythologie der Griechen ins Spiel.« Kilian sah seine Schwestern beifallheischend an. »Um noch einmal darauf zurückzukommen: Dort sind alle Motive des menschlichen Daseins beschrieben und machen deutlich, warum der Mensch zu Dingen fähig ist und warum nicht.«

»Kili, komm jetzt nicht mit so 'nem Scheiß«, unterbrach Marie ihren kleinen Bruder. »Behalte es einfach für dich, okay?«

Kilian aber war in seinem Element. »Shakespeare hat sich dem auch sehr angenähert, dort kann man ebenfalls alles nachlesen, was der Mensch an Motiven und Befindlichkeiten zu bieten hat.«

»Dann komm auf den Punkt, Kilian! Man kann sich echt nicht stundenlang anhören, was du ablässt ...« Marie sah auf die Uhr. Das Gewitter tobte schon fast eine halbe Stunde über Langeoog, und sie waren gedanklich noch keinen Schritt weiter und dem wahren Täter auf die Spur gekommen. »Ich möchte jetzt nur ungern die gesamte Geschichte von den Griechen an aufwärts mit einem Schlenker an Shakespeare vorbei vorgebetet bekommen, geschweige sie analytisch aufarbeiten. Was genau willst du uns bitte schön sagen?«

»Ich wollte nur, dass ihr versteht und mir folgen könnt. Also, um es kurz zu machen ...« Kilian fuhr sich durchs Haar. Auf den Punkt zu kommen, war nicht seine Stärke, er wusste einfach zu viel und hatte den unbändigen Drang, das auch stets loszuwerden. »Das Motiv für Horsti von Hinten ist zu schwach.«
»Gier!«, schob Fenna ein. »Warum ist Gier schwach?«
Kilian sog die Luft ein und zeigte auf seinen letzten Eintrag:

Logbuch Kilian
Langeoog, Tag 12, Eintrag XVI
Wetterlage: Gewitter
Geschehnisse: zu Hause
Besonderheiten: neue Erkenntnisse im Fall Aktdiebstahl
Motivüberprüfung Verdachtsperson A, Horsti von Hinten: Gier
Motiv: schwach
Nach grundlegender Überprüfung seiner Situation ist eine optimale finanzielle Versorgung gewährleistet, auch unter Berücksichtigung ausreichender Rücklagen.
Motivüberprüfung Verdachtsperson B, Günther M.: Handlanger oder Liebe
Motiv: sehr schwach
Wohnhaft bei Omilein mit der Möglichkeit der täglichen Nähe und Betrachtung.
Diebstahl des Bildes erst sinnvoll nach Rausschmiss.
Motivüberprüfung Verdachtspersonen G & H, Ehepaar: Gier
Motiv: (schwer einzuschätzen), möglicherweise stark, da finanzieller Engpass nicht ausgeschlossen.
Neue Verdachtsperson I: Pablo T. P.
Motivüberprüfung: Rache und Eifersucht
Motiv: sehr stark. Bereits ausreichend dokumentiert in der griechischen Mythologie.
Kilian

Fenna zog die Mundwinkel nach unten, Marie verzog das Gesicht. Als keine der Schwestern etwas zu Kilians Theorie sagte, räusperte er sich erneut. »Mädels ...«

»Sag alles, aber nicht Mädels«, unterbrach Fenna ihn sofort. »Außerdem glaube ich das nicht.«

Kilian aber ließ sich nicht beirren: »Die stärksten Motive seit Menschengedenken, und in diesem Fall passt alles. Das habe ich genau recherchiert und werde den Beweis erbringen. Morgen früh noch. Dann ist zu Omileins Geburtstag übermorgen alles geklärt!«

Fenna entglitten die Gesichtszüge jetzt völlig, Marie griff unwillkürlich nach ihrer Hand. Das wäre für ihre Schwester ein herber Schlag.

»Der war es nicht«, winkte Fenna auch sogleich ab. »Das ist ein spanischer Don Juan, der hat doch Oma Jette und es nicht nötig, gegen einen Spießer wie Günther anzukämpfen.«

»Verletzte Eitelkeit«, resümierte Marie. »Oma lag ihm bislang zu Füßen, war ihm zu Diensten, wenn er Lust hatte, sie zu sehen, und dann taucht ein Mann wie Günther auf. Zunächst kein Stück attraktiv, sondern eher nervig und eine Witzfigur. Aber dann: Peng! Plötzlich schön und anmutig wie der Phönix aus der Asche! Ich habe ihn dazu gemacht!« Marie geriet ins Schwärmen.

»Nun übertreib mal nicht. Er war eine Katastrophe, mutierte dann zu einem Papagei und sieht jetzt gerade mal passabel aus. Eine Jeans, die einigermaßen modern wirkt, ein kariertes Freizeithemd, darunter ein T-Shirt ohne diese seltsamen Muster ...«

»Aber passend zu seinem kühlen Hautton. Günther ist eindeutig ein Sommertyp, da habe ich ihn beraten«, unterbrach Marie ihre Schwester. »Mit der Thematik habe ich mich ausgiebig beschäftigt. Es gibt richtig gute Beraterinnen auf dem Gebiet.«

Fenna winkte ab. Es interessierte sie nicht die Bohne, mit welcher Jahreszeit man Günthers Hautton benannte. »Er hat eine neue Frisur und etwas Bräune. Damit wirkt er alles in allem wie ein durchschnittlicher Typ und nicht mehr wie ein Steinzeitabkömmling, für den man sich schämen muss.«

»Er ist auf jeden Fall urplötzlich ein Nebenbuhler, den Pablo ernst nehmen muss. Ich glaube nicht, dass eine Frau einen Mann wie Pablo verlassen darf. Oder dass es überhaupt schon mal vorgekommen ist. So etwas verletzt seinen Stolz!« Kilian lehnte sich entspannt zurück. »Also musste er Günther ausschalten, und nichts war leichter, als den Akt zu entwenden, ihn Günther unterzujubeln und ihn so zu vertreiben.«

»Wenn man dich reden hört, könnte man glauben, du hättest schon unzählige Frauenbekanntschaften gehabt«, lachte Marie. »Kili, der Don Juan aus Oldenburg!«

»Vielleicht ist es ja auch so«, sagte Kilian, was eine Kopfnuss von Fenna zur Folge hatte.

»Und was tun wir nun? Ohne Beweis kommt Günther nicht zurück«, sagte Marie düster. »Und die ganze Operation Sockenlocken war völlig umsonst!«

»Ich werde mich darum kümmern«, versprach Kilian. »Ich steige bei Pablo ein und gucke, ob er noch mehr gestohlen hat. Das wäre genial, dann hätten wir ihn. Es soll doch noch mehr verschwunden sein.«

Marie zuckte mit den Schultern. »Ich glaube nicht, dass diese Mission von Erfolg gekrönt sein wird, aber versuche es.« Ihre Stimme klang sehr enttäuscht. »Wir haben so viel angeschoben. *De Flinthörners* kommen, Tante Kathrin und Onkel Knut. Mama und Papa werden da sein. Und Oma ist unendlich traurig wegen Günther. So geht das nicht!«

Fenna, Marie und Kilian nickten. »Wir bringen alles wieder ins Lot!« Ihr Vorhaben war noch nicht zu Ende, und sie würden Günther zurück nach Langeoog holen. Ihnen blieben eineinhalb Tage.

21

Noch einen Tag

Heureka, ich hab's gefunden!
(Archimedes)

Die drei hatten gestern lange hin und her überlegt, wann Kilian den Vorstoß bei Pablo machen sollte. »Es wird Zeit zu handeln«, sagte Marie. »Als ich in der Nacht unten war, weil ich mir was zu trinken holen wollte, habe ich Oma weinen gehört. Sie nimmt das nicht so locker, wie sie es uns weismachen will.«

»Aber Kilian kann auch nicht so einfach bei Pablo einsteigen«, wandte Fenna ein. »Stell dir mal vor, er erwischt ihn. Dann sind wir schon wieder bei der Polizei, und ich glaube, Oma kriegt die Krise. Das kann sie vor ihrem Sechzigsten nicht brauchen.«

»Stimmt, alte Leute fallen in solchen Situationen einfach tot um. Ihre Gefäße halten Stress lange nicht so aus wie die von jungen Menschen. Man müsste wirklich erst einmal den Blutdruck von Omilein kontrollieren, um abschätzen zu können, welchen Belastungen sie standhalten kann«, überlegte Kilian. »Aber wir werden es jetzt nicht schaffen, einen Gesundheitscheck zu machen. Das dauert zu lange. Morgen ist der große Tag, und er geht völlig in die Hose, wenn Günther wegbleibt. Wir müssen ihn schließlich auch noch wieder auf die Insel bekommen.«

Er sieht schon aus wie ein neunmalkluger Professor, dachte Marie.

Fenna wischte Kilians Bedenken mit zwei Sätzen beiseite. »Oma hat uns jetzt fast zwei Wochen lang locker überlebt und dazu Günther mit seinem Scheidungshamster und dem anderen Schnickschnack, den er angeschleppt hat. Die kann einen Stiefel ab, so dass wir von einer Vitalzeichenkontrolle absehen können.« Sie wandte sich an Marie. »Du hast doch Günthers Handynummer, oder?«

»Ja, habe ich«, antwortete sie zerstreut. »Aber sag mal, Kilian, wo hast du das alles gelesen? Du bist doch kein Arzt.«

Fenna aber winkte ab. »Wer sich für biologische Zusammenhänge im weitesten Sinn interessierte, dem sind diese Dinge nicht fremd. Aber lassen wir das. Wie gehen wir nun vor? Wir haben nun wirklich keine Zeit mehr für Diskussionen.«

Kilian schob schon wieder seine Brille auf der Nase zurecht, was ein untrügliches Zeichen dafür war, dass eine Idee in ihm gereift war. »Ich stelle mir das folgendermaßen vor: Wir gehen alle drei dorthin. Ihr verwickelt ihn in ein Fan-Gespräch …«

»In ein was?«, fragte Marie. »Das dauert mir alles viel zu lange. Ich habe die Operation Sockenlocken, wenn auch ohne Socken und ohne Locken, so wunderbar geplant. Und nun macht mir vermutlich der Flip-Flop-Indianer einen Strich durch die Rechnung! Ich will kein Fan-Gespräch!« Marie plusterte sich richtig auf. »Meinetwegen kann gleich das SEK anrücken und ihn aus seinem Mini-White-House schleifen.« Sie war völlig frustriert. Fast war sie am Ziel gewesen, und nun schien es unerreichbar weit weg. Sie hatte sich so auf Oma Jettes Augen gefreut, wenn plötzlich ihre Kinder vor der Tür standen. Und wenn dann die Ansage kam: Das war Günthers Idee. Das entsprach nicht ganz der Realität, aber besondere Umstände erforderten besondere Maßnahmen, und da war ein bisschen Flunkern erlaubt. Wie oft hatte sie ihren Geschwistern das in den letzten Stunden vorgebetet.

Günther konnte Jette später, nach jahrelanger Zweisamkeit, auf dem Sterbebett die Wahrheit mit letzter Kraft ins Ohr flüstern. Weil dort alles, wirklich alles verziehen wurde, würde Oma ihm generös verzeihen und dennoch dankbar sein. Auf was er sich da eingelassen hatte, wusste Günther ja noch gar nicht, und wenn sie ihren Part bei Pablo vergeigten, würde er es nie erfahren.

Und sie müssten die Suppe allein auslöffeln, denn der Ärger war vorprogrammiert. Der Zweck aber heiligte die Mittel, und schnell würden alle Umstände vergessen sein, sobald sich Jette und Günther in die Arme sanken.

Nur sanken sie eben jetzt nicht. Jetzt standen Tante und Onkel bald vor der Tür und erwarteten alles, nur nicht das. Marie und ihre Geschwister mussten ein paar Dinge erklären, vor allem, wo der geheiligte Zweck ja grad nicht da war, sondern auf dem Festland weilte und seinen nicht überfahrenen Laufenten beim Schneckenfangen zusah. Weil er im Leben keine andere Aufgabe mehr hatte, als genau das zu tun.

Diese Tragik trieb Marie Tränen in die Augen. Sie sah Günther ganz allein in seinem kleinen Haus in Blersum am Teich sitzen. Seine Laufenten waren auf der Jagd nach Nacktschnecken. Nicht weit von seiner Bank entfernt lag das Jette-Entengrab, das er immer gut pflegte, war es doch das Einzige, was ihm von Jette geblieben war. Günther hatte Marie genau beschrieben, wo es lag und wie er es in memoriam an sie und an seine große Liebe errichtet hatte. Wie er nach der Beisetzung gemerkt hatte, was ihm Oma Jette noch bedeutete und dass es nun nur noch ein Ziel in seinem Leben gab: Er wollte mit ihr alt werden und musste das, was er dreißig Jahre zuvor verbockt hatte, geradebiegen. Nun war das allerdings eher noch krummer geworden.

Das Liebespaar Jette und Günther war in weit entfernte Sphären gerückt. In ihren Träumen hatte Marie es schon als Brautpaar in der (nach Kilians Auskunft) mit vierzehn Stufen versehenen Langeooger Kirche gesehen. Sie stünden vor dem Altarbild mit dem weißen, gestrandeten Schiff, gaben sich unter dem Dröhnen der Führer-Orgel (auch darüber hatte Kilian sie ausreichend in Kenntnis gesetzt) das Jawort. Oma Jette ganz in Weiß, die behandschuhte Hand an der Klinke, die aussah wie ein Wikingerschiff. Die gesamte Familie war zugegen und zu Tränen gerührt, wenn sie mit Günther auf den Altar mit den zwei brennenden weißen Kerzen zuschritt.

Weil Marie so in ihre wehmütigen Gedanken versunken war, hatte sie das weitere Gespräch von Fenna und Kilian nicht mitbekommen. Sie war erstaunt, als beide mit den Handflächen einklatschten und offenbar einen Entschluss gefasst hatten.

»Was habt ihr vor?«, fragte sie.

»Sag bloß, du hast nicht zugehört, sondern wieder deinen Tagträumen nachgehangen?« Fenna klang fast so streng wie ihre Mutter.

»Ja, Manno. Ich habe nachgedacht.«

Kilian schüttelte den Kopf und klärte Marie darüber auf, wie er seinen Plan umzusetzen gedachte. »Und dafür müssen wir jetzt sofort los«, sagte er.

Marie hatte zwar noch immer nicht verstanden, worum es ging, aber sie nickte, bevor sie sich einen weiteren Anpfiff einfing.

Es waren nur ein paar Gehminuten bis zu Pablos weißem Holzhaus. Es lag von der Morgensonne angestrahlt idyllisch in den Dünen, in der Nacht hatte es aufgehört zu regnen. Möwen kreisten schreiend ihre Bahnen, ein Hase hoppelte davon.

»Hier gibt es nur Hasen, Kaninchen sind nämlich auf der Insel verboten«, begann Kilian. »Weil sie die Dünen …«

»Reicht schon«, unterbrach Marie ihn. »Diesen Vortrag haben wir bereits gehört, also lass gut sein. Wir müssen uns jetzt auf die wesentlichen Dinge konzentrieren, und die lauten: Pablo muss über- und Günther rückgeführt werden.«

»Du verwendest an der Stelle eindeutig das falsche Vokabular«, sagte Kilian. »Man überführt Leichen und rückführen verwendet man, wenn sich Menschen in ein anderes, ehemaliges Leben zurückführen lassen. Also ist das, was du grad gesagt hast, eher irreführend, und ich finde ...«

»Ich finde, du solltest jetzt schlichtweg deinen Klugscheißerschnabel halten«, sagte Marie. »Nicht dass Mister Flip-Flop noch etwas hört.«

Kilian fügte sich wider Erwarten, hörte auf zu dozieren und schlich Fenna hinterher.

Marie folgte ihren Geschwistern mit gesenktem Kopf. Sie presste ununterbrochen die Daumen in ihren Handballen in der Hoffnung, alles ginge gut. »Und ich bete, dass Pablo auch tatsächlich der Täter ist und Kilian sich mit seiner griechischen Mythologie und der Motivlage nicht furchtbar verrannt hat.«

»Sei still!«, zischte Fenna und klopfte an. Ihre Laune war nicht die beste. Sie wollte, im Gegensatz zu Marie, ganz und gar nicht, dass Pablo der Täter war. Immer wieder blickte sie an sich herunter. Sie war für diesen Ausflug sogar in einen kurzen Rock geschlüpft, von dessen Existenz Marie nicht einen Schimmer gehabt hatte. Es musste ihrer Schwester wirklich wichtig sein, Pablo zu gefallen. Obwohl er echt viel zu alt ist, dachte Marie. Aber vielleicht ist das in der alternativen Künstlerszene ja unerheblich.

Es dauerte eine Weile, ehe sie ein Schlurfen vernahmen und Pablos verschlafenes Gesicht in der geöffneten Tür auftauchte. Sie waren zu früh, wahre Künstler erhoben sich nur selten vor zwölf Uhr.

Fehler Nummer eins, dachte Marie. Toller Plan, der schon an einem unausgeschlafenen Genie scheiterte.

»Was wollt ihr?«, fragte Pablo. Er wirkte beinahe so, als erkenne er die drei gar nicht.

Während Fennas Augen vor Bewunderung funkelten, als sie den glanzvoll tätowierten halbnackten Oberkörper – Pablo trug ein weißes Muskelshirt – nebst Bizeps wahrnahm, schüttelte Marie den Kopf. Das wäre Günther nie passiert. Der hätte uns sogar mit fünf Komma null Promille erkannt, wobei sie nicht sicher war, ob man mit fünf Promille überhaupt noch etwas erkannte. Aber das war auch egal: Günther hätte das getan, allein, weil sie Jettes Enkel waren.

Pablo sah die drei immer noch fragend an. Fenna fand schließlich, trotz der uneingeschränkten Bewunderung des alternativ gestalteten Körpers, als Erste ihre Sprache wieder. »Wir wollten mit dir über Omas Geburtstag sprechen. Der ist morgen.«

»Jetz?« Diese Frage klang mehr als erschrocken, fast panisch. »Und wat för a Jebotsdaach?« Seine Stimme hatte plötzlich einen herben Kölner Einschlag.

Das hatte nicht nur Marie bemerkt, auch Kilian war kurz zusammengezuckt. Aber er ließ sich seine Verunsicherung nicht anmerken. »Ja, jetzt. Viel Zeit bleibt ja nicht. Wie meine Schwester eben erwähnte, ist dieser Tag morgen.«

»Es ist noch fast Nacht«, stellte Pablo mit einem Blick zum Himmel fest, der sich am heutigen Tag wieder im schönsten Blau zeigte. Lediglich ein paar Restpfützen und etliche herabgewehte Zweige zeugten vom Unwetter am Vorabend. Er prüfte den Sonnenstand.

»Da die Sonne, wie du eben festgestellt hast, fast den höchsten Stand hat, gehe ich wohl recht in der Annahme, das du eine andere Definition von Tag und Nacht hast als der gemeine Bürger«, sagte Kilian.

Marie wollte ihm schon gegen das Schienbein treten. Sie sollten sich nicht mit Pablo anlegen, sie wollten in dieses weiße Haus, das sämtliche Farben verschluckte, hinein, damit sie es unauffällig durchsuchen konnten. Zumindest stellte sie sich das so vor. Und nun maßregelte ihr elfjähriger Zwergenbruder den Künstler. Der wollte aber bestimmt nicht gemaßregelt, sondern bewundert werden. Jeder kreativ Schaffende wollte das, dazu musste man kein Psychologe sein, um das zu wissen. Das konnte sogar sie als Germany's fast Next Top Model einschätzen.

Auf der Künstlerstirn zeigte sich auch bereits eine steile Falte, der die Kritik abzulesen war. »Ich bin ein freier Mann und lebe nach meinen Bedürfnissen, nicht nach einer von Menschen vorgegebenen Uhr.« Er trat dennoch einen Schritt beiseite. »Aber wenn es um Jette geht: na gut. Kommt rein!« Pablo wies mit der Hand in den Flur.

Es roch abgestanden und nach Farbe. Sein Künstlerhirn brauchte offenkundig keine frische Luft, um kreative Energien freizusetzen. Der weiße Küchentisch war mit weißem Geschirr vollgestellt, auf dem sich weiße zusammengeknüllte Imbissservietten verloren. Marie überlegte, ob Pablo auch ausschließlich weiße Würstchen verspeiste, denn danach roch es unterschwellig. Aber auf der einen Serviette klebte ein Rest von gelbem Senf. Beim Essen war Farbe also auch bei Pablo erlaubt.

Er warf ein paar Entwürfe auf den Boden, um Platz für die drei zu schaffen. Die Skizzen zeigten die bepaintete Strandschönheit. »Setzt euch. Ich kann aber nichts anbieten. In meinen kreativen Phasen pflege ich zu fasten.«

Fenna nickte schon wieder begeistert, was Marie erneut am Gelingen des Projektes »Wir finden den Täter« zweifeln ließ. Wie sollten sie Pablo den Diebstahl nachweisen, wenn die eigene Schwester den vermeintlichen Täter förmlich anschmachtete? Und seine Muse, sein Bodypaintmodell, sein wollte.

»Was gibt es denn zu Jettes Geburtstag so Wichtiges zu sagen?«, fragte Pablo. Er gähnte und hielt es nicht für notwendig, sich die Hand vor den Mund zu halten, was für Marie erneut gewöhnungsbedürftig und für Fenna offensichtlich faszinierend animalisch war.

Sie sieht aus, als ob sie gleich in seinen Schlund kriechen wollte, dachte Marie. Was findet sie bloß an diesem alten Sack?

»Also, sie wird ja sechzig«, begann Kilian. Schon bei der für ihn horrend hohen Zahl wich Pablo erschrocken zurück, hatte sich aber so weit unter Kontrolle, dass er wissend nickte, obwohl er ganz sicher nicht wissend war.

Oma Jette hat ihm mitnichten verraten, wie alt sie wirklich ist, genau wie sie ihm ihre drei Ks und uns unterschlagen hat, dachte Marie.

»Kann ich mal aufs Klo?«, fragte Kilian.

Pablo nickte und zeigte auf eine weiße Tür, die sich eben öffnete und Rapunzel ausspuckte. Zumindest ein Wesen, das dieser Märchenfigur ziemlich nahe kam. Trug sie doch ein bodenlanges weißes Gewand, weiße Leinenschuhe und hatte honigblondes langes Haar, fast bis auf den Boden reichend, das sich, ohne die Raumsymmetrie zu stören, nahtlos in das künstlerische Hausambiente einfügte.

Marie starrte sie an, eindeutig handelte es sich weder um das Bodypaintmodell vom Strand noch um das auf den Skizzen. Wie viele Frauen hatte Pablo am Start?

»Du hast Besuch?«, hauchte das Wesen.

»Ja, die Enkel einer Freundin.«

»*Deiner* Freundin«, setzte Marie nach, und dieses Mal hatte sie es laut ausgesprochen. Oma Jette war nicht einfach irgendeine Freundin, Oma Jette war *die* Frau!

»Ja, ja«, murmelte Pablo. »Jette. Sie wird morgen schon sechzig.«

»Ach, die alte Schachtel, die du mal gemalt hast. Sehr vorteilhaft, muss ich gestehen. Wo hast du das Bild? Vor ein paar Tagen lag es hinter deinem Bett.«

Wenn Pablo diese Aussage jetzt unangenehm war, ließ er es sich nicht anmerken. Er ging darüber hinweg, als habe dieser Satz keine Brisanz, sondern wäre einfach eine Aussage über Äpfel und Birnen. Marie und ihre Geschwister aber nickten sich zu. Sie hatten Pablo. Aus der Nummer kam er nicht mehr raus. Rapunzel hatte versehentlich ihren Zopf abgeschnitten, und er war den Turm heruntergeknallt. Besser hätte es nicht laufen können.

Kilian verschwand derweil in der Toilette. Marie vermutete, dass er ursprünglich geplant hatte, von dort aus weiter in Pablos Schlaf- und Wohnbereich vorzudringen, denn normalerweise gingen Toiletten auch nicht von der Küche ab, sondern vom Flur. Normalerweise waren Häuser auch nicht komplett in Weiß eingerichtet und beherbergten weder Bodypaintmodelle handbemalt noch Rapunzelabwandlungen. Pablo war eben nicht normal und sein Umfeld ebenso nicht. Oma Jette musste das ähnlich faszinieren wie Fenna.

Daher kam Kilian recht schnell und unverrichteter Dinge von seiner »Mission Pinkelpott« zurück. Er zuckte resigniert mit den Schultern. Marie bemühte sich, ihn aufmunternd anzulächeln, sie hatten schließlich schon erfahren, was sie erfahren mussten. Und genau da würde sie ansetzen: »Dann haben Sie das Bild von unserer Großmutter also schon gesehen?«, fragte Marie Rapunzel, die eben durch den Raum schwebte und sich anmutig auf einem der Stühle plazierte. Sie machte bei allem, was sie tat, keine Geräusche.

»Ja, ist ungewöhnlich, wenn ein so begnadeter Maler wie Pablo sich ein Motiv für einen Akt aussucht, das sich schon jenseits des Verfallsdatums befindet. Aber Kunst kennt keine Grenzen, das wissen wir ja.« Rapunzel griff nach einem weißen Becher, pustete kurz hinein und befand diese Reinigungsaktion als ausreichend. Sie schwebte weiter zum weißen Wasserhahn und füllte das Gefäß mit Wasser. Sie trank es so lautlos, dass Marie sich fragte, ob sie überhaupt einen Schluckreflex hatte oder sich ihr Hals einfach so öffnete, um die Lautlosigkeit nicht zu stören.

Pablo reagierte noch immer nicht verstört. Entweder war er sich gar keiner Schuld bewusst oder aber er hielt Jettes Enkel für geistig minderbemittelt, dass sie die Brisanz der Rapunzelaussage nicht ermessen konnten.

Oder er weiß gar nicht, dass wir von dem Akt wissen, schoss es Marie ein. So wird es sein.

»Und dieses Bild war bis vor ein paar Tagen noch hier in diesem Haus und ist jetzt weg?«, hakte Marie mit fast ketzerischer Stimme nach.

»Es ist auf jeden Fall nicht mehr dort, wo ich es mal gesehen habe. Er hatte es im Gästezimmer hinter dem Bett, wo er all die Bilder aufbewahrt, die er für misslungen hält.«

»Er hält Oma für misslungen?« Endlich wachte auch Fenna auf. Ihrer Stimme haftete wahre Entrüstung an. Das ging nun wirklich zu weit.

»Oma Jette ist die gelungenste Großmutter der Welt!«, stellte Kilian fest. »In echt und auf Bildern!«

Rapunzel zuckte nur mit den Schultern und zog eine weiße selbstgedrehte Zigarette aus ihrem Gewand. »Es lag auf jeden Fall bei den Bildern, warum auch immer. Aber heute Morgen war es weg. Oder eigentlich schon seit drei Tagen.«

Marie stutzte. »Sie wohnen schon seit drei Tagen hier? Aber da war doch noch diese bemalte Frau ...«

Das weiße Feuerzeug klickte, und sie zog an der weißen Zigarette, die wie durch ein Wunder zwar weißen Rauch, aber mitnichten weiße Glut produzierte. Obwohl Marie das von dieser Frau irgendwie erwartet hatte. »Herzchen«, pustete Rapunzel sie an. »Pablo ist kein Mann für eine Frau. Er ist ein alter Kölscher Jung, den ich schon viele Jahre von seiner Zeit dort kenne. Er ist Künstler und muss seiner Fantasie in jeglicher Hinsicht freien Lauf lassen.«

Hier hakte Marie jetzt doch ein. »Er kommt aus Köln? Ich dachte, er sei Spanier.«

Rapunzel wischte die Bemerkung mit einer lässigen Handbewegung fort. »Noch nie was von einem Künstlernamen gehört? Er liebt Salvador Dalí, und da liegt es doch nah, sich auch mit dem Namen seinem Idol zu nähern.«

»Das weiß Omilein nicht«, rutschte es Kilian heraus.

Rapunzel blies einen Kringel, der größer wurde und sich dann auflöste. »Warum sollte sie? Sie war eine Zeit seine Muse oder ist es auch immer mal wieder. Er braucht Abwechslung, und er wollte wissen, wie es mit einer alten Dame ist.«

Marie fehlten die Worte.

»Es reicht. Unser kleiner Bruder ist erst elf, bitte keine weiteren Details«, wies Fenna sie zurecht.

Kilians roten Ohren nach hätte er sehr, sehr gern weitere Details vernommen, aber Rapunzel hatte ein Einsehen. Nach der unnatürlich süßlich duftenden Zigarette war ihr Blick glasig geworden. Sie wandte sich an Pablo, der immer noch geistig abwesend am Tisch flegelte, als habe er sich mit einem Kilo Hasch zugedröhnt.

Rapunzel stieß ihn an. »Ich glaube, wir haben den Akt vor ein paar Tagen selbst entsorgt. Oder was war das für ein Ding, als du noch bei der alten Schachtel im Laden warst, weil du sie im Haus nicht angetroffen hast?« Pablo kippte seitlich vom Stuhl und blieb mit ausgebreiteten Gliedmaßen liegen. Er fiel mit seinem Weiß auf dem hellen Fußboden gar nicht auf, sondern wirkte eher wie ein Teppichläufer mit Wolle an der Spitze, da seine Rastalocken sich großflächig um ihn herum ausgebreitet hatten.

»Was ist mit ihm?«, rief Fenna entsetzt aus. Da war es wieder. Dieses unbändige Gefühl der Bewunderung für den Künstler, der seine Kreativität aus wechselnden Frauengeschichten zog.

Rapunzel tippte ihn sacht mit der Fußspitze an. »Das hat er mal, wenn er zu viele Haschkekse intus hat. Dann macht er den Flachen. Dauert, bis er wieder da ist.«

Deshalb hat er dieses Wesen plaudern lassen und sich nicht darum geschert. Er hat es gar nicht wahrgenommen, dachte Marie und starrte auf den wie tot daliegenden Pablo, der aber selig lächelte und nicht ahnte, welch Unheil auf ihn zuschwebte.

»Haschkekse«, wiederholte Marie.

»Die frühstückt er hin und wieder, wenn ihm sonst nichts einfällt«, sagte Rapunzel, während sie ihre Zigarette im weißen Aschenbecher ausdrückte.

Marie kam es vor, als habe Rapunzel Spaß daran, der Zigarette den Garaus zu machen. Oma kennt echt nur durchgeknallte Typen. Einer ist ein spießiger Liegenschaftsbeamter, der andere frühstückt Haschkekse und haust mit Rapunzel und anderen Merkwürdigkeiten in einem komplett weißen Haus.

»Ich glaube, wir wissen nun, was wir wissen müssen«, sagte Kilian schließlich. »Ich bin allergisch gegen Rauch, und seit zwei Minuten weiß ich, dass mir auch Haschkekse nicht wirklich munden würden.«

»Du hast aber keinen gegessen, oder?«, fragte Fenna und sah sich hektisch nach verräterischen Krümeln um.

»I wo«, lachte Kilian. »Aber wenn ich den da so sehe ... Lasst uns die Biege machen, wir wissen in der Tat, was wir wissen müssen.«

Die drei verabschiedeten sich. Rapunzel hatte sich bereits eine weitere Zigarette angezündet und paffte völlig desinteressiert ihre weißen Kringel in die Luft. Sie verabschiedete die drei nicht.

»Die sind beide völlig stoned«, sagte Fenna. »Schade nur, dass wir zwar jetzt alles wissen, es aber nicht beweisen können. Denn wenn Rapunzel wieder klar bei Sinnen ist, wird sie diese Aussage wohl kaum vor Oma Jette wiederholen.«

Täuschte Marie sich da, oder schwang ein wenig Triumph in ihrer Stimme mit? Es konnte doch nicht sein, dass ihre eigene Schwester einen solch verqueren Männergeschmack hatte? Pablo war eher Pökelfleisch, also längst nicht mehr frisch, sondern lange abgehangen.

Kilian war als Erster auf der Straße und grinste die ganze Zeit über sein dummes »Ich-weiß-was-Grinsen«.

»Spuck's aus. Warum freust du dich so. Sag nicht, weil du doch einen dieser Drogenkekse intus hast.« Marie knuffte ihn in die Seite.

»Fenna, wiederhole deine Befürchtung bitte noch mal!«, forderte Kilian sie auf.

»Ich sagte: Dieses Rapunzelding wird vor Oma wohl kaum seine Aussage wiederholen.«

Kilian zupfte sein Handy aus den Shorts. »Muss sie auch gar nicht. Alles aufgezeichnet, falls Omilein uns das nicht glaubt! Was glaubt ihr wohl, weshalb ich so schnell vom Klo wieder aufgetaucht bin, als ich hörte, was die Frau da gesagt hat?«

»Genial!«, jubelte Marie. »Auch wenn wir jetzt nicht beweisen können, dass Pablo auch die anderen Leute beklaut hat: Bei Oma war er es ganz sicher!«

Fenna schwieg und lief mit großen Schritten voraus.

Jette hatte sich nicht durchringen können, den Laden aufzuschließen. Seit Günther weg war, wirkte alles so sinnlos, und doch wünschte sie ihn noch immer weit weg.

Er soll aber nicht weit weg sein, und er soll auch das Bild nicht gestohlen haben. Er soll mich nicht angelogen haben. Er soll sich um mich kümmern. Ach, verdammt, ich brauche einfach jemanden. Nicht nur, wenn es ihm behagte, so, wie es mit Pablo lief.

Nein, immer. Und ewig und überhaupt. Ihre Gedanken drehten sich wie in einem Karussell.

Trübsinnig starrte Jette aus dem Fenster. Der Sommer hatte längst wieder Einzug gehalten, die Hauptstraße lag im flimmernden Licht der Nachmittagssonne da, einer der Kutscher tränkte sein Pferd. Es war ein Friese, und das tiefschwarze Fell glänzte im Licht der einfallenden Sonne. Die Kutsche war dem einstigen Pferdezug nachempfunden und sah aus wie ein alter Eisenbahnwaggon. Kinder stapften mit Eimern und Schaufeln bewaffnet, und meist einen Bollerwagen hinter sich herziehend, neben ihren Eltern in Richtung Strand. Fahrradfahrer huschten über die gepflasterten Straßen, der Dorfsheriff stolzierte eher gelangweilt und vermutlich immens schwitzend durchs Dorf.

Herbi und Hilde hatte sie heute Morgen mit einer Kutsche und ihrem überdimensionalen Gepäck zum Anleger fahren sehen. Sie hatten offenbar halb Langeoog aufgekauft und ihrer Kreditkarte nicht nur bei Jette Ausgang erteilt.

Jette hatte sich bei dem Gewicht, immerhin das Gepäck *und* Hilde und Herbi, gewundert, dass die Achse dem standgehalten hatte. Sie war froh darüber, dass die beiden verschwanden. Einen weiteren Besuch hätte sie in ihrer momentanen labilen Verfassung nicht verkraftet.

Fenna, Marie und Kilian waren am Vormittag gemeinsam losgezogen und taten seit ihrer Rückkehr äußerst geheimnisvoll. Na ja, morgen lag ja auch ihr Geburtstag an. Sie hatte einen kleinen Tisch im *Café Leiß* reserviert. Etwas Besonderes sollte es ja schon sein. Obwohl es traurig für eine Oma mit drei Kindern und drei Enkeln war, dass sie nur mit einer kleinen Runde an Gästen aufwarten konnte. Pablo wollte sie nicht dabeihaben. Er hatte gestern zur Abwechslung ein blondes, fast durchsichtiges Mädchen an seiner Seite gehabt. Die tauchte immer mal wieder auf, und er schien sie zu mögen. Obwohl sie dünn war. Und jung. Und unerfahren. Angeblich stand er auf so etwas nicht, doch jenseits seiner Jette-Erfahrungen flankierten ihn ständig genau diese Wesen.

Doch wenn Jette nun seine Flammen mit ihm über den Langeoog-Boulevard, oder besser, die Haupt-und Barkhausenstraße flanieren sah, überkamen sie doch hin und wieder Zweifel, ob es richtig war, dass sie darauf keinen Wert legte. »Um wen trauerst du altes Waschweib denn nun?«, fragte Jette sich laut. »Um den kriminellen Günther, der sich vom kriminellen Horsti dazu hat überreden lassen, deinen Akt zu stehlen? Oder um den hochpotenten Pablo, der ein paar weibliche Wesen mehr benötigt, um zu überleben?« Jette seufzte. Plötzlich zuckte sie zusammen, als sie bemerkte, dass ein Mann mit einem überdimensionalen Sonnenhut direkt auf ihr Haus zusteuerte. Den grauen langen Locken nach war das Horsti.

»Ja verdammt, ist der denn nicht mit Günther von dannen gesegelt?«

Nein, Jette, Horst hat eine Motorjacht und kann nicht segeln.

Jette wollte sich schon ducken, als Horsti ihr zuwinkte. Er hatte sie durch das Fenster erkannt. Widerwillig öffnete Jette ihm die Tür. »Was willst du noch? Hast du den Dieb aufs Festland gebracht?«

Ausnahmsweise konterte Horsti mal nicht mit einem blöden Zitat. »Günther ist kein Dieb. Und selbst wenn er das Bild gestohlen hätte, dann doch nur, weil er dich immer bei sich haben will. Immerhin gibt es die Ente nicht mehr, und du hast seine Bemühungen gar nicht wahrgenommen.« Horsti deutete in den Garten, wo der Rasenroboter still auf dem Rasen verharrte, weil der Regen ihn hatte absaufen lassen und Jette keine Ahnung hatte, wie man das Ding wieder zum Laufen brachte. So, wie sie gerade auch nicht wusste, was sie tun sollte, um ihr Leben wieder in Schwung zu bringen.

»Es ist egal, welche Motivation ihn getrieben hat, mich zu bestehlen. Das geht keinesfalls. Das ist ein unverzeihlicher Vertrauensbruch.«

Obwohl es schon süß ist, wenn er mich immer bei sich haben will.

Von der Seite hatte sie das noch gar nicht bedacht.

Jette ließ Horsti nicht ins Haus. Es interessierte sie nicht, was er noch alles loswerden und wie er Günther reinwaschen wollte. Der war bestimmt von diesem Dieb als Spion geschickt worden. »Was willst du noch?« Jette zog die Brauen hoch und fixierte Horsti mit einem stechenden Blick. Dem hatte er noch nie standhalten können. Geradlinigen Personen war er unterlegen.

Und so wand er sich auch wie ein Aal. »Bitte, rede mit Günther! Er sitzt jetzt ganz allein in Blersum und bläst Trübsal. Du bist sein Lebenstraum, die Frau, die er an seinem Sterbebett an seiner Seite wissen möchte!« Nun holte Horst aber ganz groß aus.

»Ich hatte eigentlich nicht vor, zu seiner Pflegerin zu mutieren und seine Gebrechen zu kurieren!«, sagte Jette. In ihrem Bauch aber bohrte es. Sie sah Günther. Fremde Enten zogen auf dem kleinen Teich im Garten ihre Kreise, während seine letzten verbliebenen Laufenten sich allein um die Entsorgung der unzähligen braunen Nacktschnecken kümmern mussten. Davon wurden sie krank und lagen ihm verzweifelt und magenverdorben zu Füßen.

Daraufhin überfiel eine wahre Invasion dieser glitschigen Tiere seinen Garten und machte sämtlichen Rettichen, Radieschen und Salatgewächsen den Garaus. Völlig verzweifelt ob dieser Katastrophe, die einzig und allein zu verhindern gewesen wäre, wenn Jette Blümerant ihn erhört und ihm auf Langeoog Asyl gewährt hätte und er ihren Garten dort hätte bestellen dürfen. Ja, sie sah diese Bilder, hatte er ihr doch Fotos gezeigt und sehr viel von dem kleinen Haus gesprochen.

Reiß dich zusammen, Jette. Das will er doch nur: Dir ein schlechtes Gewissen machen. Günther hätte das alles haben können, nun muss er eben mit seinen übrig gebliebenen Laufenten und dem von Nacktschnecken vernichteten Gemüse vorliebnehmen. Das liegt nicht in deinem Verantwortungsbereich.

In dem Augenblick rannten ihre drei Enkel die Treppen herunter. Nein, sie rannten nicht, sie stürzten regelrecht, weil sie Horsti von Hintens Stimme gehört hatten. »Horsti! Wie geht es Günther? Alles gut bei ihm?«, quietschte Marie sofort los.

Horsti legte eine Trauermiene auf. Mit diesem betretenen Gesicht hätte er jedem Bestatter Konkurrenz machen können, die Toten hätten glatt die Särge gewechselt, weil sie lieber von ihm post mortem betreut werden wollten. Er litt aber offenbar wirklich, denn noch immer war kein blöder Spruch über seine Lippen gekrochen. »Leider nein, Kinder. Er wartet auf sein Ende. Er kann nicht mehr, so einsam, wie er jetzt ist!«

Marie traten die Tränen in die Augen. Fenna hielt ihr sicherheitshalber ein Taschentuch hin. Wenn Marie beschlossen hatte, zu weinen, dann tat sie das mit solcher Ausdauer und Inbrunst, dass sie sich als Co-Bestatterin an Horstis Seite hervorragend gemacht hätte.

Ein Beruf, dem nie die Arbeit ausging, war Jettes Enkelin absolut sicher, nur zweifelte Jette, ob die langen Kunstnägel sich so gut bei der Leichenwaschung machten oder sie nicht doch die Gummi-Einmalhandschuhe durchschnitten. Darüber konnte man sich später Gedanken machen.

»Dann kommt erst mal alle in die Küche!«, bot Jette an. »Ich koche einen Tee!«

Kilian stellte sogleich das Stövchen auf den Tisch und holte die Dose mit den Teeblättern und die Stoppuhr. Wenn Tee, dann richtig und auf die Minute gezogen, darauf legte er größten Wert, seit er sich genauer mit der ostfriesischen Teezeremonie befasst hatte.

Als Jette diese Mannschaft in ihrer kleinen Friesenküche versammelt sah, überkam sie große Wehmut. Immer dieselben Gedanken, die sie quälten. Die einsame Jette vor ihrem Becher Tee, als Gesellschaft die Tarotkarten. Ab und zu käme Pablo vorbei, wenn ihn wieder eine neue künstlerische Idee angefallen hatte. Oder er von anderen Gelüsten heimgesucht würde. Hin und wieder tauchte auch die eine oder andere Langeoogerin zu einem Schwatz auf, oder ein Kunde verwickelte Jette in ein Gespräch.

Abends würde sie ein zweites Mal die Tarotkarten legen, sich in ihre Bücher vertiefen und gnadenlos unabhängig sein. Sich nur um sich kümmern und sich einreden, dass dies ein wunderbarer Zustand war.

Marie schluchzte noch immer. Hin und wieder tupfte sie mit dem Papiertaschentuch dezent die Augen trocken, damit die Wimperntusche nicht verwischte.

Als Jettes Tee auf den Punkt gezogen war und in den winzigen Teetassen vor sich hin qualmte, sah sie, dass Kilian mal wieder sein Notizbuch aus der Tasche gezogen hatte und daneben das Smartphone positionierte.

»Das sieht aus, als wolltest du mir etwas sagen«, sagte Jette.

»Nicht nur ich. Wir alle. Wir haben Neuigkeiten und wissen nicht, wie wir sie dir am besten mitteilen sollen.« Wie immer schob er bei diesen Worten das Brillengestell ein Stück höher. Er leckte sich den Zeigefinger und blätterte kontinuierlich weiter.

Fenna hatte derweil die Lippen fest zusammengepresst und sah eher nicht so aus, als ob sie etwas zu sagen hätte. Sie wirkte regelrecht unglücklich.

»Ich bin ganz Ohr. Es geht doch wohl kaum um eine Verlängerung in dieser Einöde?«, fragte Jette.

Marie schüttelte den Kopf, warf das Taschentuch beiseite und strahlte plötzlich übers ganze Gesicht. »Wir haben den wahren

Dieb, Oma, und du kannst Günther zurückholen. Wie findest du das?«

»Ich verstehe zwar nicht, was ihr mir sagen wollt, aber das Bild lag bei ihm in der Abstellkammer. Deutlicher geht es wohl nicht.« Jette benutzte das Wort Abstellkammer absichtlich wieder, denn sie würde es keiner Menschenseele mehr gestatten, dort einzuziehen. Egal, wie viele Enten, Gänse oder Nashörner derjenige nach ihr benannt hatte.

»Es war ein Komplott gegen ihn«, erklärte Marie.

»Verrat«, bestätigte Kilian. »Wir haben Aufnahmen.«

»Aufnahmen?« Jette verstand nicht so ganz.

Kilian nickte. »Ich hole mal weiter aus, damit du verstehst, was wir ausgetüftelt haben. Also ... Ich habe mich mit der griechischen Mythologie befasst und mir Gedanken darüber gemacht, warum jemand deinen Akt gestohlen haben könnte.« Er tippte auf seine Aufzeichnungen.

»Also, was dein Enkel dir gleich mit vielen Worten sagen will, fasse ich mal in Kürze zusammen«, mischte sich jetzt Fenna mit düsterer Stimme ein. Ihre Mimik hatte sich nahtlos der Trauermine Horstis angeglichen. Jettes Familie war durchweg für den Bestatterberuf geeignet, da stellte man sich doch die Frage, weshalb ein Teil zum besten Freund der Meerleguane wurde und der andere in Neuguinea die Lendenschurzmode aufpeppte. Oder was immer Knut dort tat. Man erforschte ja allen möglichen Unsinn heutzutage. Kilian war das beste Beispiel.

»Oma, hörst du überhaupt zu?«, hakte Fenna nach. Sie hatte allen die schwerwiegende und großartige Neuigkeit mitgeteilt, aber Jette war mit ihren Gedanken woanders gewesen.

Horsti hingegen war freudestrahlend vom Stuhl aufgesprungen und tanzte mit Marie durch die Küche. Bestatter ade.

»Warum freut ihr euch jetzt so?«, fragte Jette. Sie bemühte sich, die Zusammenhänge zu begreifen.

»Pack deine Sachen, Jette. Was du für die nächsten zwei Stunden so brauchst«, grinste Horsti sie an.

»Warum? Bitte noch mal ganz langsam, nur für mich.«

»Weil wir jetzt Günther zurückholen. Mit meiner Jacht. Damit du morgen anständig feiern kannst. Und beeil dich, es ist gerade Hochwasser, wir können sofort los!«

»Günther hat mein Bild gestohlen! Der wird nie mehr einen Fuß auf diese Insel setzen, wenn er nicht Gefahr laufen will, dass ich ihm den Dorfsheriff auf den Hals hetze.«

»Sie hat nicht zugehört!« Marie war fassungslos. »Oma hat tatsächlich nicht zugehört!«

Kilian aktivierte die Handytaste, und Jette hörte die Stimme von Pablos Elfe. Was ihr da zu Gehör kam, ließ sie frösteln, und gleichzeitig glaubte sie sich mal wieder in den Wechseljahren.

»Dieser Schuft!«, stieß sie aus. »Dieser hundsgemeine üble Schuft! Was hat er sich dabei gedacht? Er ist kein Spanier und dann auch noch ein Dieb?«

Kilian stellte den Handymitschnitt aus. »Deshalb ja mein kurzer Ausflug in die griechische Mythologie. Schon die Erinnyen bei den Griechen waren Rachegöttinnen, wobei man dieses Gefühl nicht von der rein weiblichen Seite sehen darf, sondern zulassen muss, dass auch Männer, eben wie Pablo, durchaus von solchen Emotionen geleitet werden.«

Noch während Kilian Luft holte, um einen großen Bogen zwischen den Griechen der Antike und dem Langeooger Aktraub zu spannen, stand Jette auf. »Worauf warten wir?«

»Die Operation Sockenlocken lebt wieder! Viva Sockenlocken!«, kreischte Marie los.

Jette konnte mit diesem Begriff zwar nichts anfangen, aber sie mussten Günther zurückholen. Jette hatte ihm großes Unrecht getan. Sie musste sich auf der Stelle entschuldigen.

»Und das muss dringend noch heute passieren«, erklärte Marie mit einem Blick auf die Uhr. »Sonst geht alles schief. Morgen ist doch der ganz große Tag.«

Fenna zeigte sich noch immer zurückhaltend und sah wehmütig die Straße hinunter, als hoffte sie, der rachsüchtige Pablo tauche dort irgendwo auf und erklärte, dass sein Rapunzel Jettes Bild gestohlen hatte. Aber Pablo blieb in seinem weißen Haus und schlief vermutlich die letzten Nachwirkungen der Haschkekse aus. Vielleicht hatte er sogar einen Joint nachgezogen.

Auf dem Weg zum Anleger kamen ihnen die wilde Hilde und Herbi entgegen. Allerdings nicht ganz allein und mit weiterem Schmuck in Form von großen silberfarbigen Handschellen behängt. Der schmiegte sich um ihre Handgelenke und zierte sie nicht sonderlich, weil er sich ins Fett zu tief einschnitt.

»Was ist denn das?«, fragte Jette den Polizisten, der heute ein äußerst zufriedenes Gesicht machte.

»Das sind die Räuber. Ich habe sämtlichen gestohlenen Schmuck bei ihnen dingfest machen können. Nur Ihr Gemälde nicht, Frau Blümerant. Das bleibt auf seltsame Art und Weise verschollen!«

»Ach, das macht nichts! Ich male mir einfach ein Neues.« Sie musterte die beiden Pseudoreichen. »Sie also.«

Herbi schnaufte. »Was soll das heißen? Wir haben auf Langeooge nichts getan. Der Mann lügt.«

»Langeoog«, verbesserte Jette ihn automatisch. Sie verstand noch immer nicht. Der Polizist war sichtlich stolz auf seinen Fang und setzte zur Erklärung an: »Ich hatte die beiden in Verdacht, weil sie mir zu auffällig vor den Geschäften herumlungerten.«

»Wir lungern nicht, ich bin *Direcktor*.« Das scharfe ck legte Herbi auch in Krisensituationen nicht ab.

Der Polizist ließ sich von ihm aber nicht beirren, sondern erklärte Jette den Sachverhalt weiter. »Nun, sie traten zudem sehr großspurig auf, und der Zufall wollte es, dass ich sie auf frischer Tat ertappt habe.«

Herbis Gesicht verdunkelte sich. Dem hatte er nichts hinzuzufügen.

Jette konnte es noch immer nicht fassen. »Was mich nur wundert, ist: Warum haben sie ausgerechnet bei mir für so viel Geld den Schmuck gekauft und nicht auch gestohlen?«

»Ich fürchte, Sie haben Ihre Bestände nicht völlig unter Kontrolle, Frau Blümerant«, seufzte der Polizist. »Buchführung und all das scheint nicht Ihre Stärke zu sein. Fragen Sie mal den Herrn Meilenstein, der könnte Ihnen bestimmt unter die Arme greifen. Der kennt sich mit so etwas gut aus. Kommen Sie in den nächsten Tagen aufs Revier. Ich denke, da wird Ihnen so manches bekannt vorkommen.« Er sah sie mitleidig an: »Und sicherlich hat der Mann mit seinen gestohlenen oder nicht gedeckten Kreditkarten bei Ihnen eingekauft, oder?«

Jette fielen die drei verschiedenen Karten ein, die er benutzt hatte. Das Geld war dann wohl futsch, wenn der Schmuck nicht in der Polizeistation zu finden war.

Der Dorfsheriff führte die beiden weiter durch den Ort, den Blicken aller ausgesetzt. Das hatte was von Mittelalter, aber Jette konnte sich der Schadenfreude nicht erwehren.

»Oma, nun komm! Da geht es nur um so ein paar olle Ketten. Hier geht es aber um die große Liebe!« Marie zerrte an ihrem Ärmel.

»Erst mal nur um eine alte Freundschaft«, berichtigte Jette. Sie wusste schließlich nicht, ob Günther ihr verzieh. So leicht würde er es ihr sicher nicht machen.

Die Gischt spritzte an der Wand des Motorbootes auf, als Horsti so richtig Gas gab. Jette war froh, dass die Tide mitspielte und sie nicht auf das nächste Hochwasser oder Fahrgastschiff warten mussten. Sie hätte keine Sekunde länger warten mögen. Sie fuhren aus dem Hafen heraus, an der Mole vorbei und nahmen Kurs aufs Festland. Rechts steckten die Birkenpricken neben der Fahrrinne, doch schon bald kämpften sie sich durch die See, und erst kurz vor Bensersiel tauchten Mauerwälle und die Pricken wieder auf, um sie auf sicherem Weg zur Hafenmole zu führen.

Sie tuckerten mit verlangsamter Geschwindigkeit in den Hafen ein, legten an und sprangen an Land.

»Ich habe meinen Porsche in der Inselgarage«, sagte Horsti. »Wenn du da einsteigen magst. Ich kenne ja deine Aversion gegen sogenannte Protzautos.«

Jette nickte stumm. Ihr Herz klopfte bis zum Hals. Was sollte sie Günther eigentlich sagen? Dies alles war eine saudumme Idee. Saudumm. Sie sollte umkehren, es dabei belassen. Wozu diese Eile? Sie hatte sich unnötigerweise dazu anstacheln lassen. »Können wir nicht einfach so zurückfahren? Ich meine, was sollen wir bei Günther? Er wird froh sein, wenn ich nicht mehr bei ihm auftauche.«

»Oma!«, lachte Marie. »Du bist ja schlimmer als der letzte Teenie. Entspann dich!«

Jette zitterten die Hände, ihre Beine hatte sie längst nicht mehr in der Gewalt. »Aber der Porsche ist zu klein. Da passen wir gar nicht alle rein. Ich kann euch doch nicht den Gefahren hier aussetzen und euch allein zurücklassen!«

»Klar, Oma, wir könnten ins Hafenbecken stürzen oder aber unter die Räder eines Wohnmobils geraten, wenn wir da verstecken spielen!«, grinste Fenna.

»Wir sind schon groß, und glaube uns, Günther wird sich nicht lange zieren! Ehe du dich versiehst, seid ihr aus Blersum zurück.«

»Wir verspeisen derweil auf deine Kosten ein Eis nach dem anderen.« Marie schlug ihrer Oma so kräftig auf den Rücken, dass nun Jette fast vornüber ins Hafenbecken gestürzt wäre.

Kurz darauf summte Horstis Porsche in den Hafen und fuhr schwungvoll in die nächste Parklücke. »So, nun herein, wenn's kein Schneider ist!«, riss Horsti die Tür auf.

»Wobei dieses Sprichwort eines derjenigen ist, die einen Berufsstand diskriminieren«, sagte Kilian. »Ein Schneider wurde im Mittelalter immer am schlechtesten bezahlt, und wenn er des Abends nach seinem Gehalt fragen ging, wollten ihn die feinen Herrschaften nicht einlassen. Also ich finde ...«

Fenna hielt ihrem Bruder den Mund zu. »Ich finde, du hältst jetzt mal wieder deine Hochbegabtenklappe, weil wir Älteren mit Horsti und Oma besprechen müssen, wann und wo wir uns treffen wollen.«

Horsti reichte Fenna einen Hunderteuroschein herüber. »Geht in die *Nordseetherme* zum Baden. Wir brauchen bestimmt zwei Stunden, und dann müssen wir ja warten, bis wir wieder losfahren können wegen der Tide. Ich schreibe euch eine WhatsApp, brauche nur noch eine Nummer.«

Marie griff nach dem Schein, während Fenna Horsti ihre Nummer diktierte. Dann brauste Jette mit ihm los.

Es war nicht weit bis Blersum. Sie verließen Esens und fuhren durch die typisch friesischen Marschwiesen in Richtung Wittmund. Kurz vor der ostfriesischen Stadt bogen sie links ab, darauf folgte eine Kurve, bis sie Am Drift ankamen. Eine längere Auffahrt zog sich bis zu dem kleinen Bauernhaus, das sich hinter Büschen versteckte. Horst machte sich gar nicht erst die Mühe zu klingeln, sondern umrundete das Haus gleich an der rechten Seite, bis sie auf einer gepflasterten Terrasse standen, von der aus man einen Blick auf den verwunschen wirkenden Tümpel hatte. Auf dessen Oberfläche bildete Entengrütze einen dichten Teppich. Neben dem Gewässer parkte ein ebensolcher Käferroboter, wie Günther ihn Jette geschenkt hatte, und dahinter befand sich ein Holzhäuschen, das das Zuhause seiner Indischen Laufenten beherbergte. Von Günther fehlte jedoch jede Spur, allerdings war die Terrassentür nur angelehnt. Weit konnte er nicht sein.

Während Jette noch zögerte und weiterhin am liebsten Reißaus genommen hätte, kannte Horsti keine Skrupel und stieß die Tür ganz auf. Jette warf derweil einen Blick auf den Tisch und wunderte sich über die zwei Kaffeetassen, die halb geleert darauf standen. Sie wollte Horsti eben zurückpfeifen, doch der war schon um die Ecke verschwunden. Jette fühlte sich bei alledem unwohl, denn über dem einen Sessel hing ein Kleidungsstück, das sicher nicht Günther gehörte. Auf eine mit filigranen Spitzen verzierte Jacke war er bestimmt nicht umgestiegen.

Jette zog sich unauffällig in den Garten zurück und wäre fast über ein Laufentenpaar gestolpert, das sie mit langgerecktem Hals kritisch musterte. »Du bist also der Mann der toten Jette-Ente«, sagte sie zu dem Erpel.

Das Tier legte den Kopf schief, schien nachzudenken, wie es mit Jette umzugehen hatte, doch war dem Erpel keine Ähnlichkeit Jettes mit seiner verstorbenen Gattin bewusst. Schließlich tapste er auch weiter und verspeiste die nächste Schnecke, die sich gemächlich über den Weg schob und es von nun an nie wieder tat. Sein Weib folgte ihm mit watschelndem Gang.

Als Jette sich umdrehte, trat Horsti mit hochrotem Kopf auf die Terrasse. Er umfasste Jettes Hüfte und führte sie galant ums Haus herum und zurück zum Auto. »Wir hätten uns anmelden sollen«, sagte er und schloss die Tür des Porsches auf. »Das macht man einfach nicht. So in fremde Häuser platzen. Man weiß ja nie, was der Eigentümer gerade tut, nicht wahr. Wir trinken jetzt erst mal einen Kaffee, und dann melden wir uns an.«

»Du brauchst nicht um den heißen Brei herumzureden, Horsti. Ich habe die Damenjacke in der Stube liegen sehen. Günther hat eine Frau zu Besuch. Ich bin zu spät!« Jette wunderte sich über die Ruhe, mit der sie diese Sätze auszusprechen vermochte. In ihr tobte es nämlich. Dazu zerschnitten gerade zwanzig, nein hundert Messer ihre Eingeweide. Oder sie hatte Flugzeuge im Bauch, wie Grönemeyer so schön sang. Ihre hatten aber immense Probleme im Landeanflug, so, wie sie ihre Bauchwände traktierten.

So viel also zur großen Liebe zwischen Jette Blümerant und Günther Meilenstein. Kaum hatte sie ihn abserviert, verlustierte er sich schon mit der nächsten. Sie hätte auf Langeoog bleiben sollen. »Den Kaffee können wir uns schenken! Ich will keinen Kerl, der sich die Frauen wie von der Stange nimmt und sie täglich wechselt wie die Unterwäsche.«

»Fahr los! Richtung Bensersiel ohne Rückticket!«, forderte sie ihn auf.

Horsti zögerte. Draußen wurden Stimmen laut, und der weibliche Part klang eher keifend. »Warte!« Er griff nach Jettes Ellbogen.

Jette kroch ins Porscheleder, fühlte sich förmlich aufgesogen. Sie wollte die Frau nicht sehen, der Günther nun sein Herz geschenkt hatte. Sie war sicher blond und jung und schön. Und nicht dunkel gefärbt und alt und faltig. Das klassische Bild. Die Flieger in Jettes Bauch drehten gerade Kapriolen, ein paar stürzten ab und verbrannten lichterloh. »Fahr los!«, forderte sie Horsti ein zweites Mal auf, doch der war viel zu neugierig, weil er wissen wollte, mit wem sein Spezi Günther sich getroffen hatte. Das bemerkte Jette daran, dass er sich sein Haar mit Spucke befeuchtete und die Matte hinter dem Ohr fixierte. Dabei fletschte er die Zähne im Rückspiegel, um zu überprüfen, ob sein reinweißes, gebleachtes Lächeln noch genauso unwiderstehlich war wie vor ein paar Minuten. Horsti hatte die Angewohnheit, sich das ständig neu zu bestätigen.

Jetzt bogen Günther und seine Eroberung um die Hausecke. Obwohl Jette es eigentlich gar nicht sehen wollte, konnte sie es nun doch nicht lassen, einen Blick zu riskieren. »Nur zum Abschied«, beruhigte sie sich selbst. »Danach werde ich diesen Mann nie wiedersehen.«

Die Frau trug kein Tuch um ihren Kopf, sondern einen aufgetürmten Turban. Und auch sonst wirkte sie nicht so, wie sich Jette die neue Frau an Günthers Seite vorgestellt hatte. Ihr Gesicht war so braun, dass es unmöglich war, zu erkennen, wo die Farbschicht aufhörte und das wahre Leben darunter begann. Kratzte man mit einem Spatel darüber, wäre es ein Leichtes, eine Furche zu ziehen, damit die Tränenflüssigkeit, die nun dabei war, das Braun zu einer unappetitlichen Masse werden zu lassen, in akkurat gezogenen Gräben abfließen zu lassen.

Günther stolperte mit gesenktem Kopf hinter der Frau her, im Arm hielt er Emmas Käfig. »Du bist ein schlechter Sitter für meinen Darling. Sie mitzunehmen auf die Insel! Was hätte ihr dort alles passieren können?«

Günther zuckte hilflos mit den Schultern und öffnete die Tür des Volvos, der seitlich parkte. Dabei schwankte der Emma-Käfig nicht unerheblich, aber Günther konnte ihn gerade noch ausbalancieren. Günther, der Gute. Nie würde er einer Hamsterdame etwas zuleide tun.

»Das Schiff hätte sinken können, Günther! Dann wäre Emma verstorben und auf ewig im Wattenmeer verschollen. Ich hätte nicht einmal ein Grab gehabt, wo ich sie hätte beweinen können. Nicht mal das!« Die Geschminkte zupfte sich ein rotes Stofftaschentuch aus der Hosentasche und tupfte sich die Augen.

»Das Schiff ist aber nicht gesunken, Andrea. Wir sind doch heil wieder hier angekommen!«

Die Frau tupfte immer noch. Jette musterte sie nun doch interessiert. Erstens sah das nicht nach einer Liebesbeziehung aus, zweitens wirkte sie nicht, als hätte sie am heutigen Tag schon jemand berührt, geschweige denn mit ihr Liebe gemacht.

Oder aber sie war nach vollendetem Geschlechtsakt eine wahre Meisterin der Rekonstruktion und verstand sich darin, in Windeseile ihr Make-up zu restaurieren.

Drittens ... drittens bemerkte sie Günther in genau diesem Augenblick und ließ vor Schreck den Emma-Käfig fallen. Die Tür sprang auf, die Hamsterdame schien nicht willens, ihr Leben an der Seite von Schmink-Andrea zu verbringen, und huschte ins nächste Gebüsch. Wo der Kater des Nachbarn schon auf sie wartete und nur mit gutem Zureden von geschlagenen zehn Minuten bereit war, Emma fast unversehrt wieder auszuspucken. Der Hamster war nun sicher zeit seines Lebens traumatisiert und auf einen Tierpsychologen angewiesen. Die zwei Blessuren der spitzen Katzeneckzähne in ihrem Emma-Nacken waren das kleinere Übel. Andrea war außer sich, kämpfte mit einem Kreislaufkollaps und wedelte sich ununterbrochen mit dem roten Taschentuch die schwüle Sommerluft ins Gesicht.

Jette hatte sich während der Zeit nicht von ihrem Lederpolster bewegt. Horsti hingegen gab alles. Eine verzweifelte Frau, kurz vor einem Nervenzusammenbruch, war eine Steilvorlage für sein männliches Ego. Er stand auf Frauen mit Kriegsbemalung, das kannte Jette schon von früher. »Wie sagte schon mein Freund Oscar Wilde, gnädige Frau: Es kommt darauf an, den Körper mit der Seele und die Seele mit dem Körper zu heilen. Das tun wir mit Emma, seien Sie sicher!«

Am Ende der Emma-Jagd hatte Andreas Japsen nach Luft erheblich nachgelassen und ihre blauen Augen sich bereits an Horstis geheftet. Jette befürchtete, sie würde ihre Enkel heute nicht mehr wiedersehen und sie mussten in der *Nordseetherme* ihre Kreise ziehen, bis ihnen Schwimmhäute wuchsen, weil Horsti erst Andrea flachlegte. Stimmte seine propagierte Kondition auch nur annähernd, würde es bis zum nächsten Morgen dauern. Zumindest war es in der Therme warm, Liegen zum Schlafen waren auch vorhanden, und für den Pommesnotfall gab es ein Bistro. Aber ein winziges Gewissen war Horsti dann doch zu eigen. Er lud Andrea lediglich zum Essen in Wittmund ein mit dem Versprechen, Günther und Jette pünktlich wieder abzuholen, damit sie mit der nächsten Flut zurückfahren konnten. »Sonst nehmt ihr das Fahrgastschiff, das fährt ja tideunabhängig und in zwei Stunden.«

Günther hatte sich unter höchstem Einsatz der Emma-Jagd gewidmet. Nun stand er unsicher vor Jette und wischte sich die Hände an der Arbeitshose ab, mit der er zuvor den Spuren nach den Garten beackert hatte. Günther würdigte Andrea keines Blickes mehr, hatte allein Jette in seinem Fokus. Die schloss angesichts der veränderten Umstände ihre vorhin begonnene Überlegung mit viertens: Andrea mochte Günther nicht, hatte ihn nur ausgenutzt wie alle anderen Frauen vorher auch. Fünftens: Andrea war tatsächlich die Scheidungshamsterfrau. Sechstens: Jette hatte das Falsche gedacht.

Da stand sie also vor ihm. Günther bat sie ins Haus, wusch sich die Hände, zog sich um und setzte Kaffee auf. Jette sah sich derweil im Haus um. Günther hatte viele Bilder an der Wand. Keine Kunstdrucke, sondern Gemälde von verschiedenen Künstlern. Im Wohnzimmer hingen drei Bilder, die sie, Jette, ihm mal gemalt hatte. Sie waren abstrakt, doch er hatte damals die Bedeutung sofort erkannt. Ihre drei Bilder dominierten den Raum. Auf dem Schreibtisch, der vor dem Ausgang in den Garten plaziert war, stand ein weiteres Bild, das sie und ihn am Südstrand in Wilhelmshaven zeigte. Im Flur wiederum waren sie mit den drei Ks beim gemeinsamen Urlaub in der Schwäbischen

Alb zu sehen. Auf der Toilette war Jette beim Baden aufgestellt, im Gästezimmer wiederum sie und Günther, als sie sich küssten.

»Kommst du? Der Kaffee ist durch.«

Jette setzte sich an den Küchentisch und sah Günther an. Hier, in seinem Haus wirkte er nur halb so linkisch wie auf Langeoog. Er musste dort völlig verunsichert gewesen sein. Außerdem hatten Maries Verwandlungskünste Wunder gewirkt. Er trug immer noch eine gut sitzende Hose, ein geschmackvolles Hemd mit zarten blauen Streifen, dazu ließ die neue Frisur sein Gesicht vorteilhafter wirken. Eigentümlicherweise war ihr das auf Langeoog nicht so deutlich gewesen wie hier.

Er setzte sich Jette gegenüber. Sie fasste mit wenigen Worten zusammen, was passiert war. Und sie entschuldigte sich. Einmal, zweimal, dreimal.

»Ist gut, Jette. Das ist aber, glaube ich, auch nicht unser Problem.«

Sie blickte Günther überrascht an, hatte sie doch mit heftigen Vorwürfen gerechnet.

Er nahm ihre Hände, und sie ließ es zu. »Ich habe viele Fehler gemacht, Jette, und dich damals verlassen zu haben war der größte. Ich hatte Angst. Angst vor der Verantwortung, drei fremde Kinder großzuziehen, und doch bin ich nie mehr glücklich geworden. Nur kann man einen so großen Fehler nicht ungeschehen machen.«

Jette schwieg. Ihr Herz klopfte stärker, als sie es wollte. Da saß er wieder vor ihr: der Günther, den sie kannte. Der, den sie einst so sehr geliebt hatte.

Günther nahm einen Schluck Kaffee, dabei zitterten seine Hände. Es war ihm schon immer schwergefallen, über seine Gefühle zu sprechen, das hatte sich nicht geändert. Trotzdem sprach er weiter: »Ich habe dich immer geliebt, und ich liebe dich noch immer. Ich glaube, so etwas passiert nur einmal im

Leben. Aber ich habe es vergeigt. Wollte dich jetzt für mich gewinnen, wollte, dass du mich wieder liebst, aber bin dabei wie der leibhaftige Tölpel vorgegangen. Dass du am Ende denken musstest, ich hätte dich auch noch beklaut, wundert mich nicht.«

Jette wollte ihm noch mal sagen, dass sie ihm verzieh, dass sie doch als Freunde eine Weile auf der Insel zusammenbleiben könnten, um zu sehen, ob es doch funktionierte, aber Günther winkte ab. Er wirkte plötzlich stark, richtig männlich. »Du musst nichts sagen, Jette. Es ist alles gut. Ich bleibe hier in Blersum, vielleicht komme ich ab und zu bei dir vorbei. Wir haben beide unser Leben. Ohne den anderen. Die dreißig Jahre haben uns verändert, das habe ich begriffen.« Er machte eine Pause. »Du bist noch schöner geworden, noch reifer und noch selbständiger. Du brauchst Luft zum Atmen und keinen Günther Meilenstein, der dir Rasenroboter und Maulwurfschreckanlagen in den Garten stellt.«

Jette holte Luft, wollte etwas sagen, doch ihr blieben die Worte im Hals stecken. Hatte Günther nicht recht?

Sie tranken gemeinsam den Kaffee, knabberten an den Keksen, erfuhren, dass Horsti Andrea dringend bei der Emma-Pflege behilflich sein musste und sie das Fährschiff zur Rückreise wählen sollten. »Morgen zu deinem Geburtstag bin ich aber wieder da. Ich eile mit Weile«, sagte er zu Jette am Telefon. »So etwas dauert nicht lange, höchstens eine Nacht!«

Jettes wegen hätte er sein ganzes Restleben mit dem keifenden Tuschkasten und ihrem posttraumatischen Hamster verbringen können, aber davon wollte Horsti nichts wissen. »Man soll immer dann gehen, wenn es am besten ist und das Mahl noch heiß.«

Den Spruch hatte Jette in dieser Konstellation zwar noch nie gehört, aber er passte zu ihm. Nun fühlte sie sich zwar verpflichtet, ihn zu ihrem Geburtstag dazuzubitten, aber wenn er doch nicht kam, war es auch gut. »Meinetwegen musst du dir keine Mühe machen. Wir sind im *Café Leiß* ab fünfzehn Uhr!«

»Ich schaffe das! Deinen Sechzigsten lasse ich mir doch nicht entgehen!«

Günther fuhr Jette schließlich zum Anleger. Ihren Enkeln waren die nachwachsenden Schwimmhäute mit der vorzeitigen Abreise erspart geblieben

»Wie, du kommst nicht mit?«, fragte Marie entsetzt, als Günther ohne Gepäck dastand.

Er zuckte mit den Schultern, um seinen Mund hatte sich ein tragischer Zug gelegt, und als das Schiff ablegte und Jette Günther allein am Kai stehen sah, wusste sie, dass jetzt sie einen fatalen Fehler gemacht hatte.

22

Der Tag X

Was du liebst, lass frei.
Kommt es zurück, gehört es dir – für immer.
(Konfuzius)

Jette rieb sich die Augen. Jetzt also war dieser grandiose Tag da. Ihr sechzigster Geburtstag. Pablo würde nicht kommen. Weil er gar nicht wusste oder bereits wieder vergessen hatte, dass heute Jettes Geburtstag war. Außerdem beherbergte er gerade die Elfe oder Rapunzel, Dornröschen oder eine Fee, steckte also in einer kreativen Schaffensphase.

Obwohl das eigentlich schade war. Wenn er nämlich vor der Tür stehen würde, könnte Jette ihn so richtig mit Ach und Krach rauswerfen. Alles konnte man eben nicht haben. Sie warf einen Blick auf die Uhr. Es war erst sieben. Zeit für sie und ihre sechzig Jahre. Zeit für einen grünen Tee und ihre Tarotkarten. Ab Morgen würde sie ihren Tag wieder so beginnen. Und die darauffolgenden auch. Allein.

Sie sah neben sich. Die rechte Betthälfte würde von nun an leer bleiben, weil sie nie wieder einen Mann an ihre Seite lassen wollte. Sie war für eine Paarbeziehung einfach nicht geschaffen. Deutlicher hätten ihr das die letzten Tage nicht machen können.

Die anderen Zimmer in ihrem Haus würden auch wieder leerstehen. Sie glaubte nicht, dass ihre Enkel häufig nach Langeoog kommen würden. Kea ohnehin nicht. Und die anderen beiden blieben eben ihre Skype-Kinder.

Eigentlich möchte ich nicht aufstehen, dachte sie. Nicht feiern. Mich nicht beglückwünschen lassen. Den Tag verschlafen, und alle sind weg ohne rührseligen Abschied, den ich sowieso nicht überlebe. Ich hasse Kitsch.

»Egal«, sagte Jette laut. »Es ist, wie es ist. Man kann im Leben nichts erzwingen.« Auch nicht, wenn man wie Marie wütend mit dem Fuß aufstampfte, weil sie Günther kein Wort glauben wollte. »Der lügt! Der liebt dich doch. Was soll der Scheiß?«

»Ach, ein halbes Stündchen habe ich noch«, versuchte sich Jette den neuen Ist-Zustand schönzureden. »Ich bin frei, habe keine Verpflichtungen und es mir wunderbar eingerichtet.« Sie nickte wieder ein und wurde aber kurz darauf von lauer Musik geweckt.

»Was ist denn da los?«, schreckte sie hoch. Bei dem Wort Kabeljau wusste sie wieder ziemlich genau, was los war.

Sie wurde heute sechzig Jahre alt.

Vor ihrem Haus erklang Shantymusik.

Mit dem Lied der Meerjungfrau.

Einer der Sänger im Bass traf keinen Ton.

»Zum Glück ist jede Meerjungfrau vom Gürtel abwärts Kabeljau«, schmetterten sie nun mit wahrer Inbrunst. Sie träumte. Günther weilte in Blersum und würde so schnell nicht wieder auf die Insel kommen. Das war die Abmachung. Warum nur brach ihr das jetzt das Herz, wo sie doch die letzten zwei Wochen nichts anderes haben wollte als genau das.

Jette schälte sich aus den Federn, Marie, Fenna und Kilian stürmten bereits durch den Flur und erfreuten sich am Minnesang. »Oma, komm, das musst du sehen!«, riefen sie.

Ja, Oma musste das sehen, und so schleppte sie sich ins Bad, prüfte, ob sie sich ihren neuerlich sechzig Jahren gewachsen fühlte, entschied sich kurzerhand dagegen und wollte zurück ins Schlafzimmer wanken. Der erste Tag ohne Günther, der letzte mit ihren Enkeln.

»Omilein, nun komm doch!«, rief Kilian. »Das ist *die* Überraschung!«

»Wenn das nicht so wär, ach herrje, dann wäre was los auf der See«, erklang es von draußen zum wiederholten Mal.

Jette bewarf sich mit Wasser, fuhr sich mit der Hand durchs Haar und tastete nach der Zahnbürste, die wieder nicht am angestammten Ort lag. Die Tube war ebenfalls leer, vermutlich hatte Kilian den Inhalt verspeist, in dem irrigen Glauben, er leide an chronischem Fluoridmangel. Er hatte gestern etwas in dieser Richtung geäußert. Jette musste, was das anging, wirklich mal mit Kea reden, seine Theorien nahmen hin und wieder höchst irrige Ausmaße an. Ein letzter Rest ließ sich noch auf die Bürste drücken, und sie fegte mit raschen Bewegungen die Borsten über die Zähne.

Von draußen erklang die Meerjungfrau zum dritten Mal. *De Flinthörners* hatten ein ausgefeiltes und sehr abwechslungsreiches Programm. Warum nur sangen sie ausgerechnet an ihrem sechzigsten Geburtstag immer dasselbe, als hätten sie eine LP aus ihrer Jugend eingelegt, die einen Sprung hatte?

Jette schlüpfte in den Kasack, es war der großkarierte, und anschließend in die weiße Leinenhose, die ihrer Figur wunderbar schmeichelte. Obwohl die Meerjungfrau zum vierten Mal Kabeljauformen annahm und Kilian zum hundertsten Mal nach Omilein rief, weil sie so etwas noch nie gesehen und gehört hatte, noch nie zum vierten Mal, nahm Jette sich Zeit und Muße, auch etwas Lidschatten und Lippenstift aufzutragen. So, wie es schien, liefen die Sänger ja nicht weg, sondern tirilierten und schmetterten den immergleichen Song in einer Endlosschleife, um sie vor die Tür zu holen. Was hatte Günther da wieder in Auftrag gegeben? Es war sicher noch ein Relikt seiner begonnenen Annäherungsversuche und er hatte vergessen, den Sängern abzusagen.

Weil sie tatsächlich nicht zu singen aufhörten, beschloss Jette, den Schritt nach draußen zu wagen. Sie hoffte nur, dass Günther es nicht als originell betrachtet hatte, sie passend zum Song mit gehackten Kabeljaustückchen bewerfen oder es Fischschuppen regnen zu lassen.

Günther war alles zuzutrauen.

Jette hatte die Hand schon an der Klinke, als sie noch einmal tief durchatmete. Sie musste jetzt allein klarkommen, so, wie sie es sich immer gewünscht hatte.

Aber dank des Konzerts in ihrem Garten wusste nun ganz Langeoog, dass Jette Blümerant sich dem Verfallsdatum näherte, und die Gratulanten würden in den nächsten Tagen bei ihr einfallen.

Sie straffte den Rücken und öffnete die Tür. Vor ihrem Haus standen viele Menschen. Die meisten gehörten zu *de Flinthörners* mit ihrer Piratenkluft. Es regnete auch keine Fischschuppen, sondern sie wurde mit etwas Weichem beworfen, das sich als Konfetti erwies, natürlich in Sechziger-Formen gestanzt.

Die Männer intonierten die Meerjungfrau noch immer mit voller Inbrunst, hielten aber nach dem letzten Ton inne und wechselten zu »Happy birthday to you«.

Jette schloss die Augen. Es rührte sie, wenn sich auch spontan in ihr der Gedanke regte, dass Pablo sie spätestens jetzt verlassen hätte, weil ihr wahres Alter und die damit zusammenhängenden Sitten und Bräuche deutlicher nicht hätten sein können.

Wie gut, dass er schon aus ihrem Leben verschwunden war. Die Schmach, als altes Weib sitzengelassen worden zu sein, entfiel.

Marie zerrte an Jettes Hand und holte sie aus ihren Gedanken zurück. »Sag mal, Oma, ist das nicht toll? Guck doch!«

Und Jette guckte. Riss die Augen auf. Vor ihr entfaltete sich ein überdimensionales Plakat:

> Oma Jette,
> wir freuen uns,
> dass du 60 bist!

Mit großen Lettern prangte dieser Schriftzug darauf. Daneben schwamm eine kleine Nixe, die überflüssigerweise Jettes Gesicht als Fotomotiv hatte. Deutlicher hätte man es nicht sagen können:

Hallo, Langeooger: Seht her, hier lebt eine alte Meerjungfrau.

Jette aber sah die strahlenden Gesichter ihrer Enkel. Es war eindeutig ihr Werk, inspiriert von Günthers Kosewort.

Jette wollte eben zurück ins Haus gehen und eine Flasche Korn als Dankeschön holen, als sich aus der Piratengruppe ein ihr wohlbekanntes Gesicht löste. Sie schluckte. Rieb sich die Augen, kniff sich. Aber der Mann blieb stehen.

»Günther!«

»Ich war der Bass!«, sagte er stolz.

»Der Bass«, wiederholte Jette. Der, der keinen Ton traf. Sie sollte den singenden Jungs jetzt doch besser zwei Korn anbieten.

Jette sah das breit grinsende Gesicht Maries. Das Zwinkern Kilians. Sogar Fenna wischte sich eine Träne aus dem Auge.

»Ich hole eben den Schnaps.«

Jette Blümerant, du benimmst dich wie ein Teenie mit deinen albernen Fluchtgedanken.

De Flinthörners winkten aber ab. »Keinen Alkohol! Lass gut sein, Jette, das haben wir gern getan. Und Günther, das ist ein ganz Netter. Aber rede ihm das Singen aus!«

»Ich weiß«, sagte Jette. »Ihr habt Qualität. Ich wünsche eurer Gruppe noch viel Erfolg. Und danke fürs frühe Aufstehen, bloß, weil ich Geburtstag habe.«

Obwohl das ja eigentlich gar keiner wissen sollte, aber was hieß schon eigentlich.

»Kein Problem, wir gehen von hier aus jetzt alle zur Arbeit.«

Günther zerrte hinter seinem Rücken einen Strauß roter Rosen hervor. »Die letzten hast du weggeworfen. Nimmst du diese?« Er druckste herum. »Und vergisst den Blödsinn, den ich gestern gestammelt habe?«

Jette nickte, nahm die Rosen in Empfang und stand wie angewurzelt vor ihm.

»Du!«, durchbrach Marie die aufkommende peinliche Situation. »Günther hat noch eine riesengroße Katze für dich im Sack.«

»Noch einen Scheidungshamster?«, fragte Jette, denn darauf könnte sie getrost verzichten. Außerdem war Emma doch wieder gut bei diesem wandelnden Tuschkasten untergekommen, so dass kein Asylbedarf bestand.

»Nein, Oma. Er hat was ganz Tolles gemacht! Nur für *dich*! Weil du ihm so wichtig bist und er nur dein Glück will!«

»Nun übertreib mal nicht so maßlos«, zischte Fenna.

»Er hat gesungen, das war ganz toll!«, versuchte Jette, Günthers Leistung zu heben.

»Gerade ist der Zug eingelaufen«, sagte Kilian. »Und dieses Einlaufen hat schon die Dimension eines Staatsakts, wenn man davon ausgeht, dass die Familie ein Teil des Staates ist, und ein Teil fügt sich am Ende zu dem großen Ganzen.«

Jette blickte ihren Enkel verständnislos an und sah zum Bahnhof hinunter. Dort war wirklich eben die Inselbahn eingelaufen und spuckte die Urlaubermassen aus. Die Pferdetaxen mit den Friesen, Moritzburgern, Haflingern und Norikern, den gelben und grünen Planen und verschiedensten Verdecken warteten geduldig auf Mitfahrer, und die Pensionsinhaber standen mit den Fahrradanhängern fürs Gepäck bereit. Alles war wie immer.

Kilian hatte einfach weitergeredet. »Mein Vorschlag wäre es gewesen, auch Fahnen zu schwenken und die anderen Bundessymbole, aber davon wollten die Mädchen nichts wissen, weil Fenna meint, das, was wir getan haben, wäre ja eher nichts Patriotisches.«

Der Zug hupte und unterbrach Kilians Redefluss. Günther tanzte unruhig von einem Bein auf das andere.

Im Hintergrund hörte sie Fenna mit Kilian tuscheln. »Was laberst du da für einen Mist? Bundessymbole bei Omas Geburtstag. Du hast sie doch nicht mehr alle!«

»Was sind denn überhaupt Bundessymbole?«, fragte Marie.

»Ganz einfach«, sagte Kilian und reckte seinen Hals, denn er wollte sehen, worauf jetzt alle so sehnsüchtig warteten. »Denk nur an einen Vogel, die Fahne und das Lied! VFL, wie der Fußballverein.«

Marie runzelte fragend die Stirn.

»Na, der Bundesadler, die Deutschlandfahne und die Hymne« erklärte Fenna. »Was sollte das jetzt aber auf Omas Geburtstag?«

»Na, die Tragweite klarmachen! Oder findest du, dass Oma weniger wert ist als die ollen Sportler, für die man immer die Flaggen hisst oder die Musik spielt?«, erklärte Kilian und unterbrach seine Ausführungen. Sein Finger schnellte in Richtung Bahnhof, denn er hatte gesehen, was er sehen wollte.

Jette blieb fast das Herz stehen. Sie erahnte, wer ihr da auf der Straße entgegenkam.

Die eine Frau ähnelte Kathrin. Ihr folgte Knut. Beide hatten schwarze Kleidung an, hielten den Kopf gesenkt.

Es dauerte, ehe sie das Haus erreichten. »Mutter?«, fragte Knut, als er Jette gegenüberstand, und schüttelte fast entsetzt den Kopf. »Wieso geht es dir gut? Wir dachten ... Wir wollten ...«

Jettes Blick wanderte zu ihren Enkeln, die strahlend neben dem genauso strahlenden Günther und den noch mehr strahlenden Menschen auf der Straße in einem Meer von Konfettischnipseln in Form kleiner ausgestanzter 60er-Zahlen standen.

Kathrin fiel Jette mit Tränen in den Augen um den Hals. Sie sah aus, als wäre sie einem Geist begegnet. »Mein Gott, Mama! Du liegst nicht ... wir wollten dich noch einmal sehen, bevor ... und dir an deinem Geburtstag eine letzte Freude machen!«

Jette blickte an sich herunter und fand sich trotz der sechzig Jahre ungeheuer lebendig. Waren alle davon ausgegangen, ihr zu diesem Geburtstag einen Gutschein für einen Sarg zu schenken, oder was sollte diese Frage? Was dieser Traueraufzug?

Sie fand es ja auch nicht prickelnd, so alt zu werden, aber deshalb mussten sie doch nicht a) in Schwarz erscheinen und b) mit ihrem kurzfristig zu erwartenden Ableben rechnen! Knuts Nickelbrille beschlug wegen seiner feuchten Augen, als er Jette in den Arm nahm. »Gott sei Dank, Mama! Gott sei Dank!«

Dann erkannte Jette Günthers Blick, mit dem er Marie, Kilian und Fenna musterte. Fenna hob gleich abwehrend die Hände: »Meine Idee war das nicht, Günther!«

»Wir dachten doch nur ... weil du sie nicht ans Telefon bekommen hast ...« Marie vollendete den Satz nicht.

»Was dachtet ihr?« Jetzt hatte Günther den schönsten Bass der Welt. Klar, dröhnend, sauber. Er kam von ganz tief unten aus dem Kehlkopf. Es klang ein wenig drohend. Männlich. Dazu die schwarze dunkle Hose mit dem grau gestreiften Hemd. Die neue Frisur ...

»Na ja, wir haben Tante Kathrin und Onkel Knut gesagt, Oma würde ...«, druckste Marie herum. »Es musste ein wenig Dramatik her.«

»Dramatik?«

Sechzig ist doch Dramatik genug.

Marie fasste ihren ganzen Mut zusammen. »Dann kommen sie wenigstens und lassen die Leguane Leguane sein, und Onkel Knut in Jeans ist ja auch mal schick. So ohne Lendenschurz.«

»Den ich da gar nicht trage«, empörte Knut sich sofort. »Ich bin Entwicklungshelfer!«

Jette begann zu kichern. Erst leise und verhalten, dann bekam sie sich vor Lachen nicht mehr ein. »Ihr habt meinen beiden Kindern erzählt, ich würde im Sterben liegen, damit sie herkommen? Wie cool ist das denn?«

Kathrin und Knut fehlte eine Weile der Humor, aber schließlich konnten auch sie sich das Grinsen nicht mehr verkneifen.

»Eigentlich traurig, dass wir sonst nicht gekommen wären!«, sagte Knut schließlich.

»Und warum habt ihr nicht bei Kea nachgefragt?« Jette schüttelte den Kopf. Auf das Naheliegende waren sie mal wieder nicht gekommen.

»Kea«, sagte Kathrin gedehnt. »Kea war gar nicht erreichbar. Marie hat uns ausdrücklich gesagt, dass ihre Mutter nicht zu kriegen sei und sie sich deshalb um all das kümmere.«

»Ist doch auch egal. Wir haben im *Café Leiß* doch den Tisch schon bestellt. Für alle!«, sagte Kilian. »Wenn auch ohne die Bundessymbolik!«

»Und wo steckt eure Mutter?«, fragte Kathrin.

In dem Augenblick kurvte eine Cessna über ihren Köpfen, und hinter ihr flatterte ein weiteres Banner.

Oma Jette wird 60! Hurra!

Nun wussten es auch die Letzten auf der Insel.

»Die fliegt noch«, erklärte Marie mit einem Blick zum Himmel. »Aber sie landet sicher bald. Und soweit ich weiß, hat sie auch den Eisbärforscher an Bord. Papa war fast am schwersten zu erreichen. Aber den haben wir auch so überreden können. Der hätte unsere kleine Flunkerei bestimmt auffliegen lassen.«

Jette bat alle in den Garten. Der Rasen war frisch gemäht, weil der kleine Roboterrasenkäfer am Morgen seine Arbeit, ohne zu murren, wieder aufgenommen hatte. Die Faulheit hatte Günther ihm schon in aller Herrgottsfrühe ausgetrieben.

Jette starrte ihre Kinder der Reihe nach an und konnte plötzlich nicht verhindern, dass ihr die Tränen in die Augen schossen. Als auch Kea und ihr Mann um die Ecke kamen, war es vollends um sie geschehen.

»Ja, Jette, nun hast du sie alle wieder!«, flüsterte Günther.

Sie drückte ihm die Hand und dann einfach einen Kuss auf den Mund. »Danke«, sagte sie. »Danke!«

Kea musterte ihre Kinder, die pflichtschuldig dabei waren, die Gäste mit Getränken zu versorgen. »Wenn ich das so sehe, hast du ja alles im Griff gehabt, als ich weg war! Hast nichts verlernt, Mami.«

»Nein, es war gut«, lächelte Jette und wischte sich die letzte Träne aus dem Augenwinkel.

Die paar Probleme waren ja schnell gelöst. Rückblickend betrachtet eigentlich Peanuts.

Aus den seitlichen Büschen ertönte ein seltsames Quaken. Zwei langhalsige Enten stolzierten ums Eck und balzten auf Teufel komm raus.

»Entschuldige, aber ich habe meinen Erpel samt Frau mitgebracht. Ich konnte die beiden doch nicht allein in Blersum lassen«, sagte Günther. »Ich wollte nämlich eigentlich bleiben.« Jette spürte seinen Arm auf ihrer Schulter. »Für immer.«

Fenna erklärte Knut gerade, wie unökologisch sein Flug über die halbe Welt gewesen sei. Marie (sie hatte sich gestern die Haare tatsächlich in ihren urblonden Farbton zurückfärben lassen) erklärte Kathrin eben die hervorragende Qualität von Sockenlocken, und Kilian hatte sein blaues Notizbuch, in das ein neuer blauer Marker eingeklebt war, aufgeschlagen. Er dozierte gerade über das Liebesleben von Spinnen. Alles war wie immer. Alles war gut.

Danksagung

Diesen Roman zu schreiben hat mir viel Spaß gemacht, einfach deshalb, weil ich auch selbst Großfamilienmama und Oma bin. Nichtsdestotrotz liegt eine fiktive Geschichte vor.

Wieder einmal hatte ich tolle Unterstützung bei meiner Arbeit. Zunächst möchte ich mich bei meiner Agentur Lesen & Hören, vor allem bei Anna Mechler bedanken. Sie weiß, wofür! Und bei meiner wunderbaren Lektorin Daniela Röll, die dem Manuskript den letzten richtig tollen Schliff verpasst hat.

Dann gilt ein Dankeschön Hans-Jürgen und Birgit Haller vom Haus Bethanien auf Langeoog. Für die liebevolle Unterkunft während meiner Recherchereisen, für die Lesungsunterstützung und für alle wertvollen Informationen über die Insel.

Walter Luserke danke ich für Günthers Haus in Blersum und die schönen Stunden, die wir dort mit der Schreibgruppe »Schreib-Moor« verbringen durften. Ohne das Wochenende und die tolle Gruppe hätte es Günthers Zuhause dort nicht gegeben.

Ein ganz großes Danke gilt natürlich Beate Oltmann, meinen Eltern und Nina Friol. Eure Arbeit ist nicht zu unterschätzen; danke fürs Lesen und auch für alle Kritik! Und an Paul und Petra Böhm, sie wissen schon, wofür!

Gitta Edelmann aus Bonn und Sabine Prilop aus Braunschweig schätze ich sehr für den kreativen Austausch! Unsere inspirierenden Schreibtreffen sind ein echter Gewinn. Und ein großer Dank sei auch Klaus-Peter Wolf ausgesprochen. Es ist schön, wenn man so tolle Kollegen hat. Inga und Majanko gilt ein weiterer Dank fürs Gegenlesen, Einkaufen und alles, was mir den Rücken frei gehalten hat, als es eng wurde. Und was wäre ich ohne das Gitarrenduo »Rostfrei« (Frank Kölpin und Dieter Loga), mit dem ich diese wundervollen Musik- und Lesungsprogramme für meine Romane ausarbeite. Natürlich auch für »Oma zeigt Flagge«. Ihr seid einfach klasse!

Das größte Dankeschön aber geht an meinen Mann Frank, der mir als Ehemann, Freund, Ratgeber, Musiker und Hilfe in allen Lebens-und Schreiblagen stets sehr nah zur Seite steht! Es ist so schön, dass es dich gibt.

Regine Kölpin